BASTEI
LÜBBE
TASCHENBUCH

Weiterer Titel der Autorin:

Das Bootshaus an den Klippen

Kate Glanville

ÜBER UNS DIE STERNE

Roman

Aus dem Englischen von
Britta Evert

BASTEI LÜBBE TASCHENBUCH

BASTEI LÜBBE TASCHENBUCH
Band 17368

Dieser Titel ist auch als E-Book erschienen

MIX
Papier aus verantwortungsvollen Quellen
FSC® C014496

Vollständige Taschenbuchausgabe

Deutsche Erstausgabe

Titel der englischen Originalausgabe: »Stargazing«
Originalverlag: Accent Press

Textredaktion: Dorothee Cabras, Grevenbroich
Titelillustration: © iStockphoto/aimintang;
© shutterstock/stavklem; © shutterstock/Triff;
© shutterstock/Aless; © shutterstock/Shchipkova Elena
Umschlaggestaltung: Kirstin Osenau
Satz: Urban SatzKonzept, Düsseldorf
Gesetzt aus der Garamond
Druck und Verarbeitung: GGP Media GmbH, Pößneck
Printed in Germany
ISBN 978-3-404-17368-6

5 4 3 2 1

Der schwarze BMW glitt im morgendlichen Verkehr langsam die Hauptstraße hinauf. Der Fahrer hatte die getönten Scheiben hinuntergelassen, und man konnte gut erkennen, dass seine Sonnenbrille teuer und sein Leinenjackett erstklassig geschnitten war.

Seren wusste selbst nicht, warum ihr der Fahrer auffiel und sie sich nach dem Wagen umdrehte, aber noch während sie es tat, entglitt der kleine Topf mit Lavendel ihren Händen, fiel auf den Bürgersteig und zerbrach. Der BMW verschwand in der Ferne, und Seren starrte auf die Scherben und die Erde und die abgebrochenen Blüten hinunter. Auf einmal wurden alle Erinnerungen wieder wach.

SEREN

Seren versuchte, sich auf den Tag zu konzentrieren, den sie seit Monaten plante. Sie wollte weder an den Wagen, den sie am Vortag gesehen hatte, noch an seinen Fahrer denken und schon gar nicht darüber nachgrübeln, warum er nach so vielen Jahren zurückgekehrt war.

Behutsam setzte sie den letzten Stern auf die Torte. Es hatte einiges an Zeit und Mühe gekostet, mit einem winzigen Förmchen die Sterne aus Fondant auszustechen. Jeder einzelne war mit essbarem Gold bestrichen, sodass sie auf der dunklen Schokoladenglasur strahlten und funkelten.

Seren drehte den Glasständer, um zu überprüfen, ob die Ganache gleichmäßig verteilt war, und leckte einen Schokoladenklecks von ihrem Finger. Schließlich stellte sie eine einzelne rote Rose neben den Kuchen und trat einen Schritt zurück, um ihr Werk zu bewundern.

Seren lächelte. Die Jungs von der Patisserie Tremond hatten ihr angeboten, die Torte herzustellen, aber sie hatte sie selbst backen wollen – als ganz besonderes Dankeschön an ihre Eltern für alles, was sie für sie getan hatten. Sie machte mit ihrem Handy ein Foto und schickte es Trevor.

Die Antwort kam postwendend:

Starke Konkurrenz für uns, wie ich sehe. Edmond sagt: Hoch lebe die neue Zuckerbäckerkönigin! XXX

Seren lachte und bückte sich, um nachzuschauen, wie sich die Quiches im Backofen machten. Die Haare fielen ihr ins Gesicht, und zum hundertsten Mal an diesem Morgen warf sie ihre ungezähmten roten Locken zurück. Sie hätte sich wie sonst auch die Haare zusammenbinden sollen, aber im Moment erfüllte ihre große Haarspange gerade eine lebenswichtige Funktion in dem zeltartigen Gebilde, das Griff und seine Cousins im Wohnzimmer bauten. Solange sie damit beschäftigt waren und ihr bei den Vorbereitungen für die Party nicht in die Quere kamen, störte es Seren nicht, Haare vor den Augen zu haben.

Sie stellte die Temperatur im Backofen niedriger und richtete sich auf. Jetzt fehlten nur noch Ben und Suki mit dem Geschenk und dem Champagner, dann würde alles perfekt sein. Sogar die Sonne war herausgekommen, um den morgendlichen Nieselregen zu vertreiben und ihnen den ersten milden Frühlingstag zu bescheren. Seren wünschte, Tom wäre hier. Er hätte genauso sehr wie sie gewollt, dass dieser Tag für ihre Eltern zu etwas ganz Besonderem wurde.

»Du fehlst mir, Tom«, wisperte Seren. Wieder musste sie an den Fahrer des BMW denken. »Du fehlst mir so sehr.«

Durch das offene Fenster konnte Seren die kleine Gruppe beim Kirschbaum sehen, dessen rosa Blütenpracht einen fast unwirklich schönen Hintergrund bildete. Anni, die Baby Lucy auf der Hüfte balancierte, füllte gerade großzügig Chardonnay in die roten Kelche, die Seren extra für diesen Anlass im Antiquitätengeschäft an der Hauptstraße gekauft hatte. Daniel schien wegen der Menge Wein in seinem Glas zu protestieren, aber Anni lachte nur, wandte den Kopf und sagte etwas zu Nesta. Auch Nesta lachte und tätschelte Daniels Knie. Seren lächelte beim Anblick ihrer Eltern.

Es kam nicht häufig vor, dass man ihre Mutter still sitzen sah, und obwohl Nesta sich mit heiterer Miene auf dem Leinensessel zurücklehnte, wusste Seren, dass es sie in den Fingern juckte, aufzustehen und die Organisation der Party selbst in die Hand zu nehmen.

Seinem Aussehen nach zu urteilen, schien sich auch Daniel in seiner Rolle als Ehrengast nicht unbedingt wohlzufühlen. Seren fiel auf, wie ihr Vater mit einem Finger in seinen Hemdkragen fuhr, als wäre er ihm zu eng, und ständig die Beine übereinanderschlug und dann wieder ausstreckte.

Früher am Morgen war er vor der Küchentür ihres Hauses, der sogenannten Scheune, aufgetaucht, das silbergraue Haar und der kurze Bart mit Regentropfen gesprenkelt, in einer Hand eine Schale mit Eiern, in der anderen ein frisch gebackenes Brot von Nesta. Eine Weile hatte er am Türpfosten gelehnt und schweigend zugeschaut, wie Seren einen Strauß Pfingstrosen in einer Vase arrangierte.

»Wunderschön«, bemerkte er.

Seren lächelte ihn an. »Waren nicht rosa Pfingstrosen in Mums Brautstrauß?«

Daniel antwortete nicht. Stattdessen kam er herein und sagte: »Ich wünschte, ihr würdet nicht so viel Brimborium machen.«

Seren nahm ihm das Brot und die Eier ab und gab ihm einen Kuss auf die Wange. »Lass uns doch den Spaß, Dad! Es kommt nicht jeden Tag vor, dass unsere Eltern Rubinhochzeit feiern.«

Jetzt warf Seren einen Blick auf die Uhr; Ben war spät dran, wie üblich. Sie schnitt Nestas Brot in Scheiben, die sie gefällig in einem Korb arrangierte. Ihr Vater hatte am Morgen noch etwas sagen wollen, erinnerte sie sich, angeblich etwas Wichtiges. Sie hatte ihn nicht zu Wort kommen lassen, sondern nach Hause gescheucht und gescherzt, er wolle wohl kaum in seinem alten Jeanshemd zur Party kommen. Jetzt fragte sie sich, was er hatte sagen wollen.

»Du bist so was von tot, du Zwerg!«

»Nicht, wenn ich dich zuerst erwische!«

»Ich krieg dich, Erbsenhirn!«

Schrille Stimmen zerrissen die Stille, und von einem Moment auf den anderen schien es, als stürmten ganze Horden von Kindern mit einem umfangreichen Waffenarsenal die Küche. Das Wohnzimmer hatte ganz offensichtlich seinen Reiz verloren. Seren drückte sich an die Küchenschränke, um nicht von ihren drei Neffen umgemäht zu werden, und atmete erleichtert auf, als sie in den Garten stürzten und quer über den Rasen auf die alte Windmühle zurannten, die seit Langem Nestas und Daniels Zuhause war.

»Passt auf Grannys Blumenbeete auf!«, rief Seren ihnen nach.

Zu spät. Der Anführer hatte eine Abkürzung durch eine Insel knospenden Grüns genommen und einen Pfad getrampelt, dem die anderen beiden folgten. Seren sah zu der Gruppe, die sich um den Kirschbaum scharte. Anni ignorierte ihre Jungen mit stoischer Ruhe, füllte die Gläser nach und versuchte, Nesta abzulenken, indem sie ihr die kleine Lucy in die Arme drückte.

»Wo sind sie hin, Mum?«, ließ sich eine leicht keuchende Stimme vernehmen.

»Hallo, mein Hübscher!« Seren fuhr ihrem Sohn mit einer Hand durch die kastanienbraunen Locken, während sie mit der anderen die Kommodenschublade aufzog und ihm den Inhalator reichte.

Dankbar griff er danach und hielt ihn sich an den Mund.

Seren wandte den Blick ab. Das leise pfeifende Atemgeräusch versetzte ihr jedes Mal einen leichten Stich in der Herzgegend.

»Wo sind sie hin?«, wiederholte Griff, während er ihr die Plastikpumpe zurückgab und sie aus Augen ansah, die durch die dicken Brillengläser riesig wirkten.

Seren zeigte auf die offene Tür. »Ich glaube, zum Haus von Granny und Grandad.«

Griff setzte sich sofort in Bewegung und flitzte zur Küchentür hinaus und über den Rasen, machte aber einen Bogen um das Blumenbeet.

»Lauf nicht so schnell!«, rief Seren ihm nach. »Sonst bekommst du wieder einen Anfall.«

Gehorsam verlangsamte er seine Schritte. Seine dünnen Beine, die aus den weiten Shorts hervorlugten, sahen wie Zahnstocher aus, und seine Arme, die er zackig wie ein Soldat schwenkte, hoben sich grellweiß vom satten Grün des Rasens ab. Er drehte sich um und grinste Seren an, die einen Daumen hob und auf die Haustür der Mühle zeigte, durch die seine Cousins gerade verschwanden. Annis Kinder, die so groß und stark und gebräunt von der australischen Sonne waren, schienen einer anderen Spezies als Griff anzugehören.

Seren betrachtete Nestas prächtigen Garten mit den langen Randbeeten voller Kräuter und dem sorgfältig getrimmten Rasen. Hinter der bemoosten Mauer konnte sie im Obstgarten Hühner scharren und picken sehen. Weiße Bettwäsche flatterte auf der Wäscheleine zwischen den Bäumen.

Das Haus selbst, die alte Mühle, ragte wie ein gigantischer Pfefferstreuer aus rotem Backstein vor dem Himmel auf. Um die Außenseite wand sich eine Steintreppe, die früher einmal der Zugang zu den Flügeln gewesen war. Jahrelang hatte Daniel hin und her überlegt, ob er wieder große weiße Stoffsegel anbringen sollte, sich schließlich aber dagegen entschieden, weil sie das Licht, das durch die Balkontüren in Nestas und sein Schlafzimmer fiel, abhalten würden. Stattdessen hatte er am Balkongeländer ein großes Messingteleskop befestigt. Er hatte es Nesta zu ihrem vierzigsten Geburtstag geschenkt, um »ihre bizarre Leidenschaft, die Sternguckerin zu spielen, zu befriedigen«, wie er es ausgedrückt hatte, als sie die riesige Schachtel ausgepackt hatte.

In dem kreisrunden Raum im obersten Stockwerk hatte Seren ihren ersten Atemzug getan, und sie hatte ihre Kindheit damit verbracht, die Wendeltreppe im Inneren des Hauses hinauf- und hinunterzulaufen, aus den Fenstern zu schauen und mit ihren kleinen Fingern über die gewölbten Wände zu streichen. Innerhalb dieser Mauern hatte sie sich immer glücklich und geborgen gefühlt. Seren lächelte. Auch wenn Anni und Ben sie gern damit aufzogen, dass sie nie ihr Zuhause verlassen hatte, das hier war nun mal der einzige Ort, an dem sie wirklich sein wollte. Deshalb war auch Daniels und Nestas Hochzeitsgeschenk für Seren und Tom, die alte Scheune im hinteren Teil des Gartens, so märchenhaft gewesen: Das Gebäude hatte sich problemlos in ein Wohnhaus umbauen lassen, und Tom hatte sich mit Feuereifer auf Planung und Ausführung gestürzt. Es war das erste Projekt gewesen, das er in Eigenverantwortung übernahm, seit er in Daniels Architekturbüro eingestiegen war. Er liebte die Herausforderung, und Seren liebte es, so nahe bei dem Haus, das Daniel aus der verfallenen Mühle gemacht hatte, und dem wunderschönen Garten, den Nesta erschaffen hatte, zu leben.

Im Licht der Nachmittagssonne spiegelte sich die Scheune in den Glaswänden des spektakulären Anbaus an einer Seite der Mühle. Seren konnte im Glas die ersten Glyzinien sehen, die rund um ihre Tür genauso zu blühen begannen wie jene an der südlichen Tür der Mühle. Schon immer hatte sie davon geträumt, all das zu haben, was ihre Eltern hatten – ein schönes

Zuhause, eine glückliche Ehe, Glyzinien vor der Tür, eine große, fröhliche Familie.

Wieder sah sie zum Kirschbaum und stellte sich einen Moment lang vor, Annis molliges Baby wäre ihr kleines Mädchen. Sie schloss die Augen bei der Erinnerung an Griff, als er gerade geboren war, ein winziges Bündel in ihren Armen, eine weiche rosige Wange, zarte Wimpern, die Andeutung roter Haare. Auf einmal sah sie ein anderes Baby vor sich – olivbraune Haut, ein Schopf dunkler Haare. Erschrocken riss sie die Augen auf. Daran wollte sie sich nicht erinnern. Ihr fiel der Wagen ein, den sie am Vortag gesehen hatte, und wieder hoffte sie inständig, sie hätte sich getäuscht.

Anni hatte sich vom Kirschbaum entfernt, und Nesta und Daniel waren allein. Sie saßen Seite an Seite. Nesta hatte das Baby auf dem Schoß, hob es sanft hoch und ließ es wieder runter, während es mit der langen Perlenkette um Nestas Hals spielte. Daniels Gesicht war der Sonne zugewandt, und er trommelte auf der Stuhllehne mit den Fingern den Takt zu den Jazznummern, die Seren extra für ihn aufgelegt hatte.

Eine leichte Brise wehte durch den Baum und ließ Kirschblüten wie Konfetti auf Daniel und Nesta herabrieseln.

»He, wo steckt meine kleine Schwester?« Das Klirren von Flaschen kündigte Bens Kommen an. »Ich würde dich ja gern knuddeln, aber ich bin mit Champagnerflaschen beladen.«

»Du bist spät dran.« Seren versuchte, streng zu klingen, ertappte sich jedoch wie üblich dabei, ihren Bruder anzugrinsen. Sie strich mit einem Finger über seine Wange. »Und du hast dich nicht einmal rasiert!«

»Tja, ich möchte doch bei Dad keinen falschen Eindruck erwecken, sonst will er bloß, dass ich mir einen anständigen Job suche und so.«

»Du hast einen anständigen Job.«

»Laut Dad ist Game-Designer kein ernsthafter Beruf.« Ben legte die Stirn in Falten und verkündete feierlich: »Nicht wie Architekt.« Er zwinkerte Seren zu, die dabei war, ihm die Flaschen abzunehmen, und sie unterdrückte ein Lachen.

Sowie Bens Arme frei waren, schlang er sie um Seren und zog sie an sich. »Wie geht's dir so?«

»Gut, danke.« Serens Stimme klang leicht erstickt, weil er sie so fest drückte.

Er ließ sie los, trat einen Schritt zurück und sah sie forschend an. »Ehrlich?«

Seren zuckte mit den Schultern. »Na ja, du weißt schon, es gibt gute Tage und schlechte Tage. Heute ist ein guter Tag, weil ich viel zu tun habe.«

»Und Griff?«

»Er spricht kaum darüber, aber ich weiß, wie sehr er Tom vermisst. Dad ist unheimlich lieb. Er spielt endlos Schach mit Griff und hört zu, wenn er Trompete übt. Ich weiß nicht, was wir beide ohne Mum und Dad machen würden.«

Ein lautes Rumpeln war zu hören, und als Seren sich umdrehte, sah sie eine riesige rote Kiste, die offenbar versuchte, durch die Küchentür zu kommen. Die Kiste ruckelte ein Stück nach vorn und blieb im Türrahmen stecken.

»Hilfe!«, klagte sie.

Ben eilte zu Hilfe, zog kräftig daran, und wie bei einem Zaubertrick tauchte auf einmal Sukis hübsches Gesicht auf. Nach einem Blick auf Sukis kurze Seidentunika und die mörderisch hohen Absätze kam sich Seren in ihrem Leinenkleid und den flachen Ballerinas sofort langweilig und alltäglich vor. Außerdem hatte sie im letzten Jahr stark abgenommen, und Sukis knackige Kurven machten ihr bewusst, wie mager sie aussehen musste.

»Tausend Dank, dass du auf mich gewartet hast, Ben! Ich

konnte kein bisschen sehen und bin auf der Suche nach der Tür blindlings in die Mauer gelaufen – wie eine benebelte Biene, die an die Fensterscheibe knallt. Ich hab mich wie ein Volltrottel gefühlt.«

Sukis irischer Akzent klang in Serens Ohren immer noch ungewohnt. Mit ihren feinen Zügen und dem lackschwarzen Haar sah Suki aus, als wäre sie im Kaiserlichen Palast der Ming-Dynastie aufgewachsen, nicht in einem chinesischen Lokal in Cork.

Suki durchbohrte Ben mit einem vernichtenden Blick und schenkte dann Seren ein strahlendes Lächeln. »Tut mir leid, dass wir zu spät kommen, aber dein Bruder hat einfach kein Zeitgefühl und verschwendet nie einen Gedanken daran, wie lange es dauert, aus London rauszukommen.« Wieder blickte sie Ben finster an, bevor sie Seren von oben bis unten musterte. »Toll siehst du aus! Das Kleid ist super, total Grace Kelly.«

Seren fühlte sich sofort besser.

Ben stellte die Kiste auf den Tisch. »Ich verstehe wirklich nicht, warum du mir die Schuld für die Verspätung gibst, Suki. Schließlich hast du das Umleitungsschild an der Putney Bridge übersehen. Ich wäre beinahe in den Schacht für die Wasserrohre gefahren!«

»Ich habe keine Schilder gesehen. Um genau zu sein, konnte ich gar nichts sehen, weil ich eine monströse Kiste auf den Knien balancieren musste und die ganze Zeit dieses knallige Hochglanzpapier vor der Nase hatte. Ich habe echt rotgesehen!« Suki schnitt der Kiste eine Grimasse, bevor sie sich zu Seren umdrehte und sie in die Arme nahm. »Wie geht es dir?«

Seren atmete Sukis betörendes Parfum ein. »Ganz gut.«

Suki hielt sie auf Armlänge von sich weg. »Falls du mal reden willst, ich kann echt gut zuhören. Wäre mal was anderes als das ewige Geschwätz deines Bruders, was für eine Herausforderung es ist, durch den achten Ring von Owldoor zu kommen, und wie viele Hochelben ein Skillet bilden.«

»He!«, rief Ben empört. »Ich dachte, du interessierst dich für meine Arbeit, und es heißt Scrivet, nicht Skillet. Außerdem muss ich mir ständig etwas über Lycra und hohe Beinausschnitte anhören.«

Suki lachte. »Aber das liebst du doch – all diese spärlich bekleideten Frauen!« Ihr Gesicht wurde ernst, als sie sich wieder an Seren wandte. »Ich wollte nur sagen, dass ich für dich da bin, wenn du mich brauchst.«

»Danke.« Seren beugte sich über eine kleine Schale und fing an, in der Salatmarinade zu rühren. Als ihr jetzt die Haare ins Gesicht fielen, strich sie sie nicht zurück, sondern war froh über diesen Schutzschild, der verhinderte, dass Suki die Tränen in ihren Augen sah. Hastig wechselte sie das Thema, wobei sie sich bemühte, ganz normal zu klingen. »Und wie sieht es in der Welt der Badekleidung aus?«

»Nicht gerade feuchtfröhlich! Es herrscht eher Seenot. Ich hatte gerade drei Monate an der nächsten Frühjahr-Sommer-Kollektion für unseren wichtigsten Kunden gearbeitet, als die Firma pleiteging. Ich bin so sauer, dass ich am liebsten den Betrieb von Mum und Dad übernehmen würde. Sie liegen mir sowieso ständig in den Ohren, dass sie sich aufs Altenteil zurückziehen wollen.«

»Oh, nein, das darfst du nicht!« Seren sah nervös zu Ben, von dem sie ebenfalls lautstarken Protest erwartete, aber er war gerade damit beschäftigt, im Kühlschrank zwischen all den Schüsseln mit Salat und Erdbeeren Platz für den Champagner zu schaffen. Von den zahlreichen Freundinnen, die ihr Bruder gehabt hatte, mochte sie Suki am liebsten. Die beiden waren mittlerweile seit drei Jahren zusammen, was für Ben als absoluter Rekord gelten konnte.

Bens Kopf tauchte aus dem Kühlschrank auf. »Willst du gar nicht wissen, was in der Kiste ist?«, fragte er grinsend.

»Ich dachte, wir hätten uns darauf geeinigt, ihnen nur die Flugtickets zu schenken«, sagte Seren.

Bens Grinsen wurde noch breiter. Seren hob die Schachtel hoch. Irgendetwas im Inneren verrutschte und krachte an die Seite. »Nach Tickets fühlt sich das nicht an, dafür ist es viel zu schwer.«

»He, Vorsicht! Ich habe das Verpackungsmaterial vergessen, pass also auf!«

»Was ist da drin?«

Ben klopfte sich seitlich auf die Nase. »Später, Schwesterchen! Es ist eine Überraschung.«

Seren verdrehte die Augen und lachte. »Deine Überraschungen kenne ich! Die letzte war ein Goldfisch für Griff, der schon beim Schlafengehen mausetot war.«

»Der Mann im Laden hat geschworen, er würde fünf Jahre alt werden.«

»Und davor war es ein Karton mit dubiosen Feuerwerkskörpern, der von selbst in die Luft flog, als wir gerade bei Mum und Dad in der Küche saßen. Wir hätten alle sterben können!«

Ben zupfte die rote Satinschleife auf dem Paket zurecht und lächelte. »Vertrau mir, Seren, das hier ist hundertprozentig ein Knüller. Daniel und Nesta werden begeistert sein. Wo ist eigentlich Anwen?«

»Auf der Suche nach ihren Jungs vermutlich.«

»Und hoffentlich klug genug, sie für die Dauer der Party zu fesseln und zu knebeln. Ehrlich, die werden von Mal zu Mal schlimmer.«

»Das habe ich gehört, Ben.« Ihre Schwester stand mit verschränkten Armen in der Küchentür.

»Tut mir leid, Anwen, ich ...«

»Anni«, verbesserte sie ihn, während sie an den Tisch trat und die Schachtel mit einem Finger anstupste. »Nenn mich bloß nicht Anwen! Was zum Teufel ist das? Wir wollten ihnen die Tickets nach Rom schenken, mehr nicht. Da waren wir uns doch einig, oder?«

Ben zuckte mit den Schultern.

»Immer musst du aus der Reihe tanzen.« Anni beugte sich vor und hielt ein Ohr an die Kiste. »Mein Gott, es tickt!« Sie hob die Schachtel auf und rüttelte daran. »Ist da eine Bombe drin?«

»Lass das, Anwen!«

»Sag gefälligst Anni zu mir!« Sie schüttelte die Kiste noch einmal hin und her.

»Okay, meinetwegen *Anni*, aber hör bitte auf, das Ding zu schütteln. Es ist höchst empfindlich.« Ben nahm seiner älteren Schwester den Karton aus der Hand und stellte ihn behutsam auf den Tisch.

Seren tippte mit einer Hand seinen Arm an. »Könntest du bitte die Stühle auf die Terrasse tragen? Das ist das Einzige, was vor dem Lunch noch erledigt werden muss.«

»Stets zu Diensten, Sternenkind. Aber erst mal muss ich dem glücklichen Paar gratulieren. Vierzig gemeinsame Jahre – ich kann mir echt nicht vorstellen, wie so etwas funktionieren soll.«

Als Ben in den Garten verschwand, stieß Anni zwischen zusammengebissenen Zähnen ein Knurren aus.

Suki lachte. »Familiendynamik – immer ein Hochgenuss für den unbeteiligten Beobachter!«

»Tut mir leid, Suki.« Anni gab ihr einen Kuss. »Vielleicht tut Ben dir ja gut, aber ich kann bloß sagen: Gott sei Dank lebe ich auf der anderen Seite des Erdballs!«

Das Mittagessen verlief in fröhlichem Chaos: Annis Jungen wurden daran gehindert, einander mit Essen zu bewerfen; Klein Lucy wurde von einem zum anderen gereicht, damit sie zu schreien aufhörte; Daniel und Nesta saßen Seite an Seite. Nesta lächelte und plauderte mit ihrer Familie, die sich um den Tisch versammelt hatte, während Daniel ungewöhnlich still war und sich auf seinem Stuhl zurücklehnte. Seren fiel auf, dass er sein Essen kaum anrührte, und fragte sich, ob das Lärmen und Toben so vieler Enkelkinder ihn ermüdete. Seine Gesichtszüge wirkten angespannt, die Falten auf seiner Stirn tiefer als sonst. Sie sah, wie Nesta seinen Arm berührte, und las »Alles in Ordnung?« von ihren Lippen. Daniel nickte, und als Nesta sich wieder abwandte, griff er in seine Tasche und starrte auf sein Mobiltelefon.

Nachdem der Hauptgang abgeräumt worden war, servierte Seren eine herzförmige, mit Erdbeeren und weißen Schokoladenkringeln verzierte Eisbombe. Ben schlug vor, auf Daniel und Nesta anzustoßen, und alle hoben ihre Gläser und jubelten dem Paar laut zu. Annis Söhne übertrieben es wieder einmal und johlten viel zu lange. Griff, der nicht zurückstehen wollte, fing an zu japsen. Seren wollte schon aufstehen, um seinen Inhalator zu holen, hielt aber inne. *Lass ihm ein bisschen Zeit, gib ihm die Gelegenheit, sich von selbst zu erholen,* hörte sie im Geist Toms ruhige Stimme. Seren zählte dreißig Sekunden ab. Griff hörte auf zu keuchen, und gleich darauf alberte er schon wieder mit seinen Cousins herum.

Als das letzte Stück Eis verzehrt war, durften sich die Jungen von der Tafel zurückziehen. Sie stoben davon wie eine Meute Jagdhunde, die aus dem Zwinger gelassen wird.

»Geht nicht zum Teich!«, rief Anni ihnen halbherzig nach. Sie war durch ihr Baby praktisch an den Stuhl gefesselt und hielt mit einer Hand ihr Kind und mit der anderen ihr Handy. »Und auch nicht auf die Wendeltreppe!«

»Los, komm!« Suki zog Ben hoch. »Mal sehen, ob wir irgendwas mit ihnen anstellen können, das nicht den unmittelbaren Einsatz eines Krankenwagens zur Folge hat.«

»Warum bist du immer so nett?«, stöhnte Ben und folgte Suki widerstrebend über den Rasen.

»Hier ist eine Nachricht von Mike«, verkündete Anni, die Mühe hatte, im grellen Licht der Nachmittagssonne die Worte auf dem Display zu entziffern. »Er schickt Glückwünsche und schreibt, er wäre heute viel lieber hier bei uns, statt sich auf diese Tagung in Perth vorzubereiten.«

»Armer Mike!«, meinte Nesta bedauernd. »Ein Jammer, dass er nicht mitkommen konnte!«

Seren spähte verstohlen zu ihrer Mutter hinüber und versuchte festzustellen, ob Nesta es wirklich so meinte. Annis Mann hatte nie wirklich in ihre Familie gepasst. Er war groß und kräftig und sehr direkt und schien in der Mühle zu viel Platz in Anspruch zu nehmen, und seine Ansichten waren denen von Daniel immer genau entgegengesetzt.

Daniel stand abrupt auf und fing an, die leeren Teller und die Schüsseln abzuräumen.

»Lass mich das machen, Dad!«, protestierte Seren und beugte sich vor, um nach einem Teller zu greifen. Aus der Jackentasche ihres Vaters erklang Jazzmusik, und mit einem Seufzer fischte er sein Handy heraus.

»Arbeit, fürchte ich«, sagte er nach einem Blick aufs Display. Er entfernte sich ein paar Schritte vom Tisch und stellte sich mit dem Rücken zu seiner Frau und seinen Töchtern unter den Kirschbaum.

»Komm, gib mir das!« Nesta nahm Seren den Stapel Teller ab. »Ich kann nicht die ganze Zeit herumsitzen und Däumchen drehen, das macht mich ganz verrückt.«

In der Küche packten Seren und Nesta die Speisereste in Frischhaltefolie, räumten den Geschirrspüler ein und spülten die größeren Stücke von Hand.

»Schön sind die Pfingstrosen.« Nesta strich behutsam über die blassrosa Blütenblätter. »Aus deinem Laden?«

Seren nickte. »Ich wollte die Blumen haben, die du in deinem Brautstrauß hattest.«

Nesta lachte. »Ach, Seren, du bist so süß! Nur du denkst an solche Sachen.«

Sie griff nach einem Geschirrtuch und rieb die Tischplatte ab. »Die Hochzeitssaison steht vor der Tür. Brauchst du im Geschäft meine Hilfe?«

»Ja, bitte«, sagte Seren. »Seit Ben die Webseite für Stems ins Netz gestellt hat, ist der Teufel los. Allein sechs Aufträge in dieser Woche und jede Menge Anfragen.«

Nesta lächelte. »Dann bist du wenigstens abgelenkt.« Seren biss sich auf die Lippe, und Nesta tätschelte ihre Schulter. »Du hältst dich wirklich gut.«

»Bitte, Mum«, bat Seren. »Fang jetzt nicht an, über Tom zu reden!«

»Schon gut, Liebes«, sagte Nesta. Sie lehnte sich an den Türrahmen und zeigte mit einer Kopfbewegung auf Daniel, der immer noch mit seinem Mobiltelefon unter dem Baum stand und in ein angeregtes Gespräch vertieft war, wie es schien. »Wie soll es dein Vater schaffen, jemals in Ruhestand zu gehen? Er dreht garantiert durch, wenn er keine Arbeit mehr hat.«

Seren hängte ein feuchtes Geschirrtuch zum Trocknen an die Herdstange und trat zu ihrer Mutter. »Ihr werdet eine tolle Zeit haben, du und Dad – durchs Land tingeln, Tagesausflüge unternehmen, nach London fahren, Kunstgalerien und Theater besuchen. Ihr könntet auch nach Australien fliegen und Anni und die Kinder besuchen.«

Nesta zog eine Augenbraue hoch, und Seren lachte. »Na ja, vielleicht wartet ihr damit lieber noch, bis ihre Jungs nicht mehr ganz so durchgeknallt sind.«

»Und du meinst, das wird in absehbarer Zeit sein? Meine Mutter hätte Annis Sprösslinge als *bechgyn gwyllt* – wilde Kerle – bezeichnet und ihnen bei der ersten Gelegenheit eins mit der Gerte übergezogen.«

Seren konnte sich noch gut an ihre robuste, scharfzüngige Großmutter, die unangefochtene Herrscherin auf ihrem walisischen Bauernhof, erinnern, und daran, wie ihre dunklen Augen funkelten, wenn sie in einer Sprache, die Seren nicht verstand, mit ihren Enkelkindern schimpfte und ihrem Schwiegersohn Vorwürfe machte, weil er Nesta nach England entführt hatte. Darauf erwiderte Daniel regelmäßig, wenigstens habe er Nesta vor dem ewigen Regen in Wales bewahrt. Wenn dann seine Schwiegermutter mit dem Geschirrtuch nach ihm schlug, lachte er und tat so, als ließe er sich von ihr rund um den massiven Eichentisch jagen, der mitten im Raum stand.

Als Kind konnte Seren die Geschichte, wie Nesta und Daniel einander kennengelernt hatten, gar nicht oft genug hören, am liebsten von jedem Elternteil einzeln, um beide Seiten vergleichen zu können. An ihrem neunten Geburtstag hatten Daniel und Nesta mit ihr einen Ausflug nach London gemacht, und statt zu Hamleys, dem berühmten Spielzeuggeschäft an der Regent Street, oder in Madame Tussauds

Wachsfigurenkabinett zu gehen, wollte Seren viel lieber den Ort sehen, an dem sich ihre Eltern zum ersten Mal begegnet waren. Auf den Stufen des Victoria and Albert Museum erzählte Nesta, wie sie ebendiese Treppe hinaufgestiegen war – »Gerade mal drei Tage weg aus Wales und begierig, alles zu sehen, was London zu bieten hatte!« –, während Daniel vorführte, wie er zur Drehtür herausgekommen war, den Kopf voller Bilder von William-Morris-Möbeln, die er als Thema seiner Dissertation gewählt hatte.

»Und auf einmal war sie da – eine Vision in Violett!«

»Ich fand, dass er wie Robert Redford und Paul Newman in einer Person aussah«, sagte Nesta, während sie eine Stufe hinaufstieg.

»Sie hatte langes goldenes Haar, das wie Weizen in der Sonne leuchtete.«

»Er trug ein rosafarbenes Paisleyhemd, eine Samthose und eine Frisur, die meine Mutter als ›Affenschande‹ bezeichnet hätte.«

»Sie hatte einen unglaublich kurzen Wildlederrock an, der ihre tollen Beine zur Geltung brachte.«

»Männer wie ihn gab es bei uns in Llangadog jedenfalls nicht.«

»Sie hatte das schönste Gesicht, das ich je gesehen hatte – Augen wie Saphire und eine wahre Pfirsichhaut.«

»Er starrte mich an, und das war's.«

Und ihre jüngste Tochter hatte unter ihnen auf der Treppe gestanden und vor Freude gestrahlt.

Jetzt betrachtete Seren ihre Mutter, wie sie am Türrahmen lehnte, immer noch schön, immer noch saphirblaue Augen und eine wahre Pfirsichhaut, auch wenn ihr Haar jetzt grau und zu einem schicken Bob geschnitten war. Trotz ihrer drei Kinder hatte sie sich ihre mädchenhafte Figur bewahrt und wirkte in ihrer langen Seidentunika und der weiten Leinenhose sehr anmutig und elegant.

Daniel trat zu ihr, den Kopf übersät mit Kirschblüten.

»Sehr hübsch«, meinte Nesta. Er sah sie verdutzt an. »Dein Haar.« Sie zupfte ein Blütenblatt aus seinen Haaren und zeigte es ihm. »Das Rosa passt ganz wunderbar zum Grau.«

Daniel fuhr sich über den Kopf, schaffte es aber nicht, die Blüten loszuwerden.

»Lass mich mal!«, sagte Nesta.

Er beugte sich vor, und sie klaubte ihm vorsichtig die Blüten aus den Haaren. Als sie fertig war, gab sie ihm einen Kuss auf die Wange.

Seren lächelte die beiden an. Sie waren immer noch ein schönes Paar.

Plötzlich ertönten laute Klänge von Thelonious Monk.

»Schon wieder dein Handy, Daniel!«, rief Nesta. Er schob seine Hand in die Jackentasche, und die Musik verstummte.

Nach einem Moment des Schweigens seufzte er. »Es ist Odette. Sie kann die Pläne für die neue Touristeninformation nicht finden, und morgen ist die Besprechung mit dem Stadtrat.«

»Sie weiß doch sicher, dass wir mitten in einer Familienfeier sind, oder?« Nesta hielt immer noch die zarten Blütenblätter in der Hand. »Was macht sie überhaupt sonntags im Büro? Sie ist genauso ein Arbeitstier wie du.«

»Gibt's jetzt Torte oder nicht?« Annis Gesicht erschien im offenen Fenster. Ihr Baby schlummerte friedlich an ihrer Schulter.

Wieder erklang Jazzmusik aus Daniels Jackentasche.

»Sag Odette, sie soll bis morgen früh warten!« Nesta lächelte, aber in ihrer Stimme lag eine Anspannung, die Seren nicht entging. Nesta zerknüllte die Blütenblätter in ihrer

Hand und warf sie in den Eimer mit Bioabfall. »Oder hast du insgeheim wie jeder Mann Angst vor deiner Sekretärin?«

Der Klingelton verstummte.

»Ich habe keine Angst vor Odette, sie ist nur ein bisschen …«, setzte Daniel an, brach aber mitten im Satz ab, als das Telefon erneut läutete.

Seren beobachtete, wie sich die Wangen ihrer Mutter röteten. »Um Himmels willen, Daniel, stell das Ding ab!«

Er zog sein Handy hervor, aber statt es auszuschalten, starrte er es wie hypnotisiert an. Schließlich hörte es auf zu klingeln, und nur noch das Summen einer Fliege war zu hören, die über einer Schale mit Resten kreiste, bis sie eine Erdbeere entdeckte und sich darauf häuslich niederließ.

»Na dann, her mit der Torte!« Seren gab sich Mühe, fröhlich zu klingen.

Nesta holte Teller aus dem Küchenschrank und ging damit in den Garten hinaus, ohne ihrem Mann auch nur einen Blick zu widmen.

»Ich rufe die Kinder«, verkündete Anni und verschwand mitsamt der kleinen Lucy in Richtung Mühle.

Nach kurzem Zögern wandte sich Daniel zur Tür, blieb aber auf der Schwelle stehen und drehte sich um. »Seren?«

»Ja?«

»Es gibt da etwas, das du wissen solltest.«

»Ja?«

»Ich …«, begann er, wurde jedoch von ohrenbetäubendem Johlen unterbrochen, das vom Garten ertönte. Eine wilde Schar, unter ihnen auch Ben und Suki, die ihre hochhackigen Schuhe mittlerweile ausgezogen hatte, kam über den Rasen auf sie zugestürzt.

»Wie bitte, Dad?«, rief Seren über den Lärm hinweg. »Ich kann dich nicht verstehen.«

Daniel schüttelte den Kopf. »Ach, egal. Warte, ich helfe dir mit den Getränken.«

Seren stellte zwei Flaschen Champagner auf die Arbeitsfläche, und Daniel machte sich daran, eine zu entkorken.

»Alles in Ordnung, Dad?«, fragte Seren, während sie die Sektflöten auf ein Tablett stellte. »Du wirkst ein bisschen nervös.«

Daniel lächelte. »Mir geht's gut, Liebes.« Der Korken flutschte mit einem satten »Plopp« aus der Flasche. »Ich habe ziemlich viel damit zu tun, im Büro alles auf die Reihe zu bringen, bevor ich in Rente gehe.« Er wartete einen Moment und fing dann an, die Gläser zu füllen. Seren fiel auf, dass seine Hände zitterten.

»Mach dich bloß nicht kaputt! Mum und ich haben gerade darüber geredet, wie viel Spaß ihr haben werdet, wenn du im Ruhestand bist.«

Der Champagner schäumte in einem der Gläser und lief über.

»Verdammt!« Daniel kehrte Seren den Rücken zu, um nach einem Spültuch zu greifen.

»Willst du nicht eine Rede halten, Dad?«, fragte Ben in dem Moment, als Seren das Messer hob, um die Torte anzuschneiden.

»Ich bin eine stillende Mutter, weißt du?« Anni starrte hungrig auf die Torte. »Niedriger Blutzucker ist ein nicht zu unterschätzendes Risiko.«

»Grandad hält bei Feiern immer eine Rede«, sagte Griff. Er hatte recht: Ein derartiger Anlass ging nie ohne eine von Daniels witzigen Ansprachen über die Bühne; oft waren sie der Höhepunkt des Ereignisses.

Alle sahen Daniel an. Er schüttelte den Kopf, ohne zu lächeln, und Seren fiel auf, wie blass er war. Ob er krank war?

Rasch hob sie ihr Glas. »Auf Mum und Dad! Mögen sie noch viele glückliche Jahre miteinander verbringen!«

»Auf Mum und Dad!«, rief Ben.

Die Erwachsenen nahmen einen Schluck Champagner, während die Kinder ihren Holundersaft tranken und so nahe wie möglich an die Torte heranrutschten. Daniel leerte sein Glas in einem Zug.

»Und jetzt ist es Zeit für das hier!« Ben bückte sich, zog den großen Geschenkkarton unter dem Tisch hervor und stellte ihn vor Daniel und Nesta. Alle Kinder sprangen auf und drängelten sich um das Geschenk.

»Um Himmels willen, Ben, können wir nicht erst mal ein Stück Torte essen?«, protestierte Anni, doch Nesta war bereits dabei, die rote Schleife zu lösen, wobei sie immer wieder die kleinen Hände der Jungen wegschieben musste.

»Komm, Liebling!« Sie lächelte Daniel an. »Fang du schon mal auf deiner Seite an. Wer auch immer das hier eingepackt hat, war ganz schön gründlich.«

»Das war ich.« Ben klang sehr selbstgefällig. »He, Anwen, gib ihnen das Kuchenmesser, damit sie das Klebeband durchschneiden können.«

Anni warf ihrem Bruder einen finsteren Blick zu.

Als Nesta das Geschenkpapier auseinanderriss, kam ein brauner Pappkarton mit einem Umschlag darauf zum Vorschein.

»Eins muss ich dazu noch sagen«, meldete sich Anni zu Wort. »Was in dem Umschlag steckt, ist euer Hauptgeschenk. Seren und ich haben keine Ahnung, was sich in dem Karton befindet, aber was es auch ist, es stammt ganz allein von Ben.«

»Bestimmt ist es was ganz Tolles.« Nesta lächelte ihren Sohn an. »Du findest immer die spannendsten Geschenke.«

Anni verdrehte die Augen.

Nesta griff nach dem Umschlag und reichte ihn Daniel. »Möchtest du ihn nicht aufmachen, Schatz?« Daniel zuckte zusammen und schüttelte den Kopf.

Nestas Lippen wurden einen Moment lang schmal, bevor sie wieder lächelte, den Umschlag öffnete und sie alle mit übertrieben freudiger Erwartung ansah. Dann zog sie ein bedrucktes Blatt Papier heraus und stieß einen Schrei des Entzückens aus. »Rom! Fantastisch! Schau mal, Daniel, eine Woche Rom, mit einem Flug erster Klasse und einem Zimmer im *Plaza del Majestic*, wo wir unsere Flitterwochen verbracht haben. Wie oft haben wir davon geredet, wieder einmal dorthinzufahren!« Sie betrachtete ihre versammelte Familie. »Ihr seid ganz, ganz schlimm. Das muss ein Vermögen gekostet haben.«

»Der Gutschein gilt erst ab Juli«, sagte Seren. »Es ist also auch ein Geschenk zu Dads Ruhestand.« Sie wartete darauf, dass ihr Vater sich in irgendeiner Weise äußerte, doch er saß nach wie vor mit unbewegter Miene da. Eine leichte Brise wehte noch mehr Kirschblüten vom Baum, und Seren fröstelte.

»Kommt schon, schaut in den Karton rein!« Ben hopste auf seinem Stuhl auf und ab wie ein Kind.

»Reg dich ab!« Suki legte die Hand auf seinen Arm.

Nesta spähte in den Karton und hob einen geheimnisvollen Gegenstand heraus.

Anni blieb der Mund offen stehen. »Oh, mein Gott!«

»Wow, megacool!« Annis Söhne drängten sich näher an den Tisch.

»Nun ja.« Nestas walisischer Akzent schien stärker ausgeprägt zu sein als sonst, als sie das erstaunliche Objekt hochhielt. »Ich weiß nicht, was ich sagen soll.«

»Ich schon«, fing Anni an. »Es ist …«

»Ich habe es auf dem Portobello-Markt entdeckt«, fiel Ben seiner Schwester ins Wort. »Das perfekte Geschenk zum Hochzeitstag, war mein erster Gedanke.«

Suki zog eine elegant gezupfte Augenbraue hoch. »Ich hatte leise Bedenken, ob es zur Einrichtung der Mühle passen würde.«

»Wir finden bestimmt einen geeigneten Platz«, meinte Nesta unsicher, während sie das massive Modell des Kolosseums, das sie in den Händen hielt, betrachtete. Die Mauern waren aus Gips modelliert, und auf dem Sockel stand ein kleiner Motorroller mit einem Pärchen darauf. Gekrönt wurde das antike Gemäuer von einer kleinen, knallrot lackierten Uhr.

»Das sind Gregory Peck und Audrey Hepburn«, erklärte Ben und zeigte auf den Roller. »Du weißt schon, aus dem Film *Ein Herz und eine Krone*. Warte mal ab, was zu jeder vollen Stunde passiert! Du wirst begeistert sein.«

Seren wechselte einen Blick mit Nesta und unterdrückte ein Lachen.

»Ich dachte, die Uhr könnte gut auf Grannys alter Kommode stehen.« Ben ließ sich vom Gesichtsausdruck seiner Mutter nicht in seinem Enthusiasmus dämpfen.

»Vielleicht ...« Nesta nickte langsam und wandte sich zu ihrem Mann um. »Was meinst du?«

Daniel beachtete weder Nesta noch die Uhr, sondern starrte unverwandt auf seinen Teller.

»Daniel? Stimmt etwas nicht?«

Er nahm Nesta die Kolosseum-Uhr aus der Hand und schien sie einen Moment lang zu betrachten, bevor er sie behutsam absetzte und den Blick auf seine Frau richtete. »Ich kann das nicht mehr.« Seine Stimme klang, als würde ihm die Kehle zugeschnürt. Er stand auf.

»Was kannst du nicht mehr?« Nesta legte die Hand auf seinen Arm und sah ihn besorgt an. Sie schienen eine Ewigkeit so dazustehen.

»Das alles.« Daniel zeigte auf den Tisch. »Die Torte. Der Champagner. Die Geschenke. Die Feier. Ich kann nicht länger so tun als ob.«

»Was soll das heißen?« Nestas Arm sank herab.

»Das heißt ...« Daniel holte tief Luft. »Das heißt, dass ich dir etwas sagen muss, das mir sehr schwerfällt.« Wieder deutete er auf die Runde um den Tisch, die mittlerweile verstummt war. »Genau genommen habe ich euch allen etwas zu sagen.«

Krebs! Das Wort schoss Seren sofort durch den Kopf und drang bösartig und schmerzhaft in ihr Bewusstsein wie ein scharfes Messer. Sie hätte es wissen müssen, sie hätte es an seinem Verhalten erkennen müssen. Im Geist griff sie nach Toms Hand und wünschte sich verzweifelt, er wäre jetzt wirklich hier bei ihr.

»Geht spielen, Jungs!« In Annis Stimme lag eine Autorität, die sie normalerweise bei ihren Kindern vermissen ließ. »Rennt im Garten rum, zählt die Hühner, riecht an den Blumen! Du auch, Griff!«

Zu Serens Erleichterung lief Griff seinen Cousins nach. Sie versuchte, sich vorzustellen, wie es sein würde, ihrem Sohn beizubringen, dass sein Großvater schwerkrank war, aber es wollte ihr nicht gelingen. Ihr ganzer Körper schien von innen zu vereisen. Weder sie noch Griff hatten die Kraft, schon wieder mit dem Tod konfrontiert zu werden, das wusste sie.

Auf einmal merkte sie, dass ihre Mutter etwas sagte – einen Satz, der überhaupt nicht zur Situation zu passen schien.

»Wie heißt sie?« Nestas blaue Augen bohrten sich in das Gesicht ihres Mannes.

Daniel wandte sich ab und schien eher den Garten anzusprechen als seine Frau. »Es geht nicht darum, dass es jemand anders in meinem Leben gibt, Nesta. Es geht um mich und das, was ich für mich tun muss.«

»Wie heißt sie?«, wiederholte Nesta. Seren fiel auf, dass ihre Mutter sich mit einer Hand so fest an die Stuhllehne klammerte, dass ihre Knöchel weiß hervortraten.

»Nesta, bitte! Ist das wirklich so wichtig?«

»Einen Namen. Habe ich das nicht verdient?«

Seren sah von einem Elternteil zum anderen und versuchte zu erfassen, wovon sie redeten. Sie drehte sich zu Ben um, aber er starrte unverwandt auf den Tisch. Daniel blickte immer noch auf den Rasen.

»Warum?« Nestas Stimme bebte. Anni gab Suki das Baby und trat zu ihrer Mutter. »Warum?«, wiederholte Nesta. »Warum tust du das?«

Seren konnte den Blick nicht von ihrem Vater wenden.

»Ich will nicht ...«, hob Daniel an, um gleich darauf wieder zu verstummen. Er wandte sich zu Nesta um und sah ihr ins Gesicht. »Ich glaube, wir brauchen eine Auszeit.« Nesta starrte ihn an. Er legte eine Hand an ihre Wange und ließ sie dort. Nesta sah ihn weiterhin unverwandt an. »Du weißt, dass ich dich liebe, oder?«, sagte er. »Aber ich muss mir selbst treu sein.«

Die Zeit verging, vielleicht Minuten, vielleicht Sekunden. Die ganze Welt schien den Atem anzuhalten.

Nestas Stimme war leise, kaum mehr als ein Flüstern, aber Seren hörte sie. »Scheißdreck!« Nesta fluchte nie und gebrauchte erst recht keine derben Schimpfwörter. Sie stieß Daniels Hand weg. »Du bist ein Haufen Scheißdreck, genau wie meine Mutter immer behauptet hat.«

Seren sah zu Ben; er hatte das Geschenkband aufgehoben und wickelte es langsam und mit äußerster Konzentration auf. Neben ihm wiegte Suki rhythmisch die kleine Lucy, dabei hielt sie den Blick von der Szene abgewandt, die sich vor ihr abspielte. Schweigen, schwer wie dichter Nebel, hing über ihnen allen. Seren wollte etwas sagen, versuchte zu sprechen. Sie sehnte sich verzweifelt danach, die richtigen Worte zu finden, die alles wieder ins Lot bringen würden, aber es gelang ihr nicht.

Ein greller Ton zerriss die Stille. Alle starrten auf die Uhr. Drei weitere helle Glockenschläge erklangen, während der kleine Roller anfing, immer schneller um das Kolosseum zu kreisen, begleitet von den etwas zu langsamen und leicht verstimmten Klängen der Filmmusik von *Ein Herz und eine Krone*.

»Mist!« Ben griff nach der Uhr und bemühte sich hektisch, sie zum Schweigen zu bringen.

»Bravo, Ben!« Anni wollte ihm die Uhr wegnehmen, doch ihr Bruder stellte sie unter den Tisch, wo sie leicht gedämpft, aber unaufhaltsam noch eine gute Minute weiterdudelte.

Daniel, der die Musik nicht wahrzunehmen schien, räusperte sich. »Ich hoffe, dass ihr es alle irgendwann einmal verstehen werdet, aber es ist einfach so, dass ich nicht mehr ...«

»Geh jetzt lieber!«, unterbrach Nesta ihn. »Hat keinen Sinn, länger hier herumzuhängen. Bestimmt wartet sie schon darauf, von dir zu hören, ob du es tatsächlich hinter dich gebracht hast.«

Daniel legte eine Hand auf Nestas Arm. »Ich versuche schon seit Wochen, mit dir zu reden, aber ich wusste nicht, wie ich anfangen sollte, und dann dachte ich mir, dass heute, wenn alle unsere Kinder hier bei dir sind und sich um dich kümmern können, vielleicht die beste Gelegenheit ist ...«

»Ich will nicht, dass sich jemand um mich kümmert.« Nesta schüttelte Daniels Hand ab. »Der Name, Daniel. Das ist alles, was ich will.«

Wieder entstand eine lange Pause, bis Daniel sagte: »Frankie.«

Nesta riss erstaunt die Augen auf.

»Francesca«, fügte Daniel hastig hinzu. »Frankie ist ihr Spitzname.«

Nesta rang sich ein kurzes, knappes Lächeln ab. »Wie lange?«

»Bitte?«

»Wie lange geht das schon mit dir und dieser ...« Ihre Stimme verebbte.

Daniel seufzte. »Ist das wichtig?«

»Ja.«

»Ich kenne sie seit zwei Jahren, aber ...«

»Danke, Daniel.« Nesta räusperte sich und wandte sich zu Seren um. »So, jetzt sollten wir wohl deine köstliche Torte essen, sonst zerfließt sie noch.«

»Nesta.« Daniels Stimme bebte.

»Geh einfach.« Nesta setzte sich und zog die Tortenplatte zu sich heran. »Was für eine wunderschöne Dekoration, Seren! Daran musst du ja eine Ewigkeit gesessen haben.«

»Nesta«, sagte Daniel wieder. »Wir haben einiges zu besprechen – das Haus, die Finanzen.«

Nesta griff nach dem Messer, das neben ihr lag. »Wer will ein Stück?« Schwungvoll schnitt sie durch goldene Sterne, Rosenblätter, Glasur und Teig. Daniel nahm seine Jacke und wandte sich zum Gehen, während Nesta Tortenstücke auf die Teller verteilte.

»Willst du ihm nicht nachgehen, Mum?«

»Setz dich und iss deine Torte, Anwen!«

Anni blieb stehen. »Geh ihm doch nach und sag ihm, er soll nicht so ein Idiot sein!«

»Setz dich!«

»Wenn du ihm nicht nachgehst, dann mache ich es eben!« Anni lief über den Rasen, so schnell, dass ihr blonder Pferdeschwanz energisch wippte. Als ein Motor startete und das Knirschen von Reifen auf Kies zu hören war, blieb sie stehen. Von diesem Teil des Gartens aus war die Auffahrt nicht zu sehen, aber sie wussten alle, dass es Daniels Jaguar war, der jetzt zum Tor preschte und auf die Hauptstraße bog.

Anni marschierte zum Tisch zurück. »Ich fasse es nicht! Er ist weg!«

»Wahrscheinlich hatte er schon eine Tasche gepackt und hat nur noch auf den richtigen Moment gewartet, von hier zu verschwinden«, meinte Nesta.

»Das klingt, als hättest du so etwas erwartet.« Sukis Stimme war leise, und ihre Augen ruhten sorgenvoll auf Nesta.

Nesta griff nach einer Kuchengabel, nahm sich einen Bissen Torte direkt von der Tortenplatte und kaute langsam, während sie mit leerem Blick in die Ferne starrte und alle anderen stumm zuschauten. Schließlich schluckte Nesta das Stück Torte hinunter und wischte sich die Mundwinkel mit der mit kleinen Herzen bedruckten Papierserviette ab, die Seren extra im neuen Geschenkeladen an der Hauptstraße gekauft hatte.

»Nein«, sagte sie zu Suki. »Ich habe nicht erwartet, dass er sich heute davonmachen würde, nicht an unserem Hochzeitstag, nicht vor euch allen.« Sie brach ab und starrte wieder in die Ferne. »Aber wenn ich ehrlich bin, erwarte ich so etwas seit Jahren.« Sie stand auf, schob ihren Stuhl zurück und ging in Richtung Mühle davon.

NESTA

Nesta wollte nach Hause. Ihr war schlecht. Die Schokotorte hatte einen schrecklich süßen Nachgeschmack in ihrem Mund hinterlassen. Sie brauchte etwas zu trinken, um alles hinunterzuspülen. Wenn sie erst einmal in ihrer Küche war, würde sie sich sofort ein großes Glas kaltes Wasser einschenken – in eines der blauen Gläser mit den eingravierten Vögeln, die sie während ihres Urlaubs in Indien gekauft hatten. Wie lange war das her? Zwölf Jahre? Dreizehn?

Einen Fuß vor den anderen setzen, auf das Gras, auf die Gänseblümchen. Ihr fiel das Moos auf, und sie machte sich im Geist eine Notiz, Daniel zu bitten, es auszuharken, und dann noch eine Notiz, die sie daran erinnern sollte, dass Daniel nicht mehr da war.

Hinter ihrem Rücken hörte sie Anni sagen: »Setz dich hin, Seren! Das Letzte, was sie braucht, ist eine Menschenmenge. Ich gehe zu ihr.«

Nesta blutete das Herz wegen Seren, und sie fragte sich, was ihr durch den Kopf gehen mochte. Anni würde bald wieder bei ihrem Mike am anderen Ende der Welt sein und sich mit ihren wilden Jungen und der kleinen Lucy abplagen. Und Ben würde in London sein, sich in seinen virtuellen Welten verlieren und nicht mehr an reale Dramen denken. Es war Seren, die allein zu Hause zurückblieb, Seren, die immer noch so sehr unter Toms Tod litt und noch immer damit beschäftigt war, ihr Leben wieder in den Griff zu bekommen.

Anwen war nun bei ihr. Nesta wusste, dass ihre Tochter mit

ihr redete, konnte die Worte aber nicht erfassen. Die breiten, mit Kräutern bepflanzten Randbeete links und rechts des Gartenpfads lenkten sie ab; alles wuchs so schnell, war so grün und lebendig. Akeleien schwankten im Wind, und ein Fleck mit Riesen-Zierlauch schien in der Luft zu schweben. Die Geranien standen kurz vor dem Erblühen, und durch das dichte Laub im Hintergrund drängte eine dunkelrote Pfingstrose. Vielleicht sollte ich sie nächstes Jahr weiter nach vorn pflanzen, dachte Nesta. Nächstes Jahr?

Anwen redete pausenlos auf sie ein. Ihre Stimme tat Nesta im Kopf weh. Wo die Kinder wohl stecken, fragte sie sich und hoffte, dass sie die Hühner in Ruhe ließen. Sie holte tief Luft, und der Boden schien auf sie zuzukommen; die ganze Welt rutschte plötzlich aus den Angeln, das Gefühl von Übelkeit verstärkte sich, in ihrem Kopf drehte sich alles, und sie hatte Schmerzen in der Brust. Sie brauchte Wasser, jetzt gleich, dringender als alles andere. Immer noch setzte sie einen Fuß vor den anderen und zwang sich weiterzugehen. Es wäre zu leicht, vor Daniels Turm zusammenzubrechen und zu sterben, viel zu leicht.

Anwens Stimme drang zu ihr durch. »Morgen ist er wieder da, du wirst schon sehen, Mum. Er weiß nicht, was er tut. Wahrscheinlich ist es eine Midlife-Crisis. Das dachte ich mir schon, als er sich den Wagen gekauft hat. Und du weißt ja, wie Männer in Panik geraten, wenn der Ruhestand näher rückt. Er war schon immer wie besessen von seiner Arbeit.«

Anwen, bitte! Nesta war nicht sicher, ob sie die Worte laut aussprach oder nur dachte. *Hör bitte auf! Ich will das alles nicht hören …*

»Eine alberne Affäre. Eine Frau, die ihm das Gefühl gibt, wieder jung zu sein. Er wird schon bald merken, wie sehr er dich braucht. Du warst doch immer die Einzige für ihn.«

Nicht jetzt ...

»Mikes Dad hat seine Mum auch vor ein paar Jahren verlassen, weil er angeblich Freiraum brauchte, um zu sich selbst zu finden. Zum Abendessen war er wieder da – er konnte nicht mal einen Laden mit Pizza finden, geschweige denn sich selbst.«

Anwen ...

»Und der Mann meiner Freundin aus der Krabbelgruppe hat sich eingebildet, dass er in eine Kellnerin aus Sydney verliebt ist und ...«

Halt den Mund, Anwen!

FRANKIE

Es war heute schon die zehnte Tasse Kaffee, die stehen blieb und kalt wurde. Frankie, die im Erkerfenster stand, stellte die Tasse ab und presste die Stirn an die Scheibe. Am Himmel, der sich allmählich verdunkelte, war der erste Stern zu sehen. Wo blieb er nur? Seit dem Anruf, der Stunden zurücklag, hatte sie nichts mehr von ihm gehört. Er hatte zu ihr gesagt, dass sie gerade mit dem Mittagessen fertig seien und er es Nesta definitiv noch an diesem Nachmittag sagen würde. Plötzlich war sie in Panik geraten und hatte versucht, ihn noch einmal zu erreichen, um ihm zu sagen: Tu es nicht, es wäre zu schmerzhaft für sie alle! Aber er hatte nicht abgehoben.

So langsam sie konnte, zählte Frankie bis zehn und suchte erneut die Straße mit Blicken ab. Sie überprüfte ihr Mobiltelefon und hielt es mit ausgestrecktem Arm in die Ecke, wo der Empfang am besten war, nur für alle Fälle.

Manchmal kam er nach der Arbeit auf einen Sprung vorbei, auf eine gestohlene Stunde, wenn er Nesta vorschwindelte, er wäre noch auf einer Baustelle gewesen. Er brachte Kuchen und zwei Becher Cappuccino mit und lag bei ihr in ihrem schmalen Bett, bis er sich wieder losreißen und nach Hause fahren musste.

Der Kater sprang auf den Tisch und drückte seine Schnauze an ihren Rücken. Frankie hob ihn hoch und vergrub ihr Gesicht in seinem Fell. Er schnurrte vor Behagen.

»Vielleicht bleiben wir doch zu zweit, nur du und ich, Dante.« Sie setzte ihn ab und kraulte ihm den Rücken, während sie wieder die Straße beobachtete. Vor dem Haus fuhr ein Auto weg und ließ eine perfekte Parklücke für den Jaguar zurück. »Bisher sind wir beide auch gut zurechtgekommen«, sagte sie zu Dante. »Das schaffen wir bestimmt wieder.« Sie wünschte, sie könnte es glauben. Früher einmal hatte sie sich danach gesehnt, allein zu sein, und ihr Leben nie wieder mit einem anderen Menschen teilen wollen. Aber seit sie in dem Zug, der um siebzehn Uhr fünfunddreißig von St. Pancras abfuhr, eines Tages zufällig Daniel Saunders gegenübergesessen hatte, fiel ihr das Alleinsein sehr schwer.

SEREN

Seren saß auf der Bettkante und knöpfte ihr Kleid auf. Auf halbem Weg verharrten ihre Finger. »Du hast es gewusst, oder?« Die Worte gingen ihr schon den ganzen Abend nicht mehr aus dem Sinn. Sie drehte sich zu einem imaginären Tom um. Er las, an seine Kopfkissen gelehnt, ein Buch und trug ein T-Shirt, das im Schein der Lampe sehr weiß wirkte. »Zwei Jahre, sagt Dad. Ich glaube, du hast gewusst, dass er sich hinter Mums Rücken mit jemandem getroffen hat, und mir nichts davon erzählt.« Der imaginäre Tom las unbewegt weiter. »Mein Gott, Tom – zwei Jahre! Wie konnte er das Mum nur antun?«

Seren fuhr fort, ihr Kleid aufzuknöpfen, hielt aber erneut inne. Ihr war eingefallen, wie der Untersuchungsrichter eine mögliche Erklärung für den Unfall abgegeben hatte: *Momentanes Aussetzen der Konzentration.* Immer wieder hatte Seren sich mit der Frage gequält, was Tom an jenem Tag durch den Kopf gegangen war. War er von einem Vogel abgelenkt worden? Von einem plötzlichen Geräusch? Oder war es etwas ganz anderes gewesen, ein Geheimnis, das er entdeckt, ein Versprechen, das er gegeben hatte? War er beunruhigt gewesen, schuldbewusst, nervös? War er, ohne es zu wollen, zum Komplizen in dem falschen Spiel geworden, das sein Schwiegervater trieb?

»Du warst Dad gegenüber immer sehr loyal.« Seren starrte erzürnt auf das Bett. »Aber was ist mit Mum? Du hattest sie doch gern! Was ist mit mir?«

Im Geist hörte sie seine gelassene Antwort: *Es ging mich nichts an.*

Seren stand auf, trat ans Fenster und zog den Vorhang auf. Im oberen Stock der Mühle sah sie Licht brennen. Ihre Mutter musste aufgewacht sein. Als Seren vor einer halben Stunde leise in ihr Zimmer geschaut hatte, hatte sie geschlafen.

Seren dachte daran, noch einmal zu ihr zu gehen, überlegte es sich dann aber anders. Anni und ihre Kinder schliefen im Stockwerk unter Nesta. Wenn Seren das Haus betrat, wurde vielleicht eines der Kinder wach, und dann war der Teufel los.

Lass sie heute Nacht lieber in Ruhe, sagte Tom.

»Und wenn sie sich nun etwas antut?«

Nesta? Niemals! Dafür ist sie viel zu pragmatisch.

Seren zog den Vorhang wieder zu und öffnete die letzten Knöpfe. Als ihr Kleid von ihren Schultern glitt, stieg sie hinaus und wünschte sich, sie könnte die Ereignisse dieses Tages genauso leicht abstreifen.

Sie zog sich ihr Nachthemd über den Kopf. Die kühle Baumwolle wirkte einen Moment lang beruhigend, doch schon bald kehrten ihre Ängste und Zweifel zurück. Seren griff nach ihrer Haarbürste und versuchte, den Tag damit zu vertreiben. Aber sie bürstete so energisch, dass sich die Borsten in ihren Locken verfingen, und je stärker sie an der Bürste zog, desto fester verhakte sie sich. Der imaginäre Tom stieg aus dem Bett und beobachtete sie eine Weile im Spiegel. Dann nahm er ihr die Bürste sanft aus den Händen und löste sie behutsam, Strähne für Strähne, aus ihrem Haar. Als er fertig war, legte er die Bürste auf den Tisch, nahm Seren in die Arme und drückte sie an sich. Sie fing an zu weinen.

NESTA

Der Mond tauchte wie eine große weiße Scheibe langsam am Horizont auf. Ein Milchmond, ein Hasenmond – der Vollmond im Mai war ein Symbol für Leben, Wachstum und Optimismus. Nesta schwenkte das Teleskop zur Seite. Sie wollte nicht das hoffnungsfrohe Antlitz des Mondes sehen, das sie mit der Verheißung all dessen, was sie nicht hatte, anlächelte.

Nesta suchte den Himmel ab. Manchmal gab es im Frühling Meteorschauer. Im vorigen Jahr hatte Nesta drei Nächte lang hintereinander stundenlang beobachtet, wie Sternschnuppen über den Himmel schossen. Daniel hatte gemault, sie halte ihn wach. *Lass in Gottes Namen den Himmel in Ruhe, und geh ins Bett!* Nesta, die jedes Mal, wenn eine Sternschnuppe über die Linse des Teleskops huschte, aufgeregt wie ein Kind war, hatte nicht aufhören können. Zuerst hatte sie sich noch bei jedem Meteoriten etwas gewünscht, aber schon bald waren ihr die Wünsche ausgegangen. Ihr Leben war einfach zu gut gewesen.

Jetzt war es am Himmel sehr ruhig. Sie hatte mehr Wünsche, als sie zählen konnte, doch nicht einmal ein Flugzeug oder ein Satellit bewegte sich am Firmament. Nesta fragte sich, wo Daniel war. Die Sterne betrachtete er sicher nicht.

Sie versuchte, ihn aus ihren Gedanken zu verdrängen und sich stattdessen auf den dunklen Nachthimmel zu konzentrieren. Sie entdeckte Merkur, Jupiter und Kapella, Prokyon und den Polarstern und zu ihrer Linken die helle Spur der Milchstraße, fand den Gürtel des Herkules, die Sternenbilder Jungfrau und Waage und schließlich auch den Löwen.

»Leo, der Löwe«, sagte sie laut. Leo hatte ihr alles beigebracht, was sie über die Sterne wusste. Sie trat neben das Teleskop und lehnte sich ans Geländer, um zu der Stelle zu schauen, wo früher einmal sein Wohnwagen gestanden und wo sie einen Teich angelegt hatte. Jetzt spiegelten sich der Mond und die Sterne darin. Nesta sehnte sich danach, hineinzuspringen und ihr Elend von dem dunklen, sternenfunkelnden Wasser wegspülen zu lassen.

SEREN

Seren hatte das Gefühl, kaum geschlafen zu haben. Als sie die Vögel zwitschern hörte, beschloss sie, aufzustehen und sich eine Tasse Tee aufzubrühen. Doch als sie schließlich die Augen öffnete, war es schon halb neun, und Sonnenlicht flutete durch die Lücke zwischen den Vorhängen. Sie berührte kurz das Kissen, wo Toms Kopf hätte ruhen sollen, und stieg aus dem Bett.

Seren zog die Vorhänge auf und sah Suki in hochgekrempelten Jeans, Satin-Slippers und dem T-Shirt, das Ben am Vortag getragen hatte, über den Rasen gehen; auch in dieser saloppen Kleidung war sie eine umwerfende Erscheinung. Sie hielt einen dampfenden Becher in der Hand, und als sie neben einem Blumenbeet stehen blieb, entdeckte Seren ihre Mutter, die mit einer Gartenschaufel in der Hand auf der Erde kniete und irgendwie viel kleiner aussah, als sie tatsächlich war. Nesta zog ihre Gartenhandschuhe aus, nahm den Becher und lächelte. Suki beugte sich vor und umarmte sie.

In der Küche lag ein Laib frisch gebackenes, köstlich duftendes Brot auf dem Tisch, und Seren fragte sich unwillkürlich, ob der Vortag nur ein böser Traum gewesen war. Sie schlüpfte in Toms alte Gummistiefel und lief in den Garten. Als sie auf Suki und Nesta zuging, machte ihr Sukis ernste Miene klar, dass es kein Albtraum gewesen war; es war wirklich passiert. Nesta stand auf und streckte die Arme aus, und Seren warf sich dankbar hinein.

»Alles in Ordnung?«, fragte Nesta.

Seren löste sich aus der Umarmung ihrer Mutter und trat einen Schritt zurück, um ihr ins Gesicht zu sehen. »Sollte ich das nicht dich fragen? Ich fasse es nicht, dass du Brot gebacken hast.«

Nesta zuckte mit den Schultern. »Irgendwas musste ich tun, um zu verhindern, dass ich deinen Vater anrufe und ihm Schimpfwörter um die Ohren haue. Es ist ziemlich schwer, böse zu sein und gleichzeitig Teig zu kneten.«

»Hast du überhaupt geschlafen?«

»Ein bisschen. Um vier bin ich aufgestanden. Anwen war in der Küche, weil Lucy aufgewacht war, also haben wir geredet und Tee getrunken, und ich habe Brot gebacken, und Anwen hat den Rest von deiner Torte aufgegessen.«

»Hat sie dir Worte der Weisheit gespendet?«

Nesta seufzte. »Sie glaubt, dein Vater wird zur Vernunft kommen und schon bald in den Schoß der Familie zurückkehren.«

»Und was glaubst du?«

Wieder zuckte Nesta mit den Schultern, bevor sie sich bückte und einen Löwenzahn ausstach. Sie schnalzte ärgerlich mit der Zunge, als sie sich aufrichtete und Blätter und Wurzel in ihren Gartenkorb fallen ließ. »Die Dinger schießen im Moment überall aus dem Boden. Kaum bin ich sie los, stehen schon wieder doppelt so viele da.«

Suki berührte Nesta behutsam am Arm. »Kann ich dir irgendwie im Haus helfen?«

»Könntest du vielleicht die Hühner füttern? Ich habe sie im Morgengrauen herausgelassen, aber für ihr Frühstück schien es mir noch ein bisschen früh zu sein.«

»Bin schon unterwegs!« Suki flitzte zum Obstgarten. Nesta sah ihr nach, und Seren fielen die dunklen Ringe unter den Augen ihrer Mutter auf.

»So ein hübsches Ding«, murmelte Nesta.

Seren nickte. »Wo ist Ben?«

»Noch im Bett. Er war schon als Kind ein ausgeprägter Langschläfer. Kein bisschen wie dein Vater, der immer schon vor Tau und Tag putzmunter und voller Tatendrang ist.«

»Tom war genauso«, seufzte Seren. »Weißt du noch, wie er stets in aller Herrgottsfrühe auf war, um zu joggen oder Rad zu fahren, oder sich bereit machte, einen Berg zu erklimmen oder irgendeine Höhle zu erforschen?«

»Deshalb waren sie so ein gutes Team. Sie haben all ihre überschüssige Energie in die Arbeit gesteckt.« Nesta rang sich ein schwaches Lächeln ab.

Wind kam auf, und Seren schlang ihren Morgenmantel enger um sich. Einen Moment lang betrachtete sie das müde Gesicht ihrer Mutter, entschied sich, nichts zu sagen, und tat es dann doch. »Glaubst du, Tom könnte von Dads Affäre gewusst haben?«

»Ach, Seren.« Nesta schob Seren eine lose Haarsträhne hinters Ohr, genau wie früher, als Seren noch klein gewesen war. »Quäl dich doch nicht damit herum.«

»Er hätte zehn Monate lang Bescheid wissen können.«

»Wenn es dein Vater vor mir verheimlicht hat, dann sicher auch vor allen anderen, einschließlich Tom. Obwohl es darauf jetzt auch nicht mehr ankommt.«

»Oh, Mum! Warum bist du so vernünftig?« Sie packte Nesta an den Schultern und schüttelte sie leicht. »Wird es nicht langsam Zeit, dass du ins Haus gehst und Dads Klamotten zerfetzt und seine Miles-Davis-CDs zerkratzt?«

Nesta lachte freudlos. »Glaub mir, Seren, all das steht heute auf der Liste der Dinge, die ich zu erledigen habe.«

»Hallo!« Zu Serens und Nestas Überraschung hatte sich Griff angeschlichen. Er hielt in einer Hand eine Schale mit

Choco Pops, die er sich mit der anderen in den Mund schaufelte, und strahlte sie mit schokoladenverschmierten Lippen an. »Ich bin aufgewacht und hab gedacht, ich muss zur Schule«, brachte er hervor.

»Wie oft habe ich dir schon gesagt, dass man nicht mit vollem Mund spricht?« Seren stupste mit einem Finger seine sommersprossige Nase an.

Griff grinste und schluckte die Choco Pops hinunter. »Dann ist mir eingefallen, dass heute Feiertag ist. Das war echt super!«

Nesta lachte. »Das ist mir auch mal passiert, als ich ein kleines Mädchen war. Ich hab meine Schuluniform angezogen und meine Zöpfe geflochten und war total in Panik, weil ich meine Französischvokabeln nicht gelernt hatte. Ich weiß heute noch, was für ein Stein mir vom Herzen fiel, als ich nach unten kam und sah, dass meine Mutter für den Kirchgang gekleidet war. Lange hielt mein Hochgefühl allerdings nicht an. Meine Mutter hat mir den Hintern versohlt, weil ich noch mal nach oben musste, um mich umzuziehen, und wir deshalb zu spät kamen.«

Griff prustete los. »Au Backe! Wo ist Grandad? Ich wollte ihn fragen, ob er eine Partie Schach mit mir spielt.«

»Er ist im Moment nicht da, mein Schatz.« Seren zerzauste sein Haar. Wie in aller Welt sollte sie ihm erklären, wo Daniel war?

»Er wird eine Weile weg sein«, sagte Nesta mit einem freundlichen Lächeln. »Aber du siehst ihn bestimmt bald wieder.«

»Okay.« Griff wurde bereits von seinen Cousins abgelenkt, die mit ihrem üblichen Arsenal an Plastikwaffen auf ihn zugestürmt kamen. Er drückte Seren die leere Schale in die Hand und schloss sich der wilden Bande an.

»Wie du es jetzt gesagt hast, hat es ganz leicht geklungen.« Seren sah ihre Mutter bewundernd an.

»Sag es so einfach wie möglich, und bleib bei der Wahrheit. Als Mutter habe ich stets versucht, mich daran zu halten.« Nesta zog ihre Gartenhandschuhe wieder an und kauerte sich zwischen die Lavendelpflanzen.

»Ich geh mich mal anziehen.« Seren nahm den leeren Becher ihrer Mutter. »Wenn Ben aufsteht, essen wir dein köstliches Brot und dazu die Erdbeermarmelade, die du letzte Woche gekocht hast. Du isst doch mit, ja? Du musst bei Kräften bleiben, auch wenn dir nicht danach zumute ist.«

»Keine Sorge, Liebes, ich werde es schon überleben.«

NESTA

Sag es so einfach wie möglich, und bleib bei der Wahrheit. Nesta seufzte. Wie viele ausgetüftelte Lügen hatte sie ihren Kindern erzählt, als sie noch klein waren? Sie senkte die Lider, um die Welt vor ihren Augen verschwimmen zu lassen. Das hatte sie schon nach dem Tod ihres Vaters gemacht, weil sie gehofft hatte, wenn alles in ihrer Umgebung verwischt und unscharf aussähe, wäre es nicht mehr so schlimm, wie es schien. Fast sechzig Jahre waren seither vergangen, und es funktionierte immer noch nicht. Nestas Augen schmerzten, und sie öffnete sie weit. Ob offen oder geschlossen, im Moment sah alles ziemlich bescheiden aus.

Sie fand, Daniel hätte sie ruhig anrufen können – und sei es nur, um sich zu erkundigen, wie es ihr ging – oder sich wenigstens bei Seren melden können. Sie war immer sein Liebling gewesen; das war von dem Moment an, als er sie zum ersten Mal im Arm gehalten hatte, nicht zu übersehen gewesen – außer für Anwen und Ben, die viel zu viel damit zu tun hatten, eifersüchtig aufeinander zu sein, um zu bemerken, dass auf einmal ihre kleine Schwester im Mittelpunkt stand.

Nesta fragte sich, ob Daniel trotz des Feiertags im Büro oder auf einer Baustelle war. Sie könnte natürlich Odette anrufen, aber der Gedanke, die grimmige kleine Französin am anderen Ende der Leitung zu haben, gefiel ihr gar nicht. Odette schaffte es auf eine ganz besondere Art und Weise, Nesta das Gefühl zu geben, der Mensch zu sein, der in Daniels Leben am unwichtigsten war. Vielleicht stimmte das ja. Nesta fragte sich, wie viel

Odette wissen mochte. Hatte sie eine Rolle gespielt, indem sie mysteriöse Nachrichten entgegengenommen oder Daniels Termine so geplant hatte, dass ihm ein paar gestohlene Stunden bei seiner Geliebten blieben?

Nesta zupfte eine Winde aus einem Rosenbusch und versuchte, tief Luft zu holen, so wie ihre Pilates-Lehrerin es ihr beigebracht hatte: *Fühle dein Zentrum, fühle dein Powerhouse!* Nestas Zentrum und ihr Powerhouse hatten sich in Luft aufgelöst. Sie versuchte noch einmal, tief einzuatmen, und roch Lavendel. Als sie noch unterrichtet hatte, hatte sie immer ganze Büschel davon im Klassenzimmer aufgehängt. Ihr Großvater hatte auf seinem Hof Lavendel am Dachbalken im Stall befestigt, um seine Pferde zu beruhigen, und Stein und Bein geschworen, dass die jungen Hengste, mit denen er Trabrennen fuhr, dadurch leichter zu lenken waren. Nesta fand, es wäre auch bei Stadtkindern einen Versuch wert. Die anderen Lehrer zogen die Augenbrauen hoch, aber Nesta wusste, dass sie als Einzige nicht in jeder Unterrichtsstunde herumbrüllte und nach der Arbeit nicht zu erledigt war, um noch irgendetwas zu unternehmen – auch wenn es vielleicht die Wirkung des Lavendels auf sie selbst, nicht auf ihre ungezogenen Schüler war.

Nesta hatte mit großer Begeisterung unterrichtet und hätte ihren Beruf nach Bens Geburt gern wieder aufgenommen, aber davon wollte Daniel nichts wissen. Er musste sein Architekturbüro in Schwung bringen, was lange Arbeitszeiten, die Jagd nach Aufträgen und das, was man heutzutage als »Networking« bezeichnete, mit sich brachte. Nestas Ansicht nach bedeutete »Networking«, sich eine gute Zeit in Restaurants und Bars zu machen. Sie dachte an all die Nächte, die sie damit verbracht hatte, Windeln zu waschen und Knete aus dem grell gemusterten Teppichboden zu klauben und auf Daniel zu warten. Den grauenhaften Teppich hatten sie übernommen, als sie in die Gartenwohnung in Putney, ihr erstes eigenes Heim, gezogen waren. Der Garten war ein betonierter Hof mit einem schmalen Blumenbeet auf der Schattenseite gewesen. Das Einzige, was dort wuchs, waren ein Rosenbäumchen, das nie blühte, und ein kümmerlicher Sommerflieder. Damals hatte Nesta in dem Garten lediglich einen Ort gesehen, an den sie die Kinder verfrachten konnte, während sie die Hausarbeit erledigte. Heute war ihr Garten ihre Zuflucht.

Ihre Gartenschaufel buddelte wie von selbst um einen gewaltigen Löwenzahn herum. Nesta packte die dunkelgrünen Blätter und zog daran. Die Blätter rissen ab und ließen die dicke weiße Wurzel zurück, die fest in der Erde steckte und sie höhnisch anzugrinsen schien. Nesta grub weiter, bis sie die Wurzel zu fassen bekam, kauerte sich darüber und zerrte zähneknirschend mit beiden Händen daran, bis auf einmal das ganze Ding herauskam. Nesta stieß einen Triumphschrei aus, verlor im selben Moment das Gleichgewicht und landete auf dem Allerwertesten.

Sie blieb einfach sitzen und fragte sich, ob Daniels Neue auch gern gärtnerte. Riss sie Löwenzahn aus und fiel, jeder Anmut beraubt, mit dem Hintern in den Dreck? Oder war sie zu sehr damit beschäftigt, ihre zarten Gliedmaßen mit duftenden Essenzen einzucremen, Bettwäsche aus Satin glatt zu streichen, in duftige Negligés zu schlüpfen und ihr wogendes Haar zu bürsten? Vielleicht lag Daniel jetzt gerade in ihren samtweichen Armen, umhüllt von seidenen Decken und glänzenden Locken. Nesta zupfte ein Unkraut aus. Die erzürnte Stimme ihrer Mutter klang ihr in den Ohren: »Ich hab's dir ja gesagt, du dummes Ding!« Sie warf das Unkraut in den Korb. Vielleicht täuschte sie sich in ihrer Mutter, vielleicht hätte sie Nesta in ihre kräftigen Arme genommen, ihre Tränen getrocknet und mit ihrem starken Akzent gesagt: »*Peidiwch a crio fy ngbariad* – weine nicht, meine Schöne!«

Nesta schaute sich um. In der kurzen Zeit, seit sie hier hockte, schienen sich Löwenzahn und Giersch vervielfältigt zu haben. Sie hievte sich hoch, kauerte sich auf die Fersen und zog die Gartenhandschuhe aus.

Ihr Ehering glitzerte in der Morgensonne. »Walisisches Gold für meine walisische Braut«, hatte Daniel gesagt, als sie in Tregaron den Ring im Schaufenster bewundert hatten. Sie zog ihn vom Finger, stieß die Schaufel tief in die Erde und ließ den Ring in den schlammigen Spalt fallen. Rasch strich sie den Boden glatt; weg war der Ring!

Sukis winzige Füße tauchten neben ihr auf; sie steckten in Satinschühchen, die mit blauen Schwalben bestickt waren. Nesta fragte sich, ob Suki gesehen hatte, wie sie ihren Ehering verscharrt hatte, und ob ihr klar war, dass sie sich die Schuhe im feuchten Gras ruinieren würde.

Suki murmelte etwas von Frühstück, und Nesta stand auf und lächelte. Sie würde sich zu den anderen an den Küchentisch setzen, Kaffee trinken, Brot mit Marmelade essen und so tun, als würde ihr nicht bei jedem Bissen übel werden.

FRANKIE

Die Nacht schien eine Ewigkeit gedauert zu haben. Irgendwann war Frankie zu Bett gegangen, aber an Schlaf war nicht zu denken gewesen. Jetzt stand sie wieder am Fenster und behielt die Straße im Auge. Wenn er doch nur auf ihre Nachrichten antworten oder sich melden würde, damit sie endlich wusste, was passiert war!

Frankie spielte mit dem Gedanken, im Büro anzurufen, Odette die Stirn zu bieten und nach Daniel zu fragen. Aber der Gedanke an die adrette kleine Französin mit dem straffen Dutt reichte aus, um sich diese Möglichkeit als letzte Notlösung vorzubehalten.

Sie versuchte, sich ein Leben ohne Daniel vorzustellen. Wie würde es jetzt aussehen, wenn sich ihre Wege nie gekreuzt hätten, wenn sie an jenem Nachmittag in einen anderen Waggon gestiegen oder auf einem anderen Platz gelandet wäre?

Fast hätte sie den Zug nicht mehr erwischt. Sie war den Bahnsteig hinuntergerannt und in den ersten Waggon gesprungen, dessen Tür offen stand. Nass vom Sommerregen hatte sie sich durch den engen Mittelgang geschoben und sich auf den ersten freien Platz gesetzt, sich dort wie gewöhnlich verstohlen umgesehen und die Gesichter ihrer Mitreisenden überprüft – nur für den Fall ...

Schräg gegenüber strickte eine ältere Frau eifrig an einem riesigen grünen Pullover, der fast auf den Schoß des Mannes neben ihr fiel. Er führte mit einem kahlköpfigen Mitreisenden, der mit East-End-Akzent sprach und einen Kilt trug, eine lebhafte Debatte über den Benzinpreis. Der Kahlköpfige meinte, er habe fünfundzwanzig Pfund gespart, indem er mit dem Zug statt mit dem Auto zur Hochzeit seiner Schwester fuhr.

»Schon das dritte Mal, dass sie heiratet! Unsere Familie mütterlicherseits stammt aus Schottland, und jedes Mal besteht meine Schwester darauf, dass alle Männer im Kilt antanzen. Ich habe schon ein Vermögen beim Kostümverleih gelassen.«

Frankie hörte, wie die ältere Frau und der andere Mann lachten, und entspannte sich ein wenig. Sie riss eine Tüte Maltesers auf und fing an, die Ansichtskarten von der Ausstellung durchzusehen. Sie steckte sich eine der Schokokugeln in den Mund, lutschte die Schokolade ab und ließ sich den knusprigen Kern auf der Zunge zergehen, wie sie es schon als Kind gemacht hatte. Sie breitete die Karten vor sich aus: Die Farben waren kräftig, die Frauen auf den Bildern sahen himmlisch aus. Schade, dass sie nicht genug Geld gehabt hatte, um sich den Ausstellungskatalog zu kaufen!

»Ich gehe mir einen Kaffee holen.« Der Mann im Kilt erhob sich, und Frankie musste aufstehen, um ihn vorbeizulassen. »Möchte sonst noch jemand etwas zu trinken haben?«

Frankie antwortete nicht. Sie sah, wie die alte Frau den Kopf schüttelte, und hörte den anderen Mann »Nein, danke« sagen. Der Kahlköpfige stapfte den Gang hinunter, wobei sein Kilt im Rhythmus des Zugs hin und her schwang. Frankie setzte sich wieder und spähte verstohlen zu dem Mann, der ihr gegenübersaß.

»Miserables Wetter«, sagte er zu der älteren Frau.

»Wie bitte? Ich bin leider ein bisschen schwerhörig.«

Er erhob seine Stimme. »Miserables Wetter – so feucht und viel zu kalt für die Jahreszeit.« Er deutete mit einer Kopfbewegung auf ihr Strickzeug. »Über einen schönen, dicken Wollpullover wie den würde ich mich freuen.«

Die Frau strahlte ihn an. »Der ist für meinen Neffen. Er arbeitet auf einer Bohrinsel und bekommt jedes Jahr einen Pullover von mir.«

»Er kann von Glück reden, eine Tante zu haben, die ein so gutes Auge für Farben hat. Diese grünen Streifen passen sehr gut zu dem Blau.«

Die alte Frau errötete vor Freude und wollte gerade etwas erwidern, als ihr Mobiltelefon klingelte. Mit einem entschuldigenden Lächeln nahm sie den Anruf an und begann ein detailliertes Gespräch über ein Rezept für Stachelbeermarmelade.

Der Mann schaute Frankie an. »Wie ich sehe, waren Sie auch in der Präraffaeliten-Ausstellung.«

Frankie merkte, dass sie ihn angestarrt hatte, und senkte den Blick hastig auf ihre Ansichtskarten.

»Wen bevorzugen Sie, Rossetti oder Millais?«, fragte der Mann.

Frankie sah wieder auf. Ihr fielen die tiefen Lachfältchen auf, die sich um die blauen Augen des Mannes gebildet hatten, und der Kontrast zwischen seinem wirren silbergrauen Schopf und dem sorgfältig gestutzten Bart, der ihm eine leicht bohemienhafte Note verlieh.

Ohne eine Antwort auf seine Frage abzuwarten, zog der Mann einen Ausstellungskatalog aus seiner Aktentasche. »Ich war so verschwenderisch, den hier für meine Frau zu kaufen – vor allem, um mein schlechtes Gewissen zu beschwichtigen. Ich hätte sie mitnehmen sollen, doch ich bin nach einer sehr langen und langweiligen Besprechung ganz spontan hingegangen.« Er schob den Katalog über den Tisch zu ihr. »Möchten Sie vielleicht einen Blick hineinwerfen?«

Frankie zögerte kurz, bevor sie nach dem Ausstellungskatalog griff und anfing, darin zu blättern. Nach einigen Momenten blickte sie zu dem Mann auf. »Danke.«

Der Kahlköpfige im Kilt kam mit seinem Kaffee und ein paar Keksschachteln zurück, und die alte Frau beendete ihr Telefonat. Der Mann mit dem Kilt bot Kekse an. Der grauhaarige Herr meinte, er hätte die Obstkuchen von British Rail in guter Erinnerung; die alte Frau rief wehmütig die Zeiten in Erinnerung, als die Züge noch Speisewagen hatten, und der Kahlköpfige erzählte, er sei ein begeisterter Fan von Dampfloks und restauriere zusammen mit anderen Eisenbahnenthusiasten in Shoreditch eine alte Lokomotive. Daraus entspann sich ein Gespräch über stillgelegte Bahnlinien, die zu Radwegen geworden waren, das in weiterer Folge zum Radfahren im Allgemeinen und zu der Entdeckung führte, dass die alte Frau in den Fünfzigerjahren mehrere Straßenrennen gewonnen hatte. »Ich fahre noch heute mindestens fünfzehn Kilometer am Tag Rad«, verkündete sie.

Frankie beteiligte sich nicht an der Unterhaltung, sondern betrachtete die unvergleichlich schönen Bilder im Katalog, hörte den anderen aber zu. Der Rhythmus ihrer Stimmen schien mit dem Geräusch des Zuges zu verschmelzen, als sie sich in die Romantik der viktorianischen Bilder vertiefte.

Der Zug blieb ruckartig stehen. Frankie, die befürchtete, ihre Haltestelle übersehen zu haben, fuhr nervös zusammen und atmete erleichtert auf, als sie den vertrauten Lattenzaun und die Hängekörbe voller Petunien sah.

»Hier steige ich aus«, sagte der Mann mit dem silbergrauen Haar und griff nach seiner ledernen Aktentasche.

Auch Frankie stand auf und gab ihm den Katalog zurück. »Es war sehr nett von Ihnen, ihn mir zu leihen«, sagte sie.

Der Mann lächelte. Er ließ ihr den Vortritt, und als sie zur

Tür ging, konnte sie hören, wie er sich fröhlich von seinen Reisegefährten verabschiedete. Wie sehr wünschte sie sich, auch sie hätte dieses Selbstbewusstsein und unbefangene Auftreten.

Als Frankie auf den Bahnsteig hinaustrat und feststellte, dass es immer noch regnete, blieb sie stehen, um in ihrer Tasche nach dem Schirm zu kramen. Aus einem Korb mit Petunien, der direkt über ihr hing, tropfte Wasser auf ihren Kopf.

»Das haben Sie vergessen.« Der Mann mit dem silbergrauen Haar stand neben ihr und hielt ihr den Stapel Postkarten hin. »Sie lagen noch auf dem Tischchen.« Er gab sie ihr. In seinem Bart glitzerten Regentropfen. »Ein Glück, dass ich Sie noch erwischt habe. Ich glaube, die hätten Sie vermisst.«

»Danke.« Frankie nahm die Karten und steckte sie in ihre Tasche.

Sie fand ihren Schirm, aber als sie ihn aufspannte, fiel ihr ein, dass er in der Vorwoche im Wind kaputtgegangen war. Die Hälfte des Stoffs hatte sich vom Gestell gelöst und flatterte traurig hin und her. Frankie seufzte; der Mann lachte.

»Der Schirm sieht aus, als wäre er im Krieg gewesen.« Er betrachtete den Himmel. »Dieser Regen ist unerbittlich. Was ist bloß aus unserem Sommer geworden?«

Frankie klappte ihren Mantelkragen hoch. »Der ist wohl vorbei.«

»Gehen Sie zu Fuß?«

Frankie nickte und setzte sich in Bewegung, wobei sie im Vorbeigehen ihren Regenschirm in den Mülleimer neben der Anzeigetafel warf. Jetzt tropfte ihr der Regen ins Genick und lief eiskalt ihren Rücken hinunter.

»Ich kann Sie mitnehmen«, rief ihr der Mann nach.

Frankie zögerte – eine Sekunde, einen Herzschlag lang. Dann drehte sie sich um. »Okay.« Das Wort war über ihre

Lippen, bevor sie sich zusammenreißen und sein Angebot ablehnen konnte.

Mit knirschenden Schritten eilten sie über den kiesbestreuten Parkplatz und wichen schlammbraunen Pfützen aus. Der Mann stellte sich als Daniel vor. »Da wären wir«, sagte er und zog einen Schlüsselbund hervor.

»Ein 1971er E-Type!« Wieder kamen die Worte wie von selbst aus ihrem Mund. Frankie biss sich auf die Lippen.

Daniel blieb stehen. »Ich bin beeindruckt.«

»Ich hatte einen jüngeren Bruder.« Die Erinnerung an Paul versetzte ihr einen Stich. »Als wir klein waren, hat er Dinky Toys gesammelt. Die Jaguare mochte er von allen Spielzeugautos am liebsten.«

»Dann hatte er einen guten Geschmack.« Daniel hielt ihr die Tür auf. Frankie zögerte eine Sekunde, bevor sie sich auf den weichen Ledersitz gleiten ließ.

Daniel ließ den Motor an. »Ich habe ihn vor drei Jahren gekauft und einen sehr vernünftigen Volvo dafür hergegeben. Den Jaguar habe ich mir selbst zu meinem sechzigsten Geburtstag geschenkt. Meine älteste Tochter war der Meinung, es wäre eine Midlife-Crisis.«

Als der Wagen am Stadtrand einen Kreisverkehr nach dem anderen durchfuhr, spürte Frankie, wie Panik in ihr aufstieg. Was hatte sie bei diesem Fremden zu suchen, einem verheirateten Mann mit Töchtern und einem tollen Auto? Vierundzwanzig Jahre älter als sie, falls sie richtig gerechnet hatte.

Sie kamen an einem modernen Wohnblock vorbei.

»Da drüben wohne ich«, sagte sie.

Daniel fuhr an den Straßenrand; Frankie bedankte sich hastig bei ihm, stieg aus und ging um das Gebäude herum, wobei sie sich bemühte, so zu wirken, als wüsste sie genau, wo sie hinwollte. Neben einer Reihe grüner Mülltonnen wartete sie, bis sie sicher war, dass der Wagen verschwunden war, und trottete dann einen knappen Kilometer durch den Regen, bis sie bei dem edwardianischen Reihenhaus ankam, in dem sie wohnte. Sie war wesentlich nasser, als sie gewesen wäre, wenn sie am Bahnhof den Bus genommen hätte.

Drei Wochen vergingen. Frankie vergrub sich in die Arbeit. An Daniel dachte sie nicht sehr oft.

Wieder einmal regnete es, genau wie an dem Tag, an dem sie die Präraffaeliten-Ausstellung besucht hatte. Sie stand schon an der Bushaltestelle, als sie per SMS erfuhr, dass der Kunstunterricht heute wegen eines kleinen Brandes in der Küche des Bildungszentrums ausfallen würde. Sie seufzte – keine Bezahlung für diesen Tag – und machte sich, beladen mit ihren Einkaufstüten voller Farben, Pastellkreiden und zusammengerollten Bögen Bastelpapier, auf den Heimweg.

Als sie in ihre Straße bog, sah sie Dante kerzengerade wie eine schöne altägyptische Statue auf einem Torpfosten sitzen. Im nächsten Moment sprang er hinunter und lief mit steil aufgerichtetem Schwanz direkt auf sie zu, ohne darauf zu achten, dass zwischen ihnen eine befahrene Straße lag.

Die Geräusche verfolgten Frankie noch wochenlang: der Motor des Lieferwagens, der unaufhaltsam näher kam, ein dumpfes Krachen, als hätte jemand einen schweren Lederball gekickt, und der Schrei einer Frau – ein Schrei, den sie selbst ausgestoßen hatte, wie Frankie erst viel später bewusst wurde. Daran, dass sie ihre Tüten fallen gelassen hatte, erinnerte sie sich erst, als sie diese am nächsten Tag wiederfand: durchnässtes Papier und Pastellfarben, die auf dem Bürgersteig zu einem Regenbogen zerflossen waren.

Als sie bei Dante anlangte, lag er im Rinnstein. Regenwasser vermischte sich mit seinem Blut.

Frankies erste klare Erinnerung war, dass sie Dante, den sie wie ein Baby in ein Badelaken gewickelt hatte, in den Armen hielt und wieder an der Bushaltestelle stand. Regentropfen liefen ihr aus den Haaren in die Augen, sodass sie nicht erkennen konnte, ob ein Bus kam. Autos fuhren vorbei, Fahrer starrten sie durch beschlagene Windschutzscheiben an, Beifahrer wandten sich neugierig um. Niemand hielt wegen der schmächtigen blonden Frau mit dem blutigen Bündel im Arm und dem verzweifelten Gesichtsausdruck an. Frankie schaute nach unten. So viel Blut. Das Bild eines anderen blutbefleckten Handtuchs schoss ihr durch den Kopf, und sie schloss die Augen. Als sie sie wieder öffnete, sah sie neben sich einen hellblauen Jaguar und Daniel, der sich zu ihr umwandte und ihr mit einem Winken bedeutete, zu ihm in den Wagen zu steigen.

Frankie beugte sich vor und spähte durch das offene Fenster. »Ihre Sitze werden bestimmt ganz blutig.«

»Vergessen Sie meine Sitze! Sagen Sie mir einfach, wohin Sie mit ihm – oder ihr – wollen!«

Vorsichtig, um nichts mit ihren blutbeschmierten Händen zu berühren, stieg sie ein. »Es ist ein Er. Dante.«

»Habe ich mir doch gleich gedacht, dass Sie ein Rossetti-Typ sind.«

Frankie erwiderte nichts, sondern zog das Handtuch ein wenig beiseite, um das Gesicht des Katers zu begutachten. Sie hatte den Eindruck, dass ein Augenlid zuckte, war sich aber nicht sicher. »Kennen Sie die Tierarztpraxis an der Rudge Street?«

Daniel nickte und reihte sich wieder in den Verkehr ein. Frankies Blick ruhte unverwandt auf Dantes Gesicht, als könnte sie ihn kraft ihres Willens zwingen, am Leben zu bleiben.

Als sie die Praxis erreichten, blieb Daniel vor dem Eingang stehen.

»Danke«, sagte Frankie, eine Hand bereits auf dem Türgriff. »Das war sehr nett von Ihnen.« Im nächsten Moment war sie aus dem Wagen gesprungen, die Treppe hinaufgeeilt und schon im Eingangsbereich, bevor ihr bewusst wurde, dass Daniel gesagt hatte: »Ich suche nur schnell einen Parkplatz.«

Er tauchte in dem Moment auf, als die Sprechstundenhilfe sie bat, Platz zu nehmen, und setzte sich neben sie.

Frankie senkte den Kopf, damit Daniel ihre Tränen nicht sah. Schweigend saßen sie da, bis sie aufgerufen wurde.

»Soll ich mit reinkommen?«

Frankie nickte.

Es war gerade Schulschluss, als sie durch die Stadt zurückfuhren. Mütter in ihren Minis und Familienkutschen verstopften die Straßen, und Busfahrer, die unterwegs zu den Gesamtschulen waren, gestikulierten und hupten erbost. Der unablässige Sommerregen schien allen auf die Nerven zu gehen. Aber Frankie, die sich in dem Jaguar wie in einem warmen, trockenen Kokon fühlte, war glücklich. Dante würde wieder in Ordnung kommen.

»Was meinen Sie, wie viele Leben hat er noch?«, fragte Daniel.

Frankie zuckte mit den Schultern. »Noch ein paar, hoffe ich. Ich kann mir nicht vorstellen, ohne ihn zu sein.«

»Nun, der Tierarzt meint, dass er nach der Operation so gut wie neu ist.« Daniel blieb neben einem vierstöckigen grauen Gebäude stehen. »Da wären wir.«

Frankie blinzelte durch die wasserbespritzte Windschutzscheibe. Es dauerte ein paar Sekunden, bis ihr einfiel, warum er neben diesem Wohnblock hielt. Der Regen verwandelte sich in einen Hagelschauer.

»Wollen Sie einen Spurt hinlegen oder lieber einen Moment warten?«, fragte Daniel.

Frankie geriet in Panik. Sollte sie die Wahrheit sagen oder die Täuschung aufrechterhalten?

»Ich kann Ihnen einen Schirm leihen, damit Sie es bis zur Tür schaffen. Ich könnte ihn mir in ein paar Tagen abholen.«

»Ich fürchte, ich muss ein Geständnis ablegen.«

Zehn Minuten später saß Daniel in Frankies winziger Küche am Tisch, auf dem zwei dampfende Teebecher standen. Sie saß ihm gegenüber.

»Wie ich sehe, haben Sie Ihre Bilder von der Ausstellung aufgehängt.« Daniel zeigte auf die Postkarten, die Frankie mit Klebeband an der Vorderseite des hässlichen Boilers in der Ecke befestigt hatte. Dort befand sich eine ganze Galerie von Karten, die sie bei Ausstellungen gekauft hatte.

»Sie machen den Raum ein bisschen freundlicher.« Sie schaute sich um. »Der Vermieter hat zwar versprochen, die Wände streichen zu lassen, aber ...« Sie zuckte mit den Schultern.

»Das könnten Sie doch selbst erledigen. Eine helle Farbe, Gelb zum Beispiel, und die Wand dem Fenster gegenüber vielleicht weiß streichen, um das Licht zu reflektieren. Und wenn Sie wirklich etwas daraus machen wollen, erweitern Sie den

Raum bis in den Garten und verschaffen sich auf diese Weise zusätzlichen Platz.«

»Ich glaube, mein Vermieter hätte etwas dagegen, wenn ich anfinge, Wände einzureißen. Er ist nicht mal sonderlich begeistert, wenn ich Bilder aufhänge.«

Daniel lachte. »Tut mir leid, jetzt geht der Architekt mit mir durch.« Er sah sie an. »Was machen Sie beruflich? Irgendetwas Kreatives, nehme ich an, weil Sie offenbar viel für Kunst übrighaben.«

»Früher habe ich gemalt«, antwortete sie. »Nach der Kunstakademie sind ein paar meiner Arbeiten zusammen mit denen anderer Künstler ausgestellt worden. Ich hatte sogar eine Einzelausstellung und ganz gute Kritiken. Ein Journalist hat mich als aufgehenden Stern der britischen Kunstszene bezeichnet und prophezeit, dass ich ganz groß rauskommen würde.« Frankie lachte und sah sich in der kleinen Küche um. »Aber wie Sie vielleicht schon erraten haben, ist es nicht ganz so gelaufen, wie ich gehofft hatte.«

Sie nahm ein Foto mit Eselsohren von einem Regal. »Das ist von der Abschlussausstellung der Akademie.« Auf dem Bild waren drei Gestalten zu sehen, die einen Hügel hinaufliefen. Hinter ihnen flatterten vor einem azurblauen Himmel Drachen im Wind.

»Gefällt mir«, stellte Daniel fest, während er das Foto in die Hand nahm. »Sehr expressiv, sehr kühn. Dynamisch.«

»Insgesamt waren es zehn Bilder, Gestalten in Bewegung – tanzend, springend, sogar fliegend. Es war eine Art Hommage an meine Familie, meine Kindheitserinnerungen an all die Liebe, das Lachen und den Spaß.«

»Haben Sie auch neuere Arbeiten?«

Frankie stand auf und holte das Bild, das im Wohnzimmer auf dem Kaminsims stand: Ein Mädchen mit langem, dunklem

Haar, das sein Gesicht verbarg, saß zusammengekauert in einem dunklen Raum.

Daniel betrachtete es. »Es ist sehr viel kleiner. Kompakter.« Er studierte es. »Traurig.«

Frankie nahm es ihm aus der Hand und legte es mit der Vorderseite nach unten auf den Tisch. »Es ist vor einer ganzen Weile entstanden. Seit damals habe ich eigentlich nichts mehr gemalt.«

Ein paar Sekunden lang starrte Daniel sie an, und sie befürchtete schon, er könnte nachhaken. Stattdessen nahm er einen Schluck Tee und fragte sie, womit sie jetzt ihren Lebensunterhalt verdiene. Frankie erzählte ihm von der Demenzgruppe, mit der sie arbeitete, indem sie die Leute ermutigte, Bilder von ihren schönsten Erinnerungen zu malen, und von den Teenagern mit Down-Syndrom, denen sie an zwei Tagen in der Woche im Hawthorne House Unterricht im Malen gab. Daniel stellte ihr viele Fragen, und sie ertappte sich dabei, ausführlich darüber zu sprechen, wie viel Freude ihr ihre Arbeit und die Menschen machten, denen sie Zeichnen und Malen beibrachte.

»Es entschädigt mich dafür, selbst nicht mehr kreativ zu sein.«

Daniel griff erneut nach dem Foto mit dem Bild ihrer Abschlussausstellung. »Das hier gefällt mir wirklich sehr. Haben Ihre Eltern das Original?«

Auf einmal war Frankies Kopf voller Erinnerungen an das chaotische Cottage an der Küste, die Küche, in der ständig Unruhe herrschte, an Ferien in dem altersschwachen Wohnwagen, an Paul, der dauernd irgendetwas Schlaues mit Katapulten oder Gokarts oder den Fröschen anstellte, die es in den Marschen rund um das Cottage in Hülle und Fülle gab. Dann fiel ihr auf, wie lange sie schon schwieg. »Sie sind tot.«

Daniel blickte auf. »Das tut mir leid.«

Frankie starrte auf die kleinen Sterne, die die Resopaltischplatte aus den Fünfzigerjahren zierten. »Es war ein Unfall, ein Autounfall. Mein Bruder ist dabei auch ums Leben gekommen. Er hatte gerade sein Schulabschlusszeugnis bekommen, zehn Einsen. Sie wollten ausgehen und feiern.« Frankie versuchte, nicht an den Streit zu denken, der dazu geführt hatte, dass sie selbst zu Hause geblieben war. Sie hatte sich gerade *Friends* im Fernsehen angeschaut, als die Polizei gekommen war.

»Sie fehlen mir«, sagte sie leise.

»War das, bevor Sie auf die Kunstakademie gegangen sind?«, fragte Daniel.

»Drei Wochen vorher.«

»Es war sehr tapfer von Ihnen, trotzdem dort anzufangen.«

»Ich wusste nicht, wo ich sonst hinsollte.«

Frankie sah zum Küchenfenster. Es hatte aufgehört zu regnen; schwache Sonnenstrahlen mühten sich, durch den grau verhangenen Abendhimmel zu dringen. Daniel folgte ihrem Blick.

»Ich sollte gehen«, sagte er.

»Tut mir leid.« Frankie stand auf und griff nach den leeren Bechern. »Sie haben bestimmt etwas Besseres zu tun, als sich endloses Gerede über mein Leben anzuhören.«

Daniel erhob sich und lächelte sie an. »Nein. Ganz und gar nicht.« Er reichte ihr seine Visitenkarte. »Geben Sie mir Bescheid, wenn Sie Dante vom Tierarzt abholen wollen, dann fahre ich Sie hin.«

»Das ist wirklich nicht nötig, ich kann mir ein Taxi nehmen.«

»Aber ich mache es gern.«

Später verbrachte sie qualvolle Stunden damit, ihr Gespräch im Geist immer wieder durchzugehen. Hatte sie zu viel preisgegeben – oder nicht genug? Sie fragte sich, ob Daniel all die Dinge aufgefallen waren, die sie nicht erwähnt hatte, und musste sich in Erinnerung rufen, dass er nichts wusste, nichts wissen konnte.

Und genau darauf war es ihr bei all den Veränderungen angekommen, die sie vorgenommen hatte: Niemand sollte etwas über sie und ihre Vergangenheit wissen.

Frankie merkte erst, dass sie eingeschlafen war, als sie hörte, wie sich der Schlüssel im Schloss drehte. Sie hatte sich mit Dante auf dem Schoß im Lehnstuhl eingerollt und war ein bisschen steif. Der Kater sprang auf den Boden, und Frankie stand auf, als Daniel ins Wohnzimmer kam.

Er sah schlimm aus. Dunkle Ringe lagen unter seinen Augen, sein Haar war zerzaust, sein Jackett zerknittert.

Sie starrten einander an. Frankie konnte den rauen Bezug des Sessels an ihren Kniekehlen spüren. Die Uhr auf dem Kaminsims tickte zu laut.

»Ich wusste nicht, was los ist«, sagte sie leise.

Daniel ließ sich schwer aufs Sofa fallen. Dante sprang mit einem Satz neben ihn. Daniel strich mit einer Hand über den Buckel des Katers und seufzte. »Ich habe es ihr gesagt.«

Frankie presste die Lippen zusammen. Sie sahen einander nicht an.

»Wenigstens sind die Kinder bei ihr«, fuhr er fort. »Ich bin nach dem Essen gegangen.«

Frankie spähte zur Uhr: Viertel nach vier. Ein ganzer Tag war vergangen. Ihr Herz schlug zu schnell, vielleicht vor Entsetzen über das Ausmaß dessen, was er getan hatte, oder wegen der Erkenntnis, wie lange es gedauert hatte, bis er zu ihr gekommen war.

»Ich dachte … ich wollte …« Er schien ihre Gedanken gelesen zu haben. »Ich musste nachdenken, ich konnte nicht direkt kommen, nachdem ich …« Daniel brach ab und machte eine hilflose Geste. »Tut mir leid.«

»Hast du in einem Hotel übernachtet?«

»Nein. Ich hatte das dringende Bedürfnis, das Meer zu sehen.«

»Das Meer? Das ist meilenweit weg.«

Daniel zuckte mit den Schultern. »Ich bin eine Ewigkeit gefahren und habe dagesessen und die ganze Nacht das Meer angestarrt, dann habe ich den Motor angelassen und bin zurückgefahren, und jetzt bin ich hier.« Er sah sie an. Allmählich kam wieder Leben in seine Augen.

»Glaubst du, du hast das Richtige getan?« Frankies Stimme war kaum mehr als ein Wispern.

Er lächelte schwach. »Ja.«

»Bist du sicher?«

Daniel nickte und hob den schnurrenden Dante auf, um ihr auf dem Sofa Platz zu machen. »Komm, setz dich zu mir, dann sage ich dir immer wieder, dass sich in meinem ganzen Leben noch nichts so richtig angefühlt hat.«

SEREN

Über das ganze Bett verstreut lagen Röcke, Kleider, Hosen und Pullover, aber Seren konnte sich einfach nicht entscheiden, was sie anziehen sollte. Hastig zog sie sich die Kaschmirstrickjacke – *viel zu heiß* – über den Kopf, und ein Perlmuttknopf flog quer durchs Zimmer. Seren fluchte.

»Warum zum Teufel bist du nicht hier, Tom? Du wüsstest genau, was ich anziehen soll.«

Sie setzte sich an den Frisiertisch und schaute in den Spiegel. Heute war ihr Haar ganz besonders unbändig und stand in alle Richtungen ab. *Einer deiner Struwwelpeter-Tage*, hätte Tom gesagt. Zornig fuhr sie mit der Bürste durch die wirre Mähne und starrte gleichzeitig ihr Gesicht im Spiegel an. Ihre Wangen waren gerötet, die Lider geschwollen. Sie wandte den Blick ab und sah durchs Fenster, wie Nesta die Kletterrose beschnitt, die sich an den Mauern der Mühle emporrankte. Sogar von Weitem konnte Seren erkennen, dass Nesta gelassener war als sie selbst.

Schließlich schlüpfte Seren in eine alte Jeans und ein T-Shirt, das ihr ihrer Meinung nach eigentlich nicht besonders gut stand. Warum sollte sie sich für Daniels Familientreffen groß in Schale werfen? Sie bändigte ihr Haar mit einer Spange, schlang sich einen Seidenschal um den Hals und fragte sich, wieso er sich für das Restaurant des Hotels entschieden hatte, das so groß und unpersönlich war.

»Fertig?« Anni klopfte an ihre Tür. »Ben wartet schon im Wagen.«

Seren kramte in einer Schublade, bis sie endlich die Halskette aus venezianischen Glasperlen fand, die Tom ihr während eines Urlaubs geschenkt hatte, legte den Schal zur Seite und ersetzte ihn durch die Kette.

»Los, komm!«, rief Anni. »Was machst du denn so lange?«

Seren wollte gerade gehen, als ihr Blick auf das Bettelarmband fiel, das am Spiegelrahmen hing und in der Sonne blitzte und blinkte. Ihr Vater hatte es ihr zu ihrem achtzehnten Geburtstag geschenkt, mit einem einzelnen Silberstern daran. Jedes Jahr hatte er ihr einen neuen Anhänger geschenkt: den Buchstaben S, eine Blume, eine Teetasse, einen Vogel und so weiter, bis das Armband so schwer war, dass Seren es kaum noch trug. Als sie es jetzt um ihr Handgelenk legte, klimperte es fröhlich, als wollte es ihr sagen: »Alles wird wieder gut!«

»Hoffentlich kommt Mum zurecht!« Seren beobachtete im Rückspiegel, wie ihre Mutter mit Lucy auf der Hüfte in der Haustür stand und ihren drei Kindern lächelnd nachwinkte, als würden sie einen fröhlichen Ausflug unternehmen.

»Bestimmt.« Anni saß in Serens kleinem grünen Van auf der vorderen Sitzbank, eingequetscht zwischen ihren Geschwistern. »Sie wollte doch auf die Kinder aufpassen, oder? Hat behauptet, dass es sie ablenkt.«

Das war richtig. Nachdem Daniel ihr mitgeteilt hatte, dass er seine Kinder gern zum Mittagessen sehen würde, hatte Seren eine Freundin bitten wollen, als Kindermädchen einzuspringen, aber Nesta hatte protestiert. »Ich bin nicht von heute auf morgen zur Invalidin geworden, Seren. Und ich bin ganz sicher in der Lage, ein paar Stunden mit meinen Enkeln zu verbringen.«

»Wenigstens ist Griff in der Schule«, fuhr Anni fort. »Einer weniger, um den sie sich kümmern muss.«

»Aber …« Seren wollte schon sagen, dass Griff im Gegensatz zu Annis Söhnen wohl kaum Probleme machte, biss sich jedoch rechtzeitig auf die Lippe und wechselte das Thema. »Ob Suki inzwischen schon in London ist?«

»Das nehme ich an«, sagte Ben. »Sie hat sich um halb zehn auf den Weg gemacht, und sie fährt wie der Teufel – vor allem mit meinem Wagen.«

»Sie hat sich an diesem Wochenende ganz toll verhalten. Anscheinend hat sie immer genau das Richtige zu Mum gesagt.« Seren schwieg, während sie sich durch den Kreisverkehr am Stadtrand lavierte. »Suki ist wirklich etwas Besonderes, Ben. Du kannst von Glück reden, eine Frau wie sie gefunden zu haben.« Sie bog auf die Hauptstraße.

Ben starrte aus dem Fenster. »Wie ich sehe, haben *Die fabelhaften Baker Boys* die Rezession überstanden«, stellte er fest, als sie vor einem altmodischen Erkerfenster stehen blieben, um einen Lieferwagen einparken zu lassen. In der Auslage türmten sich Pyramiden aus Baisers, Brownies und Makronen in allen Farben des Regenbogens. An einem gusseisernen Haken hing ein bemaltes Geschäftsschild mit der Aufschrift *Patisserie Tremond*. Der Name war eine Verbindung von Trevor und Edmond, den beiden Besitzern des Ladens.

»Süßes geht immer gut«, meinte Anni und beugte sich vor, um besser sehen zu können.

»Bei dir, meinst du wohl«, sagte Ben grinsend. »Je mehr, desto besser.«

Anni boxte ihn. »Ach, halt doch die Klappe!«

Ben boxte zurück.

»Und hier sehen wir Stems, das berühmte Blumengeschäft, das in der letzten Ausgabe von *Country Brides* vorgestellt wurde.« Seren ahmte die Redeweise eines Fremdenführers nach, um ihre Geschwister abzulenken. »Aufgrund einer unvorhergesehenen Familienkrise bleibt der Laden heute leider geschlossen.«

Das kleine Schaufenster von Serens Geschäft barst förmlich vor Blumen. Sie quollen aus übergroßen Vasen und fluteten aus Körben und alten Töpfen und Krügen. Wenn das Geschäft geöffnet war, standen draußen Emailkübel voller Blumen neben Olivenbäumchen und Lavendelsträuchern in verwitterten Holzkisten und antiken Tontöpfen.

Anni hörte auf, mit ihrem Bruder zu rangeln. »Sieht aus, als hättest du ein paar enttäuschte Kunden.«

Seren warf im Vorbeifahren einen Blick auf ihr Geschäft. Ein Mann in einer Leinenjacke spähte durch das Fenster, und das kleine Mädchen neben ihm stellte sich auf die Zehenspitzen, um ebenfalls hineinzuschauen. Er nahm das Mädchen an der Hand und drehte sich um.

Seren wurde heiß und kalt. Sie erkannte die glatte schokoladenbraune Haut, die dichten dunklen Locken und das Lächeln, das er dem Kind zuwarf, sofort.

»Achtung!«, gellte Annis Stimme in ihr Ohr. Seren schaute gerade noch rechtzeitig wieder nach vorn, um keine zwei Meter von ihrer Kühlerhaube entfernt ein älteres Ehepaar zu sehen. Sie trat die Bremse bis zum Anschlag durch, sodass Ben und Anni nach vorn geschleudert wurden und sich mit den Händen am Armaturenbrett abfangen mussten. Der Wagen kam mit quietschenden Reifen zum Stehen.

»Verdammt!«, rief Ben. »Kein Wunder, dass du fünf Anläufe gebraucht hast, um die Fahrprüfung zu bestehen.«

»Bestimmt habe ich ein Schleudertrauma. Ich könnte dich auf Schadenersatz verklagen!« Anni rieb sich den Nacken. »Ist dir noch nie aufgefallen, dass hier ein Zebrastreifen ist?«

Seren beobachtete, wie das Ehepaar gemächlich auf die andere Straßenseite trottete. Dort drehten sich die beiden, die offenbar nicht ahnten, in welcher Gefahr sie geschwebt hatten, um und winkten ihr zu. Seren, deren Herz laut hämmerte, holte tief Luft, erwiderte den Gruß und ließ den Motor wieder an. Während sie langsam weiterfuhr, warf sie einen Blick in den Rückspiegel. Der Bürgersteig vor ihrem Geschäft war menschenleer. Vielleicht hatte sie sich getäuscht. Vielleicht hatte sie sich nur eingebildet, er wäre der Mann gewesen, der durchs Fenster schaute. Vielleicht hatte sie sich nur eingebildet, vor drei Tagen seinen Wagen gesehen zu haben. Sie betrachtete kurz das Bettelarmband an ihrem Handgelenk. Er war dabei gewesen, als sie es von ihrem Vater geschenkt bekommen hatte.

Seren stellte den Wagen auf dem Parkplatz ab. Während sie mit ihren Geschwistern auf den prächtigen, von Kolonnaden gesäumten Eingang des Hotels zuging, konnte sie es nicht lassen, die Straße nach dem Mann und dem kleinen Mädchen abzusuchen.

Anni hängte sich bei Seren ein. »Ich bin schon halb verhungert. Hoffentlich hat das Hotel nichts von seiner Qualität eingebüßt!«

»Ich hätte mich mit einer Portion Pommes im Park zufriedengegeben«, meinte Ben. »Könnt ihr euch noch erinnern, wie Dad das manchmal nach dem Schwimmen mit uns gemacht hat?«

»Nein.« Anni schüttelte so energisch den Kopf, dass ihre blonden Haare um ihre Schultern schwangen.

»Ich schon«, sagte Seren. »Sonntagmorgens. Er hat mir das Schwimmen beigebracht, noch bevor ich in der Schule war.«

Anni gab einen unwilligen Laut von sich. »Wahrscheinlich immer dann, wenn Mum am Telefon hing und mit Granny schwatzte. Jeden Sonntagmorgen hockte sie auf der untersten Stufe in der Küche und quasselte auf Walisisch in dieses graue Telefon, das wir damals hatten, während Dad ständig versuchte, ein Wort einzuwerfen, und wissen wollte, worum es ging. Ich glaube, er fühlte sich ausgeschlossen.«

»An so ein Telefon kann ich mich gar nicht erinnern«, sagte Seren überrascht.

»Das hatten wir vor dem schicken roten im Wohnzimmer«, sagte Ben.

»Daran erinnere ich mich auch nicht.«

»Ich vergesse immer wieder, wie viel jünger du bist als wir.« Ben tätschelte ihren Kopf.

»Genau!« Anni nickte zufrieden, als hätte sie ein Rätsel gelöst. »Ich war wohl schon zu alt, um mit euch schwimmen zu gehen. Bestimmt habe ich Hausaufgaben gemacht oder für Prüfungen gelernt.«

»Oder auf der hintersten Kirchenbank mit sämtlichen Pfadfindern der Stadt geknutscht – schön der Reihe nach.« Ben grinste seine ältere Schwester an.

»Mit Samuel Pond beim Gottesdienst am Gedenktag Händchen zu halten ist nicht das Gleiche, wie mit einer ganzen Pfadfindertruppe zu knutschen!«

»Ich weiß noch, wie du mit Schimpf und Schande bei den Pfadfinderinnen rausgeflogen bist«, fuhr Ben fort. »Deines komischen kleinen Halstuchs ebenso beraubt wie der Ehre, der Königin Treue zu geloben.«

»Ich bin ausgetreten, weil sich die Gruppenstunde mit meinem Aerobic-Kurs überschnitten hat.«

Seren musste über das Hickhack der beiden lachen und fühlte sich gleich ein bisschen besser. Vielleicht war er gar nicht der Mann vor ihrem Laden gewesen, und vielleicht wollte ihr Vater ihnen mitteilen, dass er nach Hause zurückkommen würde.

Als sie das Foyer betraten, lachten sie noch; beim Anblick ihres Vaters verstummten alle drei. Daniel wirkte geisterhaft in dem Ledersessel am Feuer, in dem er saß. Er stand auf und sah sie an, vermied es aber, ihnen in die Augen zu schauen.

»Danke, dass ihr gekommen seid.«

Er wiederholte den Satz drei Mal, und als der Kellner sie zu einem Tisch am Fenster führte, wusste Seren eines mit Sicherheit: Ihr Vater würde ihnen nicht mitteilen, dass er heimkommen wollte.

NESTA

Nesta hatte so lange an dem Rosenstrauch, der sich an der Hausmauer emporrankte, herumgehackt, gesägt und gerissen, dass ihr die Arme wehtaten. Klein Lucy schlief, und die Jungs klebten vor dem Fernseher, schauten sich *Scooby Doo* an und stopften sich dabei mit Popcorn und Müsliriegeln voll.

Während Nesta an einer dornigen Ranke zerrte, fragte sie sich, wie es den anderen im Hotel gehen mochte. Sie war seit Jahren nicht mehr dort gewesen, obwohl sie früher häufig im Restaurant Geburtstage gefeiert hatten oder mit Freunden essen gegangen waren. Manchmal hatten die Weihnachtsfeiern von Daniels Firma dort stattgefunden, und einmal waren sie zu einem Neujahrsdinner mit Tanz gegangen, und Daniel und sie hatten sich mit White Russians einen Schwips angetrunken. Im Taxi hatten sie den ganzen Heimweg gekichert wie Teenager.

Sie war fast fertig; nur noch das letzte Stück vom Stamm, dann war es erledigt. Nachher würde sie sicherheitshalber noch ein bisschen Unkrautvernichtungsmittel auf den Stumpf geben.

Daniel hatte ihr die Rose zu ihrem siebten Hochzeitstag geschenkt und ihr gesagt, wohin sie sie setzen sollte – sogar das Loch hatte er selbst gebuddelt. Die zart apricotfarbenen Blütenblätter seien perfekt auf die Terrakottaziegel abgestimmt, hatte er ihr erklärt – als hätte sie selbst kein Auge für Farbe oder Design.

Sie waren damals gerade erst eingezogen. Ein Jahr mit zwei

kleinen Kindern und dreißig Umzugskartons übergangsweise in einer Mietwohnung zu leben hatte Nesta fast um den Verstand gebracht. Sie wollte zurück nach London, hatte sie verkündet, in die winzige Gartenwohnung. Sogar der wild gemusterte Teppichboden hatte ihr gefehlt. Tief im Inneren wünschte sie sich, nach Wales zurückzukehren. Aber Daniel war endlich mit seinem Turm fertig geworden – sein Werk der Liebe, wie er es nannte. Es wäre ein Geschenk für sie, hatte er gesagt.

Nesta hatte ihn nie darum gebeten, eine alte Windmühle zu finden und daraus ein Heim für die Familie zu machen. Alles, was sie wollte, war ein kleines bisschen von seiner Zeit und dass es wieder so wäre wie am Anfang, als all seine Energie ihr gegolten hatte, nicht Ziegeln und Schindeln und Bauholz.

Sieben Jahre seit der Hochzeit, sechseinhalb seit Anwens Geburt, fünf seit Bens, zwei, seit Daniel aufgehört hatte, ihr zu sagen, wie schön sie war. Als sie damals in einem verwahrlosten Garten voller Unkraut stand und ihm dabei zuschaute, wie er ein Loch grub, fragte sie sich, wie ein einziger Rosenstrauch alles hübscher erscheinen lassen sollte.

Drei Monate später hatte sie das mit Lillian herausgefunden. Sie hatte sich oft gefragt, ob Lillian ihm geholfen hatte, die Rose auszusuchen. Die Sorte hieß »Mitgefühl« – was für ein schlechter Scherz! Unglaublich, dass er ausgerechnet *sie* gebeten hatte, den Garten zu gestalten. Lillian hätte freie Hand gehabt, wenn Anwen die beiden nicht zufällig draußen vor dem Supermarkt gesehen hätte. »Guck mal, Mummy, Daddy küsst da drüben in dem Auto gerade eine Dame!« Nesta schaute hin, dann gleich wieder weg, und fuhr fort, die Einkäufe im Kofferraum ihres Austin Princess zu verstauen. In den Tüten befanden sich auch die Zutaten für das Essen am nächsten Abend, zu dem Lillian und ihr Ehemann Gerald eingeladen waren – Lachs in Blätterteigkruste und als Nachtisch Schwarzwälder Kirschtorte; Nesta plante das Essen schon seit Wochen. Auf dem Heimweg blieb sie bei der städtischen Bücherei stehen und lieh sich jedes Buch über Gartenbau aus, das vorhanden war. Wenn sie schon ihren Mann nicht im Griff hatte, dann war sie vielleicht auf einem anderen Gebiet erfolgreicher.

An jenem Abend saß sie mit der *Enzyklopädie der Königlichen Gartengesellschaft* auf dem Schoß im Bett, während auf dem Nachttisch *So ziehe ich schöne Blumen* und *Gartengestaltung leicht gemacht* lagen. Sie blickte nicht von ihrem Buch auf, als Daniel heimkam, schlug nur die Seite um und teilte ihm mit, dass sie eine Schubkarre und einen Arbeiter brauchte, der ihr half, den Beton zu zerschlagen.

Daniel wollte Einwände erheben, aber Nesta blätterte eine Seite weiter und erwähnte beiläufig, dass sie Lillian angerufen habe, um das Abendessen abzusagen. »Sie war gerade mit einer Freundin unterwegs, aber Gerald und ich haben uns sehr nett unterhalten.«

Und hier stand sie nun dreiunddreißig Jahre später mit dem Rücken zu ihrem herrlichen Garten und schüttete Unkrautvernichtungsmittel auf die Lieblingsrose ihres Mannes. Nesta widerstrebte es zutiefst, Pflanzen umzubringen, aber wenigstens musste sie jetzt nie wieder diese banalen orangeroten Blüten anschauen und sich dabei jedes Mal fragen, ob Lillian sie ausgesucht hatte.

Sie warf einen Blick auf ihre Armbanduhr. Die Kinder würden bald zurückkommen. Was hatte Daniel ihnen gesagt? Hatte er um Verständnis gefleht? Um Vergebung? Ihnen erklärt, dass es in seiner Ehe schon seit Langem nicht mehr gut lief? Dass alles Nestas Schuld wäre?

»Aber wir sind hier glücklich gewesen«, wisperte Nesta. »Jedenfalls am Ende.«

Nach Serens Geburt waren sie sogar sehr glücklich gewesen. Daniel hatte sein Büro gehabt, Nesta ihren Garten. Sie hatten die steinigen ersten Jahre ihrer Ehe hinter sich gelassen. Falls es in seinem Leben noch eine andere Frau gab, wollte Nesta es nicht wissen, und er fragte nie, ob es bei ihr jemand anderen gab.

Morgen, dachte Nesta, gehe ich eine Clematis kaufen, ein großes, knalliges Exemplar, rosa oder lila, nur um seinen Gesichtsausdruck zu sehen.

FRANKIE

Frankie versank in der Stille des Wassers. Die verzerrten Echos des Schwimmbeckens verstummten, sowie sie untertauchte, und alles, was sie jetzt noch hören konnte, waren die Turbulenzen ihrer eigenen Gedanken. Würde er seine Meinung ändern? Würden sie ihn umstimmen? Würde er überhaupt zurückkommen? Frankies Kopf durchbrach die Wasseroberfläche, und sofort war der Lärm wieder da und übertönte einen Moment lang ihre Ängste. Sie ließ sich wieder in die Stille sinken und stieß sich weiter nach unten, um unter den anderen Schwimmern zu sein, so tief, dass sie das Gewicht des Wassers auf ihrem Körper spüren konnte.

Bilder trieben durch ihren Kopf: Ein funkelndes, strahlend blaues Meer, weißer Sand zwischen ihren Zehen, eine traumhafte Aussicht vom Hotelfenster, lachende Gesichter am Strand – und dann schrie jemand sie urplötzlich an, spie Gemeinheiten aus und schlang den Gürtel ihres Morgenmantels um ihre Handgelenke, bis sie die Arme nicht mehr bewegen konnte.

Rasch tauchte sie auf und klammerte sich japsend an den Rand des Schwimmbeckens. Sie würde Daniel alles erzählen. Nein, doch nicht. Sie würde ihn bitten, zu Nesta zurückzukehren und sie zu vergessen. Das alles war ein schrecklicher Fehler.

Tropfnass und wie erschlagen von Schuldgefühlen, hievte sie sich aus dem Wasser. In der engen Umkleidekabine fuhr sie sich mit dem Handtuch hastig über die kurz geschnittenen Haare und fragte sich, wie sie sich jemals so sehr auf Daniel hatte einlassen können. Sie war nicht auf der Suche nach einem Liebhaber gewesen, nicht einmal auf der Suche nach einem Freund.

Daniel hatte sie zum Tierarzt begleitet, um Dante abzuholen. In Frankies Wohnzimmer hatten sie den sedierten Kater auf eine Decke vor dem Gasofen gebettet, und Frankie hatte sich neben ihn gekauert, bis er zu sich gekommen war. Als er zu schnurren anfing, ging Daniel zu dem Geschäft an der Ecke und kam mit kleinen fettigen Kuchen und einer Flasche spanischem Sekt wieder. Da hat es angefangen, dachte sie, damals, als sie neben ihm auf dem Sofa saß, das blassrosa Glas, das sie bei Oxfam gekauft hatte, in ihren von Butter triefenden Fingern hielt und Sekt schlürfte. Zum ersten Mal seit Jahren hatte sie einen anderen Menschen an sich herangelassen.

Danach folgten weitere Besuche von Daniel: um sich nach Dantes Befinden zu erkundigen, um eine Sondervorführung von *La Dolce Vita* im Kino anzuschauen oder um an einem glühend heißen Augusttag in einem Pub am Fluss zu Mittag zu essen. Ganz zu schweigen von den unzähligen Tassen Tee an Frankies Küchentisch und den langen Spaziergängen. Daniel zeigte ihr ein Haus, das er gerade für einen Kunden baute. Erst musste sie einen Helm aufsetzen, dann stiegen sie zusammen eine Leiter hinauf und betrachteten durch die leeren Fensterhöhlen den Sonnenuntergang. Und sie redeten – wochenlang, monatelang. Im Nachhinein gesehen hätte Frankie nicht mehr sagen können, worüber sie sich unterhalten hatten, aber sie wusste, dass sie auf der Hut gewesen war. Keiner von ihnen hatte viel über die Vergangenheit gesprochen.

Daniel erzählte oft von Nesta, ihrem ausgefüllten Leben, ihrem Garten und den Hühnern und von Seren und Griff.

»Sie hat nicht mehr viel Zeit für mich«, hatte er gemeint, dann aber gelacht. »Tut mir leid, ich will nicht einer dieser Ehemänner sein, die ständig sagen: ›Meine Frau versteht mich nicht.‹ Es scheint einfach nur so, als hätten wir uns auseinandergelebt.«

Frankie hatte den Eindruck, dass Daniel einen Freund brauchte – oder eine Freundin –, mehr nicht. Sie waren seit einem Jahr befreundet, als Tom starb. Frankie bekam Daniel wochenlang nicht zu sehen, und er fehlte ihr.

An einem warmen Abend Anfang Juni stand er wieder vor ihrer Tür. Die Rosen an dem morschen Spalier rund um die Eingangstür hatten gerade zu blühen begonnen.

»Ich kann nicht mehr so tun als ob«, sagte er. »Toms Tod hat mir bewusst gemacht, wie kurz das Leben sein kann.«

Frankie bat ihn herein, aber Daniel blieb einfach unter dem Bogen scharlachroter Rosen stehen, deren schwerer Duft in der warmen Luft hing.

»Ich liebe dich, Frankie.«

Sie sahen einander lange an.

»Ich glaube, ich liebe dich auch«, sagte sie schließlich.

Natürlich hatten sie Schuldgefühle – gewaltige Schuldgefühle. Manchmal versuchten sie, alles zu beenden, und sahen einander wochenlang nicht. Wochen, in denen Frankie sagte, es wäre unrecht, und Daniel fand, es wäre nicht richtig, Wochen, in denen sie sich einig waren, dass sie sich trennen mussten.

»Kannst du warten?«, fragte Daniel, als sie eines frühen Morgens Hand in Hand über ein Feld spazierten. »Warten, bis Seren ein bisschen über Toms Tod hinweggekommen ist? Warten, bis Griff wieder in der Schule zurechtkommt? Warten, bis Nesta stark genug ist? Warten, bis der Frühling da ist und Nestas Garten in voller Blüte steht?«

Sie blieben stehen. Ihr Atem hing wie kleine Rauchwolken in der frischen Morgenluft.

»Ich werde warten«, flüsterte Frankie. Und Daniel nahm sie in die Arme und versicherte ihr, dass alles gut werden würde.

Daniel hatte Frankie von der anderen Frau in seiner Vergangenheit erzählt – Lillian. Heute bezeichnete er sie als Fehler.

Lillian. Der Name kullerte durch Frankies Kopf. Sie drehte sich zu ihm um. »Und ich? Bin ich auch ein Fehler?«

Daniel küsste sie. »Nein. Das mit uns ist etwas ganz anderes.«

Frankie blinzelte ins Sonnenlicht, als sie durch die Schiebetüren des Schwimmbads nach draußen trat. Sie wandte sich nicht wie sonst nach links, um die Abkürzung durch den Park zu nehmen, sondern nach rechts. Sie überquerte die Fußgängerbrücke über die Eisenbahngleise und folgte dem schmalen Pfad, der zur Hauptstraße führte. Sie hatte sich eingeredet, dass sie bei Tesco's Milch und Zwiebeln besorgen müsse, doch als sie fünf Minuten später achtlos am Supermarkt vorbeiging, dachte sie schon längst nicht mehr ans Einkaufen.

Je näher sie dem Hotel kam, desto langsamer wurden ihre Schritte. Sie stellte sich Daniel zusammen mit seinen Kindern vor und spielte kurz mit dem Gedanken, selbst hineinzugehen. Sie würde sich entschuldigen und versprechen, Daniel in Zukunft in Ruhe zu lassen. Seine Kinder könnten ihn gleich mit nach Hause nehmen, und das wäre es.

Fast wäre sie in den Mann hineingelaufen. Frankie blieb abrupt stehen und ließ den Korb, in dem sich ihr Schwimmzeug befand, vor seine Füße fallen. Ihr nasses Handtuch purzelte auf den Bürgersteig und verfehlte nur knapp die kostspielig wirkenden Schuhe des Mannes.

Frankie entschuldigte sich und stopfte das Handtuch in den Korb zurück. Der Mann, dessen Gesicht ihr vage bekannt vorkam, schien sie nicht zur Kenntnis zu nehmen.

Ein kleines Mädchen hielt seine Hand fest und zog an seinem Arm. »Komm schon, Daddy, gehen wir! Bitte!«

Frankie folgte dem Blick des Mannes und stellte fest, dass er ins Hotel starrte oder vielmehr auf eine Gruppe von Personen, die an einem Fenstertisch saßen: zwei Frauen, eine groß und blond, die andere kleiner und rothaarig, und zwei Männer. Der jüngere Mann, der Jeans und ein verwaschenes T-Shirt trug, lümmelte auf seinem Stuhl, während sich der andere, schicker gekleidet und älter, mit grimmiger Miene vorbeugte und mit den Händen gestikulierte, als wollte er unterstreichen, was er sagte.

Frankie wusste, dass sie weggehen sollte – sie hatte kein Recht, hier zu stehen und heimlich zuzuschauen –, aber sie konnte sich nicht bewegen, konnte den Blick nicht abwenden, als wäre es ein spannender Thriller im Fernsehen, den man einfach nicht abschalten kann. Frankie kannte die Namen sämtlicher Beteiligten; Daniel hatte ihr oft genug von seiner Familie erzählt. Das da waren Seren, Anni und Ben.

Seren machte Anstalten, aufzustehen. Daniel streckte eine Hand aus und berührte ihren Arm. Sie setzte sich wieder hin. Als müsste sie sich irgendwie beschäftigen, löste sie ihr Haar und ließ es wie einen Wasserfall wirrer roter Locken auf ihre Schultern fallen, ehe sie es rasch mit beiden Händen wieder zusammenfasste, zu einem straffen Knoten schlang und mit einer Spange fixierte. Ihr Mund bewegte sich die ganze Zeit unaufhörlich – ein Sturzbach von Worten ergoss sich über Daniel. Er schüttelte den Kopf, und Frankie wusste, dass Seren ihm nicht ihren Segen gab.

»Du hast gesagt, dass wir Cupcakes essen. Du hast es versprochen!«

Frankie wurde wieder auf den Mann und das kleine Mädchen aufmerksam. Er schien die Szene im Hotel genauso gebannt zu beobachten wie sie.

»Daddy, ich muss mal! Jetzt gleich, sonst mach ich in die Hose!«

Das brach den Bann. Der Mann wandte sich dem kleinen Mädchen zu und entdeckte Frankie.

»Entschuldigung, wollen Sie ein Autogramm?«

»Bitte?«

»Normalerweise würde ich Ihnen eines geben, aber …« Er zeigte auf seine Tochter. »Ich glaube, wir haben es mit einem Notfall zu tun. Wissen Sie zufällig, ob es hier irgendwo eine öffentliche Toilette gibt?«

»Auf dem Parkplatz, glaube ich«, antwortete Frankie, und der Mann bedankte sich und eilte davon. Als Frankie wieder zum Fenster schaute, starrte Seren sie direkt an, eine Hand auf den Mund gelegt, die Augen vor Entsetzen weit aufgerissen.

Frankie wandte sich hastig zum Gehen. Sie hätte niemals hierherkommen dürfen. Jetzt hatte Seren sie gesehen. Sie würde es Daniel erzählen, und er würde sie für verschroben oder verrückt oder beides halten. Er würde enttäuscht sein, vielleicht sogar wütend, und das könnte sie nicht ertragen. Frankie fing an zu laufen, drängte sich verzweifelt durch die Leute, die den Nachmittag nutzten, um ihre Einkäufe zu erledigen. Das war's; wenn Daniel nach Hause kam, würde sie ihm sofort sagen, dass es aus war. Am besten packte sie gleich seine Sachen und stellte sie in den Flur. Sollte er doch sein Leben mit Nesta wieder aufnehmen. Sie selbst würde tun, was sie schon einmal getan hatte. Natürlich musste sie wegziehen und irgendwo von vorn anfangen, das war ihr klar, aber daran war sie gewöhnt.

In ihrem Kopf hämmerte es, als sie den Wohnungsschlüssel ins Schloss steckte. Dante war sofort bei ihr und schmiegte sich an ihre Knöchel, aber Frankie hatte nicht die Kraft, sich wie sonst zu bücken und ihn zu streicheln.

Die Anzeichen waren ihr nicht fremd. Bald würde ihr übel werden, das Hämmern würde sich verstärken, dann würde alles vor ihren Augen verschwimmen und schließlich in kleine Segmente zerfallen, als wäre sie eine Fliege, die die Welt durch Facettenaugen sah. Für Schmerzmittel war es zu spät; nur ein verdunkelter Raum und Schlaf würden ihre Qualen lindern. Sie warf den Korb im Flur auf den Boden und taumelte die Treppe hinauf, wobei sie den Umstand verfluchte, dass ihre Schmerzen sie daran hindern würden, Daniels Sachen zu packen.

Das neue Bett war in der vergangenen Woche geliefert worden, ein überdimensionales Symbol für Daniels Vertrauen in ihre Zukunft. In dem kleinen blauen Schlafzimmer wirkte es wie ein gigantisches Floß, und Frankie ließ sich darauffallen, als wäre es ihre letzte Rettung.

Sie schlug ein Auge auf und sah mindestens zehn bruchstückhafte Daniels. Sie öffnete das andere, und sämtliche Daniels verschmolzen zu einem. Er kauerte neben dem Bett und hatte eine Hand auf ihre Stirn gelegt. Es fühlte sich gut an.

»Alles in Ordnung?«, fragte er.

Frankie versuchte zu nicken, aber ihr Kopf schmerzte einfach zu sehr.

»Bist du krank? Hast du Fieber?«

»Kopfweh«, flüsterte sie.

»Womöglich die Grippe?«

Sie wollte den Kopf schütteln, doch die leichte Bewegung

verursachte eine Welle heftiger Schmerzen, und sie schloss wieder die Augen. Frankie wollte ihm sagen, dass es nur Migräne war, an der sie litt, seit sie die Treppe hinuntergestürzt war. Die Ärzte hatten ihr damals gesagt, dagegen könne man nichts machen. Sie wollte ihm erklären, dass die Schmerzen sie in den Momenten überfielen, wenn sie wichtige Entscheidungen zu treffen hatte, als sollte sie dafür bestraft werden, irgendetwas zu planen. Vor allem aber wollte sie wissen, was Seren gesagt hatte, nachdem sie gesehen hatte, wie Frankie durchs Fenster starrte. Aber sie spürte, wie sie stattdessen erneut wegdämmerte, und als sie wieder aufwachte, roch es nach Toast, und durch die Vorhänge fiel das Licht der Straßenlaternen.

Frankie rührte sich nicht. Kaum wagte sie zu hoffen, dass die Schmerzen tatsächlich vergangen waren. Sie holte tief Luft und bewegte den Kopf auf dem Kissen hin und her. Es tat nicht weh.

Von unten hörte sie Jazz und gelegentlich Daniels leise Stimme: »Nein, das ist nicht für dich. Du hast dein Abendessen schon bekommen ... Na gut, ein kleines bisschen ... Ein kleines bisschen, habe ich gesagt, du Vielfraß.« Ihn mit Dante sprechen zu hören zauberte ein Lächeln auf ihre Lippen. Es war ein schönes Gefühl, zu wissen, dass sie nicht allein war.

Langsam trieben die Erinnerungen an den vergangenen Tag in ihrem Bewusstsein wieder an die Oberfläche, und blankes Entsetzen stieg in ihr auf, bis sie nur noch Serens Gesicht hinter der hohen Fensterscheibe vor sich sah. Frankie presste ihre Finger auf die Augen. Was musste Seren von ihr denken?

Erst allmählich fügten sich die Erinnerungsfetzen wieder zusammen wie Teile eines Puzzles. Seren konnte gar nicht sie, Frankie, fassungslos und entgeistert angestarrt haben. Sie wusste doch gar nicht, wie Frankie aussah. Für Seren war sie nur eine Frau gewesen, die durch das Fenster des Hotels schaute, vielleicht, um die Einrichtung zu bewundern oder Ausschau nach einem Bekannten zu halten.

Frankie setzte sich auf, knipste die Nachttischlampe an und fuhr sich mit den Fingern durch ihr wirres Haar. Serens entsetzter Gesichtsausdruck hatte nicht ihr gegolten, sondern dem Mann neben ihr. Und jetzt fiel Frankie wieder ein, woher sie ihn kannte.

SEREN

»Mum. Mum. Mum!«

Seren starrte wie gebannt auf den winzigen Tropfen Blut. Sie hatte nicht einmal gemerkt, dass sie an der Haut um ihren Fingernagel zupfte, aber schon sah die Stelle entzündet aus, und in der Mitte der Wunde glitzerte ein scharlachroter Blutstropfen. Sie steckte den Finger in den Mund; es schmeckte metallisch.

»Hörst du überhaupt zu, Mummy?«

Seren zwang sich zu einem Lächeln. »Natürlich, Liebling. Du liest wirklich ganz toll vor.«

Griff klappte *Henry der Schreckliche* zu und schob das Buch in die grüne Schultasche auf seinem Nachttisch. »Nee, stimmt gar nicht. Ich bin über unheimlich viele Wörter gestolpert, und du hast es nicht mal gemerkt.«

»Tut mir leid! Ich bin ein bisschen müde.«

Griff nahm seine Brille ab und rutschte unter die Decke, bis nur noch sein wilder Lockenschopf und die Hälfte seines sommersprossigen Gesichts zu sehen waren. »Du brauchst mir nichts vorzulesen, wenn du nicht willst.«

»Natürlich will ich!«

Seren griff nach der abgenutzten Ausgabe von *Der kleine Hobbit* und schlug die Seite auf, die mit einem Lesezeichen aus goldgeprägtem Leder markiert war. Das Buch hatte einmal Daniel gehört. Das Lesezeichen war ihres, sie hatte es während einer Schulexkursion nach London am elften September 2001 gekauft.

Seren hielt das Lesezeichen in der Hand; es fühlte sich weich an. Sie konnte sich noch gut an jenen schönen Nachmittag erinnern, als sie sich im Museumsshop des Tower of London an der Kasse angestellt hatte, um ein Souvenir zu bezahlen, das sie eigentlich gar nicht haben wollte. Sie erinnerte sich an die Jungen, die vor ihr standen und in einem Regal mit Plastikschwertern wühlten, und an Mr. Campbell, der mit Neil Wilson nach draußen ging, weil er versucht hatte, ein Beefeater-Geschirrtuch zu klauen. »Es ist für meine Mum, Sir, sie hat Geburtstag.« Und sie erinnerte sich, wie sie penibel ihr Haar glattstrich, während sie mit ihrer besten Freundin Mandy Trump plauderte, und sich dabei nur allzu bewusst war, dass Arlow Laverne direkt hinter ihr stand.

Arlow Laverne, Arlow Laverne – sie hatte es getan, sie hatte seinen Namen im Geist ausgesprochen, nachdem sie jahrelang seine Existenz geleugnet hatte, auch wenn auf Reklametafeln und auf den Titelseiten der Fernsehzeitschriften immer wieder Bilder von ihm als DCI Zac Jones prangten und eine weitere Staffel von *Island Beat* angekündigt wurde. Aber es war weder ein Plakat noch ein Foto von ihm gewesen, das sie an diesem Nachmittag gesehen hatte – es war Arlow selbst gewesen, in Fleisch und Blut, und er hatte ein Gesicht gemacht, als hätte er einen Geist gesehen.

Warum nur? Von allen Tagen, allen Stunden, allen Minuten musste er ausgerechnet in dem Moment auftauchen, als Seren das Gefühl hatte, endlich zu ihrem Vater durchzudringen, ihm begreiflich zu machen, dass es der größte Fehler seines Lebens wäre, Nesta zu verlassen. Genau in dem Augenblick, als Daniels entschlossene Miene ins Wanken zu geraten schien, als er seufzte und sie fragte, ob sie wirklich glaube, dass Nesta ihm verzeihen würde, schaute Seren zum Fenster, und der Anblick von Arlows Gesicht traf sie wie ein Bombeneinschlag. Danach lief irgendwie alles aus dem Ruder, und als sie und ihre Geschwister wieder in ihren Wagen stiegen, stellte sie fest, dass sie ihren Vater nicht überredet hatte, nach Hause zurückzukehren. Stattdessen hatte sie zugestimmt, am nächsten Tag mit Anni zu dieser anderen Frau zu fahren und das Haus zu betreten, das ihr Vater zweimal als »unser Zuhause« bezeichnet hatte.

Anni hatte darauf bestanden, Frankie kennenzulernen, bevor sie nach Australien zurückkehrte. »Es wäre gut, den Namen mit einem Gesicht zu verbinden.« Ziemlich verrückt, fand Seren. Daniel war einverstanden gewesen und hatte versprochen, Kuchen und Kekse aufzutischen, als wären Anni und sie noch kleine Kinder, und Seren hatte bloß genickt und gesagt: »Wie nett.«

Seren schüttelte den Kopf und versuchte, sich auf das Buch in ihrer Hand zu konzentrieren. »Wo waren wir?«

Griff antwortete nicht, und als Seren aufblickte, sah sie, dass er tief und fest schlief. Sie rührte sich nicht. Nach einer Weile hielt sie das Lesezeichen an ihr Gesicht und schnupperte daran.

Sofort saß sie wieder in dem stickigen Bus, der zur Schule zurückfuhr, und starrte auf die abgeernteten Felder links und rechts der Autobahn. Der Fahrer hatte das Radio angestellt, und Mr. Campbell beugte sich auf seinem Sitz vor und versuchte, über das Getöse von dreißig sechzehnjährigen Schülern hinweg die Nachrichten zu hören. Seren schnappte den einen oder anderen Satz auf und erschrak. Sie wollte daheim sein, am Küchentisch sitzen, die Kekse ihrer Mutter essen und die Jazzmusik ihres Vaters hören. Sie wollte in der Geborgenheit ihres Zuhauses sein und von ihren Eltern hören, dass alles wieder gut werden würde.

»He, Seren!« Neil Wilsons Stimme ließ sie zusammenfahren.

»Kümmere dich einfach nicht um ihn!« Mandy Trump holte eine Ausgabe der *Elle* aus ihrer Tasche und gab sie Seren. »Da ist ein Interview mit Johnny Depp drin. Tolles Bild!«

»Seren!«

Seren versuchte, sich auf Johnny Depps dunkle Augen zu konzentrieren, obwohl im Radio gerade gesagt wurde, dass Flugzeuge in Gebäude krachten und Hochhäuser einstürzten. Hinter ihr wurde Neil Wilsons Stimme immer lauter.

»Was für ein Name ist Seren eigentlich?« Er war weiter nach vorn gekommen und hatte die zwei Mädchen, die hinter ihnen gesessen hatten, von ihren Sitzen vertrieben und es sich dort bequem gemacht. »Warum haben sie dich nicht einfach Ginger genannt?« Er schob seine Hand an der Kopfstütze vorbei und schnippte mit einem Finger an ihren Kopf. »Ist dein Haar überall so rot?« Er kicherte und fing an, mit den Füßen gegen ihre Rückenlehne zu treten. Seren versuchte, sich vorzustellen, zusammen mit Johnny Depp am Strand zu sitzen. »Treffen wir uns doch nachher im Park, dann kannst du es mir zeigen.« Johnny gestand ihr gerade seine ewige Liebe. »In der Hütte hinter den Schaukeln.«

»Soll ich Mr. Campbell holen?«, fragte Mandy.

»Schon gut«, sagte Seren.

»Echt, warum haben sie dich Seren genannt? Ist deinen Eltern nichts Besseres eingefallen als irgend so ’n bekloppter Hippie-Name?« Neil trat fester gegen die Rückenlehne. Seren musste sich auf die Lippe beißen, um ihm nicht die Genugtuung zu geben, laut aufzuschreien.

»Der Name bedeutet ›Stern‹.« Seren drehte sich um und sah, dass Arlow Laverne im Mittelgang stand und Neil Wilson aus schmalen Augen anstarrte. »Auf Walisisch.«

»Was? Ist dein Alter Schafficker oder so was?«, höhnte Neil, hörte aber auf, gegen die Rückenlehne zu treten.

»Halt die Klappe!« Arlow erhob die Stimme nicht. »Ich finde ihren Namen cool.«

Mandy stieß Seren mit dem Ellbogen an, und Seren verbarg ihr Erröten hinter Johnny Depps Gesicht, während sich in ihrem Inneren freudige Erregung ausbreitete. Der tollste Junge der Schule setzte sich für sie ein, der Neue, der sie alle tief beeindruckt hatte, als er in der vorangegangenen Woche im Englischunterricht Hamlets Monolog vorgelesen hatte.

»Setzen, Laverne!«, blaffte Mr. Campbell. Arlow ging zu seinem Platz zurück.

»Arlow ist auch ein echter Scheißname«, murmelte Neil Wilson, gab aber den Rest der Fahrt Ruhe.

»Woher weißt du, was mein Name bedeutet?«, fragte Seren Arlow später, als sie vor der Schule ausstiegen.

»Ich habe ihn nachgeschlagen«, antwortete er. Seren beobachtete, wie sich ein Lächeln auf seinem glatten braunen Gesicht ausbreitete, und fragte sich, wie es wäre, sich auf die Zehenspitzen zu stellen und ihm einen Kuss auf die Wange zu geben. »In der Bücherei.«

Trotz allem, was passiert war, musste Seren bei der Vorstellung, wie Arlow in der kleinen Stadtbücherei in einem Lexikon ihren Namen nachschlug, noch heute, vierzehn Jahre später, lächeln.

»Da bist du ja.« Anni öffnete gerade eine Flasche Wein, als Seren die Küche betrat. »Ich dachte, wir könnten ein bisschen Medizin brauchen. Ich stille Lucy zwar noch, aber einen winzigen Schluck darf ich mir wohl erlauben.«

Seren lächelte. »Hat Ben den Zug erwischt?«

»Ja, Mum und ich haben brav winke, winke gemacht, und jetzt müsste er schon auf halbem Weg nach London sein. Diese monströse Uhr hat er wieder mitgenommen, obwohl Mum ihm wiederholt versichert hat, wie gern sie das Ding behalten würde.«

»Und wie geht's Mum?« Seren holte zwei Gläser.

»Sie hat darauf bestanden, die Kinder ins Bett zu bringen. Das lenkt sie ab, hat sie behauptet. Und ich dachte, für mich wäre es eine willkommene Ablenkung, mit dir ein Gläschen zu trinken.«

Seren grinste ihre Schwester an, die gerade den Wein einschenkte. Nun, da Ben nicht mehr da war, wirkte sie viel entspannter.

»Alles in Ordnung?«, erkundigte Anni sich.

Seren zuckte mit den Schultern.

»Muss schlimm für dich sein, ich weiß. Wie lange ist es jetzt her, dass Tom ...« Anni, die es offenbar nicht schaffte, den Satz zu beenden, nahm einen Schluck Wein.

»Nächsten Monat ist es ein Jahr.«

»Was hätte er wohl zu dieser Sache mit Mum und Dad gesagt? Er war immer so besonnen, so ausgewogen in allem, was er gesagt und getan hat.«

Seren lachte. »Soll das etwa heißen, Tom war ein Langweiler?«

»Nein, gar nicht! Wenn du einen langweiligen Mann suchst, musst du nur meinen Mike nehmen. Er redet und redet – über die Arbeit, über Fußball, über den verdammten Filter vom Swimmingpool.« Anni trank noch einen Schluck Wein. »So war Tom überhaupt nicht. ›Vernünftig‹ trifft es wohl eher.«

Annis Mobiltelefon klingelte. Sie warf einen Blick auf das Display. »Mum.«

Ein kurzes Gespräch folgte, und Seren hatte den Eindruck,

dass das Ins-Bett-Bringen der Kinder ein wenig außer Kontrolle geraten war.

»Ich laufe lieber schnell rüber und rette sie.« Anni leerte ihr Glas in einem Zug. »Ich komme noch mal her, aber es könnte ein Weilchen dauern!«

Seren sah ihrer Schwester nach, als sie zur Tür hinausging und durch den Garten zur Windmühle marschierte. Draußen war es noch hell, der Himmel war mit einem blassrosa Schleier überzogen und mit lila Wolkenfetzen verziert.

Sie starrte vor sich hin und dachte über das Wort »langweilig« nach. Vielleicht war Tom doch langweilig gewesen. Acht Jahre älter als Seren, hatte er immer ausgeglichen und gefestigt gewirkt und nicht unbedingt zu Gefühlsduselei geneigt. Für sie war er der Fels gewesen, an den sie sich klammern konnte. Er hatte sie vor dem Ertrinken bewahrt, und dafür war sie dankbar gewesen.

Sie nahm einen Schluck Wein und gab sich zögernd die Erlaubnis, an Arlow zu denken, den wohl kaum jemand als »langweilig« bezeichnet hätte.

Arlow Laverne. Seren hatte kaum bemerkt, dass sie den Laptop aufgeklappt und den Namen bei Google eingegeben hatte. Es gab unzählige Einträge zu seiner Person. Sie überflog die Liste. Meist schien es darum zu gehen, dass die Serie *Island Beat* in diesem Jahr abgesetzt worden war. Seren klickte den Artikel bei Wikipedia an.

Arlow Laverne, das einzige Kind einer schottischen Friseurin und eines westafrikanischen Arztes, kam in Ealing zur Welt und wuchs in Südengland auf, bevor er die Central School of Speech and Drama *in London besuchte, gefolgt von zwei Jahren bei der* Camden Theatre Company.

Es folgten eine Liste seiner Theaterrollen und kleinerer Fernsehauftritte und ein ausführlicher Eintrag über seine Hauptrolle in *Island Beat,* einer Sonntagabendserie über einen schwarzen Polizeibeamten, der auf eine entlegene, aber von Verbrechen heimgesuchte Inselgruppe der Äußeren Hebriden versetzt wird.

Privatleben: Arlow Laverne ist mit der Schauspielerin Angellica Chadwick verheiratet, mit der er eine gemeinsame Tochter hat.

Seren klappte den Laptop hastig wieder zu und trank noch einen Schluck Wein. Ich muss diese Erinnerungen verdrängen, dachte sie. Es gab wichtigere Dinge, mit denen sie sich zu befassen hatte – eine ausgewachsene Familienkrise, um genau zu sein –, und mit den Problemen von früher konnte sie sich im Augenblick wirklich nicht beschäftigen.

Sie klappte den Laptop wieder auf, widerstand der Versuchung, *Angellica Chadwick* einzutippen, und suchte stattdessen nach *Frankie Hyde*. Was dabei herauskam, waren ein Bio-Metzger aus Wales, ein Mann aus Cornwall, der vor Kurzem seinen hundertsten Geburtstag gefeiert hatte, und ein Leichtgewichtsboxer, der noch keine sechzehn war. Als sie es mit *Francesca Hyde* versuchte, fand sie eine Schülerin aus Ohio, eine Transgender-Hutmacherin aus Skegness und einen Link zu den Suffragetten der edwardianischen Epoche. Bei keiner von ihnen schien es wahrscheinlich zu sein, dass es sich um die Frau handelte, in die sich ihr Vater verliebt hatte.

FRANKIE

»Sie kommen her?«

»Ja«, sagte Daniel.

»Heute?«

»Ja.« Daniel reichte ihr eine Tasse Tee. »Gestern Abend ging es dir so schlecht, da wollte ich es dir nicht sagen.«

Frankie fuhr sich durch die wirren Haare. Verzweifelt sah sie sich in der Küche um und suchte nach einer Ausrede. »Aber ich muss aufräumen. Hier sieht es furchtbar aus!«

Das stimmte sogar. Das benutzte Geschirr vom Vorabend türmte sich in der Spüle, Dantes Pfotenabdrücke waren überall, Rechnungen und Wurfsendungen waren quer über den Tisch verstreut, und in der Diele lagen immer noch ihre Badesachen auf dem Fußboden.

»Nur keine Aufregung.« Daniel krempelte die Hemdsärmel hoch. »Ich fange schon mal mit dem Abwasch an. Du nimmst ein Bad und entspannst dich.«

»Aber ich bin noch nicht so weit!«

»Sie kommen erst heute Nachmittag.«

»Ich meine, ich brauche mehr Zeit, bevor ich sie treffe. Ich hätte mir nie träumen lassen, dass du sie hierher bitten würdest.«

Daniel legte die Hände auf ihre Schultern und sah sie aus sanften blauen Augen an. »Sie wollen dich kennenlernen. Anni kehrt demnächst nach Australien zurück und möchte dich vorher unbedingt sehen. Und ich möchte, dass die beiden begreifen, was für ein besonderer Mensch du bist und warum ich mit dir zusammen sein will.«

Da Frankie selbst nicht wusste, was Daniel an ihr fand, bezweifelte sie stark, dass seine Töchter es verstehen würden. »Aber warum hier bei mir? Es ist irgendwie so ... so ...« Das Wort »aufdringlich« schoss ihr durch den Kopf, aber das konnte sie nicht sagen. »So früh«, beendete sie stattdessen den Satz.

»Das hier ist jetzt auch mein Zuhause. Meine Töchter sollen wissen, wo ich lebe.« Daniel nahm sie in die Arme. »Das heißt, bis wir etwas Besseres finden«, fügte er hinzu.

»Aber sie werden es schrecklich klein und schäbig finden. Und bestimmt wollen sie mich gar nicht kennenlernen.« Frankie, die immer mehr in Panik geriet, stieß die Worte atemlos hervor. »Sie wollen bloß sehen, wer ihren Vater gestohlen und ihre Mutter verletzt hat.« Sie dachte auch an den Altersunterschied zwischen Daniel und sich selbst, der den beiden unmöglich entgehen konnte – sie war nicht viel älter als Anni –, erwähnte ihn allerdings nicht. »Sie werden mich auf den ersten Blick verabscheuen und dir nur noch mehr zusetzen, deinen Entschluss rückgängig zu machen.«

Daniel küsste sie. »Wie könnte irgendjemand dich verabscheuen? Los, lass dir ein Bad ein!«

Sie hassen mich. Wasser spritzte aus dem Kessel und auf Frankies Baumwollbluse. Sie drehte den Hahn zu und leerte das überschüssige Wasser in die Spüle. *Sie hassen mich wirklich.*

Sie konnte die stockende Unterhaltung im Wohnzimmer mitverfolgen.

»Frankie malt.« Frankie wand sich innerlich bei Daniels Worten. »Vor allem figurative Kunst. Sie ist sehr begabt.«

Den nächsten Satz konnte sie nicht verstehen, aber da sie

einen leicht australischen Akzent herauszuhören glaubte, war es wohl Anni, die sprach.

»Ja, das da auf dem Kaminsims ist von ihr.« Wieder wäre Frankie bei Daniels Worten am liebsten im Erdboden versunken.

»Lass mich mal sehen!« Serens Stimme klang klar und selbstbewusst.

Frankie sah zur Hintertür – sie könnte über den Zaun klettern, den Nachbargarten durchqueren, die hohe Ziegelmauer erklimmen, über den Friedhof laufen und innerhalb weniger Minuten auf freiem Feld sein. Sie kannte den Fluchtweg – sie hatte ihn sich seit dem Tag ihres Einzugs eingeprägt.

»Ist es ein Selbstporträt?«, fragte Anni.

»Das Mädchen sieht verängstigt aus«, stellte Seren fest.

Geht bitte weg!, dachte Frankie, während das Pfeifen des Kessels Daniels Antwort übertönte.

»Komm, gib mir das!« Daniel nahm Frankie das Tablett ab, als sie das Wohnzimmer betrat. Hoffentlich merkt niemand, wie sehr meine Hände zittern!, dachte sie.

»Was ist mit dem Kuchen?«, fragte Daniel. »Ich habe ihn bei Tremond gekauft.« Er lächelte seine Töchter an, die ganz vorn auf der Sofakante saßen. Beide trugen Schwarz, und Frankie konnte die Katzenhaare sehen, die an ihren Kleidern klebten. »Ich bin extra heute Morgen hingefahren.« Er sprach mit den beiden, als wären sie Kinder, nicht erwachsene Frauen in den Dreißigern. »Trevor hat mir eine Auswahl zusammengestellt. Dein Lieblingskuchen ist auch dabei, Seren – Himbeerstreuselschnitten.«

»Tut mir leid«, murmelte Frankie und wandte sich zur Küche. »Ich habe die Schachtel auf der Kommode stehen lassen.«

Daniel hielt sie zurück. »Lass nur, Liebling, ich hole den

Kuchen. Du setzt dich hin und unterhältst dich mit den beiden.«

Als Frankie zögernd auf einem Sessel Platz nahm, fiel ihr auf, wie Seren und Anni einen Blick wechselten. Sie starrte auf ihre Hände, registrierte ihre abgebissenen Nägel und wünschte, sie wäre weit, weit weg.

»Nun, Frankie.« Anni klang übertrieben munter. »Dad hat uns erzählt, dass Sie Malerin sind.«

Frankie hob den Kopf und stellte fest, dass beide Frauen sie anstarrten. Anni lächelte krampfhaft, während Seren das Muster des Teppichs zu studieren schien.

»Na ja, ich habe schon eine ganze Weile nichts mehr gemalt«, erwiderte Frankie vorsichtig, während sie inständig hoffte, dass Seren den Rotweinfleck nicht entdeckte, den der Vormieter hinterlassen hatte.

»Und was machen Sie zurzeit beruflich?«, wollte Anni wissen.

Frankie fühlte sich wie bei einem Vorstellungsgespräch. »Ich gebe Unterricht, vor allem unterrichte ich Leute mit Lernschwächen und ältere Menschen mit Demenz.«

»Sie sind also nicht an einer Schule?«, fragte Anni.

»Nein.«

Schweigen senkte sich über den Raum. Serens Blick hatte sich vom Teppich gelöst und schweifte mal hierhin, mal dorthin. Frankie war sich schmerzhaft bewusst, wie dürftig das enge, kleine Zimmer mit den wuchtigen Möbeln und der altmodischen Tapete wirken musste.

»Kann ich die ovale Platte nehmen, die oben auf dem Regal steht?«, rief Daniel aus der Küche.

»Ja, klar«, antwortete Frankie. Hoffentlich wischte er den Staub ab! Sie hatte die Platte in einem Secondhandladen gekauft und sie immer nur als Dekoration benutzt.

»Unsere Mum war früher Lehrerin«, sagte Anni. »In London. Bevor sie Kinder bekam.«

»Oh.«

»An einer Grundschule in der Innenstadt.«

»Das muss eine ziemliche Herausforderung gewesen sein.« Frankie versuchte zu lächeln. Sie fragte sich, wie Nesta aussah, groß und blond wie Anni oder zierlich und rothaarig wie Seren. Sie hatte sich stets gehütet, Daniel danach zu fragen.

»Sie haben keine Kinder, oder?« Es war das erste Mal, dass Seren den Mund aufmachte, seit Daniel das Zimmer verlassen hatte.

Frankie schüttelte den Kopf. Wieder herrschte befangenes Schweigen, bis Frankie sich räusperte. »Daniel hat mir erzählt, dass Sie einen Sohn haben, Seren.«

»Ja.«

»Ich freue mich schon darauf, ihn kennenzulernen.«

Serens Augen blitzten auf, und Frankie wusste sofort, dass sie auf eine Mine getreten war.

»Nein!« Seren sprang auf.

»Seren!« Daniel tauchte mit der Kuchenplatte in der Tür auf.

»Reg dich ab, Seren!« Auch Anni stand auf.

Seren wandte sich zu Frankie um. Die Worte kamen schnell wie Pistolenschüsse aus ihrem Mund. »Sie werden meinen Sohn nie kennenlernen.« Fast verhaspelte sie sich in ihrer Eile. »Mein Dad wird zu meiner Mutter zurückkehren, wenn ihm erst einmal klar geworden ist, welchen Fehler er gemacht hat.«

Daniel machte ein Gesicht, als hätte ihm jemand unversehens einen Schlag versetzt. Ein Stück Himbeerstreuselkuchen fiel auf den Boden.

»Ich bringe sie nach Hause.« Anni legte ihrer Schwester eine Hand auf den Arm.

Seren schüttelte sie ab und rauschte hinaus. Gleich darauf wurde die Haustür so fest zugeknallt, dass das ganze Haus erbebte.

Anni sah erst ihren Vater, dann Frankie an. »Tut mir leid! Sie ist ziemlich durcheinander.«

»Das verstehe ich nicht«, sagte Daniel.

Anni zuckte mit den Schultern. »Seren ist eifersüchtig.« Sie wandte sich an Frankie. »Sie war immer Daddys Liebling.«

»Das stimmt doch nicht!« Daniel klang verletzt.

Anni lachte. »Schon gut, Dad – ich war deshalb jahrelang in Therapie.« Sie nahm ein Schokoladen-Eclair von der Platte, die ihr Vater immer noch hielt. »Ich habe mich damit abgefunden.«

SEREN

Seren hämmerte das Herz in der Brust, als sie die Straße hinunterrannte. Einen Moment lang glaubte sie, sie hätte sich in dem Gewirr von Neubauten verlaufen, aber dann entdeckte sie über den Dächern den Kirchturm von St. Stephen und wusste, in welche Richtung sie ging. Ihre zornigen Worte hallten noch in ihrem Kopf wider; sie wünschte, sie hätte nicht so hysterisch geklungen. An der Ecke zur Hauptstraße blieb sie stehen und lehnte sich an eine Mauer.

Der Gedanke an Griff war schuld gewesen. Der arme Griff, der zu begreifen versuchte, dass seine Welt wieder einmal auf dem Kopf stand. Seren hob den Blick, als sich eine dunkle Wolke vor die Sonne schob. Und noch etwas hatte sie in diesem winzigen Wohnzimmer irritiert. Das Bild, Frankies Bild auf dem Kaminsims. Das Mädchen darauf hatte so verloren gewirkt, so einsam und verängstigt. Seren kannte dieses Mädchen, zumindest wusste sie, wie ihm zumute war. Es hatte ihr nicht gefallen, mit diesen vertrauten Gefühlen konfrontiert zu werden.

Sie holte tief Luft und betrat die belebte Straße, wobei sie sich bemühte, jeden Blickkontakt zu vermeiden und nicht an den verletzten Gesichtsausdruck ihres Vaters zu denken. Ihr Vater, von dem sie ihr Leben lang nur Gutes bekommen hatte, der immer für sie da gewesen war, wenn sie ihn gebraucht hatte. Sie verfiel wieder in Laufschritt, schlug Bögen um die anderen Fußgänger und blickte kaum auf, wenn sie die schmalen Nebenstraßen überquerte.

Endlich war sie bei ihrem Geschäft angelangt. Sie schloss die Tür auf und sog den tröstlichen Duft von Blumen und Grünpflanzen ein. Den Zettel an der Tür, auf dem *Heute geschlossen* stand, ließ sie hängen. Sie setzte sich auf den Hocker hinter dem Ladentisch und wartete auf ihre Schwester.

Unbegreiflich, was Anni so lange trieb! Sie hatte erwartet, dass ihre Schwester ihr auf dem Fuß folgen würde. Das Ticken der Wanduhr klang lauter als sonst. Nachdem der große Zeiger erst eine halbe Stunde, dann noch eine weitergewandert war, fing Seren an, sämtliche Kugelschreiber in dem kleinen Topf auf dem Ladentisch auszuprobieren und die meisten davon wegzuwerfen. Sie räumte die kleine Schachtel mit Grußkarten auf und sah im Auftragsbuch nach, welche Blumen am nächsten Tag ausgeliefert werden mussten. Sie hatte gerade angefangen, die Rollen mit Geschenkband neu zu ordnen, als die kleine Ladenglocke wie wild zu bimmeln begann und jemand in den Laden gestürzt kam. Es war nicht Anni.

»Erzähl mir alles! Edmond und ich platzen vor Neugier.«

»Hi, Trevor«, sagte Seren und wickelte bedächtig ein kariertes Band auf, das auf den Boden gefallen war. »Wir sind leider nicht dazu gekommen, den Kuchen zu essen.«

»Vergiss den Kuchen, Süße! Los, sag schon – wie ist sie?« Trevor beugte sich über den Ladentisch, das perfekt geformte Kinn auf die Hände gestützt, und starrte Seren aus großen braunen Augen an. »Blond gefärbt, solariumbraun, Silikonmöpse? Minirock mit Leopardenmuster? Plastikhöschen?«

»Trevor! Ich will nicht an ihre Unterwäsche denken, aber wenn du es unbedingt wissen willst, ich tippe eher auf Baumwollslips von *Marks & Spencer* – wahrscheinlich leicht verfärbt.«

Trevor sah sie über seine dick gerahmten Brillengläser hinweg an. »Echt? *Fifty Shades of Grey: Die altbackenen Jahre?*«

Seren musste lachen und fühlte sich gleich ein bisschen besser.

»Beschreibe mir bis ins kleinste Detail, wie sie aussieht.«

»Na ja . . .« Seren versuchte, sich zu erinnern; alles erschien ihr ein bisschen verschwommen. »Sie hat große Augen und so einen strubbeligen Kurzhaarschnitt. Ganz hübsch, ein bisschen dünn vielleicht.«

Trevor kniff die Augen zusammen. »Ich sehe Anne Hathaway in *Les Misérables* vor mir.«

Seren nickte. »Stimmt. Aber blond – ›aschblond‹ nennt man das wohl.«

»Hausgemachte Tönung?«

»Hm, mag sein.«

»Was hatte sie an?«

»So eine Art Tunika mit Gürtel.«

»Schuhe?«

»Äh . . . weiß ich nicht. Slipper oder Sneakers – ich hab nicht richtig hingeguckt –, auf jeden Fall flach.«

Trevor musterte Seren von oben bis unten. »Was ist denn das für ein Zeug, das überall an dir klebt? Katze, Hund oder Lama?«

Seren warf einen Blick auf die hellen Haare an ihrer Kleidung. »Sie hat eine Katze.«

Wieder klingelte die Glocke, und ein korpulenter Mann mit kunstvoll gezwirbeltem und gewachstem Schnauzbart und Vollglatze kam herein, übersah die kleine Stufe, die in den Laden führte, und stolperte.

»Mist! Das passiert mir jedes Mal.« Beim Versuch, das Gleichgewicht zu halten, stieß er an einen Kübel mit Nelken. »Tut mir leid.« Er stellte die Blumen so schwungvoll wieder auf, dass Wasser auf die rot-weiß gestreifte Schürze spritzte, die um seine füllige Leibesmitte gebunden war. Nach weiteren

Entschuldigungen schaffte er es bis zum Ladentisch. »Ich konnte die Spannung nicht mehr aushalten. Was gibt's zu berichten?«

»Edmond!« Trevor richtete sich auf. »Was ist mit unserem Geschäft? Heute ist Tuttifrutti-Cupcake-Tag – es könnte einen gewaltigen Ansturm geben, wenn die Mütter ihre Kinder von der Schule abholen.«

»Tut mir leid, Schatz, aber bei all dem Drama, das hier abgeht, kann ich unmöglich an Tuttifrutti-Cupcakes denken.« Edmond sah Seren flehend an. »Ich muss es einfach wissen! Wie ist sie?«

»Na ja ...«, setzte Seren erneut an, wurde aber sofort von Trevor unterbrochen.

»Bisher haben wir eine blondierte, glupschäugige, dürre alte Jungfer, die einen Sack, bequemes Schuhwerk und Omaschlüpfer trägt und Katzen liebt.«

»Mir fällt ein Stein vom Herzen!« Edmond klatschte in die Hände. »Klingt ganz danach, als würde Daniel demnächst reumütig zu unserer bildschönen Nesta zurückkehren.«

»Ach ja.« Seren seufzte. »Eins hab ich vergessen zu erwähnen.«

Trevor und Edmond sahen sie gespannt an.

»Sie ist mindestens zwanzig Jahre jünger als mein Dad.«

Die beiden Männer schnappten gleichzeitig nach Luft. »Arme Nesta!«, sagten sie wie aus einem Mund.

»Hätten wir uns gleich denken können, als er sich den Jaguar gekauft hat.« Trevor schüttelte den Kopf. »Da musste eine jüngere Frau ja der nächste Schritt sein.«

Annis Gesicht tauchte am Fenster auf. Sie spähte in den Laden und winkte ihnen zu. Trevor und Edmond bedeuteten ihr hereinzukommen.

»Wo warst du denn?«, fragte Seren, als Anni eintrat.

»Ich habe versucht, die Scherben zu kitten. Dad war völlig durcheinander. Was in aller Welt ist bloß in dich gefahren?«

»Oooh!« Trevors Augen funkelten. »Hat es eine Szene gegeben? Das hast du gar nicht erwähnt, Seren.«

»Und ob es eine Szene gegeben hat!« Anni verschränkte die Arme vor der Brust. »Da sitze ich und gebe mir Mühe, mit Dads Freundin Konversation zu machen – nicht besonders gut, zugegeben –, und rede immer wieder von Mum, als wollte ich damit irgendetwas bezwecken, was aber gar nicht der Fall war.«

»Nicht?« Seren sah sie überrascht an. »Ich habe gedacht, du erwähnst Mum absichtlich.«

Anni ignorierte sie und wandte sich an Trevor und Edmond. »Und dann beschließt meine kleine Schwester aus heiterem Himmel, einen hysterischen Anfall zu bekommen und Frankie an den Kopf zu werfen, dass sie Griff nie kennenlernen wird, dass Dad einen Fehler gemacht hat und bald zu Mum zurückkehren wird.«

Trevor warf Seren einen bewundernden Blick zu. »Der hast du es gezeigt, was?«

»Ich finde Frankie ganz in Ordnung«, wandte Anni ein.

»Aber es ist so ein Klischee.« Seren bemühte sich, ruhig und gelassen zu klingen. »Älterer Mann sucht sich junge Freundin.«

»Na und? Sie ist doch bestimmt schon an die vierzig, und viele Männer haben jüngere Freundinnen – ich würde mir auch einen Jüngeren nehmen, wenn ich die Chance hätte, so viel steht fest!«

Seren seufzte. »Mir kommt es so vor, als hätte man uns Dad gestohlen.«

»Hat man aber nicht! Es war seine Entscheidung«, gab Anni gereizt zurück. »So was kommt vor, die Menschen ändern sich und haben unterschiedliche Vorstellungen und Wünsche. Ich glaube, Mum und Dad sind schon seit Jahren nicht mehr glücklich miteinander. Vielleicht wird es Zeit, dass du das akzeptierst und erwachsen wirst. Du hast schon viel zu lange …«

»Hör auf!« Seren schlug mit der Hand so heftig auf den Tisch, dass die Geschenkbänder in die Luft flogen. Alle, einschließlich ihr selbst, zuckten zusammen. Sie senkte die Stimme. »Tut mir leid. Aber weißt du, ich sehe unsere Eltern jeden Tag, und ich denke schon, dass sie immer noch sehr verliebt ineinander sind.«

»Warum lebt er dann mit einer anderen Frau zusammen?«

Seren erwiderte nichts, sondern bückte sich, um die Geschenkbänder aufzuheben – und um die Tränen zu verbergen, die ihr in die Augen gestiegen waren. Zu spät. Trevor und Edmond, die den Schlagabtausch der Schwestern verfolgt hatten wie ein Tennismatch, waren sofort zur Stelle, um sie zu trösten.

Edmond zückte ein zart bedrucktes Taschentuch. »Keine Sorge, es ist noch nicht benutzt worden. Noch nie!«

Trevor strich ihr übers Haar. »Kopf hoch, Süße! Soll ich dir schnell einen Himbeerstreusel holen?«

Seren schüttelte den Kopf und fuhr sich mit dem Taschentuch über die Augen.

»Himmel hilf!«, knurrte Anni.

Seren hob den Kopf und starrte ihre Schwester böse an. »Liegt dir denn gar nichts an Mum?«

»Doch, natürlich«, sagte Anni ruhig. »Aber was können wir schon tun?«

Schweigen senkte sich über den Raum. Seren zerknüllte das Taschentuch in ihrer Hand.

Nach ein paar Minuten fragte Trevor: »Sollen wir den Damen jetzt mal unsere aufregende Neuigkeit verkünden?«

Edmond starrte ihn verständnislos an.

»Die Berühmtheit, die heute in unserem Laden war?«, half Trevor ihm auf die Sprünge.

»Aber ja, wie konnte ich das bloß vergessen? Ihr erratet nie, wer heute bei uns war, um einen Tuttifrutti-Cupcake und einen Nuss-Nougat-Brownie zu kaufen!«

»Macht schon, haut uns vom Hocker!«, seufzte Anni.

Trevor ahmte Herzflattern nach, Edmond eine Ohnmacht. Dann hauchten beide: »Arlow Laverne.«

Anni sah Seren an. »Aha! Ein Schatten aus der Vergangenheit!«

Seren gab sich unbeteiligt, obwohl sie auf einmal fröstelte. »Ich habe schon jahrelang nicht mehr an ihn gedacht.«

Anni schnaubte. »Du willst mir doch nicht weismachen, dass du es nicht anschaust?«

»Was?«

»*Island Beat.* Das läuft sogar bei uns da unten. Gar nicht so leicht, von Arlow Laverne loszukommen, wenn auf irgendeinem Sender immer eine Serie mit ihm läuft. Sein Gesicht ist auf sämtlichen Fernsehzeitschriften. Ich habe mir schon immer gedacht, dass es für dich ziemlich komisch sein muss.«

»Ist mir gar nicht so aufgefallen.«

»Ich erzähle jedem: ›Mit dem ist meine Schwester mal zusammen gewesen.‹«

Trevor und Edmond wurden wieder zu Zuschauern bei einem Tennisspiel und sahen von einer Schwester zur anderen, diesmal allerdings mit weit offen stehendem Mund.

»Ist das …? Hat er …? Seren war …?«

»Das ist lange her«, sagte Seren. »Eine alberne Teenager-Liebelei.«

»Zwei Jahre waren sie zusammen«, warf Anni ein. »Er hat praktisch zur Familie gehört, war ständig bei uns zu Hause.«

Seren dachte an die Mahlzeiten am Küchentisch in der Mühle zurück, an Nestas köstliches Essen. Daniel und Arlow hatten sich über Musik unterhalten, Vergleiche zwischen Jazz und zeitgenössischer schwarzer Musik angestellt, Bebop mit Rap und Dixieland mit Hip-Hop verglichen. Daniel hatte Arlow auf seinem alten Plattenspieler Duke Ellington vorgespielt, und Arlow für Daniel CDs von Jay-Z in seinen CD-Player gelegt. Seren hatte zugehört und sich gefreut, dass sich die beiden Männer in ihrem Leben so gut verstanden, aber dennoch das Ende der Mahlzeit herbeigesehnt, damit sie mit Arlow allein sein konnte.

»Sieh mal einer an.« Trevor trat einen Schritt zurück und musterte Seren von oben bis unten. »Du bist mir ja ein richtig stilles Wasser!«

Edmond riss Seren das Taschentuch aus der Hand. »Getränkt von den Tränen der Exfreundin von Arlow Laverne! Das könnte ich bei eBay versteigern!«

»So berühmt ist er nun auch wieder nicht«, protestierte Seren und fing an, einen Silberfaden um ihre Finger zu wickeln. »Außerdem ist *Island Beat* von der BBC abgesetzt worden. Also hat er, abgesehen von seinen Auftritten bei *Top Gear* im Januar und dieser Promi-Backshow im letzten Monat, momentan vermutlich nicht viel zu tun.«

Trevor zog eine Augenbraue hoch. »Für jemanden, der seit Jahren nicht mehr an ihn gedacht hat, weißt du aber ziemlich gut Bescheid.«

»Schon gut.« Seren verdrehte die Augen. »Ich habe ihn gegoogelt – aber nur dieses eine Mal gestern Abend.«

Edmond zupfte an seinen Bartspitzen und grinste Seren an. »Es muss dich doch rasend interessieren, was er wieder hier zu suchen hat.«

Seren wich seinem Blick aus und schaute nach unten. Ihre

Finger waren vollständig mit Silberband umwickelt. »Ich habe an wichtigere Dinge zu denken als an Arlow Laverne«, sagte sie, während sie versuchte, ihre Finger frei zu bekommen.

Sie erinnerte sich, wie sie mit achtzehn auf ihrem Bett gelegen und das Bündchen ihres Nachthemds so fest um ihr Handgelenk geschlungen hatte, dass der Stoff schmerzhaft in ihr Fleisch eingeschnitten hatte. Ihr Vater hatte bei ihr gesessen und ihre Tränen weggewischt. »Es ist besser so«, hatte er zu ihr gesagt. »Arlow war nicht der Richtige für dich.«

NESTA

Die Nachmittagssonne tauchte den kreisrunden Raum in sanftes gelbes Licht. Eine milde Brise wehte durch die Balkontüren und ließ die leichten Baumwollgardinen wie tanzende Geister hin und her flattern. Nesta saß auf der Bettkante und betrachtete das weite Land, das sich unter ihr erstreckte: Hügel, Felder und Wäldchen, winzige Schafe und Kühe und mittendrin der Fluss, der sich wie ein glitzerndes Band durch die Landschaft schlängelte. »Als ob man fliegt«, hatte Seren immer gesagt, als sie noch klein war.

Nesta langte hinter sich und hakte ihren BH auf.

Anni besuchte eine alte Schulfreundin und hatte die Kinder mitgenommen, und Seren arbeitete in ihrem Laden. Nesta hatte die Windmühle endlich für sich allein.

Sie stand auf, streifte ihre Hose ab, kickte sie quer durchs Zimmer und warf ihren BH zusammen mit ihren restlichen Sachen auf den Sessel, bevor sie tief Luft holte und sich zwang, sich in dem mannshohen Spiegel zu betrachten. Wie lange war es her, dass sie ihren nackten Körper zuletzt von Kopf bis Fuß gesehen hatte? Wie lange war es her, dass irgendjemand ihn gesehen hatte?

Daniel hatte ihn in den Monaten, die auf ihre erste Begegnung vor dem Museum gefolgt waren, sehr oft gesehen. Wie oft hatte sie in seiner Wohnung in Fulham auf den zerknüllten Laken gelegen, Gauloises geraucht und Cinzano getrunken! Damals hatte sie sich oft gefragt, was die Leute zu Hause wohl sagen würden, wenn sie wüssten, was sie in London trieb.

Sie war damals schön gewesen, so schön. Und sie hatte es nicht erkannt.

Nesta starrte ihr Spiegelbild an. Es war ein anderer Körper als damals. Ihr Bauch war so weich wie der Teig, den sie jeden Morgen knetete; die Schwangerschaftsstreifen zogen sich wie silbrige Linien über ihre Haut. Ihre Brüste waren noch voll und schön geformt, aber ihre Rippen standen viel zu weit vor, und ihre Hüften schienen in die Breite gegangen zu sein. Sie kam sich vor wie eine der heiligen Kühe, die Daniel und sie in Indien auf den Straßen gesehen hatten. Sie stellte sich seitlich vor den Spiegel. Ihre Beine waren immer schon lang gewesen – »wie bei einem Fohlen«, pflegte ihr Großvater zu sagen, »unanständig lang«, fand ihre Mutter. Nesta drehte sich um, schaute über die Schulter und zuckte zusammen, als sie die Cellulitis an ihrem Po bemerkte. Vorsichtig kniff sie in die Haut, die schlaff herunterhing, drehte sich wieder nach vorn um und schloss die Augen.

Warum quälte sie sich so? Dass Daniels Geliebte noch keine vierzig war, musste noch lange nicht bedeuten, dass sie einen perfekten Körper hatte. Aber Anni hatte ihr erzählt, dass Frankie keine Kinder hatte, was die Wahrscheinlichkeit von überdehnter Haut und Hängebrüsten stark verminderte. Laut Seren war Frankie klein und dünn. Nesta war eins fünfundsiebzig und mit hohen Absätzen, wie sie sie früher getragen hatte, genauso groß wie Daniel. Und obwohl sie immer schlank gewesen war, hatte sie nie jemand als dünn bezeichnet. Vielleicht hätte Daniel schon immer lieber eine zierlichere Frau gehabt.

Nesta warf einen letzten Blick auf ihr Spiegelbild, stieg ins Bett und zog die Decke bis ans Kinn. Sie wollte versuchen zu schlafen. Nachts bekam sie kein Auge zu; vielleicht gelang es ihr ja am Nachmittag. Aber ihre Augen wollten nicht zufallen, sondern wanderten rastlos durch das Zimmer. Am Tag sah es anders aus – zu hell, zu groß, zu rund.

Warum liege ich eigentlich auf meiner Bettseite, so als wäre die andere Hälfte immer noch für Daniel reserviert?, fragte sie sich. Tastend streckte sie einen Arm aus. Die leere Hälfte fühlte sich hart und kalt an. Sie hatte immer noch nicht geweint.

Wenn Daniel gestorben wäre, würde es Kondolenzkarten geben, Anrufe, besorgte Nachbarn, die etwas zu essen brachten, den Pfarrer auf seinem Fahrrad, eine Beerdigung, eine Trauerfeier. Aber stattdessen schienen ihre Freunde und Bekannten sie zu meiden, als wäre eine gescheiterte Ehe ansteckend. Der Pfarrer war nirgends zu sehen, und niemand brachte etwas zu essen. Statt zu sterben, hatte Daniel sie wegen einer anderen verlassen, und für diesen Fall gab es keine Traditionen und keine freundlichen Gesten.

Nesta zog sich die Decke über den Kopf und stieß ein lang anhaltendes Heulen aus, das sie in regelmäßigen Abständen wiederholte, mal lauter, mal leiser. Fast war es wie ein Lied, ein Requiem, eine Klage, die sich in ihrer Intensität steigerte, bis ihr die Kehle brannte und der Kopf wehtat. Als sie nicht mehr konnte, blieb sie ganz still liegen und lauschte den Vögeln draußen vor dem Fenster und dem Ticken der Uhr auf dem Nachttisch. Das Zwitschern der Vögel wirkte beruhigend, und Nestas Herzschlag schien sich dem Ticken der Uhr anzupassen.

Nach einer Weile fühlte sie sich wie erdrückt von der schweren Decke. Sie schlug sie zurück, ließ das flirrende Sonnenlicht auf ihre Haut fallen und streckte alle viere von sich, um sich auf dem Bett so breit wie möglich zu machen, es ganz für sich zu beanspruchen.

Irgendwann fielen ihr die Augen zu, und ihre Gedanken

ermüdeten. Ein Bild entstand vor ihren Augen, bräunlich und verblasst wie eine alte Fotografie.

Sie lag auf einer kratzigen Wolldecke, neben sich im Gras ihre Kleider. Sie beobachteten, wie die Sterne am Himmel aufgingen, einer nach dem anderen. *»Rydych yn brydferth«*, sagte der junge Mann auf Walisisch. »Du bist schön.« Sie küsste ihn und schmeckte Holunderwein.

»Mum!«, ertönte eine Stimme vor der Tür.

Das Bild fiel in sich zusammen. Nesta riss die Augen auf und griff hastig nach der Decke.

»Bist du da drin, Mum?«, fragte Seren. Die Türklinke senkte sich, und die Tür wurde langsam geöffnet. »Alles in Ordnung?« Seren hielt einen Becher Tee in der Hand. »Ich wusste nicht, wo du bist.« Sie starrte Nesta an. »Bist du krank?«

Nesta zog die Bettdecke bis zum Kinn. »Nein, Liebes, es geht mir gut.«

Seren hielt ihr den Becher hin, und Nesta erkannte, dass sie sich aufsetzen und somit preisgeben musste, dass sie nichts anhatte. Serens Blick wanderte von ihrer Mutter zu den abgelegten Sachen auf dem Sessel.

»Mir war heiß«, versuchte Nesta zu erklären, während sie sich insgeheim fragte, warum sie mit dreiundsechzig, in ihrem eigenen Schlafzimmer, vor ihrer Tochter Rechenschaft ablegen musste. »Und ich war müde.«

Seren stellte den Becher auf den Nachttisch und setzte sich auf die Bettkante. »Ach, Mum! Ich ertrage es einfach nicht, dich so zu sehen.«

Nesta nahm ihre Hand. »Du kannst nicht vierzig Jahre mit einem Menschen zusammenleben und dann nicht traurig sein, wenn er geht.«

Seren seufzte. »Er muss so was wie einen Zusammenbruch gehabt haben, glaube ich.«

»Vielleicht«, sagte Nesta. »Vielleicht hat er sich aber auch einfach nur verliebt.«

»Nein.« Seren schüttelte den Kopf. »Er kann nicht in sie verliebt sein. Warum sollte er? Sie ... sie ist ...« Sie schien nach dem richtigen Wort zu suchen.

»Jung?«, fragte Nesta.

»Nicht so jung«, widersprach Seren. »Und sie ist längst nicht so hübsch wie du.«

Nesta legte Serens Hand an ihre Wange. »Lieb von dir, das zu sagen, aber schau mich doch an! Mein Gesicht ist voller Falten, meine Haare sind grau, und mein Körper ist« – sie machte eine Pause – »schrecklich.«

»Oh, Mum, wie kannst du so was sagen? Verglichen mit dir, sieht Frankie nach nichts aus. Sie ist blass und dünn und – na ja, es klingt komisch, aber sie scheint fast unsichtbar zu sein, als wollte sie nicht gesehen werden.«

»Daniel hat schon immer gern den Verlorenen und Gestrauchelten dieser Welt geholfen.«

Seren dachte kurz nach. »Wie Tom?«

Nesta zuckte mit den Schultern. »Ja, schon möglich. Ich habe eigentlich an mich selbst bei unserer ersten Begegnung gedacht – frisch aus Wales eingetroffen und furchtbar schüchtern. Vom Leben in London hatte ich nicht die geringste Ahnung. Ihm hat es gefallen, mich herumzuführen, mir bei der Suche nach einem Job zu helfen, ein Zimmer für mich zu finden. Er konnte gar nicht genug für mich tun.«

Seren dachte an Frankies Selbstporträt. »Und jetzt hat er jemand anders gefunden, dem er helfen kann.«

Nesta drückte ihre Hand. »Kann sein. Er weiß, dass ich schon längst ohne ihn zurechtkomme.«

»Aber stimmt das auch?« Seren flüsterte beinahe.

»Ganz sicher bin ich mir nicht, doch ich werd's verdammt noch mal versuchen.« Nesta lachte.

Serens Lippen blieben zusammengepresst. »Was ihr hattet, war perfekt, und jetzt schmeißt er alles hin.« Sie wandte den Kopf zum Fenster. Ihre wirren Locken hoben sich von ihrer hellen Haut wie leuchtendes Kupfer ab.

Wie gern hätte Nesta ihrer Tochter all die Dinge erzählt, von denen sie nichts ahnte. Sie biss sich auf die Lippen; sie konnte den Holunderwein immer noch schmecken.

Vom Garten wehten die Klänge von Griffs Trompete zu ihnen herauf.

Nesta lächelte. »Er spielt wieder den Hühnern etwas vor.«

»Es fehlt ihm, mit seinem Großvater zu üben«, sagte Seren.

»Du wirst ihm bald erklären müssen, was passiert ist.«

»Aber Dad kommt bestimmt zurück!«

Nesta drückte ihre Hand. »Da bin ich mir nicht so sicher.«

Seren stand auf und gab ihrer Mutter einen Kuss auf die Stirn. »Doch, das wird er!«

FRANKIE

Frankie bemühte sich redlich, das Gefühl, ausgeschlossen worden zu sein, das schon den ganzen Tag an ihr nagte, zu ignorieren. Schließlich fand sie selbst, dass sie keinerlei Recht hatte, Daniel zum Flughafen zu begleiten, um Anni zu verabschieden. Warum sollte sie auch den Wunsch haben, drei Stunden mit Daniels hyperaktiven Enkelkindern und zwei Töchtern, die sie eindeutig nicht dabeihaben wollten, in einem gemieteten Kleinbus zu verbringen?

Stattdessen war sie ausgiebig schwimmen gegangen und hatte versucht, ihre melancholische Stimmung abzuschütteln. Danach bummelte sie über die Hauptstraße, weil sie keine Lust hatte, in ihr leeres Haus zurückzukehren. Früher hätte sie sich nach Ruhe und Frieden gesehnt, sich erleichtert in die Einsamkeit ihrer vier Wände geflüchtet. Aber jetzt wollte sie auf einmal nicht mehr allein sein.

Frankie knöpfte die Jacke auf. Ihre Garderobe passte nicht zu der Hitzewelle, die vorzeitig ausgebrochen war. Ringsum liefen die Leute in Shorts und Sommerkleidern herum und setzten ihre bleichen Arme und Beine unverdrossen der Sonne aus. Frankie dagegen trug schwarze Jeans, T-Shirt und Strickjacke und darüber eine Jeansjacke und einen langen Seidenschal. Sie kam sich in ihrer unpassenden Kleidung wie ein bunter Hund vor und fühlte sich nur unwesentlich besser, als sie Schal und Jacke auszog.

Sie ging weiter, bis sie das andere Ende der Hauptstraße erreichte. Hier fand sich statt Supermarkt und Ladenketten eine bunte Mischung hübscher kleiner Geschäfte, die ihre Waren in den Schaufenstern der georgianischen Häuserzeile präsentierten: schicke Boutiquen, Läden mit ausgefallenen Geschenkartikeln und Delikatessengeschäfte, dazwischen Cafés und eine Kunstgalerie, in der Landschaftsbilder hiesiger Künstler ausgestellt wurden.

Für Frankie war das fremdes Territorium. Sie fühlte sich unwohl zwischen all den elegant gekleideten Damen, die Modelle von Boden trugen und Einkaufstüten von Cath Kidston in den Händen hielten, und den Touristen, die einander vor den unterteilten Erkerfenstern und den handgemalten Ladenschildern fotografierten.

Frankie ging an ein paar Marktständen vorbei und wäre dabei fast mit einer Frau mittleren Alters zusammengestoßen, die einen Einkaufskorb voller Gemüse trug. Ob das vielleicht Nesta war? Sie blieb stehen und sah der Frau mit dem praktischen Kurzhaarschnitt, der schicken Bluse und der beigefarbenen Hose nach.

Sie ging rasch weiter, vorbei an Daniels Architekturbüro, vorbei an der Galerie, einem Delikatessengeschäft und einem Geschenkeladen namens Ruby Retro. Sie sah, wie Arlow Laverne aus dem Delikatessenladen kam und hungrig in ein Sandwich biss. Der Anblick machte ihr bewusst, dass ihr schon seit einer Weile der Magen knurrte. Tremond lag genau gegenüber, und die Auslage barst förmlich vor verlockenden Kuchen und Gebäckstücken. Bei dem Gedanken an etwas Klebriges und Süßes und Tröstliches lief Frankie das Wasser im Mund zusammen.

Während sie an der Kreuzung wartete, betrachtete sie die Blumen im Schaufenster des Ladens neben ihr. Die Blumen schienen drinnen und draußen jeden verfügbaren Platz in Anspruch zu nehmen. Sie brauchte die wunderschön gemalte

Aufschrift auf dem Geschäftsschild nicht zu lesen, um zu wissen, dass es Stems war, Serens Blumenladen. In Frankie regte sich Neugier. Seren war immer noch mit Daniel unterwegs, auf dem Rückweg von Heathrow – bestimmt konnte es nicht schaden, einen Blick in den Laden zu werfen. Zaghaft trat sie durch die offene Tür.

Die hochgewachsene Frau mit dem traurigen Gesicht war zu sehr damit beschäftigt, einen Strauß Rosen zusammenzustellen, um Frankie zur Kenntnis zu nehmen. Frankie wagte sich ein paar Schritte weiter hinein. Die Bodendielen knarrten, und die Frau blickte erschrocken auf.

»Meine Güte, ich habe Sie gar nicht gesehen!«

»Tut mir leid.«

Die Frau lächelte. »Es war meine Schuld. Ich war in Gedanken weit weg. Lassen Sie mich wissen, wenn Sie Hilfe brauchen, ja?«

Frankie fiel auf, dass die Augen der Frau dieselbe Farbe hatten wie die Kornblumen auf dem Ladentisch; sie passten genau zu der Jeansschürze, die sie über ihrer locker sitzenden Leinentunika trug.

Während sich die Frau wieder den Rosen zuwandte, wanderte Frankie langsam durch den winzigen Laden und betrachtete bewundernd prachtvolle Pfingstrosen, gigantischen Zierlauch, Chrysanthemen, Hortensien, Lilien und Iris in jeder Schattierung. Am liebsten hätte sie sich sofort hingesetzt und alles gemalt.

Sie nahm einen Strauß Freesien und schnupperte daran. Der Duft entführte sie in ihre Kindheit und die Küche in ihrem Elternhaus – ihre Mutter stellte die Blumen gerade in einen hellgrünen Krug und fragte Frankie, ob sie schon je etwas so Herrliches gerochen habe.

Frankie ging zum Ladentisch. »Ich nehme diese hier, bitte.«

»Möchten Sie die Blumen verschenken?«, fragte die Frau. »Soll ich sie als Geschenk verpacken?«

Frankie schüttelte den Kopf. »Sie sind für mich selbst.«

Die Frau nahm einen Bogen rosa Seidenpapier aus einer Schublade und breitete ihn vor sich aus. »Ich wickle sie Ihnen trotzdem hübsch ein – dann ist es etwas Besonderes.«

»Danke.« Frankie zückte ihr Portemonnaie. »Was für ein schönes Geschäft!«

»Ja, nicht wahr? Es gehört meiner Tochter. Welche Farbe hätten Sie gern für das Band?«

Frankie hörte einen dumpfen Laut, als das Portemonnaie ihrer Hand entglitt; Münzen purzelten heraus und kullerten scheppernd über den Boden. Sie fühlte, wie ihre Knie weich wurden, und war froh, dass sie sich bücken musste, um ihr Kleingeld aufzusammeln.

»Speziallieferung!«, ertönte da eine tiefe Stimme, und als Frankie aufblickte, sah sie einen fülligen Mann mit Glatze und geschwungenem Schnauzbart, der mit dramatischer Geste eine Kuchenschachtel auf seinen Fingerspitzen balancierte. »Seren hat mir erzählt, dass du kaum etwas isst, deshalb bringe ich dir unsere besten Eclairs. Dunkle Schokolade mit Crème Chantilly und Erdbeeren – die magst du doch am liebsten, oder?«

»Du bist ein schlimmer Junge, Edmond!«, sagte Nesta lachend. »Du weißt ganz genau, dass ich geradezu süchtig nach ihnen bin. Ich bin sicher, ihr zwei mischt irgendeine geheime Zutat hinein, damit sie ganz besonders köstlich werden.«

»Liebe ist unsere geheime Zutat, Schätzchen. Jeder Bissen ist mit Liebe gefüllt.«

Frankie kauerte weiter in geduckter Haltung auf dem Boden und tat so, als suchte sie immer noch nach Münzen. Sie fragte sich, ob sie je den Mut haben würde, sich wieder aufzurichten.

»Alles in Ordnung da unten?« Edmond starrte sie an.

Sie schaffte es aufzustehen. »Bestens, danke.«

»Das Band?«, wiederholte Nesta. »Vielleicht gelb?«

»Nein. Ich meine, nein, danke, ich brauche kein Band. Wie viel kostet der Strauß, bitte?«

»Vier Pfund fünfzig.« Nesta sah sie besorgt an. »Geht es Ihnen auch wirklich gut? Sie sind plötzlich so blass. Wollen Sie sich einen Moment setzen? Möchten Sie ein Glas Wasser? Vielleicht liegt es an der Hitze.«

Frankie versuchte zu antworten, aber die Worte blieben ihr in der Kehle stecken. Sie schaffte es gerade noch, eine Fünf-Pfund-Note auf den Ladentisch zu legen, sich umzudrehen und hinauszulaufen. Hinter ihrem Rücken hörte sie Edmonds Stimme.

»Was war denn mit der los? Sie hat nicht mal auf ihr Wechselgeld gewartet.«

Sie war weg, bevor sie Nestas Antwort hören konnte.

Frankie wusste selbst kaum, wie sie den Heimweg bewältigte. Die ganze Zeit sah sie nur Nesta vor sich. Sie hatte sich Daniels Frau viel herber und konventioneller vorgestellt; stattdessen war sie bildhübsch und sehr nett.

Irgendwo auf dem Weg legte Frankie den Strauß Freesien auf eine Mauer. Irgendjemand anders konnte sie haben. Sie würde sich ja doch nicht an ihren schönen Farben oder dem herrlichen Duft erfreuen können.

Frankie gelang es einfach nicht, die Frau in dem Laden mit dem Bild zu vereinbaren, das sie sich nach Daniels Schilderung von Nesta gemacht hatte. Daniel hatte von seiner Frau geredet, als wäre sie kühl und abweisend. Frankie fand, dass sie tüchtig und selbstbewusst wirkte, am stärksten jedoch war der Eindruck von Wärme gewesen, die sie ausstrahlte.

Sobald sie durch die Haustür trat, hörte Frankie die Stimmen: Daniels Stimme klang ruhig und versöhnlich, Serens flehend und verstört.

»Dazu besteht doch absolut kein Grund!«, rief Seren.

»Ich halte es für das Beste, alles so schnell wie möglich in Ordnung zu bringen.«

»Aber die Mühle verkaufen? Das kommt mir schrecklich grausam vor!«

»Mein Liebes, es bringt nichts, in diesen Dingen sentimental zu sein.«

»Es ist Frankie, stimmt's?« Serens Stimme schraubte sich in die Höhe. »Sie hat dich dazu überredet!«

Frankie nahm all ihren Mut zusammen und ging hinein.

»Liebling, ich hatte ja keine Ahnung, dass du da bist.« Daniel trat zu ihr und legte einen Arm um ihre Schultern. »Seren und ich sprechen gerade über die Zukunft der Windmühle.«

Frankie dachte an den Ausdruck auf Nestas Gesicht, als sie den Laden betreten hatte, voller Trauer, voller Schmerz.

»Das bricht ihr das Herz.« Serens Stimme hatte sich zu einem Flüstern gesenkt.

Daniel sah ihr in die Augen. »Glaub mir, es ist für alle am besten, einen glatten Schnitt zu machen. Ich war schon bei meinem Anwalt, um ihm mitzuteilen, dass Nesta den größtmöglichen Anteil bekommen soll.«

»Aber ...«, setzte Seren an.

»Ich kann mir vorstellen, dass du viele Fragen hast. Was hältst du von einem Glas Wein?« Daniel lächelte seine Tochter an. »Dann können wir uns hinsetzen und in Ruhe über alles reden.« Er wandte sich an Frankie. »Wir haben doch noch diesen guten Chardonnay im Kühlschrank, oder?« Er verschwand in die Küche und ließ die beiden Frauen allein.

Seren hatte sich zum Kamin umgedreht. Ihr rotes Haar leuchtete im Sonnenschein, der durch das Fenster hereinfiel.

»Tut mir leid«, sagte Frankie. »Ich wusste nicht, dass er die Mühle verkaufen will.«

Seren antwortete nicht; sie starrte das Bild mit dem zusammengekauerten Mädchen an.

Frankie versuchte es erneut. »Bestimmt glauben Sie, dass ich Ihrer Familie wehtun will. Aber das will ich wirklich nicht.«

Seren drehte sich abrupt um. »Das glaube ich nicht nur, das sehe ich. Sie haben keine Ahnung, welchen Schmerz Sie uns zufügen. Vor allem meiner Mutter.«

Zum zweiten Mal an diesem Tag fand Frankie keine Worte.

»Ich muss meinen Sohn von der Schule abholen.« Seren eilte an Frankie vorbei und verließ das Haus.

Frankie stand wie angewurzelt mitten im Wohnzimmer, bis Daniel mit einem Tablett, auf dem drei Gläser und eine Flasche standen, zurückkam.

»Oh!« Es überraschte ihn offensichtlich, Frankie allein vorzufinden.

Sie wandte sich zu ihm um. »Warum hast du mir nicht erzählt, dass du die Mühle verkaufen willst?«

Daniel stellte das Tablett auf den Couchtisch. »Na ja, hier können wir nicht bleiben.« Er zeigte mit einer weit ausholenden Geste auf den Raum. »Du hast selbst gesagt, dass der Vermieter keine Verbesserungen plant und wahrscheinlich auch nicht zulässt, dass wir selbst etwas verändern. Außerdem müssen wir uns etwas Größeres suchen. Du brauchst ein Atelier, damit du wieder zu malen anfangen kannst, und wir beide brauchen Platz, um einander nicht ständig auf die Füße zu treten.« Er zuckte mit den Schultern. »Wie sollen wir uns das sonst leisten? Wir brauchen das Kapital vom Verkauf der Mühle, um einen Neuanfang machen zu können.«

»Aber Nesta …«, begann Frankie.

Daniel trat zu ihr und legte die Arme um sie. »Nesta ist bestimmt zufrieden, wenn sie erst einmal erfährt, dass sie eine gute Abfindung bekommt, genug, um sich selbst etwas zu kaufen. Sie braucht einen Neuanfang genauso sehr wie wir, und je eher wir ihn in Angriff nehmen, desto besser.« Er küsste Frankie auf die Stirn und sah sie an. »Alles, was ich mir wünsche, ist, dass du glücklich wirst.«

Er streichelte ihr Haar und küsste sie auf die Lippen. »Nehmen wir den Wein mit nach oben, ja?«, murmelte er.

Frankie schloss die Augen und nickte, doch sie sah immer noch Nestas schönes, trauriges Gesicht vor sich.

SEREN

Seren starrte wie gebannt auf den Bildschirm ihres Computers. Sie konnte den Fernseher im Wohnzimmer hören und wusste, dass es Zeit fürs Abendessen war.

Griff kam herein.

»Ist Grandad wieder da?« Seren hatte das gefürchtete Gespräch mit ihrem Sohn immer noch nicht geführt. »Ich habe am Computer Schach geübt, und ich glaube, jetzt könnte ich ihn vielleicht schlagen.«

»Toll.« Seren scrollte auf dem Bildschirm hinunter und beschloss, nach einem anderen Begriff zu suchen.

»Darf ich Schokolade haben, Mum?«

»Wir essen doch gleich.«

Sie musste nicht aufblicken, um zu wissen, dass Griff sich in der Küche umschaute und nach Hinweisen auf eine Mahlzeit suchte.

»Was gibt's denn?«

Seren versuchte nachzudenken. Für die Spaghetti Bolognese, die sie geplant hatte, war es zu spät. »Toast mit gebackenen Bohnen.«

Griff stöhnte. »Ich hasse gebackene Bohnen!«

»Letzte Woche hast du gesagt, dass du die am allerliebsten magst.«

»Jetzt mag ich sie aber nicht mehr.«

Seren hörte das Rascheln von Silberfolie, und als sie sich umdrehte, wollte Griff gerade von einer Tafel Schokolade abbeißen.

»He! Das habe ich dir nicht erlaubt!«

»Ich bin am Verhungern.« Griff schlotterte übertrieben mit den Knien und hielt sich an einer Stuhllehne fest. »Wenn ich nicht gleich was zu essen bekomme, werde ich bestimmt ohnmächtig.«

Seren seufzte. »Okay, was hältst du davon, wenn wir uns die Schokolade teilen?«

Griff brach widerstrebend eine Rippe ab und gab sie Seren. Sie stopfte sich das ganze Stück auf einmal in den Mund.

Griff lachte. »Du bist ein richtiger Gierschlund, Mum!«

»Paradoxe Pädagogik. Ich gebe dir ein schlechtes Beispiel, damit du weißt, wie man sich nicht benehmen soll«, brachte Seren mit vollem Mund hervor.

»Ich verstehe kein Wort.« Auch Griffs Mund war voller Schokolade.

Seren lehnte sich auf ihrem Stuhl zurück, packte Griff und zog ihn an sich. Er tat so, als wehrte er sich, und sie schloss die Arme noch fester um ihn. Jetzt lachten sie beide.

Er spähte an ihrer Schulter vorbei auf den Bildschirm. »Was machst du da?«

»Ich suche bloß was.« Sie hatte gerade *Francesca Williams, Künstlerin, England* bei Google eingegeben und klickte jetzt den ersten Link an, ein Online-Kunstmagazin.

»Wer ist das?«

Seren sah das Foto, schluckte die Schokolade hastig hinunter und musste sofort husten.

»Wer ist das, Mum?«

»Niemand, den du kennst«, brachte Seren heraus, nachdem sie wieder zu Atem gekommen war. »Hast du deine Hausaufgaben schon gemacht?«

»Ja.«

»Hast du Trompete geübt?«

»Ja.«

»Dann schau mal nach, ob im Fernsehen nicht irgendein Blödsinn läuft, den wir uns anschauen können, während wir unsere gebackenen Bohnen auf Toast essen.«

Griff verschwand mit dem Rest der Schokolade. Seren erhob keine Einwände, sondern las den Artikel. Er war vor über fünf Jahren erschienen.

Die gemeinsame Ausstellung von Oliver Williams und seiner Frau Francesca in der Old Malt House Gallery hat sich als voller Erfolg erwiesen.

Seren holte tief Luft. Seit ihr die kleine Signatur auf Frankies Bild auf dem Kaminsims aufgefallen war, hatte sie es kaum erwarten können, nach Hause zu kommen und den Namen in ihren Computer einzugeben. Mit klopfendem Herzen las sie weiter.

Zu Oliver Williams' kraftvollen und doch ätherischen Skulpturen bildeten die düsteren, nachdenklich stimmenden Bilder seiner Frau Francesca die perfekte Ergänzung. Beide lassen sich in ihren Arbeiten vom menschlichen Körper inspirieren, aber während Francesca ihre weiblichen Modelle mit geradezu atemberaubendem Realismus einfängt, verwandelt Oliver den Frauenkörper in etwas nahezu Überirdisches. Seine lebensgroßen Bronzeengel hängen von der Decke herab und betrachten ihr Publikum aus leeren Augen, die eine verstörende Mischung aus Teilnahmslosigkeit und Intimität transportieren. Im Kontrast dazu wirken Francescas Gestalten erdverbundener. Übergroße Augen signalisieren Zerbrechlichkeit und Unsicherheit, und sie biegen und drehen sich, als suchten sie nach einem Fluchtweg von der Leinwand.

Seren überflog hastig den Rest des Artikels: weiteres Geschwafel über die Ausstellung und die Vorzüge der Galerie. Nichts davon schien relevant zu sein. Sie scrollte zu dem Foto zurück. Ein Mann und eine Frau, jung, attraktiv, Weingläser in der Hand. Die Frau hatte lange braune Locken und schaute ein wenig erschrocken in die Kamera. Sie war mindestens sechs, sieben Kilo schwerer als Daniels Freundin, schätzte Seren, aber es konnte kein Zweifel daran bestehen, wer sie war.

Seren rief Ben an. Endlich hob er ab. Bestimmt war er noch bei der Arbeit. Seren stellte sich ihn in einem dunklen Raum vor, wo er sich soeben aus den Tiefen der Unterwelt hervorkämpfte, noch schnell ein paar Dämonen erschlug und seine Rüstung abwarf, bevor er in die Realität zurückkehrte.

»He, Kleine, wie geht's denn so?«

»Ich habe dir gerade den Link zu einer Webseite geschickt. Könntest du dir die bitte mal anschauen?«

»Klar, mach ich gleich nach der Arbeit.«

»Geht es nicht jetzt sofort?«

Ben schien die Unruhe in ihrer Stimme zu bemerken. Sie hörte ihn tippen und wartete – Stunden, wie ihr schien.

»Okay.« Er sprach langsam, klang verwirrt. »Und worum geht es dabei?«

»Frankie Hyde.«

»Wer?«

»Frankie. Du weißt schon, Dads ...« Serens Stimme geriet kurz ins Stocken. »Diese Frau.«

»Okay.« Jetzt sprach Ben noch langsamer.

»Sie ist nicht die, die sie zu sein vorgibt. Ihr Name ist Francesca Williams, und sie war verheiratet.«

»Und?«

»Und sie sieht inzwischen ganz anders aus. Ihr Haar ist kurz und aschblond, und sie ist sehr dünn, und sie hat ihren Namen geändert.«

Ben seufzte. »Na und? Sie war verheiratet, hat sich scheiden lassen, bei all dem Stress abgenommen und ihren Mädchennamen wieder angenommen – was soll daran so ungewöhnlich sein? So etwas passiert ständig.«

»Und die Haare?«

»Wahrscheinlich hatte sie einfach die Nase voll von langen Haaren. Vielleicht hat sie ständig mit neuen Frisuren herumexperimentiert, vielleicht trägt sie auf dem Foto eine Perücke, vielleicht trägt sie jetzt eine Perücke, vielleicht rasiert sie sich demnächst eine Glatze.«

»Du willst es nicht ernst nehmen, oder? Nenn mir einen Grund, warum Dad nichts von ihrem Exmann weiß.«

»Vielleicht weiß er ja von ihm.«

Seren verstummte.

»Weißt du, dass Dad die Mühle verkaufen will?«, fragte sie schließlich.

Eine Pause. »Ich hab mir so was gedacht.«

»Und Mum?«

»Es ist ein großes Haus. Sie braucht nicht so viel Platz, und den Riesengarten braucht sie auch nicht.«

»Der Garten ist ihr Leben.«

Ben schwieg. Seren hörte ihn tippen und fragte sich, ob ihr Bruder im Begriff war, wieder in seine Fantasiewelten zu entgleiten. »Was wird aus Griff und mir? Sollen wir einfach hier hocken und die neuen Bewohner der Mühle anstarren? Wir leben praktisch im Garten – wie kann man uns zwingen, ihn mit Fremden zu teilen?«

Das Tippen hörte auf. »Du kannst eine Mauer errichten lassen.«

»Eine Mauer! Ich will nicht hinter einer Mauer eingesperrt sein!«

Seren betrachtete erneut das Bild von Francesca Williams. Am liebsten hätte sie auf den Bildschirm eingeschlagen.

»Seren?« Ben klang plötzlich so, als wäre er durchaus in der Wirklichkeit. »Hast du noch nie daran gedacht, woanders zu leben? Irgendwo neu anzufangen, ohne all die Erinnerungen?« Er machte eine Pause. »Ich glaube, das würde dir guttun.«

Seren war fassungslos, so etwas ausgerechnet von Ben zu hören, Ben, der immer zu ihr gehalten hatte. Schon in ihrer Kindheit hatte er sie vor Annis Wutausbrüchen beschützt, mit ihr gespielt, ihr bei den Hausaufgaben geholfen, ihr Radfahren beigebracht hatte. Nie hatte er mit ihr gestritten.

Seren wollte auch jetzt nicht mit ihm streiten. Sie wechselte das Thema. »Wie geht's Suki?«

Wieder entstand eine Pause, diesmal eine etwas längere. Schließlich sagte Ben: »Wir haben uns getrennt.«

Seren blieb der Mund offen stehen. »Was? Warum?«

Sie konnte fast hören, wie er mit den Schultern zuckte.

»Kommst du klar?«, fragte sie.

»Ganz gut.«

»Und Suki?«

»Ist für eine Weile nach Irland zurück.«

»Aber warum? Was ist passiert?«

»Ich fand das Ganze nicht mehr wirklich sinnvoll. Beziehungen sind so ... mühsam.«

»Ist es wegen der Sache mit Mum und Dad?«

»Hör mal, Seren, ich muss mich wieder an die Arbeit machen.«

»Okay.« Seren verabschiedete sich und legte auf.

Sie starrte den Bildschirm an, der jetzt dunkel und leer

war. Wie konnte so etwas passieren? Wie konnte diese Frau das Leben so vieler Menschen zum Schlechteren verändern?

Auf ihrer Brust lastete ein Druck, der ihr nur allzu vertraut war. Denselben Druck hatte sie gespürt, als sie gedacht hatte, sie wäre es, die das idyllische Leben ihrer Eltern zerstören würde. Sie schloss die Augen vor den unerwünschten Erinnerungen, die auf sie einstürmten – der dünne orangefarbene Vorhang um das Bett, die grimmige Miene ihrer Großmutter.

Sie konnte es nicht ertragen, daran zu denken. Seren öffnete die Augen wieder und klickte auf Google einen anderen Link an. Weitere Bilder der Frankie von früher erschienen. Seren schnitt eine Grimasse. *Hau einfach ab, und lass uns in Ruhe!*

»Entweder ein Quiz oder eine Hochzeitsshow.« Griff war wieder da.

Seren zwang sich zu einem Lächeln. Auf einmal hatte sie das starke Bedürfnis, das Haus zu verlassen. »Komm, wir gehen in die Stadt und holen uns eine Pizza. Die gebackenen Bohnen müssen sich gedulden.«

NESTA

Der Zucker funkelte in der Spätnachmittagssonne. Nesta starrte die glitzernde Glasur des unangetasteten Kuchens an.

Warum hatte sie sich überhaupt die Mühe gemacht, ihn zu backen, und für die Füllung ihr letztes Glas selbst gemachter Erdbeermarmelade verbraucht? Und warum hatte sie ihre Lieblingsseidenbluse angezogen, die Haare gewaschen und Ohrringe angelegt?

»Ich komme auf eine Tasse Tee vorbei«, hatte er gesagt. »Ich möchte dich sehen.«

Nestas Blick wanderte zu dem braun gestreiften Becher, den sie zusammen in einer Töpferei in St. Ives erstanden hatten. Eine winzige Biene zappelte verzweifelt im Tee. Nesta beugte sich vor und fischte sie mit dem Zipfel einer Serviette heraus. Es war das erste Mal, dass sie sich bewegte, seit er gegangen war.

Die Unterlagen des Immobilienmaklers flatterten leicht in der Brise. Nesta schloss die Augen und tat so, als wären sie nicht da.

Daniel war schier übergeflossen vor Entschuldigungen, vor Bedauern; einmal hatte er sogar zu weinen angefangen. Er hatte ihre Hand genommen und festgehalten.

»Ich kann dir gar nicht sagen, wie furchtbar ich mich wegen dieser Sache fühle. Ich kann kaum noch schlafen. Ich werde dich immer lieben, Nesta. Ich vermisse dich – wir waren Seelengefährten, du und ich.«

Ein paar Minuten lang hatte Nesta geglaubt, er würde sie

fragen, ob er wieder nach Hause kommen könne. Ihr Herz schlug schneller, und leise Erleichterung regte sich in ihr. Im Geist überlegte sie sich ihre Antwort; sie würde nicht so leicht nachgeben. Aber dann redete er auf einmal von Anwälten, Unterhaltszahlungen und einem Termin mit einem Gutachter, der den Wert der Mühle schätzen sollte. Nesta ließ ihre Hand in Daniels liegen. Wenigstens hielt sie das davon ab, ihn zu ohrfeigen.

Er hatte an alles gedacht, sogar Namen und Telefonnummer eines Anwalts mitgebracht, den sie seiner Meinung nach konsultieren sollte.

»Es wird alles glatt über die Bühne gehen«, hatte er gesagt. »Keine Schuldfrage. Ein sauberer Schnitt. Es gibt keinen Grund, es unnötig in die Länge zu ziehen und die Anwaltskosten zu erhöhen, findest du nicht auch?«

Nesta öffnete die Augen und griff nach den Unterlagen des Maklers. Drei Häuser. Laut Daniel hatten sie alle Potenzial. Nesta warf einen Blick auf das erste Angebot. Sie hatte ihre Lesebrille nicht auf, aber sie konnte genug sehen, um den hässlichen Backsteinbungalow inmitten einer winzigen Rasenfläche zu erkennen.

»Es wird dir Spaß machen, einen neuen Garten anzulegen«, hatte Daniel gemeint und dabei ihre Hand gedrückt. »Und auf weniger Raum wird es eine echte Herausforderung sein.«

Nesta betrachtete die anderen beiden Angebote – ein tristes Cottage, an dem sie auf der Umgehungsstraße oft vorbeigefahren war, und ein modernes Haus in der Neubausiedlung in der Stadt. »Schlechter Entwurf, schlechte Bauweise.« Nesta erinnerte sich noch gut an Daniels hartes Urteil, als die Häuser gebaut worden waren.

Nesta ließ die Papiere auf die Steinplatten fallen. Der Wind blies sie an die niedrige Buchsbaumhecke, die am Rand der

Terrasse verlief. Die Blätter flatterten wie verletzte Vögel, bis ein weiterer Windstoß sie erwischte und über den Rasen in Richtung Scheune wehte.

Nesta sah den Blättern nach und dachte an die Hochzeit von Seren und Tom. Auf dem Rasen waren lange Tische mit weißen Decken, altem Porzellan und Hortensien aufgestellt worden. Seren in zartvioletter Spitze, immer noch blass, immer noch von nächtlichen Albträumen geplagt. Nesta hatte inständig gehofft, Tom würde ihr über das, was sie quälte, hinweghelfen, was auch immer es sein mochte. Vielleicht schaffte Seren es, mit ihrem Ehemann über die Dinge zu reden, die sie ihrer Mutter nicht erzählen wollte.

Daniel war ganz in seinem Element gewesen. Er hatte die Gäste begrüßt, die Party in Schwung gebracht, Toms Pläne für die Scheune herumgezeigt, voller Stolz, dass er für seine Tochter einen so perfekten Partner gefunden hatte.

Hatte er daran gedacht, was jetzt aus Seren werden sollte? Sie hatte ihn gefragt. Es war ihre einzige Frage gewesen, vielleicht die einzigen Worte, die sie an diesem Nachmittag gesprochen hatte.

»Alles wird gut«, hatte er ihr mit seinem üblichen unerschütterlichen Optimismus versichert.

Nesta seufzte. So war Daniel: alles nach dem Motto »Keine Sorge« und »Ich mache das schon«. Darauf hatte er praktisch seine Karriere aufgebaut. *Das Haus ist zu klein? Keine Sorge, der Dachboden wird ausgebaut, ein Gartenzimmer angebaut, die Küche vergrößert. Eine Scheune mitten auf Ihrem Feld? Daraus machen wir ein Haus für eine vierköpfige Familie, das Sie für Tausende Pfund verkaufen können.*

Daniel schien ein so wunderbarer Mensch zu sein, als sie sich kennengelernt hatten. Er hatte eine Unterkunft für sie entdeckt und unermüdlich die Stellenangebote durchforstet, um eine Stelle als Lehrerin für sie zu finden, nachdem sie selbst fast schon jede Hoffnung verloren hatte. Er hatte ihr ein Outfit für das Vorstellungsgespräch gekauft und nachher immer steif und fest behauptet, die braunen Wildlederpumps mit der dazu passenden Handtasche hätten die Entscheidung der Direktorin zu Nestas Gunsten beeinflusst.

Sogar ihre Hochzeit hatte Daniel geplant: den Termin auf dem Standesamt mit einer Hand voll Freunde, gefolgt von einem Essen in seinem Lieblingsrestaurant an der King's Road. Daniel hatte auch das Kleid entdeckt, das Nesta bei der Hochzeit trug und das ihren leicht gerundeten Bauch verbarg. Er hatte den Strauß Pfingstrosen gekauft, den sie fest umklammert hielt, als sie ihr Ehegelübde sprach, und sie hinterher mit einer Hochzeitsreise nach Rom überrascht.

Jetzt würde er mit demselben Enthusiasmus ihre Scheidung vorantreiben, die Angelegenheit mit bestmöglichen Resultaten für alle Beteiligten erledigen. Was hatte er noch gesagt? »Lass uns an einer positiven Zukunft für dich arbeiten, Nesta, etwas, das dich so glücklich macht, wie du es verdienst!«

»Bastard!«, sagte Nesta laut.

»Was hast du gesagt, Granny?«

Nesta wandte den Kopf und entdeckte Griff, der hinter ihr im Gras stand. Er reichte ihr die zerknitterten Unterlagen des Immobilienmaklers. Hoffentlich hat er nicht mitgekriegt, worum es geht!, dachte sie.

»Tut mir leid, mein Liebling. Ich habe Selbstgespräche geführt.«

»Als ich von der Schule nach Hause gekommen bin, hab ich Grandads Auto gesehen. Aber Mum hat gemeint, dass ich zu meinem Schwimmkurs muss, und wollte mich nicht herkommen lassen. Ist er aus seinen Ferien zurück?«

Nesta legte die Papiere mit dem Deckblatt nach unten hastig

auf den Tisch. Dann breitete sie beide Arme aus, und Griff lief hinein. Er roch nach einer Mischung aus Chlor und gesalzenen Essig-Chips. Nesta drückte ihn fest an sich.

»Er fehlt mir«, flüsterte Griff.

»Ich weiß. Mir fehlt er auch.«

Er trat zurück und sah Nesta aus großen, runden Augen an. »Barney Brown sagt, er hat gehört, wie seine Mum seinem Dad erzählt hat, dass Grandad jetzt bei einer anderen Frau wohnt.«

»Und was hat deine Mutter dir erzählt?«

»Dass Grandad eine Weile weg ist. Aber ich glaube, sie sagt mir nicht die Wahrheit, weil sie denkt, dass ich noch ein Baby bin. Hat Grandad uns nicht mehr lieb?«

Nesta nahm seine Hand in ihre. »Doch, natürlich hat er uns noch lieb, und dich ganz besonders. Aber er will woanders leben.«

Griff entzog ihr seine Finger und starrte sie an. »Bei einer anderen Frau?«

»Ja.«

»Lasst ihr euch scheiden?«

»Das will dein Großvater, ja.«

»Aber dafür seid ihr zu alt!«

Nesta lachte. »Zu alt für eine Scheidung?«

»Ja. Ich dachte, so was machen nur Mums und Dads, wie die Eltern von Jake Vaughn und Poppy Smythe.«

»Tja, sieht so aus, als wäre man dafür nie zu alt, mein Hübscher.« Sie lachte wieder, und auch Griff musste lachen. Dann brach er abrupt ab.

»Geht's dir auch gut?«

Nesta blickte kurz zu den Unterlagen des Immobilienmaklers und dann wieder zu Griff. Sie lächelte. »Glänzend.«

Griffs Augen ruhten auf dem Teetisch. »Kann ich ein Stück Kuchen haben?«

SEREN

Seren trank einen Schluck Tee und wählte die Nummer.

Sie kam sich ein bisschen albern vor – schnüffelte herum wie eine moderne Miss Marple –, aber sie brauchte den Beweis, dass Frankie etwas verbarg. Dann würde ihr Vater einsehen, was für einen schrecklichen Fehler er begangen hatte.

Seren griff nach einem Kuli und fing an, kleine Kreise auf das oberste Blatt Seidenpapier zu kritzeln, das sie zum Einwickeln der Blumen benutzte.

Das Telefon läutete und läutete. Seren stellte sich vor, wie der Klingelton in einem weitläufigen Atelier widerhallte – Werkzeug und Staub und gewaltige Skulpturen und irgendwo mittendrin ein Künstler, der zu sehr von seiner Kreativität beansprucht wurde, um etwas zu hören. Sie wollte gerade aufgeben, als jemand abhob.

»Oliver Williams am Apparat.«

Das Foto im Internet hatte einen Mann Ende dreißig oder Anfang vierzig gezeigt, mit wirrem Haar, Bartstoppeln, breiten Schultern und kräftigen Muskeln, die zweifellos vom Bearbeiten schwerer Steinblöcke herrührten. Das leicht schiefe Lächeln und die hellen Augen auf dem Bild schienen auf ein freundliches und zugängliches Wesen hinzuweisen. Jetzt war sie sich da nicht mehr so sicher.

Seren atmete tief durch, und die Geschichte über eine aus den Augen verlorene Verwandte, die sie sich zurechtgelegt hatte, löste sich in Wohlgefallen auf.

»Tut mir leid, wenn ich störe«, brachte sie heraus, während

die Kreise, die sie malte, immer kleiner wurden. »Ich hatte nämlich gehofft ... ich dachte, Sie könnten vielleicht ... ich wollte bloß wissen ...«

»Ist das so etwas wie eine Meinungsumfrage?« Sein Akzent klang vage nach Nordengland. Auf seiner Webseite hatte sie gelesen, dass er ursprünglich aus Leeds stammte.

»Nein, ist es nicht.«

»Lebensversicherungen? Solarheizung? Dämmschutz?«

»Nein, nein«, stammelte Seren. »Nichts dergleichen. Ich wollte bloß ...«

»Tja, dann bleiben wohl nur noch Lärmschutzfenster.« Oliver klang belustigt.

»Es geht um Francesca Williams.«

Eine Pause entstand. Seren malte sechs Kreise, bevor er wiederholte: »Francesca?«

»Ja.«

Noch eine Pause. »Sie haben Francesca gefunden?«

»Ja. Das heißt, ich glaube schon. Deshalb ...«

»Spricht dort die Polizei?«

Diesmal war es Seren, die schwieg.

»Sind es schlechte Neuigkeiten?«, fuhr Oliver fort.

Die Panik in seiner Stimme ließ Seren wünschen, sie hätte ihn nicht angerufen. »Nein, nein. Ich bin nicht von der Polizei, und ihr geht es gut.«

»Gott sei Dank!«

»Es geht ihr sogar sehr gut.« Seren holte tief Luft. »Sie lebt mit meinem Vater zusammen.«

Die Ladenglocke bimmelte.

Seren blickte auf und sah direkt in das Gesicht von Arlow Laverne. Sie plumpste auf den hohen Hocker, der hinter ihr stand, und versuchte, sich auf das Telefongespräch zu konzentrieren. Der Kuli in ihrer Hand schien ein Eigenleben zu entwickeln und kritzelte einen Kreis nach dem anderen, bis sie sich auf dem dünnen Seidenpapier überlappten.

»Mit Ihrem Vater?« Oliver klang verwirrt.

»Wenn es Ihnen nichts ausmacht, würde ich Ihnen gern ein paar Fragen zu Frankie stellen.« Ihr war nur allzu bewusst, dass Arlow zuhörte, und sie spürte, wie ihre Wangen zu glühen begannen.

»Gern.«

Seren spähte zu Arlow hinüber. Er lächelte, und sie wandte den Blick ab. »Im Moment ist es ein bisschen ungünstig für mich. Kann ich Ihnen vielleicht eine E-Mail schicken oder Sie irgendwann, wenn es Ihnen passt, noch einmal anrufen?«

»Warum kommen Sie nicht zu mir in mein Atelier, damit wir uns bei einer Tasse Kaffee unterhalten können?«

»Wann?«

»Freitag? Elf Uhr?«

Seren überflog ihren Terminkalender. Sie würde Nesta bitten müssen, im Geschäft für sie einzuspringen und das wöchentliche Blumenarrangement für die Arztpraxis zu übernehmen.

»Ja, Freitagmorgen passt gut. Wo ist Ihr Atelier?«

»Im Süden von London. Genaue Angaben stehen auf meiner Webseite. Da haben Sie vermutlich auch meine Telefonnummer her.«

»Äh ... ja«, antwortete Seren verlegen. »Ich hoffe, es stört Sie nicht, dass ich Sie angerufen habe.«

»Ganz und gar nicht. Ich kann Ihnen gar nicht sagen, wie erleichtert ich bin, zu wissen, dass mit Francesca alles in Ordnung ist. Ich freue mich auf unser Treffen.« Damit legte er auf.

Arlow lehnte sich an den Ladentisch. »Brauchst du die Hilfe eines Polizeibeamten?«

Seren klappte den Terminkalender zu. »Ich dachte, du bist

im Ruhestand.« Es erstaunte sie, dass sie einen vollständigen Satz bilden konnte.

»In der fiktiven Welt arbeiten die Figuren aus unserer Serie ewig weiter, aber Budgetkürzungen und die ständige Nachfrage nach neuen Talenten sind der Grund, dass sich niemand mehr die Mühe macht, uns dabei zu filmen.«

»Wirklich?« Seren hob den Terminkalender hoch und presste ihn an ihre Brust. Ihr Herz hämmerte laut dagegen.

»Aber ja. Ein Teil von mir wird für immer und ewig an der Küste einer Hebriden-Insel patrouillieren, blutige Morde aufklären und unverbesserliche Schmuggler festnehmen.«

»Und ein anderer Teil von dir ist wieder hier?« Seren vermied es, in die vertrauten Augen zu schauen.

»Das ist dir also aufgefallen!«

»Ich habe so etwas läuten gehört.«

Arlow grinste. Seine Zähne schienen gerader, weißer und blitzender zu sein als früher.

Das Telefon klingelte, und Seren hob ab. Ein leises Rauschen war zu hören, dann war die Leitung tot. Seren legte auf.

Arlow hatte sich ein paar Schritte entfernt und betrachtete eingehend die diversen Tulpensorten. Er zog drei Sträuße heraus. »Die nehme ich. Vielleicht heitern sie mein Cottage auf.«

Ein Cottage klang nach einem bescheideneren Wohnort, als Seren ihn angesichts seines erstklassig geschnittenen Hemdes und der Designer-Jeans erwartet hätte.

Er schien ihre Gedanken zu lesen. »Ich wohne dort bloß, bis die Dreharbeiten beendet sind. Wir drehen einen Fantasy-Thriller, der in einem alten Bauernhaus spielt. Drei Ehepaare mieten es über Weihnachten – mit grausigen Konsequenzen.« Er schlotterte übertrieben und verdrehte die Augen. »Die meisten Szenen werden nachts gedreht.«

Seren konnte ein Lächeln nicht unterdrücken.

»Ziemlich vorhersehbar, ich weiß. Wenn mir klar gewesen wäre, was für ein Schmus das ist, hätte ich mich wahrscheinlich nicht darauf eingelassen.« Arlow zuckte mit den Schultern. »Aber solange Hypotheken zu zahlen sind …«

Seren wickelte die Tulpen in Seidenpapier. Angellica Chadwicks hübsches Gesicht stand ihr vor Augen, als sie sich vorstellte, wie sie durch das zweifellos traumhaft schöne Haus schlenderte, das Arlow und sie bewohnten. Angellica hatte ihre Karriere als jüngste Bennet-Tochter in einer Fernsehverfilmung von *Stolz und Vorurteil* begonnen – und mit ihren sanften Rehaugen betörend lieblich ausgesehen.

»Muss ich für das originelle Kunstwerk extra zahlen?« Arlow zeigte auf die Kreise, die das Papier um seine Blumen zierten.

»Oh, tut mir leid! Ich nehme einen anderen Bogen Papier.«

Arlow schüttelte den Kopf. »Nein, bitte nicht. Ich werde den da meiner Sammlung hinzufügen.« Er lächelte, und in seiner linken Wange zeigte sich ein winziges Grübchen. Seren wusste noch, wie perfekt die Spitze ihres kleinen Fingers hineinpasste. »Ich habe immer noch die Bleistiftskizze, die du von mir gemacht hast.«

Seren errötete, als sie an ihren Versuch erinnert wurde, Arlow nackt auf ihrem Bett zu zeichnen.

Er hielt ihr eine Zwanzig-Pfund-Note hin. »Du warst sauer, weil ich nicht stillhalten konnte, und hast mir gedroht, mich nach Hause zu schicken.«

Seren öffnete die Kasse. Nur mit Mühe gelang es ihr, das Wechselgeld zusammenzusuchen. Als sie endlich die Münzen über den Ladentisch reichte, fiel eine davon in ihre halb geleerte Teetasse, und bräunliche Flüssigkeit spritzte auf das oberste Blatt Seidenpapier.

»Wie von Jackson Pollock«, fand Arlow. »Das nehme ich auch für meine Sammlung mit.«

Seren zerknüllte das Papier und warf es in den Papierkorb.

»Das mit deinem Mann tut mir sehr leid«, sagte Arlow.

»Woher weißt du davon?«

Arlow deutete durch die offene Tür in Richtung Tremond. »Die beiden haben mir auch das mit deinen Eltern erzählt.«

Seren reichte ihm eine weitere Pfundmünze, die auf dem Ladentisch gelandet war. »Sie werden bald wieder zusammen sein. Die Frau, zu der Dad gezogen ist, ist nicht die, für die er sie hält.«

»Ging es darum bei diesem Telefonat?«

Seren antwortete nicht.

»Geht mich nichts an, was?« Arlow lachte. »Aber, wie gesagt, ich habe Erfahrung. Sieben Jahre als Detektiv, da bekommt man einen guten Riecher. Erinnerst du dich noch an die Folge mit der Frau, die sich auf der Insel Lewis als Ärztin ausgibt?«

»Ich habe mir *Island Beat* nie angeschaut.«

Arlow machte ein erstauntes Gesicht. »Nie?«

Seren schüttelte den Kopf. Arlow starrte sie an. Seren wandte den Blick ab.

»Tja dann«, sagte er schließlich. »Ruf mich an, falls du Hilfe brauchst! Ich habe immer noch meine Dienstmarke und meine Waffe. Die Crew hat mir beides zum Abschied geschenkt.« Er lachte. »Ich bewahre sie für den Fall, dass ich den Drang verspüre, jemanden zu verhaften, im Handschuhfach auf.« Er nahm einen Kuli und notierte auf den Rand des Einwickelpapiers eine Handynummer.

»Ich brauche deine Hilfe nicht.«

Arlow hielt inne und holte tief Luft. Seren erwartete, dass er etwas sagen würde, aber stattdessen drehte er sich um und verließ den Laden.

Seren starrte die Tulpensträuße an, die auf dem Ladentisch liegen geblieben waren. Zwei Stunden später schloss Seren den Laden und nahm die Tulpen mit nach Hause.

NESTA

Nesta lehnte sich ans Balkongeländer. Schon seit Wochen hatte sie nicht mehr durch ihr Teleskop geschaut. Irgendwie rückte dadurch alles viel zu nahe heran; sogar die Sterne erschienen durch die starken Linsen überwältigend. Nesta betrachtete die Landschaft, die sich unter ihr erstreckte. Nachts wirkte sie wie eine andere Welt. Der Fluss wurde zu einem schimmernden silbernen Band, die Bäume zu zarten Schattenrissen vor den vom Mond erleuchteten Feldern.

Nesta nahm einen Schluck aus ihrem Glas und hustete. Sie griff nach der Whiskyflasche und starrte mit zusammengekniffenen Augen das Etikett an. Ohne Brille konnte sie den Namen der Destillerie nicht erkennen. Es war die erste Flasche im Regal gewesen. Bestimmt war es eine gute Marke, aber ihr schmeckte der Whisky nicht. Daniel war Whiskykenner und Abonnent bei einem Lieferservice, von dem er jeden Monat eine andere Sorte bezog. Ob er seine Adressenänderung bekannt gegeben hatte? Vier Wochen waren seit seinem Auszug vergangen, und noch war keine neue Flasche eingetroffen.

Nesta nippte noch einmal an dem Whisky. Ihre Kehle brannte. Hoffentlich wirkt es!, dachte sie. Die Nächte wurden zusehends schlimmer – und länger.

Noch ein Schluck, und das Glas war leer, aber Nesta war nach wie vor hellwach. Sie füllte das Glas erneut. Sie hatte nie viel getrunken – mal ein bisschen Wein zum Essen, ein Glas Sekt zum Anstoßen und die White Russians, die Daniel und sie traditionell an Silvester tranken.

Als sie die Augen schloss, drehte sich ihr der Kopf. Sie öffnete sie wieder und blickte zu den Myriaden Sternen am samtenen Nachthimmel empor. Sie dachte an Seren – *y seren mwyaf hyfryd yn yr awr*, der lieblichste Stern am Himmel.

Auch in jener lange zurückliegenden Nacht war der Himmel voller Sterne gewesen. Stundenlang hatte sie, den Kopf an seine Brust geschmiegt, wach gelegen, dem stetigen Rhythmus seines Herzschlags gelauscht, durch das Fenster des Wohnwagens die Sterne betrachtet und sich bei jedem einzelnen etwas gewünscht.

Nesta trank noch einen Schluck. Hoffentlich konnte Seren sie im Dunkeln nicht sehen. Seren redete nicht mehr mit ihr, jedenfalls nicht wirklich, so wie sie es früher getan hatte. Sie war verärgert, weil Nesta Griff gesagt hatte, dass Daniel nicht zurückkommen würde, und hielt Distanz zu ihrer Mutter.

»Er hätte das nicht wissen müssen. Dad kommt bestimmt zurück, das weiß ich einfach.«

Wie gern hätte Nesta sie getröstet und ihr versichert, dass alles wieder gut werden würde. Die Worte des Wiegenliedes, das ihre Mutter ihr früher vorgesungen hatte, fielen ihr ein.

Suogân, weine nicht,
Suogân, schlafe nun.
Suogân, ich bin hier,
Suogân, fürchte dich nicht.

Fast konnte sie fühlen, wie sich ihr Gesicht an die raue Baumwollschürze ihrer Mutter schmiegte, wie ihre Mutter sie in die Arme schloss und sanft auf die Wangen küsste. Die Erinnerung überraschte Nesta. Sie hatte vergessen, dass ihre Mutter so zärtlich hatte sein können.

Während Seren ihr Elternhaus anscheinend am liebsten nie verlassen hätte, hatte Nesta von ihrem gar nicht schnell genug wegkommen können. Schon als Teenager hatte sie sich danach gesehnt, das kalte Bauernhaus hinter sich zu lassen, das Melken der Kühe in aller Herrgottsfrühe, den sonntäglichen Kirchgang, die Schelte ihrer Mutter und das Brennen der Weidenrute.

Sie schenkte sich noch einen Whisky ein und lächelte. »Alkohol zu trinken ist ein Tanz mit dem Teufel«, pflegte ihre Mutter zu sagen. Nesta füllte das Glas bis zum Rand.

Eine Eule krächzte.

»Prost!« Nesta hob ihr Glas in die Richtung, aus der das Geräusch gekommen war, und verschüttete dabei Whisky auf ihr Nachthemd. »Auf die Zukunft, was immer sie bringen mag!«

Sie legte den Kopf in den Nacken und ließ die goldbraune Flüssigkeit ihre Kehle hinabrinnen. Aber sie verschluckte sich und würgte, spuckte und hustete, bis ihr Tränen übers Gesicht liefen.

Ihr war übel, und sie ging in ihr Schlafzimmer zurück, setzte sich aufs Bett und versuchte, die Wände und Fenster daran zu hindern, hin und her zu schwanken. Auf der Bettdecke lag eine aufgeschlagene Zeitschrift. Sie hob sie auf und betrachtete die Seite.

Nesta brauchte ihre Brille nicht; es war egal, dass Foto und Text vor ihren Augen verschwammen. Sie wusste, wie das Bild aussah, und kannte den Text besser als jedes Schlaflied, das sie je gelernt hatte.

Der Mann stand in einem üppig wuchernden Lavendelfeld. Hinter ihm war das geschwungene Ziegeldach eines alten Bauernhofs zu sehen. Rosen rankten sich an dem Mauerwerk aus braunem Stein empor, Pelargonien fluteten aus riesigen Keramiktöpfen. *Die Entdeckung des Paradieses: ein walisischer Garten mitten in Italien*, stand darüber.

Er lächelte in die Kamera. Sein Gesicht war älter, wettergegerbter geworden, sein Haar viel heller, aber für Nesta sah er noch ganz genauso aus wie früher.

»*Y seren mwyaf hyfryd yn yr awr.*« Das hatte er zu ihr gesagt, als sie die frisch umgegrabenen Randbeete mit Rosen bepflanzten. Mit schmutzigen Händen und jubilierendem Herzen hatte sich Nesta zu ihm umgedreht. Sie wollte ihm gerade sagen, dass sie ihn liebte, als Daniels Wagen knirschend über den Kies der Einfahrt fuhr. Dann kamen Anwen und Ben herausgesprungen und liefen auf sie zu, um ihr alles über ihren Besuch bei Daniels Mutter zu erzählen, und Daniel bat Nesta, Wasser aufzusetzen, während er das Gepäck ins Haus trug.

Nesta hatte ihn bei den Beeten stehen lassen. Als sie eine halbe Stunde später zurückkam, waren er und sein Wohnwagen verschwunden.

Jahre später hatte Nesta sich einen Zahn abgebrochen, als sie in eine unreife Birne gebissen hatte. Im Wartezimmer des Zahnarztes hatte sie aus einem Stapel Zeitschriften, die auf dem Tisch lagen, ein zerlesenes Magazin herausgezogen und es aufs Geratewohl aufgeschlagen. Und da war er: Leo, der sie aus seinem mediterranen Traum heraus anlächelte.

FRANKIE

Frankie schob mit der Gabel die letzten Stücke Hühnchenfleisch auf ihrem Teller hin und her. Das Bild des zerkratzten Lacks wollte ihr einfach nicht aus dem Kopf gehen.

»Na, komm schon!«, sagte Daniel. »Ich habe es extra für dich zubereitet. Es ist ein Rezept von Ottolenghi.«

Frankie langte über den Tisch und berührte seine Hand. »Es ist köstlich, aber ich habe im Moment keinen großen Hunger.«

Daniel nahm ihre Hand in seine. »Alles in Ordnung?«, fragte er. »Hast du Kopfschmerzen?«

Frankie schüttelte den Kopf.

»Gut.« Daniel lächelte und schenkte ihr Wein nach.

»Du bist nicht sauer wegen des Wagens?«, fragte Frankie.

»Ist doch bloß ein Kratzer. Dumme Jungs auf dem Heimweg von der Schule, nehme ich an. Die Werkstatt wird ihn schon wegzaubern.«

Frankie wünschte, auch ihre Nervosität würde wie durch Zauberei verschwinden. Vielleicht war es nur ein Dummejungenstreich gewesen, ein Nachbar, der es auf den Parkplatz abgesehen hatte, den der tolle Sportwagen für sich beanspruchte. Wenn es nur ein beliebiger Strich, ein ganz normaler Kratzer gewesen wäre, wäre sie gar nicht auf einen anderen Gedanken gekommen. Es war die Form, die sie hatte nach Luft schnappen lassen, als sie die Schramme auf der Beifahrertür bemerkt hatte. Daniel meinte, es wäre ein Kreis; Frankie fand, dass es eher wie ein O aussah.

»Ich habe gerade an Griff gedacht«, sagte Daniel. »Er fehlt mir sehr. Ich finde, es wird Zeit, dass ich ihn mal sehe.«

Frankie nickte. »Das wäre bestimmt gut.«

»Ich dachte, wir könnten mit ihm einen kleinen Ausflug unternehmen.«

»Wir?«

»Er sollte dich so bald wie möglich kennenlernen.«

»Ich glaube nicht, dass Seren begeistert wäre.«

»Sie kriegt das schon hin. Seren konnte noch nie lange schmollen. Im Grunde ihres Herzens ist sie ein sehr sanftmütiger Mensch, du wirst schon sehen.«

»Findest du nicht, dass du bei diesem ersten Mal mit Griff allein sein solltest? Vielleicht passt es ihm nicht, wenn ich auch dabei bin.«

»Unsinn. Er wird dich sofort ins Herz schließen.«

Frankie stand auf und fing an, das Geschirr abzuräumen. Dante strich um ihre Knöchel, und Frankie gab die Reste des Hühnerbrustfilets in seinen Napf.

»Vielleicht ein Picknick im Park.« Daniel hatte schon alles geplant. »Er liebt diesen Spielplatz zwischen den Bäumen, und wenn ich mein Schachspiel mitnehme, können wir an einem der Tische ein paar Partien spielen.«

»Ich bin nach wie vor der Meinung, dass ihr diesmal zu zweit sein solltet.«

»Aber ich möchte, dass du Griff kennenlernst. Er ist ein großartiger kleiner Bursche.«

Frankie ließ Wasser ins Spülbecken laufen und spritzte Geschirrspülmittel hinein. *O, O, O. Es war eindeutig ein O gewesen.*

»Du solltest ihn mal Trompete spielen hören. Er ist ein Naturtalent, und es tut seinem verdammten Asthma unheimlich gut.«

Frankie tauchte einen Teller in den Seifenschaum. Dante hatte sein Hühnchen verzehrt und stand jetzt maunzend an der Hintertür. Daniel schickte sich an, aufzustehen.

»Warte, ich lasse ihn schon raus.« Frankie wischte sich die Hände an einem Geschirrtuch ab, ging die wenigen Schritte zur Tür und öffnete sie. Der Duft von Orangenblüten und das Summen von Bienen wehten von draußen herein.

Dante schlüpfte durch ihre Beine hindurch ins Freie, und Frankie schaute unwillkürlich nach unten.

Ihr stockte der Atem.

Vor ihren Füßen glitzerte eine winzige feuchte Lache, ungefähr so groß wie ein Eidotter, aber der Fleck war nicht gelb, sondern tiefrot. Frankie schloss die Tür. Gleich darauf stand sie wieder an der Spüle und tauchte die Hände ins heiße Wasser, damit sie zu zittern aufhörten.

»Was ist denn los, Liebling?« Daniel stand auf und legte seine Arme um sie. »Du siehst ja aus, als hättest du ein Gespenst gesehen.«

Sie versuchte zu lächeln, aber ihre Lippen bewegten sich nicht. Ihr Herz schien immer schneller zu schlagen. Sie hörte es in ihren Ohren, fühlte es in der Brust.

»Vielleicht hast du recht. Ich sollte ein bisschen Zeit mit Griff verbringen, bevor er dich trifft. Obwohl ich weiß, dass er dich sehr gernhaben wird.« Daniel zog sie an sich.

Die Güte in seiner Stimme machte alles irgendwie noch schlimmer. Am liebsten hätte Frankie ihn weggestoßen. *Du kennst mich nicht – du glaubst, mich zu kennen, aber du hast keine Ahnung, wer oder was ich bin.* Sie konnte nur noch an das Blut auf dem Küchenboden in London denken. Blutlachen, die ineinanderflossen und sich auf den Kacheln zu wahren Strömen vereinten. Die Zitronenscheiben, die ihr aus der Hand gefallen waren, färbten sich langsam orange, als das Blut sie tränkte.

Dante miaute vor der Tür, weil er wieder hereinwollte, und Daniel wandte sich um, um ihm zu öffnen.

»Nicht!« Frankies Stimme war zu laut.

Überrascht drehte er sich zu ihr um. »Was ist denn los?«

»Du hast heute schon genug getan. Ich lasse ihn rein.«

Daniel lachte. »Ich denke, ich schaffe es gerade noch, eine Tür aufzumachen.« Seine Hand lag auf der Klinke.

»Nein, er mag lieber von mir reingelassen werden. Zu dir kommt er nicht.«

»Sei nicht albern, ich lasse ihn seit Wochen ins Haus.« Er drückte die Klinke herunter und zog die Tür auf. Frankie stockte der Atem. Daniel fuhr fort: »Ich habe schon daran gedacht, eine Katzenklappe für ihn einzubauen.«

Dante flitzte in die Küche und hinterließ dabei auf dem Fußboden einen blutigen Pfotenabdruck.

Daniel schaute nach unten. »Ach, herrje! Die Stufe ist voller Blut.«

»Daniel, ich muss dir etwas sagen.«

Daniel spähte in den Garten. »Dante scheint unter den hiesigen Nagern gewütet zu haben.«

»Es geht um etwas, das ich getan habe.«

»Aha, da ist ja das bedauernswerte Opfer!«

»Etwas Schlimmes.«

»Eine Ratte war es nicht, eher eine Feldmaus.«

Frankie hielt inne.

»Obwohl sich das nur schwer sagen lässt, wenn der Kopf fehlt.« Daniel kickte die Überreste des toten Tiers vorsichtig ins Blumenbeet und kam wieder in die Küche. »Ich gieße kochendes Wasser über die Stufe, dann ist die Sauerei weg.« Er füllte den Kessel. »Tut mir leid, Frankie. Was wolltest du mir sagen?«

Sie schloss die Augen. »Nichts.« Sie drehte sich zu ihm um und küsste ihn auf die Wange. »War nicht so wichtig.«

SEREN

Für London waren hohe Absätze angesagt, hatte Seren entschieden. Als sie jetzt vorsichtig durch die leeren Fast-Food-Schachteln und Bierdosen stöckelte, die das unebene Pflaster übersäten, wünschte sie sich, sie hätte flache Schuhe angezogen. In dem eng anliegenden Kleid mit der dazu passenden Jacke war ihr furchtbar heiß, und sie sah eher so aus, als ginge sie zu einem Vorstellungsgespräch, statt sich mit dem Verflossenen der Freundin ihres Vaters zu treffen.

Sie hatte sich Oliver Williams' Adresse auf einem Stück Papier notiert, aber sie musste die Straße dreimal hoch- und runtergehen, bevor sie die winzige Tür in der Holzfassade eines alten Lagerhauses entdeckte. Die Hausnummer war in Schwarz auf die Tür gemalt worden, und die Farbe floss von der Zahl herab wie ölige Tränen.

Seren wandte den Kopf, als hinter ihr ein Auto stehen blieb und ein paar Jugendliche in Kapuzenpullis ausstiegen, um gleich darauf in dem Burger-Lokal neben dem Lagerhaus zu verschwinden. Aus dem Wagen dröhnte laute Musik, und als er losfuhr, hüllte er sie in eine Wolke von Abgasen.

Seren hätte um ein Haar kehrtgemacht und den Heimweg angetreten, als plötzlich die Tür geöffnet wurde und ein Mann mit Staub in den Haaren und einem breiten Lächeln auf den Lippen vor ihr stand.

»Ich hatte Sie schon abgeschrieben«, sagte er. Der leichte Yorkshire-Akzent war unverkennbar.

»Ich konnte den Eingang nicht finden.«

Der Mann betrachtete die Tür, als sähe er sie zum ersten Mal. »Ich muss mich wohl endlich dazu aufraffen, den Eingang etwas einladender zu gestalten. Kommen Sie rein!« Er trat beiseite.

Seren schritt über die Schwelle und fand sich in einem riesigen, hohen Raum wieder. Die Sonne schien durch eine Reihe von Glasscheiben, die ins Dach eingelassen waren, und tauchte alles in blendende Helligkeit.

Zuerst konnte Seren kaum etwas erkennen, aber als sich ihre Augen erst einmal an das grelle Licht gewöhnt hatten, stellte sie fest, dass sie von riesigen weißen Figuren umringt war, allesamt Frauen und alle von mindestens dreifacher Lebensgröße. Drei waren mit Ketten an der Decke befestigt und schwebten wie gigantische Engel in der Luft, andere standen auf Sockeln oder lagen einfach herum.

Als Oliver die Tür schloss, wichen die Geräusche der belebten Straße tiefer Stille. Fast wie in einer Kirche, dachte Seren bei sich. An einer Wand stand ein langer, schmaler Tisch wie ein Altar, darüber hingen ordentlich aufgereiht Olivers Werkzeuge: Hämmer, Sägen, Drillbohrer, Meißel, Messer. An den gegenüberliegenden Wänden waren große Kohleskizzen von Engeln befestigt.

Oliver zeigte mit einer weit ausholenden Geste auf die Skulpturen. »Erhoffen Sie sich nicht allzu viel Konversation von ihnen. Sie sind sehr scheu.«

Seren musste lachen. »Sie sind auf jeden Fall ...« Sie wusste nicht, was sie sagen sollte.

»Groß?«, schlug Oliver vor.

»Schön«, sagte Seren.

Oliver lächelte. »Danke. Die besten werden in Bronze gegossen.« Er zeigte auf eine der schwebenden Gestalten. »Nach dem Guss geht's ab nach Kensington in die Eingangshalle eines Multimillionärs, der sein Geld in der Musikbranche gemacht hat.«

Seren betrachtete die nackte, geflügelte Gestalt, auf die Oliver gezeigt hatte, den durchgebogenen Rücken, die ausgestreckten Arme, den ekstatisch zurückgeworfenen Kopf.

»Du meine Güte!« Sie hatte das Gefühl, ziemlich verklemmt zu klingen.

»Das kann man wohl sagen.« Oliver lachte.

Seren trat unsicher von einem Bein aufs andere. Ihre Schuhe drückten. »Tut mir leid, dass ich Ihre Zeit in Anspruch nehme. Ich wollte Ihnen bloß ein paar Fragen zu Ihrer Exfrau stellen.«

»Sie brauchen sich nicht zu entschuldigen. Sie sind eine willkommene Ablenkung. Ich habe demnächst eine Ausstellung und musste den ganzen Morgen wegen des Katalogs mit der Galerie verhandeln und endlos am Computer sitzen, um Layouts zu begutachten, obwohl ich viel lieber etwas anderes gemacht hätte. Kommen Sie, trinken wir etwas!«

Oliver setzte sich in Bewegung, und Seren folgte ihm durch das riesige Atelier in einen angrenzenden kleineren Raum.

»Entschuldigen Sie die Unordnung«, sagte Oliver.

Seren schaute sich um, konnte aber kein Anzeichen von Unordnung entdecken. An einer Wand funkelten Küchenregale und Kochgeräte aus Edelstahl, ansonsten war das Zimmer, abgesehen von zwei Sofas und einem Hirschlederteppich, praktisch leer. Es dauerte einen Moment, ehe Seren die Katze entdeckte, die zusammengerollt auf dem Teppich lag und sich von dem Hirschfell kaum abhob. Die Katze öffnete ein Auge, sah Seren an und schlief weiter. Alles war in Weiß und Grau gehalten; den einzigen Farbfleck bildete der große Bücherstapel vor einer der Wände.

»Setzen Sie sich, dann hole ich uns etwas zu trinken.« Oliver zeigte auf ein Sofa. »Kaffee oder Tee oder vielleicht ein Glas Wein? Ich habe eine Flasche Weißen im Kühlschrank.«

»Tee, bitte.«

»Earl Grey?«

Seren nickte und setzte sich aufs Sofa. Der zart gestreifte Bezug war aus feinem Wollstoff und fühlte sich wie Seide an. Oberhalb der Küchenzeile befand sich ein Zwischengeschoss, das über eine gusseiserne Wendeltreppe zu erreichen war. Seren konnte gerade noch die Kante eines Doppelbettes erkennen.

Oliver gab Teeblätter in eine gelbe Kanne.

»Schön haben Sie es hier«, bemerkte Seren und schaute durch das Fenster in einen gekiesten Hinterhof, in dem sich noch mehr Skulpturen in verschiedenen Entwicklungsstufen befanden.

»Danke«, sagte Oliver, stellte die Teekanne und zwei Becher zwischen den Sofas auf den Boden und nahm Seren gegenüber Platz. Die Katze stand sofort auf und sprang mit einem Satz auf seine Knie. Oliver strich über ihren gekrümmten Rücken und lächelte Seren an. »Was möchten Sie gern wissen?«

Ihr Gehirn war wie leer gefegt.

»Sie haben mir erzählt, dass Francesca mit Ihrem Vater zusammenlebt.« Oliver schubste die Katze sanft auf den Boden und schenkte durch ein Sieb den Tee ein. »Ich bin so erleichtert, dass es ihr gut geht.« Er reichte Seren einen Becher. »Ich habe sie seit über drei Jahren nicht gesehen. Ich hatte keine Ahnung, was aus ihr geworden ist.«

»Wann haben Sie sich getrennt?«, fragte Seren.

»Also, eine Trennung würde ich es nicht gerade nennen.«

»Was meinen Sie?« Seren nippte an ihrem Tee.

»Eines Tages war sie nicht mehr da.«

Seren machte große Augen. »Einfach weg?«

»Spurlos verschwunden.«

»Und Sie wussten nicht, wohin?«

Olivers Gesicht war auf einmal sehr blass, und Seren fiel auf, dass seine Hände zitterten. »Eines Tages ging sie aus dem Haus und kam nicht zurück. Ich wusste nicht einmal, wo ich anfangen sollte, zu suchen.«

»Haben Sie sich an die Polizei gewandt?«

Oliver nickte. »Ja, natürlich. Sie haben eine Weile versucht, sie zu finden, aber da sie eine Reisetasche mit Kleidung, Handtasche, Handy und ihren Pass mitgenommen hatte und ganz offensichtlich freiwillig gegangen war, hielt sich das Interesse der Polizei in Grenzen.« Er zuckte mit den Schultern. »Seither durchstöbere ich das Internet nach Hinweisen auf sie, gebe ihre Personenbeschreibung bei Plattformen für Vermisste ein und frage in Chatrooms herum, ob irgendjemand sie in den letzten drei Jahren gesehen oder etwas von ihr gehört hat.«

»Wie lange waren Sie verheiratet?«

»Fünfzehn Jahre.«

Seren hätte ihm am liebsten die Hand auf den Arm gelegt, weil er so traurig aussah. Stattdessen trank sie noch einen Schluck Tee.

»Wissen Sie, wir waren einander immer so nahe. Es gab nichts in unserem Leben, was wir nicht geteilt hätten. Sogar dieses Haus.« Er sah sich um. »Dieses Zimmer war ihr Atelier; hier hat sie jeden Tag gemalt. Wir hatten um die Ecke eine Wohnung, eigentlich nur ein winziges Apartment, aber nach ihrem Verschwinden habe ich es dort allein nicht mehr ausgehalten.« Er machte eine Pause, und die Katze sprang aufs Sofa und schmiegte sich an seinen Oberschenkel. »Ich wohne gern hier. Es gibt mir das Gefühl, Francesca näher zu sein.«

Seren sah sich in dem spärlich möblierten Zimmer um. Es gab nicht einmal einen Fernseher. Sie stellte sich vor, wie Oliver abends ganz allein, nur mit seiner Katze als Gesellschaft, im Internet verzweifelt nach einer Spur von Frankie suchte.

»Es war ein Schock. Wir hatten unsere Höhen und Tiefen, aber ich dachte, wir wären glücklich. Ich hätte nie geglaubt, dass sie für immer gehen würde.«

»Das muss sehr schlimm für Sie gewesen sein.«

»Das ist es immer noch. Keine Stunde vergeht, ohne dass ich mich frage, wo sie ist oder wie es ihr geht.« Er kraulte die Katze unter dem Kinn, und sie schnurrte wohlig. »Es ist eine Erleichterung, zu wissen, dass ihr nichts zugestoßen ist.«

Sie saßen eine Weile schweigend da, dann sah Oliver Seren direkt an. »Glauben Sie an Liebe auf den ersten Blick?«

Sie zögerte. »Ja, ich denke schon.«

»Sie können ruhig daran glauben, Seren, denn ich kann Ihnen versichern, dass es so etwas tatsächlich gibt.« Oliver lächelte. »Ich habe mich in Francesca verliebt, als ich sie zum ersten Mal sah. Sie war alles, was ich mir je gewünscht hatte. Ich habe sie vergöttert.« Er lächelte immer noch, seine Augen waren sehr hell. »Sie war mein Engel. Das habe ich immer zu ihr gesagt: ›Du bist mein Engel der Vollkommenheit.‹« Seine Miene verdüsterte sich, und eine Wolke von Traurigkeit schien sich über ihn zu senken. »Aber ich habe meinen Engel verloren, und jetzt kann ich nichts anderes tun, als immer wieder Skulpturen von Engeln zu erschaffen. Doch so vollkommen wie Francesca sind sie nie.«

Seren wusste nicht recht, was sie sagen sollte. Alle Fragen, die sie ihm hatte stellen wollen, erschienen ihr auf einmal unangebracht.

»Sind Sie verheiratet?«, fragte Oliver unvermittelt.

Seren nahm noch einen Schluck Tee. »Mein Mann ist tot.« Sie biss sich auf die Lippe. Die Worte klangen so schroff, so unwiderruflich.

Oliver lehnte sich ein wenig vor. »Dann müssen Sie wissen, wie es ist, einen geliebten Menschen zu verlieren.« Er schwieg. »Obwohl es für Sie natürlich viel schlimmer ist.«

Seren spürte, wie ihre Lippen bebten. *Bitte nicht weinen!*

»Schon gut«, sagte Oliver, und Seren spürte, wie ihr Tränen über die Wangen liefen und Worte aus ihr heraussprudelten, Worte, die sie in dem Jahr, das seit Toms Tod vergangen war, noch nie über die Lippen gebracht hatte.

Obwohl sie selbst nicht begriff, warum, erzählte sie Oliver von dem Campingurlaub in Schottland und von Toms Entschluss, den Ben Nevis zu besteigen, während Seren und Griff die Hügel und Bäche rund um ihren Zeltplatz erkundeten. Sie erzählte von ihrer wachsenden Unruhe, als Tom nicht zurückkam, von den Stunden, die verstrichen, während Seren überlegte, wann sie Alarm schlagen sollte, von der langen Nacht, in der sie auf Neuigkeiten von der Bergrettung wartete und Griff immer wieder versicherte, alles würde gut werden. Dann die Morgendämmerung, die Polizei, die Fahrt ins Krankenhaus, um den Leichnam zu identifizieren. Die Reue. Hätte sie ihn nur früher als vermisst gemeldet! Die endlosen Monate überwältigender Trauer. Die Bemühungen, Griff zuliebe stark zu sein. Der Rückhalt, den sie bei ihren Eltern gefunden hatte. Und jetzt war ihr Vater fort, hatte sie alle für Frankie aufgegeben. Als sie Frankies Namen aussprach, brach sie ab und zog aus ihrer Handtasche eine Packung mit bedruckten Papiertaschentüchern, die Griff ihr zu Weihnachten geschenkt hatte. Die rotnasigen Rentiere wirkten absurd fehl am Platz.

»Tut mir leid.« Seren schnäuzte sich. »Ich wollte nicht so emotional werden.«

»Sie haben eine furchtbare Zeit hinter sich.«

Seren blickte auf und sah Güte und Anteilnahme in Olivers

Augen. Welche Frau würde einen Mann wie ihn verlassen?, fragte sie sich. Auf einmal fiel ihr etwas ein.

»Haben Sie und ...« Sie brachte es nicht fertig, den Namen noch einmal auszusprechen, und sagte stattdessen: »Haben Sie Kinder?«

Oliver schüttelte den Kopf, stellte seinen Becher ab und lehnte sich zurück. »Es ist eigentlich nicht verwunderlich, dass sie sich eine Vaterfigur gesucht hat.«

»Was meinen Sie damit?«

»Dass Francesca mit einem älteren Mann zusammenlebt, meine ich.«

»Warum?«

Oliver streichelte weiter die Katze und starrte in den Hof hinaus. Die Katze schnurrte lauter. Oliver wandte sich wieder zu Seren um. »Mit achtzehn hat sie ihre ganze Familie bei einem Autounfall verloren.« Er stand auf, ging zu dem Bücherstapel, zog ein abgegriffenes Foto zwischen den Büchern hervor und reichte es Seren.

Sie starrte auf ein vom Alter verblasstes Familienbild: ein lächelndes Ehepaar mit Kindern; der Mann hatte eine Hand auf die Schultern eines mageren halbwüchsigen Jungen gelegt, die Frau beide Arme um ein Mädchen geschlungen, das wie eine jüngere Ausgabe ihrer selbst aussah. Hinter ihnen konnte Seren einen hellblauen VW-Bus erkennen.

»Francesca hat immer gesagt, dass sie die perfekte Familie waren.«

»Das ist sehr traurig«, sagte Seren und gab ihm das Foto zurück.

»Francesca war nicht bei ihnen, als sie verunglückten. Sie war an diesem Tag zu Hause geblieben. Ich glaube, sie litt deshalb an einer Art ...« Er schien nach dem richtigen Wort zu suchen.

»Schuldkomplex«, sagte Seren.

»Ja. Dadurch neigte sie zu Stimmungsschwankungen, Depressionen, die Monate andauern konnten. Paranoia.« Er steckte das Bild wieder zwischen die Bücher und fuhr sich durchs Haar. Seren fiel auf, dass feine silbrige Strähnen sein mattbraunes Haar durchzogen. »Sie brauchte Hilfe.«

Seren erwiderte nichts. Olivers Worte hallten in ihrem Kopf wider, und sie fragte sich, wie viel Hilfe ihr Vater Frankie würde geben müssen. Wusste er, wie sie wirklich war?

Oliver sah plötzlich auf die Uhr. »Ich fürchte, ich muss los. Ich habe eine Verabredung mit einem Sammler aus Amerika, der sich für eine meiner Arbeiten interessiert.«

Seren stand auf. »Tut mir leid, dass ich Sie so lange aufgehalten habe.«

Oliver lächelte sie an. »Das muss Ihnen nicht leidtun.«

»Danke, dass Sie mit mir über Francesca gesprochen haben.«

»Danke, dass Sie mir erzählt haben, was Ihrem Mann zugestoßen ist. Ich hoffe, es hat Sie nicht allzu sehr belastet.«

Seren schüttelte den Kopf. »Ich weiß selbst nicht, warum ich Ihnen mein Herz ausgeschüttet habe. Eigentlich habe ich das noch bei niemandem gemacht.«

»Aber bei einem Fremden ist es manchmal leichter, nicht wahr?«, meinte Oliver.

Seren nickte.

Oliver stand auf und nahm die Teebecher. »Ich habe das Gefühl, dass ich von Ihnen gerne noch einiges über Francesca erfahren würde – wie es ihr geht, was sie macht. Schade, dass ich heute keine Zeit mehr habe!«

»Sie könnten mich anrufen«, schlug Seren vor.

»Das könnte ich.« Er machte eine Pause. »Könnten wir uns nicht einfach noch mal treffen? Es ist leichter, von Angesicht zu Angesicht über solche Dinge zu reden.«

»Hier?«

»Nein, ich komme zu Ihnen, damit Sie nicht schon wieder nach London fahren müssen.« Oliver lächelte. »Wir könnten zusammen zu Mittag essen.«

»Gern.« Seren erwiderte das Lächeln. »Klingt nach einer guten Idee.«

NESTA

Nesta winkte dem Computerbildschirm zu, und drei Jungs winkten zurück.

»Gute Nacht, Granny!«, schrien sie aus voller Kehle, und das körnige Bild schwankte, bevor Annis erhitztes Gesicht auf dem Bildschirm erschien. Hinter ihr schienen die Jungen einen Wettkampf auszutragen, wer am lautesten brüllen konnte.

»Die treiben mich noch in den Wahnsinn, Mum.« Anni drehte sich um und rief den Jungs etwas zu, das wie »Klappe halten!« klang. »Heute war Mike an der Reihe, auf sie aufzupassen, während ich die Füße hochlegen sollte. Jetzt sind sie von zu viel Fernsehen und Cola total überdreht – das ist Mikes Vorstellung von Kindererziehung.« Nesta hörte Annis Mann im Hintergrund protestieren. Anni drehte sich wieder um und rief ihm etwas zu, das auch wie »Klappe halten!« klang. Irgendwo außerhalb des Bildausschnitts fing Lucy an zu schreien.

»Mein armes Kind«, sagte Nesta am anderen Ende der Welt. Sie rutschte auf ihrem Sitz hin und her und wünschte, Anni würde wie früher ganz normal mit ihr telefonieren, statt mit ihr zu skypen. Das gab Nesta immer das Gefühl, ein ungebetener Beobachter im chaotischen Haushalt ihrer Tochter zu sein.

»Ich kann dich nicht sehen, Mum. Denk dran, die Kamera ist oben am Bildschirm.«

Nesta wollte nicht gesehen werden. Sie hatte seit Tagesanbruch im Garten gearbeitet; ihre Haare waren ungekämmt, und das alte bretonische T-Shirt, das sie trug, hatte von den

Rosendornen Risse und von den Lilienpollen Flecken bekommen. Sie war nur ins Haus gegangen, um sich im Internet die Wettervorhersage anzuschauen. Dennoch setzte sie sich ein bisschen aufrechter hin.

»Jetzt sehe ich dich«, sagte Anni. Das Baby, das nun in ihren Armen lag, zappelte und strampelte und versuchte, an die Tastatur des Computers heranzukommen. »Alles in Ordnung? Du wirkst ein bisschen …«

»Ich hatte noch keine Gelegenheit, mich anständig anzuziehen«, unterbrach Nesta sie, bevor Anni ihr mitteilen konnte, wie sie wirkte.

»Hast du Dad in letzter Zeit gesehen?«

Nesta schüttelte den Kopf. »Seit er hier war, um über den Verkauf des Hauses zu sprechen, nicht mehr.«

»Er möchte unbedingt Griff treffen.«

»Du hast mit ihm gesprochen?«

»Ja, er hat mich angerufen. Angeblich erlaubt Seren nicht, dass er mit Griff in den Park geht. Dad war sehr aufgebracht.«

»Davon hat Seren mir gar nichts erzählt.« Plötzlich spuckte das Baby auf Annis T-Shirt. Seine Mutter tupfte das Malheur mit einem Stück Stoff ab. »Kannst du vielleicht mal mit ihr reden, Mum? Bring sie zur Vernunft! Es ist nicht gut für Griff, wenn er seinen Großvater nicht mehr sieht, schon gar nicht nach allem, was er durchgemacht hat.«

»Sie ist böse auf ihn.«

»Sie tut so, als hätte sie dazu mehr Grund als du.«

»Seren ist verletzt und durcheinander. Vergiss nicht, dass sie einiges mitgemacht hat!«

»Ich weiß, Mum, aber wir haben alle unsere Probleme, mit denen wir fertigwerden müssen …« Anni stimmte die altvertraute Leier über Serens Unfähigkeit an, sich vom Elternhaus abzunabeln und endlich erwachsen zu werden.

Nesta sackte in ihrem Sessel in sich zusammen. Das hatte sie schon so oft gehört! Nicht mehr lange, und Anni würde zu einer langen Litanei von Klagen über ihren Bruder übergehen. Nesta hatte sich noch nicht getraut, ihr zu sagen, dass Ben sich von Suki getrennt hatte.

Sie griff nach dem roten Umschlag, der seit ihrem Hochzeitstag auf dem Schreibtisch lag. Wohl zum hundertsten Mal nahm Nesta die Tickets heraus und betrachtete sie, wobei sie darauf achtete, dass ihre Hände nicht von der Computerkamera erfasst wurden. Nur noch drei Wochen bis zum Tag des Fluges. Sie schloss die Augen. Sollte sie? Sollte sie nicht? Wie auch immer, sie brauchte nur ein Ticket. Vielleicht sollte sie versuchen, das andere über eBay zu verkaufen.

»Schläfst du, Mum?«

Nesta öffnete die Augen. »Hör mal, Liebes, ich muss jetzt los. Ich helfe Seren heute im Laden, und wie du siehst, muss ich mich vorher noch ein bisschen hübsch machen.«

»Redest du mit ihr? Über Dad und Griff? Es ist wirklich keinem von beiden gegenüber fair. Ich weiß noch, wie eins der Ehepaare in der Schule …«

Im Hintergrund hörte Nesta Mike schimpfen. Anscheinend hatten die Jungs im Badezimmer für eine Überschwemmung gesorgt.

»Ich muss Schluss machen, Mum.«

Auf einmal war es in dem kleinen Arbeitszimmer wieder friedlich; die Wettervorhersage war auf den Bildschirm zurückgekehrt. So, wie es aussah, würde ihr Garten leider noch tagelang auf Regen warten müssen. Nesta überprüfte das Wetter in Rom. Sechsundzwanzig Grad, leichte Schauer. Sie dachte an Leo. Seine Pelargonien würden bestens gedeihen.

FRANKIE

Frankie war mehr Bahnen geschwommen als sonst, und jetzt taten ihr die Arme weh. In ihrem Inneren steckte überschüssige Energie, die ein Ventil brauchte.

Sie dachte an Daniels enttäuschtes Gesicht, nachdem Seren ein Treffen mit Griff per SMS abgelehnt hatte. Zorn regte sich in ihr, als ihre Finger den Rand des Beckens berührten. Sie machte kehrt und stieß sich wieder ab.

Während ihre Arme rhythmisch durch das Wasser fuhren, schwirrte ihr der Kopf. Wie konnte Seren nur so grausam sein? Alles, was Daniel sich wünschte, waren ein paar Stunden mit seinem Enkel. Wenn Seren bloß begreifen könnte, wie sehr Daniel Griff vermisste!

Sie stellte sich ein Gespräch mit Seren vor.

Was Sie auch von meiner Beziehung zu Ihrem Vater halten mögen, es sollte keine Rolle spielen. Griff ist an alldem völlig unschuldig. Es ist falsch, ihm die Nähe zu seinem Großvater zu verweigern.

Stimmt, Sie haben recht. Griff darf meinen Vater sehen, sooft er will.

Im Geist sah sie Daniel vor sich, erfreut und dankbar, und sie selbst strahlte vor Glück, weil sie auch endlich einmal etwas für ihn hatte tun können.

Frankie erreichte das Ende des Beckens und hielt inne. Reines Wunschdenken war das, mehr nicht. Seren würde sich nie darauf einlassen, mit ihr zu sprechen, und sich schon gar nicht in irgendeiner Weise von ihr beeinflussen lassen.

Sie hielt sich mit den Händen an der Metallstange fest, und die Wellen, die die anderen mittäglichen Schwimmer verursachten, ließen ihre Beine auf und ab wippen.

Allmählich rückte der Ärger über Serens unvernünftiges Verhalten in den Hintergrund, und ein Gefühl von Ruhe und Frieden senkte sich über Frankie. Vielleicht sollte sie Daniel in seinem Büro besuchen gehen. Ihn mit einem Stück Kuchen von Tremond überraschen.

Sie drehte sich um, sodass sich das Schwimmbecken in voller Länge strahlend blau und wogend vor ihr erstreckte. Am anderen Ende der Schwimmhalle sah sie einen dunkelhäutigen Mann mit einem kleinen Mädchen aus dem Duschraum kommen. Sogar aus dieser Entfernung erkannte sie Arlow Laverne.

Das Mädchen trug Schwimmflügel und wirkte nervös. Immer wieder zupfte die Kleine an Arlow Lavernes Hand, als wollte sie nicht ins Wasser. Arlow beugte sich vor und redete mit ihr, wobei er ihr beruhigend über das Haar strich.

Mehrere Schwimmer hielten inne und starrten den Schauspieler an. Frankie fragte sich, was für ein Gefühl es sein mochte, überall erkannt zu werden, wo man auch hinging, und nie in der Menge untertauchen zu können. Keine Chance zu haben, einfach zu verschwinden und neu anzufangen.

Sie war so in ihre Gedanken vertieft, dass sie den Mann, der an Arlow und seiner Tochter vorbeiging, fast nicht bemerkt hätte. Nur der Umstand, dass er stehen blieb und forschend das Becken betrachtete, seine selbstbewusste Haltung und die verschränkten Arme machten sie auf ihn aufmerksam. Er sah aus, als suchte er etwas. Oder jemanden.

Frankie erstarrte. Die Angst schoss ihr buchstäblich in die Glieder, und ihre Beine versanken, als wären sie plötzlich aus Blei.

Der Mann ließ sich ins Becken gleiten. Er spritzte sich Wasser auf Brust und Schultern, bevor er sich abstieß und direkt auf sie zuschwamm.

Ein paar Sekunden lang war Frankie wie gelähmt. Sie versuchte, tief durchzuatmen, brachte aber nur ein schwaches Keuchen zustande. Panik breitete sich in ihrem Inneren aus, zerriss ihr die Eingeweide. Sie konnte nur den Kopf des Mannes sehen, die Haare, die nass an seinem Schädel klebten, als er mit kräftigen Stößen immer näher kam.

Schließlich gelang ihr ein kräftiger Atemzug, sie hielt die Luft an und tauchte unter, so tief sie konnte. Dann stieß sie sich von der Wand ab. Das einzige Geräusch, das sie hörte, war ihr Herzschlag, der wie eine Trommel in ihren Ohren hämmerte. Frankie zwang sich, einfach weiterzuschwimmen, nicht an die Oberfläche zu kommen, sosehr es sie auch drängte, Luft zu holen.

Einen Moment lang war der Mann direkt über ihr. Frankie bewegte sich unter Wasser immer weiter, bis sie glaubte, ihre Lunge würde platzen. Endlich erreichte sie den flachen Teil des Beckens, tauchte keuchend und japsend auf und watete die letzten Schritte bis zum Beckenrand. Sie wagte nicht, sich umzudrehen.

Vielleicht beobachtete er sie vom tiefen Bereich aus, vielleicht war er aus dem Wasser gestiegen und lief am Beckenrand entlang in ihre Richtung. Frankie stemmte sich aus dem Wasser. Wie viele Schritte waren es bis zum Umkleideraum? Fünf, zehn, zwanzig? Ihre Beine fühlten sich an, als wären sie aus Gummi.

Der Umkleidebereich der Frauen war leer. Nervös fummelte Frankie an dem Armband mit dem Schlüssel herum, das sie ums Handgelenk trug. Sie schaffte es irgendwie, ihren Spind aufzusperren, schnappte sich ihre Sachen und stürzte in die nächste Kabine, wo sie sofort die Tür abschloss.

Ein Handtuch um die Schultern geworfen, saß sie tropfnass auf der Bank und versuchte, sich zu beruhigen. Vielleicht war er es gar nicht gewesen. Wie hätte er sie hier finden sollen? Sie schloss die Augen und atmete tief durch.

Auf einmal hörte sie ein Geräusch. Sie riss die Augen auf.

»Chez?«

Sein Kosename für sie. Sie erkannte die Stimme. Hastig zog sie die Beine an, damit sie unter der Kabinentür nicht zu sehen waren.

»Chez?«

Die Stimme kam näher. In der Nachbarkabine war ein leises Rascheln zu hören. Frankie schloss die Augen und presste ihr Gesicht an die Knie. *Geh weg, geh bitte, bitte weg!* Es musste ein Albtraum sein. Sie wollte aufwachen. Sie wollte bei Daniel sein.

»Sei nicht albern, Chez! Komm da raus!«

Wieder ein Geräusch in der Kabine nebenan. Ein Klappern. Frankie riss die Augen auf und sah, wie sich eine Hand unter der Trennwand zur Nachbarkabine hindurchschob. Sie stieß einen Schrei aus.

»Was soll das, Chez?« Jetzt war die Stimme des Mannes viel lauter. »In welcher Kabine bist du?«

Ein Kind fing an zu weinen. Ein Gesicht tauchte in dem breiten Spalt unter Frankies Tür auf, und große braune Augen starrten in die Kabine. Wieder schrie Frankie auf. Das Gesicht zog sich hastig zurück.

Dann wurde an der Tür der Nachbarkabine gerüttelt, und die Männerstimme sagte immer wieder: »Schon gut, Liebes«, bis das Weinen verstummte.

Mit wild klopfendem Herzen erkannte Frankie, dass die Hand klein und braun gewesen war und das Gesicht, wenn auch vertraut, eindeutig nicht das, das sie erwartet hatte.

Jemand klopfte behutsam an Frankies Tür. »Alles in Ordnung da drinnen? Tut mir leid, dass wir Ihnen einen solchen Schreck eingejagt haben.«

Frankie stand auf und öffnete vorsichtig die Tür.

Arlow Laverne hielt seine Tochter im Arm. Sie klebte wie eine Klette an ihm und schluchzte an seiner Schulter.

»Tut mir leid«, sagte Arlow noch einmal. »Chez hat Angst vor dem Wasser. Wir wollten gerade ins Becken steigen, als sie auf einmal kehrtmachte und hierherrannte.«

Frankie starrte ihn an. Ihr Herz schlug immer noch viel zu schnell.

»Ist wirklich alles in Ordnung? Sie sehen aus, als hätten Sie einen Geist gesehen«, sagte er. Das kleine Mädchen wandte den Kopf, um Frankie anzuschauen.

Frankie holte tief Luft. »Mir fehlt nichts.« Sie wiederholte es noch dreimal und brachte dann heraus: »Ich wollte nicht hysterisch werden. Aber hier war alles leer, und dann habe ich Ihre Stimme gehört und dachte, ein Mann ...«

»Ich weiß, dass ich nicht hier drin sein sollte«, fiel Arlow ihr ins Wort. »Sie werden es doch nicht der Presse verraten, oder? Für die wäre das ein gefundenes Fressen. *Schauspieler als Spanner in Damenumkleide!* Ich sehe die Schlagzeilen schon vor mir.« Er lachte, und auch Frankie musste lachen.

Das kleine Mädchen sah von einem zum anderen. »Was ist so komisch?«

»Keine Sorge«, sagte Frankie. »Ihr Geheimnis ist bei mir gut aufgehoben.« Sie lachte immer noch, konnte einfach nicht aufhören. Sie versuchte es, musste aber noch mehr lachen, bis ihr Tränen übers Gesicht liefen.

»Was ist so komisch?«, fragte das Mädchen noch einmal.

Arlow stellte sie auf den Boden, kauerte sich vor sie und

lächelte sie an. »Du hättest deinen Vater ganz schön in die Klemme bringen können, Francesca Laverne.«

Jetzt begriff Frankie. »Ich heiße auch Francesca.« Sie fuhr sich mit dem Handrücken über die Augen. »Aber jeder nennt mich Frankie.«

»Mich nennt jeder Chez«, sagte die Kleine.

Sie grinsten sich an.

»Ich nenne sie nur Francesca, wenn sie frech wird oder mir in der Schwimmhalle wegläuft.« Arlow hob seine Tochter wieder hoch. »Sollen wir es noch einmal versuchen?«

»Nein, nein!« Chez vergrub ihr Gesicht am Hals ihres Vaters. »Ich will nicht.«

Arlow sah Frankie an und zog die Augenbrauen hoch. »Irgendwie sind meine Frau und ich nie dazu gekommen, ihr Schwimmen beizubringen. Das ist mein erster Versuch.« Behutsam schob er das Gesicht seiner Tochter von seiner Schulter.

»Ich will nicht«, sagte Chez noch einmal.

Frankie musste wieder lachen. »Als ich klein war, wollte ich auch nicht schwimmen.« Chez richtete ihren Blick auf Frankie. »Meine Eltern sind jedes Jahr mit meinem Bruder und mir nach Frankreich gefahren, und wir waren immer auf Campingplätzen, wo es einen Pool gab. Mein Bruder stürzte sich sofort ins Wasser, wenn wir ankamen, aber ich fand immer eine Ausrede, um in unserem Wohnmobil zu bleiben. Ich sagte, ich hätte Kopfweh oder Bauchschmerzen, oder bot meiner Mutter an, ihr beim Teekochen zu helfen, oder ich versteckte meinen Badeanzug unter dem Kopfkissen. Einmal habe ich behauptet, ein Löwe hätte ihn gefressen.«

Chez machte große Augen. »Und hat das gestimmt?«

Frankie schüttelte den Kopf. »Nein. Ich hatte den Badeanzug ganz unten in einer Schachtel Cornflakes versteckt.«

Die Kleine kicherte.

»Aber jetzt schwimme ich leidenschaftlich gern«, fuhr Frankie fort. »Heute habe ich dreißig Bahnen geschafft.«

»Was hat Sie umgestimmt?«, fragte Arlow.

»Schokocroissants«, antwortete Frankie.

»Schokocroissants?«, wiederholten Chez und Arlow gleichzeitig.

»Ich entdeckte sie in dem Laden auf dem Zeltplatz, und mein Vater versprach mir, dass ich jeden Morgen eins zum Frühstück haben könnte, wenn ich vorher mit ihm eine halbe Stunde ins Wasser ging.«

»Und das hat funktioniert?«, wollte Arlow wissen.

Frankie nickte. »Ich dachte einfach an das köstliche Croissant, das auf mich wartete – warm und duftend, mit geschmolzener Schokoladenfüllung und einem Hauch Zuckerguss –, und folgte meinem Vater ins flache Wasser. Es dauerte nicht lang, bis mir klar wurde, wie viel Spaß es macht, im Wasser zu sein. Schon bald dachte ich nicht mehr daran, dass ich eigentlich nur für die Croissants in den Pool ging, und meine Eltern hatten Mühe, mich lange genug aus dem Wasser zu holen, damit ich irgendetwas zum Frühstück aß.«

Arlow sah Chez an. »Würdest du für ein Schokocroissant ins Becken gehen?«

Chez legte die Stirn in Falten, als müsste sie angestrengt nachdenken, und schüttelte schließlich den Kopf. »Die mag ich nicht.«

»Was magst du denn?«, fragte Frankie.

Das Mädchen dachte erneut nach. »Tuttifrutti-Cupcakes.«

»Ah, ich weiß schon, die aus der Patisserie an der Hauptstraße«, schmunzelte Arlow.

»Da gehe ich gleich hin«, sagte Frankie. »Soll ich sie bitten, einen Tuttifrutti-Cupcake extra für dich aufzuheben?«

Chez wand sich aus den Armen ihres Vaters. »Ja!« Sie nahm Arlows Hand und zerrte daran. »Komm, Dad, wir gehen schwimmen!«

»Wow!« Arlow sah Frankie an. »Das ging ja schnell! Wollen Sie nicht mitkommen und uns Unterricht geben? Ich bin nämlich selbst ein ziemlich lausiger Schwimmer, um die Wahrheit zu sagen.«

»Nein, ich muss jetzt leider los.« Ihr Herz schlug wieder schneller, und in ihrem Kopf hämmerte es. *Er* war wahrscheinlich noch im Wasser, hielt nach ihr Ausschau, wartete auf sie.

»Danke für Ihre Hilfe«, sagte Arlow. »Wie es aussieht, haben Sie ein wahres Wunder bewirkt.«

Frankie hörte nicht mehr zu. Sie musste so schnell wie möglich aus dem Gebäude kommen. Höflich verabschiedete sie sich, zog sich in ihre Kabine zurück und schloss ab.

SEREN

Seren fühlte sich wie auf dem Präsentierteller. Es wäre ihr lieber gewesen, nicht ausgerechnet an dem Tisch in der Fensternische zu sitzen, aber da der Damengolfclub sein jährliches Treffen abhielt, war kein anderer Platz frei gewesen. Ganze Scharen sorgfältig frisierter Damen mittleren Alters widmeten sich der Aufgabe, sich mit Mojitos einen Schwips anzutrinken und sich beim Studieren der Speisekarte die Lippen zu lecken, als hätten sie seit Wochen nichts gegessen.

Die Kellnerin stellte ein Glas Mineralwasser vor Seren auf den Tisch. »Hübsches Kleid«, bemerkte sie. »Das Muster gefällt mir.«

»Danke.« Seren blickte nach unten auf die Schwalben, mit denen das Sommerkleid bedruckt war. Sie hatte es erst am Vortag in der teuren Boutique an der Hauptstraße erstanden. Seren konnte sich nicht erinnern, wann sie sich zum letzten Mal etwas zum Anziehen gekauft hatte. Auch ihre Schuhe waren neu und stammten aus demselben Geschäft – rotes Wildleder und Keilabsätze. »Sehr sexy«, hatte die Verkäuferin gemeint, und Seren hatte gespürt, wie sie rot wurde.

Als sie ihr Glas hob, klimperten die Anhänger an ihrem Bettelarmband. Seren hatte es nicht mehr getragen, seit Anni, Ben und sie sich vor einigen Wochen mit ihrem Vater hier im Hotel getroffen hatten. Sie war sich nicht sicher, warum sie es heute umgelegt hatte – vielleicht in der vagen Hoffnung, ihr Vater würde als Resultat all dessen, was sie heute möglicherweise über Frankie erfuhr, wieder nach Hause zurückkehren.

Der Geräuschpegel der Golfdamen stieg allmählich, und Seren wünschte, sie hätte Oliver vorgeschlagen, sich in einem Café zu treffen. Das Hotel erschien ihr auf einmal viel zu konventionell. Er war Künstler und fühlte sich an weniger formellen Orten wahrscheinlich viel wohler. Sie starrte aus dem Fenster. Warum war sie eigentlich schon so früh hier? Von ihrem Blumenladen war es wirklich kein weiter Weg.

Draußen ging ein Mann vorbei, der ein kleines Mädchen an der Hand hielt. Er blieb stehen und bückte sich, um der Kleinen den Schnürsenkel zuzubinden. Seren klappte die Speisekarte auf und hielt sie sich vors Gesicht. Nach einer Minute ließ sie die Karte ein kleines Stück sinken und spähte über den Rand.

Arlow war noch da. Das Mädchen schien etwas an der Art, wie er ihren Schuh gebunden hatte, auszusetzen zu haben, und er kauerte sich geduldig ein zweites Mal vor sie. Als er fertig war, sagte er etwas, worauf die Kleine lachte und stürmisch die Arme um ihn warf. Zusammengerollte Handtücher lugten aus dem Hello-Kitty-Schnürbeutel, der über Arlows Schulter hing, und Seren musste lächeln.

Sie spürte, wie ihr ein Kloß in die Kehle stieg, und trank noch einen Schluck Mineralwasser. Dann sah sie auf die Uhr ihres Handys. Immer noch fünf Minuten vor der vereinbarten Zeit. Als sie wieder aufblickte, war Arlow verschwunden.

»Hallo.«

Seren zuckte zusammen. Vor ihr stand Oliver, weit weniger staubig und sehr viel schicker gekleidet als bei ihrem ersten Treffen vor ein paar Tagen. Auf einmal wirkte das Hotel doch nicht mehr zu elegant. »Tut mir leid. Habe ich Sie erschreckt?«

»Nein«, log Seren. »Sie sind wirklich pünktlich.«

»Nicht so pünktlich wie Sie«, scherzte er.

»Ich wollte sichergehen, dass wir einen Tisch bekommen,

aber leider war nur noch der hier frei. Ich hoffe, es macht Ihnen nichts aus, praktisch in der Auslage zu sitzen.«

Oliver zog seinen Leinenblazer aus und hängte ihn über den Stuhl, der dem von Seren gegenüberstand. »Solange es Sie nicht stört.« Er setzte sich, betrachtete den vollen Saal und fragte in verschwörerischem Flüsterton: »Bin ich etwa der einzige Mann in diesem Etablissement?«

Seren nickte und gab leise zurück: »Ich fürchte, so ist es.«

Er zog die Augenbrauen hoch. »Na, wenigstens sitze ich mit der hübschesten Frau am Tisch.«

Seren griff nach der Karte. »Auf jeden Fall mit der jüngsten«, murmelte sie.

Die Kellnerin erschien und fragte Oliver, was er trinken wolle. Er warf einen Blick auf Serens Mineralwasser. »Möchten Sie nicht lieber Wein trinken?«

»Ich muss heute Nachmittag noch ins Geschäft und möchte meine Brautsträuße nicht durcheinanderbringen.«

»Ach, Unsinn! Rot oder weiß?«

Sie zögerte. »Na gut, dann bitte Weißwein.«

Er lächelte die Kellnerin an. »Eine Flasche Chardonnay, bitte.«

Die Kellnerin erwiderte das Lächeln, und Seren fiel eine leichte Veränderung in der Haltung der jungen Frau auf. Sie hatte den Kopf geneigt, und ihre Augen strahlten. Sie findet ihn attraktiv, dachte Seren.

»Was können Sie empfehlen?«, fragte Oliver Seren.

Die Worte auf der Speisekarte verschwammen vor ihren Augen, und sie hatte Mühe, sie zu entziffern. »Hm, die Ente ist immer köstlich und der Lachs ebenfalls. Aber das Schweinefleisch ist auch sehr gut.«

»Ich denke, ich überlasse es Ihnen, etwas auszusuchen.«

»Aber ich weiß doch gar nicht, was Ihnen schmeckt!«

Er grinste sie an. »Ich bin relativ leicht zufriedenzustellen.«

Seren legte die Karte hin. »Dann nehmen wir am besten beide Ente.«

»Fein. Ente klingt großartig. Und jetzt erzählen Sie mir etwas über Ihren Laden!«

»Ich dachte, Sie wollten über Frankie ... Francesca reden.«

»Schon, aber zuerst möchte ich gern ein bisschen mehr über Sie und Ihr Leben erfahren.«

Seren zupfte ein winziges Stück Farnwedel von ihrem Daumen. »Da gibt es nicht viel zu erzählen. Ich lebe gleich neben meinem Elternhaus, einer umgebauten alten Windmühle. Mir gehört ein Geschäft namens Stems, und ich verbringe meine Tage zwischen Blumen und Grünzeug, und wenn ich nicht arbeite, kümmere ich mich um meinen Sohn.«

Die Kellnerin brachte den Chardonnay und zwei Gläser. Seren merkte, dass die junge Frau versuchte, Olivers Blick auf sich zu ziehen, aber seine Aufmerksamkeit konzentrierte sich ganz auf Seren.

»Wie kommt Ihre Mutter mit der momentanen Situation zurecht? Das Ganze muss sie sehr mitgenommen haben.«

Seren nickte. »Dad will die Scheidung, und wie es aussieht, müssen sie die Mühle verkaufen. Meine Eltern leben schon seit einer Ewigkeit dort, seit der Zeit vor meiner Geburt. Ich weiß wirklich nicht, wie meine Mutter das verkraften wird.«

Oliver schenkte ihr Wein ein. »Warum überlässt er das Haus nicht einfach Ihrer Mutter?«

»Das weiß ich nicht.« Seren zuckte mit den Schultern und hob ihr Glas. »Ich glaube, er will für Frankie und sich ein Haus kaufen. Wahrscheinlich wollen sie heiraten.«

»Dafür müsste sie sich erst einmal von mir scheiden lassen.«

Seren, die gerade ihr Weinglas zum Mund hatte führen wollen, erstarrte. »Ich glaube, mein Vater hat keine Ahnung, dass sie je verheiratet war, geschweige denn, dass sie es immer noch ist.«

»Meinen Sie, er weiß überhaupt viel über sie?«

»Ich bin mir nicht sicher. Sie scheint sehr verschlossen zu sein, was ihre Vergangenheit angeht. Ihr Haar ist jetzt kurz und blond gefärbt, sie ist sehr dünn, und sie nennt sich Frankie, nicht Francesca.«

Oliver wirkte leicht benommen. »Wirklich? All das scheint selbst für einen so unberechenbaren Menschen wie Francesca reichlich extrem zu sein.«

»Unberechenbar?«

Oliver wartete, weil gerade die Kellnerin kam, um ihre Bestellung aufzunehmen. Er teilte ihr mit, was Seren und er essen wollten, und sie entfernte sich mit sichtlichem Widerstreben.

»Sie wollten doch Ente, oder?«, fragte Oliver noch einmal nach.

»Ja«, sagte Seren. »Was meinen Sie mit ›unberechenbar‹?«

Oliver seufzte und schaute aus dem Fenster. Mindestens eine halbe Minute verging, ehe er sich wieder zu Seren umwandte. »Sie ist einfach ein bisschen …« Er zögerte einen Moment. »Das Wort ›labil‹ trifft es vielleicht am besten.«

»Was wollen Sie damit sagen?«

»Ich will damit sagen, dass ihr Verhalten aufgrund des traumatischen Erlebnisses in ihrer Vergangenheit manchmal ein bisschen irrational ist.«

»Inwiefern irrational?«

Wieder seufzte Oliver. »Hören Sie, ich möchte nicht der Grund dafür sein, dass Sie voreingenommen gegenüber Francesca sind.«

»Das bin ich jetzt schon. Sie hat mein Zuhause zerstört,

meine Familie, mein Leben!« Seren wurde heiß, und sie stürzte ihren Wein hinunter, ohne zu bedenken, dass sie seit dem Vorabend nichts gegessen hatte.

Oliver schenkte ihr nach. »Na schön«, meinte er und lehnte sich zurück. »Aber wenn ich Ihnen jetzt etwas über sie erzähle, muss das nicht bedeuten, dass sie immer noch so ist. Wer weiß, vielleicht hat sie eine Therapie gemacht oder ist mittlerweile einfach glücklicher und nicht mehr so anfällig für Wutausbrüche.«

»Wutausbrüche?«, wiederholte Seren.

Oliver sah sie aus traurigen Augen an. »An ihren schlechten Tagen konnte sie richtig gewalttätig werden. Aber vielleicht habe ich einfach das Schlimmste in ihr geweckt.«

Seren war der Wein zu Kopf gestiegen, und es dauerte ein paar Sekunden, bis sie merkte, dass sie sich über die Tischdecke aus weißem Damast beugte und zu Oliver sagte: »Das kann ich mir beim besten Willen nicht vorstellen.«

Im nächsten Moment fuhr sie zurück. »Klingt so, als hätte Francesca einige Probleme.«

Oliver seufzte. »Ich glaube, ich muss Sie warnen.«

»Warnen? Wovor?«

»Bitte sehr, Ente für die Herrschaften.« Die Kellnerin war wieder da und hielt zwei dampfende Teller in den Händen. »Vorsicht, Sir, der Teller ist heiß!«, sagte sie zu Oliver, wobei sie das letzte Wort unnötig in die Länge zog.

Oliver fing sofort zu essen an. »Ich bin total ausgehungert.« Er sah die Kellnerin an. »Ein Gedicht!« Sein Blick kehrte zu Seren zurück. »Eine gute Wahl.«

NESTA

Nesta saß im Café und beobachtete, wie Daniel zur Tür hereinkam. In ihren Augen war er immer noch attraktiv. Er hatte sich seine gute Figur erhalten und trug sein Haar, das mittlerweile ergraut war, nach wie vor in dem leicht zerzausten Stil, den sie so anziehend gefunden hatte, als sie Daniel vor all den Jahren vor dem Victoria and Albert Museum zum ersten Mal gesehen hatte.

»Hallo, Nesta.« Stirnrunzelnd blickte er auf sie herab.

»Setz dich.« Nesta zeigte auf den Holzstuhl, der ihr gegenüberstand. »Heute gibt es als Tagesspezialität Karotten-Koriander-Suppe.«

»Ich will nichts essen.« Daniel knöpfte seine Jacke auf und setzte sich hin. »Du hast gesagt, dass du über Griff reden willst.«

»Trink wenigstens einen Kaffee.«

»Ich muss gleich ins Büro zurück. Odette hat einen Termin mit den Planern der Touristeninformation arrangiert. Anscheinend gibt es Probleme mit den Proportionen des Uhrturms für das Dach.«

»Typisch! Keine zwei Wochen bis zum Ruhestand, und du bist immer noch nicht in der Lage, einen Gang runterzuschalten, nicht einmal, um über deinen Enkel zu reden.«

»Nesta, hast du mich hergebeten, um mit mir Streit anzufangen?«

Sie seufzte. »Nein, Daniel. Ich möchte das ganz zivilisiert über die Bühne bringen – Griff zuliebe.«

»Hat Seren ihre Meinung geändert?« Seine Miene hellte sich auf.

Nesta schüttelte den Kopf. »Sie ist anscheinend fest entschlossen, dich nicht in seine Nähe zu lassen, aber ich persönlich finde, sie verhält sich falsch.«

Daniel zog überrascht die Augenbrauen hoch. »Ich dachte, du wärst mit Seren einer Meinung. Weißt du, warum sie nicht will, dass ich ihn sehe?«

»Anni hat sich heute per Skype bei mir gemeldet, und sie meint, Seren will dich bestrafen.« Sie zuckte mit den Schultern. »Aber da bin ich mir nicht so sicher. Ich glaube, sie versucht, Griff nach allem, was er durchgemacht hat, zu schützen.« Sie legte ihre Hand dicht neben Daniels, berührte sie jedoch nicht. »Griff trauert immer noch um seinen Vater. Sie beide tun das. Zusätzlich noch diese Situation zu verkraften ist für die beiden ein bisschen viel.«

Daniel schaute aus dem Fenster, und Nesta sah einen Ausdruck von Überraschung über sein Gesicht huschen. Sie folgte seinem Blick. Ein Mann und ein kleines Mädchen gingen Hand in Hand vorbei. Das Gesicht des Mannes kam ihr bekannt vor.

»Das ist doch Arlow Laverne!«, rief sie.

Daniel griff nach der Speisekarte. »Vielleicht nehme ich doch einen Kaffee.«

»Ich frage mich, was er hier macht. Glaubst du, das ist seine Tochter?«

»Ich glaube nicht einmal, dass er es ist.«

»Natürlich ist er es! Ich würde sein Gesicht überall erkennen – ich habe es im Lauf der Jahre oft genug im Fernsehen und in den Illustrierten gesehen. Was Seren wohl dazu sagen würde, wenn sie wüsste, dass er wieder hier ist?«

»Das alles ist lange her.«

Nesta beobachtete, wie Arlow und das kleine Mädchen die

Straße überquerten und in einen Spielzeugladen gingen. »Ich habe nie verstanden, wie es zu der Trennung gekommen ist«, sagte sie. »Es kam so plötzlich, dabei waren sie sich doch wirklich sehr nahe.«

»Sie waren noch Kinder, Nesta. Sie wären nie zusammengeblieben.« Daniel wandte sich um. »Wie schafft man es, hier bedient zu werden? Macht das gesamte Personal Mittagspause? Ist ja wie auf der *Marie-Celeste*.«

»Manchmal frage ich mich, ob die Trennung der Auslöser für Serens Krankheit war«, fuhr Nesta fort.

»Um Himmels willen, Nesta, lass doch die alten Geschichten! Seren war nicht krank, sie hatte nach dem Kunstgeschichtsstudium, das sie so unter Druck gesetzt hat, einfach einen Durchhänger. Nachdem sie Tom kennengelernt hat, ging es ihr wunderbar, er war das Beste, was ihr passieren konnte – der ideale Partner, haben wir das nicht immer gesagt?«

»Ja, Daniel«, murmelte Nesta, doch sie dachte an den Tag, an dem Seren und Arlow sich getrennt hatten. Arlow hatte die Haustür so heftig zugeknallt, dass Nesta, die gerade in der Küche Kekse backte, befürchtet hatte, das ganze Haus würde zusammenbrechen.

Seren hatte tagelang geweint, sich aber geweigert, ihrer Mutter zu sagen, warum es zwischen Arlow und ihr aus war. Eine Woche später schien sich Seren mit einem Leben ohne den Jungen, mit dem sie zwei Jahre lang praktisch jede freie Minute verbracht hatte, abgefunden zu haben und ging auf die Universität. Sie war ein bisschen nervös, aber zuversichtlich, einen neuen Anfang zu schaffen. Drei Wochen später flogen Nesta und Daniel in der glücklichen Überzeugung, Seren habe sich an ihr Studentenleben in London gewöhnt, nach Australien, um ihr erstes Enkelkind kennenzulernen. Soweit Nesta wusste, hatte Seren Arlow nie wiedergesehen.

Als Nesta und Daniel ein paar Monate später von ihrer ausgedehnten Reise zurückkehrten, mussten sie feststellen, dass Seren ihr Studium geschmissen und den größten Teil der Zeit bei ihrer Großmutter in Wales verbracht hatte. Sie holten ihre Tochter nach Hause, und einige Wochen später fuhr Nesta zu dem heruntergekommenen Sozialbau, wo Arlow und seine Mutter lebten. Sie hoffte, Arlow könnte ihr irgendeinen Hinweis geben, warum ihre Tochter so traurig und verschlossen geworden war und sich ständig in ihrem verdunkelten Zimmer verkroch, ein bloßer Schatten des temperamentvollen, bildhübschen Mädchens, das sie einmal gewesen war.

Im Vorgarten von Arlows Haus hing reihenweise Wäsche zum Trocknen auf der Leine, und auf Nestas Klopfen hin öffnete eine magere Frau die Tür. Mit dröhnender Stimme, um das Brüllen des Babys auf ihrer Hüfte zu übertönen, teilte sie Nesta mit, dass Arlow und seine Mutter schon längst nicht mehr hier wohnten. Sie hatten eine Nachsendeadresse hinterlassen, aber ihr Hund hatte den Zettel gefressen, auf dem sie stand.

»Jetzt ist der Hund tot«, fügte die Frau hinzu. Es klang, als habe das Stück Papier das Ableben des Tieres beschleunigt.

Wenig später brachte Daniel Tom nach der Arbeit mit nach Hause, und Seren fing allmählich an, ins Leben zurückzukehren und zumindest ansatzweise wieder zu dem Mädchen zu werden, das sie früher gewesen war.

»Tut mir leid, dass ich jetzt erst komme.« Ein untersetzter Kellner trat an den Tisch. »Darf ich Ihnen etwas bringen, Sir?« Er lächelte Daniel an.

»Einen Espresso, bitte«, sagte Daniel.

»Gern.« Der Kellner warf einen Blick auf die Wanduhr. »Möchten Sie vielleicht etwas essen? Die Tagessuppe ist heute ...«

»Karotte und Koriander, ich weiß, aber ich will keine«, blaffte Daniel ihn an.

»Sei doch nicht so unhöflich, Daniel!« Nesta lächelte den Kellner an. »Tut mir leid, er steht unter Stress.«

Der Kellner bedachte Daniel mit einem unfreundlichen Blick und entfernte sich.

Daniel presste die Finger auf seine Augen. »Ich sehne mich einfach so sehr danach, Griff zu sehen!«

Nesta beugte sich vor, und jetzt berührte sie seine Hand. »Also, ich hätte da eine Idee …«

FRANKIE

Frankie schloss die Haustür und ließ ihre Schwimmtasche auf den Boden fallen. In der Küche goss sie sich ein Glas Wasser ein und lehnte sich an die Spüle, um wieder zu Atem zu kommen. Auf dem Heimweg hatte sie den Impuls unterdrückt, die ganze Strecke zu rennen, und war stattdessen im Laufschritt gegangen, wobei sie immer wieder nervös über ihre Schulter geblickt hatte.

Sie trank das Glas aus, füllte es noch einmal und zog eine Schublade auf, um eine Tablette gegen die hämmernden Kopfschmerzen zu suchen.

Dante sprang auf das Küchenregal und rieb sich an ihrem nackten Arm. Frankie streichelte seinen Rücken und schaute durch das Küchenfenster in den kleinen Garten. Die Wicken, die sie in einen Topf gesetzt hatte, blühten in der ganzen Pracht ihrer zarten Pastelltöne und rankten sich üppig wuchernd an dem Spalier empor, das Daniel für sie an der roten Ziegelmauer angebracht hatte.

Dante stupste mit seiner Schnauze an ihre Wange.

»Ich war einfach albern«, sagte Frankie laut. »Genau genommen konnte ich vom anderen Ende des Beckens aus nicht mal sein Gesicht erkennen.«

Dante maunzte fordernd.

»Musst du raus?« Frankie nahm eine Schere aus der Schublade. »Komm mit, ich schneide ein paar Wicken für den Küchentisch ab.«

Sie schloss die Hintertür auf und öffnete sie. Die Luft war

warm und duftete nach Blumen. Dante flitzte zwischen ihren Beinen hindurch und sprang auf die Mauer.

Frankie trat auf den schmalen Pfad und spürte, wie sie mit den Zehen gegen etwas stieß. Als sie hinunterblickte, sah sie, dass es wieder eine Maus war, die verstümmelt und halb zerfetzt auf den Steinplatten lag. Ein Bein fehlte, und der Hals war in einem grausigen Winkel abgeknickt.

»Ach, Dante, nicht schon wieder!« Sie hob den Blick zur Mauer, aber der Kater war verschwunden. Seufzend schaute sie wieder nach unten und fragte sich, ob sie den Nerv hatte, den Kadaver zu entsorgen. Erst jetzt fiel ihr die Blutspur neben dem toten Tier auf. Die Striche auf den Steinplatten waren stellenweise noch etwas feucht und glitzerten im Sonnenlicht. Aber es war keine Blutspur, die von den Verletzungen herrührte, dafür waren die Linien zu weit voneinander entfernt, zu gerade, zu breit.

Frankie riss die Augen auf. Es dauerte ein wenig, bis sie erkannte, was sie dort unten auf der Steinplatte vor sich sah: einen Buchstaben, und zwar einen Großbuchstaben. Sie kniff die Augen zusammen, betrachtete ihn eingehend und schnappte nach Luft.

F

Der Anfangsbuchstabe ihres Namens, mit Blut auf Stein gemalt, als hätte jemand die tote, blutende Maus genommen und ausgequetscht wie eine Farbtube. Frankie trat einen Schritt zurück und schloss ganz fest die Augen, als würde das F dadurch verschwinden. Bestimmt bildete sie sich das nur ein.

Als sie die Augen öffnete, war der Buchstabe immer noch

da. Ein Tropfen fiel auf den Pfad vor ihr, dann noch einer und schließlich ein weiterer, der auf ihrer Sandale landete, das braune Leder bespritzte und ihre nackten Füße mit winzigen roten Punkten übersäte.

Noch mehr Blut.

Ihr eigenes Blut. Sie hielt die Küchenschere so fest umklammert, dass sich die Spitze in ihre Handfläche gebohrt hatte. Frankie lockerte den Griff und ließ die Schere fallen. Die Wunde erinnerte an Stigmata. Mit einer raschen Bewegung kickte sie die Maus und die Schere in das blühende Blumenbeet. Beides verschwand im üppigen Gelb des Frauenmantels, aber der Buchstabe F blieb. Sie versuchte, ihn mit dem Fuß zu verwischen, doch das Blut trocknete schnell und brannte sich in die heißen Steinplatten.

F... F... F..., schrie es ihr ins Gesicht. Frankie drehte sich um, taumelte ins Haus zurück und versperrte die Hintertür, so fest sie konnte.

SEREN

Oliver überhäufte Seren mit Fragen. Welche Bücher gefielen ihr? Welche Filme? Welche Art von Musik? Seren versuchte mehrmals, die Sprache wieder auf Frankie zu bringen, aber Oliver schien nicht geneigt zu sein, weiter über seine Frau zu sprechen.

Nach einer Weile merkte Seren, wie schön sie es fand, dass jemand so reges Interesse an ihrer Person zeigte. Es war lange her, seit jemand ihr Fragen über sie selbst und ihr Leben gestellt hatte. Meist ging es nur darum, wie sie sich nach Toms Tod fühlte oder wie sie zurechtkam, wie Griff zurechtkam oder ob sie je daran gedacht habe, Jesus in ihr Herz zu lassen. (Diese letzte Frage kam mit schöner Regelmäßigkeit einmal die Woche von einer besonders frommen Mutter auf dem Schulhof: »Es wird Ihnen helfen, wenn Sie begreifen, dass Tom jetzt an einem besseren Ort ist.«) Manchmal hatte Seren das Gefühl, ihre frühere Identität völlig verloren zu haben und nur noch trauernde Witwe und Mutter eines trauernden Sohnes zu sein.

Beim dritten Glas Wein sprach sie Gedanken aus, von denen sie selbst nicht geahnt hatte, dass sie in ihr schlummerten, und eine freudige Erregung, die sie seit Jahren nicht mehr empfunden hatte, erfüllte sie.

Oliver beugte sich vor, hörte ihr aufmerksam zu und warf gelegentlich eine Bemerkung ein oder stellte eine weitere Frage. Dabei hatte er das Gesicht auf eine Hand gestützt. Seren gefiel es, wie ihm das Haar über ein Auge fiel, wenn er zustimmend nickte, und sich ein Kranz winziger Fältchen um seine Augenwinkel bildete, wenn sie ihn zum Lachen brachte. Ganz besonders gefielen ihr der leichte Yorkshire-Akzent in seiner Stimme, seine verkürzten Vokale, die Art, wie er »Glass« statt »Glas« sagte, wenn er fragte, ob er ihr noch etwas Wein nachschenken sollte. Aber trotzdem war ihr die ganze Zeit bewusst, dass sie ihm weitere Fragen zu Frankie stellen sollte. Inwiefern war sie labil gewesen? Wovor hatte er Seren warnen wollen?

»Das gefällt mir.« Oliver zeigte mit einer Kopfbewegung auf Serens Bettelarmband.

»Ein Geschenk meines Vaters«, sagte Seren.

Oliver streckte seine Hand aus und berührte es, sodass die Anhänger wie Silberglöckchen bimmelten. Beide lachten, und dann kam die Kellnerin und stellte die Dessertkarte auf den Tisch. »Die Karamell-Tarte ist aus«, verkündete sie mürrisch. »Alles andere gibt es noch.«

»Diesmal suche ich etwas aus«, sagte Oliver mit einem Lächeln.

»Ich mag keine Zitronen«, gestand Seren nach einem Blick auf die Karte.

Olivers Lächeln vertiefte sich, und er blickte zu der Kellnerin auf, die sofort heiterer wirkte und ihn mit einem strahlenden Lächeln bedachte. »Zitronen-Limetten-Soufflé«, sagte er entschieden. »Zweimal.«

»Zweimal Zitronen-Limetten-Soufflé«, wiederholte sie und notierte es auf ihrem Block.

»Nein!« Seren schüttelte den Kopf. »Ich mag Zitronen wirklich nicht, und Limetten sind noch schlimmer!«

Die Kellnerin hielt inne, schaute erst Oliver, dann Seren an, bevor sie wieder zu Oliver blickte.

Er zog eine Augenbraue hoch. »Wann haben Sie zum letzten Mal eine Limette gegessen?«

Seren dachte angestrengt nach. Sie konnte sich wirklich nicht daran erinnern, nur an den grässlich bitteren Geschmack. »Das ist ewig her. Als Kind vermutlich.«

»Und Zitronen?«

»Zu viel Zitronen-Käsekuchen an meinem dreizehnten Geburtstag.« Seren schüttelte sich, als sie daran dachte, wie schlecht ihr in jener Nacht gewesen war.

»Na bitte.« Oliver lehnte sich zurück. »Dann wird es Zeit, mal wieder einen Versuch zu wagen.«

»Ich hätte eigentlich lieber nur eine Tasse Kaffee, ein Cappuccino wäre schön.«

Oliver sah die Kellnerin an. »Zwei Zitronen-Limetten-Soufflés und noch eine Flasche Chardonnay.«

Seren stöhnte. »Ich hätte Sie für immer und ewig geliebt, wenn Sie den Schokocremekuchen bestellt hätten.«

Oliver lachte. »Immerhin habe ich Ihre Ente gegessen, die ich nach einer äußerst unangenehmen Erfahrung als Student in Chinatown nie und nimmer gewählt hätte. Aber ich habe mich nicht beschwert, oder?«

Seren schüttelte widerwillig den Kopf.

»Ich habe sie gegessen und festgestellt, dass sie mir sehr gut schmeckt. Ich habe mich Ihnen auf Gedeih und Verderb ausgeliefert und verdanke Ihnen jetzt eine völlig neue Einstellung zum Thema Ente.«

»Und jetzt wollen Sie das Gleiche für mich mit Zitronen und Limetten tun?«

Oliver legte die Fingerspitzen beider Hände aneinander und nickte.

Seren lachte. »Sie sehen aus wie der Bösewicht in einem *James-Bond*-Film, der gerade ein furchtbares Verbrechen plant.«

»Ich werrrde Sie dazu brrringen, Zitrrronen und Limetten zu lieben«, antwortete Oliver mit gespieltem russischen Akzent.

»Wie wär's mit Grapefruit? Die kann ich überhaupt nicht ausstehen.« Sie warf ihm einen herausfordernden Blick zu.

Oliver lächelte, wirkte aber auf einmal leicht verändert. Er griff nach seinem Dessertlöffel und betrachtete ihn eingehend. Seren fiel auf, dass seine hellblauen Augen auf einmal viel dunkler wirkten.

Sie wandte den Blick von ihm ab, als die Kellnerin mit einer weiteren Flasche Wein zu ihnen getänzelt kam.

Plötzlich fiel ihr Griff ein. »Wie spät ist es?«, fragte sie Oliver.

Er sah auf seine Uhr. »Kurz vor drei.«

Seren schnappte nach Luft. Wie hatte es so spät werden können? Als sie sich umschaute, fiel ihr auf, dass nur noch einige wenige der Golfdamen übriggeblieben waren. Die meisten tranken Tee oder Kaffee, ein oder zwei waren immer noch beim Wein.

»Ich muss los. Um zehn nach drei kommt Griff aus der Schule.«

»Klingt nach einer Finte, um sich vor dem Soufflé zu drücken.«

Seren lachte und griff nach ihrem Handy, dessen Klingelton verriet, dass gerade eine SMS eingegangen war. »Von meiner Mutter«, verkündete sie. »Sie ist unterwegs, um Griff abzuholen, damit ich mich noch ein bisschen länger mit meiner Buchhaltung beschäftigen kann.«

»Damit sind Sie also heute Nachmittag beschäftigt?«

»Ich wusste nicht, wie ich ihr erklären sollte, dass ich mich mit Ihnen treffe.«

Oliver lehnte sich ein wenig zurück, damit die Kellnerin ihre Gläser nachfüllen konnte. Er schenkte Seren ein kleines Lächeln und sprach erneut mit russischem Akzent: »Dann werrrden Sie wohl doch das Soufflé essen müssen.«

FRANKIE

Ihre Handfläche pulsierte und brannte. Frankie hatte sie fest bandagiert, um die Blutung zu stoppen, aber immer noch sickerte Blut durch den weißen Mull. Sie lag auf dem Bett und presste die Finger an die Schläfen, um das Rauschen in ihrem Kopf abzustellen.

Eine milde Brise wehte durch das offene Fenster, und während sie dem Zwitschern der Vögel im Garten und dem fernen Brummen eines Rasenmähers lauschte, wurde sie allmählich ruhiger. Dante war durchs Fenster ins Haus zurückgekehrt; jetzt lag er zusammengerollt neben ihrem Oberschenkel und schnurrte leise, als sie ihn kraulte.

Vielleicht wäre sie eingeschlafen, wenn sie nicht das Rascheln unter dem Fenster gehört hätte. Sie setzte sich auf. Da war es wieder, dieses Geräusch, als rüttelte jemand an der Klinke der Hintertür. Dante sprang vom Bett und war mit einem Satz auf dem Fenstersims. Frankie schwang die Beine über die Bettkante und stand auf. Auf einmal war ein Klopfen zu hören, ein Krachen. Es klang wie ein Tritt. Sie sollte aus dem Fenster schauen, in der Küche nachsehen, die Polizei rufen, das wusste Frankie. Stattdessen schnappte sie sich ihre Sandalen und lief, ohne sich die Zeit zu nehmen, sie anzuziehen, die Treppe hinunter, zur Haustür hinaus und auf die Straße. Ihre Fußsohlen brannten auf dem heißen Bürgersteig.

Fast wäre sie in Odette hineingelaufen, die mit klappernden Absätzen die Straße hinuntereilte.

»Vorsicht!«, rief die zierliche Französin, als Frankie langsamer wurde. »Ach, Sie sind es!« Sie musterte Frankie von oben bis unten. »Sie haben keine Schuhe an.«

»Ich will Daniel im Büro besuchen«, sagte Frankie, als wäre das eine Erklärung für ihre nackten Füße.

»Da ist er nicht.« Odette lächelte. »Er hat sich mit Nesta zum Essen getroffen.«

Frankie starrte sie an. »Nesta?«

»Er hat ein wichtiges Meeting sausen lassen, um sie zu sehen.« Odette ließ Frankie nicht aus den Augen. »Ich wollte eben die überarbeiteten Pläne durch den Briefschlitz schieben, damit er sie gleich sieht, wenn er nach Hause kommt.«

Frankie wandte sich zum Haus um und sah dann wieder Odette an. »Wissen Sie, wo sich die beiden getroffen haben?«

Odette lachte. »Wollen Sie etwa dazustoßen?«

»Ich ... ich wollte bloß ...« Frankie geriet ins Stocken. Sie war sich nicht sicher, was sie wollte. Daniel hatte mit keinem Wort erwähnt, dass er mit Nesta verabredet war. Wie oft mochte er sie in den letzten Wochen schon gesehen haben, ohne ihr etwas davon zu sagen?

Frankie versuchte, in eine ihrer Sandalen zu schlüpfen, gab es aber auf, als sie beinahe das Gleichgewicht verloren hätte. »Ich schaue einfach mal, ob ich ihn auf dem Heimweg erwische. Sein Auto ist in der Werkstatt, weil ein Kratzer im Lack entfernt werden muss.«

Odette warf einen Blick auf ihre schicke, strassbesetzte Armbanduhr. »Ich denke, er wird noch nicht so bald kommen. Er trifft sich mit seinem Enkel im Park.«

»Griff?« Frankie gab sich Mühe, nicht so überrascht zu klingen, wie sie war.

Odette nickte.

»Darf ich Ihnen die Pläne mitgeben?« Odette hielt ihr einen

braunen Umschlag hin. »Ich nehme an, Sie gehen wieder ins Haus, oder?«

Frankie wandte sich um und sah zum Haus. Hinter einem der oberen Fenster bewegte sich der Vorhang. Vielleicht war es nur Dante, der vom Fensterbrett gesprungen war, aber Frankie bekam trotzdem Herzklopfen.

»Nein«, sagte sie. »Ich muss noch einkaufen gehen. Und ein Buch in die Bücherei zurückbringen. Stecken Sie die Pläne bitte in den Briefschlitz.«

Als sie sich umdrehte und die Straße hinuntereilte, hörte sie, wie Odette ihr nachrief: »Vergessen Sie nicht, Ihre Schuhe anzuziehen! Nicht, dass Sie sich noch die Füße aufschneiden!«

NESTA

Die Winde rankte sich in einer engen Spirale um den Rosenstrauch. Nesta wusste, dass sie ihre Gartenhandschuhe holen sollte, schob aber stattdessen ihre bloße Hand durch die stacheligen Zweige, um das Unkraut auszurupfen. Die Rose dankte es ihr, indem sie ihr mit den Dornen die Finger aufritzte.

Nesta trat einen Schritt zurück und saugte einen winzigen Blutstropfen von ihrem Daumen. Sofort hatte sie einen metallischen Geschmack im Mund und erinnerte sich daran, wie Leo ihr einmal einen Rosendorn aus der Handfläche gezogen hatte. Wegen der Italienreise hatte sie sich noch immer nicht entschieden.

Das Telefon klingelte, ein fernes Geräusch, das durch die dicken Ziegelmauern der Mühle drang. Nesta wusste, dass es keinen Sinn hatte, ins Haus zu rennen; sie würde es auf keinen Fall rechtzeitig schaffen.

Sie warf einen Blick auf die Uhr. Daniel und Griff waren jetzt seit fast einer Stunde im Park und hatten mittlerweile bestimmt schon die Muffins verputzt, die sie bei Tremond für die beiden gekauft hatte. Vielleicht hatten sie sich im Parkcafé ein Schachspiel ausgeliehen, um an einem der Tische am Teich eine Partie zu spielen, oder sie fütterten die Enten mit den harten Brotkrümeln, die Nesta Daniel aufgedrängt hatte. Als Griff noch ein Kleinkind gewesen war, hatte er es geliebt, die Enten zu füttern.

Nesta lächelte, als sie daran dachte, was für ein Gesicht Griff gemacht hatte, als er Daniel vor dem verschnörkelten viktorianischen Gittertor gesehen hatte.

»Grandad!«, hatte er geschrien und war, so schnell er konnte, in Daniels weit ausgebreitete Arme gelaufen, um sein Gesicht in der Jacke seines Großvaters zu vergraben und ihn so fest zu drücken, dass Daniel protestierte: »Immer langsam, Griff, ich kriege ja kaum noch Luft!«

Nesta hatte Daniel für alle Fälle Griffs Inhalator mitgegeben und zugeschaut, wie die beiden Hand in Hand in den Park gewandert waren. Keiner von ihnen sagte ein Wort, aber ihre Gesichter waren einander zugewandt, und Nesta konnte sogar von Weitem erkennen, wie sie strahlten.

Sie hatte mit Daniel vereinbart, Griff um sechs abzuholen. Daniel hätte ihn gern heimgefahren, doch Nesta wusste, wie wütend Seren sein würde, weil ihr Vater Griff gesehen hatte. Wenn sie noch dazu mitbekam, wie er Griff nach Hause brachte, würde sie noch mehr Krach schlagen, als Nesta ohnehin erwartete.

Als Kind hatte Seren einen bewundernswerten Sinn für Gerechtigkeit gehabt. Während es bei Anwen und Ben hitzige Debatten über eher belanglose Dinge gab, setzte sich Seren leidenschaftlich für gewichtigere Anliegen ein: Freiheit für Legehennen, ein Ende des Golfkriegs, das Recht, in der Schule Hosen zu tragen, energisches Vorgehen gegen Kinder, die jüngere schikanierten. Aber seit ihrer Krankheit – denn das war es für Nesta gewesen – war Seren ruhig und freundlich und von einer schon fast abgeklärten Gelassenheit. Ihr Kampfgeist war dahin. Selbst nach Toms Tod schien sie nie ein Stadium des Zorns und der Auflehnung durchgemacht zu haben.

Aber jetzt war Seren aufgebracht. Sie war wütend auf Daniel, vor allem, seit sie erfahren hatte, dass er vorhatte, die Mühle zu verkaufen.

Nesta bückte sich und zog mit einer Harke ein Büschel Butterblumen aus dem Beet. Seren würde wahrscheinlich auch auf sie wütend sein, wenn sie erfuhr, dass sie Daniel erlaubt hatte, mit Griff in den Park zu gehen. Sie dachte an ihre eigene Mutter. Nesta wäre explodiert, wenn sie den Verdacht gehabt hätte, dass sich ihre Mutter hinter ihrem Rücken in das Leben ihrer Kinder einmischte.

»Für Griff ist es das Richtige«, sagte sie laut.

Und auch Seren würde es vielleicht einmal guttun, richtig böse auf ihre Mutter zu sein. Nesta wusste, dass sie die unerschütterliche Loyalität ihrer Tochter nicht verdiente, aber ihr das zu erklären war unmöglich. Sie und Daniel waren Spezialisten darin gewesen, der Welt eine glückliche Fassade zu präsentieren. Manchmal fand Nesta, sie hätte für ihre Rolle der hingebungsvollen, liebenden Ehefrau einen Oscar verdient.

Während sie in dem Loch stocherte, das die Butterblumen hinterlassen hatten, dachte sie zum x-ten Mal an Italien. Sie schüttelte den Kopf. Es wäre reiner Wahnsinn. Vielleicht sollte sie Seren und Griff die Tickets anbieten. Eine Weile von zu Hause wegzukommen war vielleicht genau das, was Seren brauchte, um die Dinge wieder in die richtige Perspektive zu rücken.

Erneut klingelte das Telefon. Nesta richtete sich seufzend auf und schlenderte mit der Harke in der Hand in Richtung Haus. Das Klingeln verstummte. Drei Sekunden später fing es wieder an. Diesmal ließ Nesta die Harke fallen und rannte los.

SEREN

Sie standen auf den Stufen vor dem Hoteleingang.

»Ich würde dich ja gern zum Bahnhof bringen«, sagte Seren zu Oliver. Im Lauf des Desserts waren sie zum Du übergegangen. »Aber ich glaube, ich habe ein bisschen zu viel Wein intus.« Ihr war bewusst, dass sie leicht schwankte.

»Ich hätte dir nicht ständig nachschenken dürfen«, meinte Oliver.

»Leider bin ich auch zu beschwipst, um nach Hause zu fahren. Ich muss wohl meine Mum bitten, mich abzuholen. Das habe ich nicht mehr gemacht, seit ich achtzehn war, glaube ich.«

»Anscheinend habe ich einen schlechten Einfluss auf dich.«

Seren kicherte. »Bestimmt gibt es Vorschriften, die einem verbieten, sich mitten am Tag mit dem abservierten Ehemann der Geliebten des eigenen Vaters zu betrinken.«

Oliver lachte. »Ich werde das sofort bei Google nachschlagen, wenn ich zu Hause bin, und dir die entsprechenden Verhaltensregeln mitteilen.«

Seren lehnte sich haltsuchend an eine Säule. »Ich habe mich glänzend amüsiert.«

Oliver hörte auf zu lachen, und sein Gesicht war plötzlich ganz ernst. »Ich auch.« Er sah Seren in die Augen.

Sie versuchte vergeblich, sich daran zu erinnern, wie es war, nüchtern zu sein. Hatte sie sich schon jemals so gut gefühlt wie in diesem Augenblick? Eine milde Brise wehte ihr das Haar ins Gesicht.

»Können wir uns wiedersehen?«, fragte Oliver.

Sie nickte und schob ihre Haare zurück. Das Bettelarmband an ihrem Handgelenk klimperte melodisch.

»Ich fliege heute Abend nach Amsterdam«, sagte Oliver.

»Das hast du gar nicht erwähnt.«

Er lächelte. »Ich glaube, wir hatten interessanteren Gesprächsstoff.«

»Ich glaube, ich habe zu viel geredet.«

»Ich habe die Zeit mit dir genossen.«

Seren lachte. »Was machst du in Amsterdam?«

»Ich muss eine Ausstellung vorbereiten. Soll ich dich anrufen, wenn ich wieder da bin?«

»Das würde mich sehr freuen.«

»Wir könnten wieder essen gehen.«

»Okay.«

»Ich muss jetzt los.«

Seren fragte sich, ob sie ihn auf die Wange küssen sollte, befürchtete jedoch, dass sie ohne Stütze nicht aufrecht stehen konnte. Zu ihrem Leidwesen stellte sie fest, dass Oliver die Hände tief in seinen Jackentaschen vergraben hatte und er fast einen halben Meter von ihr entfernt stand.

»Ich muss meinen Zug unbedingt erwischen.« Er wandte sich um und ging die Stufen hinunter. Unten blieb er stehen und drehte sich zu Seren um. »Mit all den Haaren siehst du aus wie Rossettis *Beatrix*.« Er fügte noch etwas hinzu, aber ein Krankenwagen raste gerade die Hauptstraße hinunter, und seine Worte gingen im Heulen der Sirene unter.

»Wie lange bleibst du in Amsterdam?«, rief Seren ihm nach, doch er war bereits in der Menge der Schulkinder, Mütter und Touristen verschwunden.

Seren blieb noch eine Weile an die Säule gelehnt stehen.

Eine Gruppe von Golfdamen ging mit klappernden Absätzen die Treppe hinunter. Seren nahm sie kaum zur Kenntnis. Rossettis *Beata Beatrix* – eins ihrer Lieblingsbilder. »Elizabeth Siddal in voller Schönheit«, wie ihr Vater über das rothaarige Modell des Künstlers zu sagen pflegte. Seren fuhr sich mit den Händen durch ihr eigenes rotes Haar und starrte auf die ungleich hohen Dächer der Hauptstraße, deren Ziegel sich vor dem blauen Himmel leuchtend rot abhoben. Alles sah schärfer umrissen, heller, klarer aus als sonst; die Welt ringsum schien neue Farben gewonnen zu haben.

Die Kirchturmuhr schlug vier. Seren dachte an Griff und bekam ein schlechtes Gewissen. Hoffentlich hatte es ihm nichts ausgemacht, von seiner Großmutter abgeholt zu werden statt von ihr! Sie straffte die Schultern, und obwohl der Boden unter ihren Füßen wieder zu schwanken begann, beschloss sie, zu Tremond zu gehen und ihm etwas zu naschen zu kaufen. Danach würde sie ihre Mutter anrufen.

Ein anerkennender Pfiff begrüßte sie, als sie über die Schwelle der kleinen Patisserie schritt.

»Sieh mal einer an, wer sich da so in Schale geworfen hat!« Trevor, der hinter dem Ladentisch stand, musterte sie von oben bis unten. »Neues Kleid und neue Schuhe – *oh, là, là! Très chic!*«

»Woher weißt du, dass die Sachen neu sind?«, wollte Seren wissen.

Trevor lachte. »Glaub mir, ich kenne jedes einzelne deiner Kleidungsstücke – ich sehe dich doch schon jahrein, jahraus in den Klamotten!« Er täuschte ein Gähnen vor.

»Willst du damit etwa andeuten, dass meine Sachen langweilig sind?«

»Ich will damit sagen, dass es lange her ist, seit du shoppen warst, und ich erkenne auf einen Blick, dass dieses sexy Outfit funkelnagelneu ist!«

Edmond, dessen Schürze mit dem Aufdruck *Ruhe bewahren und Muffins backen* über und über mit Mehl bestäubt war, tauchte hinter dem Tresen auf. »Los, Seren, zeig dich von allen Seiten!«

Seren überraschte sich selbst, indem sie im Kreis herumwirbelte. Im nächsten Moment wünschte sie, sie hätte es nicht getan, weil sie nicht sehr elegant gegen den Tresen prallte.

»He, Primaballerina, pass auf meine Macarons auf!« Edmond hielt einen gläsernen Kuchenständer fest, auf dem eine Pyramide aus pastellfarbenen Macarons bedenklich hin und her schwankte und schließlich auf den Ladentisch rutschte.

»Ich glaube, sie hat einen kleinen Schwips«, flüsterte Trevor Edmond laut zu. »Rosige Wangen, helle Augen.«

Die beiden wechselten einen wissenden Blick.

»Neue Klamotten, Alkohol zum Mittagessen, unkoordinierte Bewegungen und ein wenig abwesend. Ich glaube, sie hatte ein Date!«, fuhr Trevor grinsend fort.

»Nein, hatte ich nicht!«, protestierte Seren.

»Schon gut, uns kannst du es ruhig erzählen«, sagte Edmond, während er die Macarons wieder zu einer Pyramide stapelte. »Ich finde, es wird allmählich Zeit, dass du mal wieder ein bisschen Spaß hast.«

»Ist es dein Ex, der gut aussehende Polizist aus dem Fernsehen?«, wollte Trevor wissen und zog vielsagend eine Augenbraue hoch.

»Nein!«

»Hast du dich bei einer Partnerbörse im Internet angemeldet und einen dicken Glatzkopf gefunden, der behauptet, dass er gern Wasserski fährt und romantische Spaziergänge am Meer liebt?«, fragte Edmond.

»Nein!«

»Oder warst du etwa auf dieser Webseite, *Männer in Uniform?* Da wollte ich auch schon immer mal einen Blick reinwerfen.« Trevor erschauerte wohlig. »Ich fahre absolut auf jeden ab, der einen Helm trägt.«

Edmond verdrehte die Augen. »Erinnere mich dran, dich bei der Freiwilligen Feuerwehr anzumelden.«

»Eigentlich denke ich eher an Krankenpfleger«, überlegte Trevor laut. »Irgendwie sind diese formlosen Oberteile und Hosen, die sie heutzutage alle tragen, ziemlich sexy – das heißt, eigentlich die prickelnde Vorstellung, welche Kostbarkeiten sich unter diesen zweckmäßigen Teilen verbergen.«

Edmond schüttelte bekümmert den Kopf und wandte sich wieder an Seren. »Ich weiß, wer es ist. Es ist der Typ aus dem Käseladen, der mit den vorstehenden Zähnen, stimmt's?« Er zwinkerte ihr zu. »Ich habe ihn heute in seiner Mittagspause bei deinen Lavendeltöpfen herumlungern sehen.«

Seren wollte erneut protestieren, als das Klingeln ihres Mobiltelefons für eine willkommene Ablenkung sorgte. Als sie in ihre Tasche griff, fragte sie sich kurz, ob es vielleicht Oliver war, der ihr noch einmal sagen wollte, wie sehr er ihr gemeinsames Mittagessen genossen hatte.

»Hi, Mum.« Seren versuchte, nicht allzu enttäuscht zu klingen. Dann hörte sie die Panik in Nestas Stimme und war schlagartig nüchtern. »Okay, bin schon unterwegs!«

»Was ist los, Schätzchen?«, fragte Trevor. »Du bist ja ganz blass geworden.«

»Ich muss los!« Seren kramte in ihrer Tasche hektisch nach den Autoschlüsseln. »Griff hatte einen Unfall. Er ist im Krankenhaus. Ich muss sofort zu ihm!«

Trevor kam hinter dem Ladentisch hervorgestürzt. »Leg den Schlüssel weg! Du bist nicht in der Verfassung, Auto zu fahren. Ich bringe dich ins Krankenhaus.« Er sah Edmond an. »Du hältst hier die Stellung, Lone Ranger.«

Edmond war bereits im Begriff, seine Schürze auszuziehen. »Von wegen! Ich komme mit! Ich kann Serens Hand halten, während du fährst. Außerdem kann ich dich unmöglich auf all diese Sanitäter und Pfleger loslassen.« Er stopfte Brownies und Haferkekse in eine Papiertüte. »Ich habe schon oft festgestellt, dass Süßes in Krisensituationen eine echte Hilfe ist.«

NESTA

Vom Behandlungszimmer in der Notaufnahme aus konnte Nesta nach draußen auf den Korridor schauen. Der untere Teil des hohen Fensters war aus Milchglas, darüber konnte sie Daniels Gesicht erkennen. Seine Lippen bewegten sich, aber sie konnte nicht verstehen, was er sagte. Er sprach mit einer Frau mit kurzen aschblonden Haaren und verängstigten Augen. Nesta starrte ihn wie gebannt an.

Was mochte Daniel gerade sagen? Er sah erschöpft aus und viel älter als früher am Nachmittag. Die Frau drehte sich um und schaute sie durch die Glasscheibe direkt an. Nesta senkte den Kopf, sodass ihr das Haar vor das Gesicht fiel und es hinter einem stahlgrauen Vorhang verbarg. Sie betrachtete Griff.

Sein Gesicht wirkte so blass auf dem weißen Kissen, sein Haar so rot. Es stand in alle Richtungen ab, und an der Stelle, wo er genäht worden war, klebte geronnenes Blut. Ein dünner Streifen Blut, der an seinem Hals getrocknet war, verschwand unter dem Spiderman-Nachthemd, das ihm die Krankenschwester angezogen hatte.

Griffs Augen waren geschlossen, und noch während Nesta ihn anschaute, schienen die Schatten, die unter ihnen lagen, dunkler zu werden. Der Arzt hatte gemeint, es würde vierundzwanzig Stunden dauern, bis die Blutergüsse voll zum Vorschein kamen.

Nesta konnte es kaum ertragen, Griffs Arm anzusehen. Er lag auf der grünen Decke, geschwollen und in einem seltsamen Winkel abgeknickt. Später würde er einen Gips bekommen, vorerst jedoch sollte er zur Stabilisierung geschient werden. Die Krankenschwester war schon vor längerer Zeit gegangen, und Nesta fragte sich, ob sie das Schienen vergessen hatte.

Griffs andere Hand hielt Nesta so fest, wie sie sich traute. Nach einer Weile rührte er sich und schlug die Augen auf.

»Wo ist Mum?«

»Sie kommt gleich.«

Griff schloss die Augen wieder. Nesta wurde schlecht vor Angst, wenn sie an Seren dachte. Sie richtete den Blick wieder auf das Fenster zum Gang. Daniel redete immer noch mit der Frau, bei der es sich offenbar um Frankie handelte. Seine Hände lagen auf ihren Schultern, und sein Gesicht war ihrem ganz nahe. Irgendwann streichelte er ihre Wange. Nesta wandte sich ab.

Ihr war noch immer nicht ganz klar, was passiert war. Von dem Moment an, als sie ins Haus gelaufen und ans Telefon gegangen war, erschien ihr alles so unwirklich. Daniel hatte sie mit unsicherer Stimme gebeten, zu ihm ins Krankenhaus zu kommen.

»Griff ist gestürzt.«

»Wie, gestürzt?«

»Schlimm.«

Mit klopfendem Herzen war Nesta viel zu schnell die fünfzehn Kilometer zum Krankenhaus gefahren. Als sie in die Notaufnahme lief, fiel ihr als Erstes Arlow Laverne auf, dann die Frau, die vor Kurzem bei ihr im Geschäft einen Strauß Freesien gekauft hatte. Sie saßen nebeneinander, und vor ihnen hockte ein kleines Mädchen und spielte. Die Frau stand auf und versuchte, etwas zu sagen, aber Nesta hastete an ihr vorbei, durch Schwingtüren und einen endlosen Gang hinunter zum Empfang. Von dort führte eine Schwester sie zum Behandlungszimmer.

Daniel hatte neben dem Bett gestanden, und Nesta brauchte einen Moment, um zu realisieren, dass die winzige, regungslose Gestalt unter der Decke Griff war. Ein lachhaft junger Arzt war erschienen und hatte angefangen, über den gebrochenen Arm zu reden und die Kopfverletzung und die Gehirnerschütterung und davon, wie viel Glück Griff gehabt habe. »Ein Sturz aus so großer Höhe hätte viel schlimmer ausgehen können.«

»Was genau ist passiert?«, fragte Nesta Daniel, als sie von der Schwester aus dem Zimmer geführt wurden, während der Arzt die klaffende Schnittwunde an Griffs Kopf nähte.

Daniel rieb sich die Augen und seufzte. »Er hatte nicht erwartet, Frankie zu sehen. Ich glaube, er hat einen Schreck bekommen.«

»Frankie war im Park?«, fragte Nesta ungläubig.

»Sie war dort, weil sie Angst hatte. Sie brauchte mich.«

»Und deshalb hast du ihr gesagt, sie soll in den Park kommen?«

»Nein, sie war einfach auf einmal da.«

»Und du hast ihr Griff vorgestellt?«

»Nein. Er war auf dem Klettergerüst und sah, wie wir ...«

»Wie ihr was gemacht habt?«

»Sie war völlig durcheinander. Ich musste sie beruhigen.«

»Und Griff hat gesehen, wie du sie getröstet hast, und einen solchen Schreck gekriegt, dass er vom Gerüst gefallen ist?« Nesta gab sich große Mühe, ruhig zu bleiben.

»Nein, er ... Ich ... ich kann mich nicht genau erinnern. Er wollte runterkommen. Ich dachte, er braucht Hilfe.«

»Warum hätte er Hilfe brauchen sollen, Daniel?«

»Er war aufgeregt. Ich dachte, er bekommt einen Asthmaanfall.«

»Zu sehen, wie du Frankie beruhigst, hat ihn aufgeregt?«

Nesta spannte ihre Arme an, um zu verhindern, dass sie Daniel an den Schultern packte und schüttelte.

»Nein ... ja ... ich weiß es nicht. Ja, mich mit Frankie zu sehen hat ihn aufgeregt.« Daniel ließ sich schwer auf einen Stuhl fallen. Sein Gesicht war aschfahl. »Ich habe versucht, zu ihm raufzuklettern, um ihm sein Inhalationsgerät zu bringen.«

»Du bist auf das Klettergerüst gestiegen?« Nestas Augen weiteten sich, als sie sich das bildlich vorstellte.

»Ja. Aber Griff sprang hinunter und lief zu der Rutsche. Der große Turm mit der steilen Rutsche.«

»Du weißt, dass Seren ihm nicht erlaubt, da raufzugehen.«

»Ja, aber er ist einfach auf den Turm geklettert. Ich konnte absolut nichts machen. Ich rief ihm zu, er solle gefälligst sofort runterkommen. Frankie war näher bei ihm und ist ihm hinterhergeklettert, um ihn zu holen.«

»Und dann?«

»Er ist bis ganz nach oben gestiegen. Ich dachte, er setzt sich auf die Rutsche, aber dann schien er einfach über das Geländer zu fallen, oder vielleicht ist er auch drübergeklettert. Oh Gott, ich weiß es nicht. Es ging alles so schnell.«

Nach einem Moment setzte sich Nesta neben ihn. »Was um Himmels willen wird Seren sagen?«

Daniel vergrub sein Gesicht in den Händen. »Sie wird mich noch mehr hassen als vorher.«

Nesta wusste selbst nicht, warum sie den Drang verspürte, ihre Arme um ihn zu legen, aber genau das tat sie, und dann tauchte am Ende des Korridors Frankie auf, und Daniel löste sich von Nesta und eilte ihr entgegen.

SEREN

»Du hast was?!«

»Würden Sie bitte leiser sprechen«, sagte die Krankenschwester an der Aufnahme eisig.

Seren senkte die Stimme zu einem energischen Flüstern. »Ich fasse es nicht, dass du das getan hast, Mum!«

Nesta legte eine Hand auf den Arm ihrer Tochter. »Ich weiß, Liebes, und es tut mir wirklich leid! Ich war einfach der Meinung, dass es Griff nicht guttut, seinen Großvater nicht mehr zu sehen.«

»Und das hier tut ihm gut?« Seren deutete durch die Fensterscheibe auf Griff, der in seinem Bett lag und darauf wartete, in die Kinderabteilung verlegt zu werden.

»Es war ein Unfall. Das hätte genauso gut passieren können, als du letztes Wochenende mit ihm auf dem Spielplatz warst, oder am Montag, als ich nach der Schule mit ihm dort war.«

»Nein, Mum.« Seren starrte sie erzürnt an. »Das ist passiert, weil er mit Dad zusammen war und er ihn mit dieser Person gesehen hat.« Sie wandte den Kopf zum Fenster. »Schau dir Griff nur an! Er hätte sich das Rückgrat oder das Genick brechen können. Er hätte sterben können! Wie wäre dir dann zumute?«

»Bitte, Seren, hör auf damit! Ich glaube, dir ist gar nicht klar, wie sehr Griff deinen Vater vermisst. Er hat Tom verloren, und ich finde, er sollte nicht auch noch seinen Großvater verlieren.«

»Und du glaubst, du hast das Recht, über meinen Sohn zu verfügen und mich einfach zu übergehen?«

»Psst«, zischte die Krankenschwester. »Wenn Sie sich nicht leiser unterhalten können, muss ich Sie leider bitten zu gehen.«

»Entschuldigung«, sagte Nesta zu der Schwester. »Komm, Seren, gehen wir eine Tasse Tee trinken. Griff schläft jetzt.« Wieder legte sie ihre Hand auf den Arm ihrer Tochter, aber Seren schüttelte sie ab.

»Nein, danke. Ich bleibe bei ihm für den Fall, dass er aufwacht. Er braucht mich.«

Seren setzte sich auf den Stuhl neben Griffs Bett und versuchte, ruhiger zu atmen. Wenigstens lungerte ihr Vater nicht mehr auf dem Korridor herum. Als sie ihn zum letzten Mal gesehen hatte, war er gerade in Richtung Wartezimmer gegangen, zurück zu Frankie oder Francesca oder wie auch immer sie heißen mochte. Seren hatte gesehen, dass sie neben Arlow saß, so blass und verstört, als wäre es ihr Kind, das gestürzt war.

Seren schlang ihr Haar zu einem straffen Knoten und lehnte sich auf dem unbequemen Stuhl zurück. Arlow? Erst jetzt wurde ihr bewusst, dass er es tatsächlich gewesen war. Was in aller Welt machte er hier im Krankenhaus?

Alles schien auf dem Kopf zu stehen. Nichts in ihrem Leben war noch vorhersehbar, weder ihr Vater noch ihre Mutter, nicht einmal ihr erster Freund, verhielten sich so, wie man es von ihnen erwarten konnte.

Seren atmete tief durch und versuchte, nicht daran zu denken, was für ein Gesicht Daniel gemacht hatte, als sie ihm vorgeworfen hatte, Griffs Leben gefährdet zu haben. Vielleicht hätte sie ihm nicht auch noch an den Kopf werfen sollen, dass Frankie verheiratet war und früher als labil und gewalttätig gegolten hatte. In dem Moment hatte sie nur daran gedacht, Daniel genauso wehzutun, wie er Griff, ihrer Mutter und ihr wehgetan hatte. Jetzt war sie sich nicht sicher, ob sie nicht zu weit gegangen war.

Dann fiel ihr Blick auf Griffs zerschundenes Gesicht, und sie war froh, dass sie es ihrem Vater gesagt hatte. Vielleicht war Frankie so eifersüchtig auf den Jungen gewesen, dass sie ihn irgendwie zu Fall gebracht hatte. Laut Daniel war Frankie zu Griff auf den Turm geklettert. Könnte sie ihn hinuntergestoßen haben?

Seren beobachtete, wie der Sekundenzeiger der Wanduhr langsam seine Runden drehte. Ohne Beweise sollte sie keine voreiligen Schlüsse ziehen. Wenn Griff aufwachte, konnte er ihr vielleicht erzählen, was auf der Rutsche passiert war.

Seren dachte an Oliver. Sollte sie ihn anrufen und berichten, was passiert war? Ihn fragen, ob er Frankie für fähig hielt, etwas so Furchtbares zu tun, wie ein Kind über den Rand einer Rutsche zu stoßen? Wahrscheinlich war er gerade auf dem Weg zum Flughafen. Hastig tippte sie eine SMS.

Bitte melde dich, wenn du kannst.

Die Tür wurde geöffnet, und Trevor und Edmond huschten ins Zimmer. Vorsichtig ließen sie sich nebeneinander auf der Bettkante nieder.

»Wie geht's dem Sechs-Millionen-Dollar-Mann?«, wisperte Trevor. »Können sie ihn wieder zusammenbasteln?«

»Das wird schon wieder«, antwortete Seren. »Der Arzt sagt, dass es nur eine leichte Gehirnerschütterung ist und auch der Bruch rasch verheilen wird. Aber sie wollen ihn heute Nacht zur Beobachtung hierbehalten.«

»Bleibst du bei ihm?«, fragte Edmond.

Seren nickte.

»Sollen wir dir Pyjama und Zahnbürste bringen?«

Sie lächelte. »Es geht schon, danke. Und danke, dass ihr mich hergebracht habt.«

»Na ja, wir konnten doch nicht zulassen, dass du wegen Trunkenheit am Steuer verhaftet wirst, oder?«

»Ich war nicht betrunken!«

Trevor und Edmond wechselten einen wissenden Blick.

»Wann erzählst du uns endlich, mit wem du dir einen Rausch angetrunken hast?«, fragte Trevor.

»Nicht, dass du allein trinkst, Schätzchen!« Edmond schüttelte sich.

Seren seufzte. »Ich kann euch nicht sagen, mit wem ich zusammen war. Es klingt viel zu schräg.«

»Jetzt wollen wir es erst recht wissen!« Beide Männer beugten sich gespannt vor.

»Mum!« Griff versuchte, sich aufzurichten. »Mir ist schlecht.«

Edmond griff blitzschnell nach der Schüssel neben dem Bett und reichte sie Seren, die sie Griff hinhielt. Gleich darauf kam ein Marshmallow-Smarties-Muffin in drastisch veränderter – und ziemlich unappetitlicher – Erscheinungsform zum Vorschein.

Trevor schüttelte sich übertrieben und wandte sich ab. »Igitt! Kotze – das ertrage ich nicht!«

»Ich dachte, du wärst gern Krankenpfleger?«, zischte Edmond.

»Entschuldigung, Mum!«, sagte Griff und sank auf sein Kissen zurück.

»Schon gut, mein Liebling.« Seren streichelte ihm über die Stirn. »Der Arzt hat mich vorgewarnt, dass dir wahrscheinlich schlecht werden würde. Du musst nach dem Sturz von der Rutsche ganz schön Kopfweh haben.«

»Welche Rutsche?« Griff sah sich verwirrt um. Sein Blick fiel auf seinen geschienten Arm. »Was ist mit meinem Arm passiert?«

»Weißt du das nicht mehr?«, fragte Seren bestürzt.

Griff schüttelte den Kopf. »Ich weiß noch, dass Granny mich von der Schule abgeholt hat, und dann …« Er kniff die Augen zusammen und dachte angestrengt nach. »An mehr kann ich mich nicht erinnern.«

»Das liegt sicher an der Gehirnerschütterung«, meinte Trevor. »Ich habe mir mal in Hampstead Heath an einem niedrigen Ast den Kopf angestoßen, und das Nächste, woran ich mich erinnern kann, ist, dass Trevor und ich uns im Standesamt von Islington wiederfanden, gefolgt von einer Fahrt mit dem Disco-Boot auf der Themse und zehn Tagen Flitterwochen in Marrakesch.«

»He!« Edmond gab Trevor einen spielerischen Klaps. »Du warst es doch, der unbedingt das Disco-Boot und ein kaltes Büffet wollte. Ich hätte mich mit Sekt und Cupcakes zu Hause zufriedengegeben.«

»Ich glaube, mir wird wieder schlecht.« Griffs Teint passte farblich sehr gut zu der hellgrünen Krankenhausdecke.

»Oh, nein!«, stöhnte Trevor.

»Komm, Florence Nightingale, ich bringe dich nach Hause.« Edmond lotste Trevor zur Tür. Er drehte sich zu Seren um. »Ich sage der Krankenschwester, dass Griff aufgewacht ist.«

Seren winkte ihnen matt zu. Griff erbrach sich gerade wieder, und auch ihr war so schlecht, als meldete sich schon jetzt der Kater nach ihrem feuchtfröhlichen Mittagessen.

FRANKIE

Im Auto herrschte Stille. Sogar Chez hatte aufgehört, über das Teeservice aus Plastik zu plaudern, mit dem sie sich in der Spielecke des Krankenhauses beschäftigt hatte.

Von ihrem Platz auf dem Rücksitz aus konnte Frankie nur Daniels Kinn sehen, aber an der Art, wie er es vorstreckte, merkte sie, dass er angespannt war. Er hatte Arlow Lavernes Angebot, sie in seinem Wagen mitzunehmen, ablehnen wollen. Tatsächlich war er ziemlich unhöflich gewesen.

Es war Frankie ein Rätsel, warum Daniel so schroff mit einem Menschen sprach, der ihnen gegenüber mehr als hilfsbereit gewesen war. Er sollte dankbar sein, dass Arlow zum Zeitpunkt des Unfalls gerade mit Chez auf dem Spielplatz gewesen war. Im Gegensatz zu Daniel und Frankie, die in hilflose Panik ausgebrochen waren, hatte er Ruhe bewahrt.

Es war Arlow gewesen, der zu dem bewusstlosen Griff gelaufen war und an seinem Hals den Puls gefühlt hatte. Arlow, der Daniel daran gehindert hatte, Griff aufzuheben und mit ihm zum Auto zu laufen. Arlow, der einen Krankenwagen gerufen und Frankie ins Krankenhaus gebracht hatte, während Daniel im Rettungswagen mitgefahren und bei Griff geblieben war. Geduldig hatte Arlow mit Frankie ausgeharrt, auf Neuigkeiten über Griffs Zustand gewartet und ihre flatternden Nerven beruhigt. Nicht einmal, als sie Daniel suchen ging, verließ er das Krankenhaus, und als sie später zurückkam, schien er zu verstehen, wie furchtbar es gewesen war, Daniel in den Armen seiner Exfrau zu sehen, und wie schuldig sie sich gefühlt hatte, als Daniel zu ihr kam und Nesta, die so unglücklich aussah, allein ließ.

»Danke«, hatte sie zu Arlow gesagt, als er ihr eine zweite Tasse starken, süßen Tee brachte. »Für alles, was Sie heute für uns getan haben.«

»Gern geschehen«, erwiderte er und setzte sich wieder neben sie. »Ich hatte heute sowieso nichts anderes vor, und Chez fühlt sich hier genauso wohl wie an jedem anderen Ort. Ist ja nicht viel los hier.« Er zeigte mit einer Handbewegung auf das leere Wartezimmer. »Außerdem schulde ich Ihnen etwas, weil Sie Chez dazu gebracht haben, ins Wasser zu gehen.«

Ihre Begegnung im Schwimmbad schien eine Ewigkeit zurückzuliegen. Bevor Frankie die Maus gefunden, das blutige F gesehen, die Geräusche gehört und beschlossen hatte, aus dem Haus zu laufen und Daniel zu suchen. Bevor sie versucht hatte, Daniel alles zu erklären, aber feststellen musste, dass ihr die Worte in der Kehle stecken blieben. »Eine Maus, da war eine Maus ... und Blut und mein Anfangsbuchstabe, und ... und ich dachte, er hat mich gefunden ... und jemand hat versucht, ins Haus zu kommen.«

Daniel, der keine Ahnung hatte, wovon sie redete, wollte sie beruhigen, damit sie langsamer sprach. Er war sehr lieb, hielt ihren zitternden Körper fest und küsste sie auf die Stirn, und dann fiel sein Blick auf Griff, der regungslos auf dem Klettergerüst saß und sie anstarrte. Griff sprang vom Gerüst und rannte zur Rutsche hinüber. Daniel lief ihm hinterher, und Frankie glaubte, helfen zu können, als der Junge auf den Turm zur Rutsche kletterte.

Als sie im Wartezimmer saß, sah sie noch immer vor sich, wie sein magerer, kleiner Körper plötzlich über den Rand des Geländers gekippt war; noch immer konnte sie den Schrei hören, den dumpfen Aufprall. Frankie vergrub ihr Gesicht in den Händen.

»He!« Arlow drückte ihre Schulter. »Hören Sie auf, sich selbst fertigzumachen! Sie dürfen sich nicht die Schuld daran geben, dass …«

Seine Stimme verebbte, und Frankie blickte auf. Seine Augen folgten einer rothaarigen Frau in einem hübschen Sommerkleid, die durch das Wartezimmer eilte. Die Frau drehte sich um und durchbohrte Frankie mit einem wütenden Blick. Frankie erkannte sie nicht gleich; sie hatte Seren noch nie in einem Kleid oder mit hochhackigen Schuhen gesehen. Aber noch bevor Frankie sie ansprechen konnte, war sie durch die Doppeltür verschwunden. Die Türflügel schwangen hin und her, als wäre ein Teil ihres Zorns zurückgeblieben. Arlow starrte ihr nach und setzte sich auf, als wollte er aufspringen und ihr nachlaufen.

»Hi«, sagten gleich darauf zwei Stimmen unisono.

Frankie wandte den Kopf und erblickte die beiden Besitzer der Patisserie Tremond. Obwohl es viele freie Plätze gab, setzten sie sich direkt neben Arlow.

»Kuchen gefällig?« Edmond hielt ihnen eine Papiertüte hin. Frankie und Arlow lehnten dankend ab, doch Chez kam aus der Spielecke gelaufen und schnappte sich drei Brownies und sämtliche Haferkekse. Frankie wartete darauf, dass Arlow seine Tochter ermahnte, nicht so viel zu nehmen, doch er starrte immer noch unverwandt auf die Schwingtür, deren Flügel jetzt wieder stillstanden.

Nach einer Weile begannen die Zuckerbäcker, Arlow mit Fragen nach seinen Dreharbeiten zu löchern. Da seine Antworten kurz und eher vage ausfielen, fragten sie ihn stattdessen nach seinen prominenten Freunden aus: Wer war der berühmteste Schauspieler, mit dem er je zusammengearbeitet hatte? Wie war das Essen bei den Preisverleihungen der BAFTA? Waren er und seine Frau je in Hollywood gewesen? Arlow wimmelte ihre Fragen genauso ab, wie er die restlichen Brownies ablehnte, die Edmond ihm immer wieder hinhielt.

Dann saßen sie alle eine Weile schweigend da. Die einzige Stimme, die zu hören war, war die von Chez, die in der Spielecke eine Teeparty veranstaltete und gerade einem abgenutzten Teddybären kleine Brownie-Stückchen um die Schnauze schmierte. »Das schmeckt dir bestimmt. Ich hab es selbst gebacken.«

Dann tauchte Daniel auf. Sein Gesicht war aschfahl. »Wir gehen jetzt lieber«, sagte er zu Frankie, ohne sie anzuschauen.

Arlow schien abrupt aus seiner Trance zu erwachen. »Ich fahre Sie.«

»Nein, danke, wir nehmen ein Taxi«, antwortete Daniel brüsk.

»Ich muss sowieso in die Stadt zurück«, sagte Arlow.

»Danke, aber wir brauchen deine Hilfe nicht.«

Arlow erhob sich mit einem Seufzer. »Kommen Sie. Ich bin bereit, die Vergangenheit zu vergessen, wenn Sie es auch sind.«

»Ich weiß nicht, wovon du redest.« Daniels Gesicht, das eben noch so grau gewesen war, rötete sich. »Wie gesagt, ich kümmere mich lieber selbst darum, wie wir nach Hause kommen.«

Frankie hatte keine Ahnung, worum es ging, doch ihr war bewusst, dass die beiden Besitzer der Patisserie mit gespitzten Ohren lauschten.

»Bitte Mr. Saunders!«, sagte Arlow. »Schnee von gestern und so. Ich fahre Sie gern.«

»Es würde schneller gehen, als auf ein Taxi zu warten«,

warf Frankie ein. »Ich glaube, ich bekomme wieder Kopfschmerzen. Ich möchte so schnell wie möglich nach Hause.«

Frankie lehnte den Kopf an die lederne Nackenstütze des BMW und beobachtete, wie die in Blüte stehenden Seitenstreifen der Straße vorbeiflitzten. Das Abendlicht überzog die duftenden Blüten von Wiesenkerbel und Fingerhut mit einem zartrosa Schimmer, Gänseblümchen schwankten auf ihren dünnen Stängeln hin und her, und wilde Heckenrosen blühten, als könnte auf der Welt nie etwas Schlimmes passieren. Frankie betrachtete ein Feld wogenden grünen Getreides, wandte den Blick aber hastig ab, als sie am Zaun eine Reihe toter Krähen sah.

Sie musterte die Wunde in ihrem Handteller. Mittlerweile blutete sie nicht mehr, und sie hatte den Verband im Krankenhaus auf der Toilette abgenommen, aber der Schnitt war tief und gezackt. Daniel war die Verletzung nicht aufgefallen.

Frankie fragte sich, was Seren zu Daniel gesagt hatte, als sie im Krankenhaus eingetroffen war. Er schien auf einmal sehr weit entfernt zu sein. Frankie schloss die Augen. Vielleicht war das hier das Ende der Geschichte. Aber den Gedanken an ein Leben ohne Daniel konnte sie nicht mehr ertragen.

Etwas Weiches, Warmes schmiegte sich an ihre Finger, und als Frankie nach unten blickte, sah sie Chez' Hand auf ihrer liegen. Mit ihrer anderen Hand wühlte Chez in der Gesäßtasche ihrer Jeans. Schließlich zog sie ein kleines, helles, mit Flusen bedecktes Etwas heraus und hielt es Frankie hin.

»Möchtest du einen Keks?«

NESTA

Der Himmel war von zartem Rosa in Lavendelblau übergegangen.

Oben in der Mühle lehnte sich Nesta ans Balkongeländer und betrachtete den ersten Stern am Himmel: Venus, benannt nach der Göttin der Liebe. Er schien heller als sonst zu strahlen, zu funkeln – oder zu pulsieren? Sandte er ihr über all die Lichtjahre hinweg ein Zeichen, versuchte er, ihr etwas zu sagen? Nesta wandte den Blick ab. Sie brauchte keinen Stern, um etwas über die Liebe zu erfahren.

Zuerst war es eine Qual gewesen, Daniel in den Armen zu halten. Dort auf dem Krankenhausflur, im grellen Licht der Neonröhren, hätte Nesta am liebsten vor Kummer zu weinen angefangen. Sie hatte ihn immer geliebt, nur deshalb hatte sie ihn nicht verlassen. Aber der Schmerz ließ nach, als ihr klar wurde, dass sie ihn zwar immer noch liebte, dass sich aber trotzdem etwas verändert hatte.

Jetzt in der warmen Abendluft kehrten all die Erinnerungen zurück, und sie wusste, dass sie im Krankenhaus endlich losgelassen hatte. Als Daniel sich von ihr gelöst hatte, um zu Frankie zu gehen, war sie traurig gewesen, hatte es aber irgendwie als unausweichlich empfunden, als wäre jener Moment seit ihrer ersten Begegnung vor über vierzig Jahren vorherbestimmt gewesen.

Nesta schaute in den Garten hinaus. Im Dämmerlicht konnte sie noch das *Zu verkaufen*-Schild sehen, das während ihrer Abwesenheit an der Außenmauer aufgestellt worden war. Tagelang hatte ihr vor diesem sichtbaren Beweis gegraut, dass ihr gemeinsames Leben mit Daniel nicht funktioniert hatte. Dass sie gescheitert waren.

Doch auf einmal machte es ihr nichts mehr aus. Das Schild schien ein Schlüssel zur Freiheit zu sein, zu ihrer Zukunft.

Wieder blickte sie zu dem Stern hinauf. »Ich weiß, was du mir sagen willst.«

FRANKIE

»Irgendjemand hat es weggewischt!« Frankie drehte sich auf dem Plattenweg um und suchte nach dem Buchstaben. »Das F war hier, mit Mäuseblut geschrieben!«

»Na ja, jetzt ist jedenfalls nichts mehr von der Schrift oder der Maus zu sehen«, meinte Daniel.

»Aber ich habe es gesehen! Ich habe hier neben der Maus meinen Anfangsbuchstaben gesehen.« Frankie kauerte sich auf den Boden. »Ich habe die Maus unter diese Pflanze gekickt. Schau mal, die Schere ist noch da. Ich wollte Wicken schneiden. Die Maus müsste gleich daneben liegen.« Frankie fing hektisch an, das Blumenbeet zu durchsuchen, und riss dabei an Wurzeln, Blättern und Blumen.

»Komm!« Daniel fasste sie behutsam am Arm und zog sie hoch. »Gehen wir rein! Es ist sowieso zu dunkel, um irgendetwas zu sehen.«

Frankie drehte sich zu ihm um. »Du glaubst mir nicht, oder?«

»Gehen wir rein und trinken etwas! Eine schöne Tasse Tee oder vielleicht ein Glas Wein wird uns guttun.«

»Du denkst, ich habe mir das alles eingebildet. Oder ausgedacht.«

»Nein, natürlich nicht.«

»Du glaubst, dass ich mir auch die Geräusche und das Rütteln an der Küchentür eingebildet habe.«

»Jeder kann mal die Fassung verlieren und Gespenster sehen, vor allem wenn man müde ist oder nicht anständig gegessen hat. Hast du heute schon etwas gegessen?«

»Ja. Nein. Ich kann mich nicht erinnern.«

»Na bitte, da haben wir's. Mangel an Nahrung kann bei jedem eine kleine Paranoia hervorrufen.«

»Paranoia?«

»Ja.«

Frankie schüttelte seine Finger von ihrem Arm ab. »Ich glaube, du hältst mich für verrückt.« Sie sagte es ganz ruhig.

»Frankie.« Er nahm ihre Hand in seine, und sie zuckte zusammen. Daniel drehte ihre Hand um und sah zum ersten Mal die tiefe Schnittwunde. »Warst du das?«

Frankie schwieg.

»Warst du das?«, wiederholte Daniel. »Hast du dich absichtlich verletzt?«

»Nein!« Frankie riss die Finger zurück. »Das war ich nicht. Es war die Schere. Sie hat sich in meine Hand gebohrt und mich geschnitten ...« Sie brach ab, als ihr bewusst wurde, wie abwegig sich das anhörte. »Du glaubst wirklich, dass ich verrückt bin, nicht wahr?«

Daniel seufzte. »Mir ist nur gerade klargeworden, wie wenig ich über dich weiß. Über deine Vergangenheit. Über dein Leben, bevor du mich getroffen hast.«

»Ich habe versucht, es dir zu erzählen, aber ...« Frankies Stimme schien jede Kraft zu verlieren. Im Dunkeln wirkte Daniels Gesicht verändert – härter, kälter. Sie brachte kein Wort heraus.

»Frankie?«

»Ja?«

»Ich weiß, dass du verheiratet bist.«

SEREN

Die Zeit schien auf der Kinderstation langsamer zu vergehen. Seren war überzeugt, dass es schon nach Mitternacht sein musste, aber als sie auf ihrem Handy nachschaute, war es erst halb zehn.

Das gedämpfte Licht und das gelegentliche Rascheln von Vorhängen erschienen ihr nur allzu vertraut. Als die Krankenschwestern ihre abendliche Runde machten, war es, als hätten sich die letzten zwölf Jahre in Luft aufgelöst und sie wäre wieder in dem kleinen Krankenhaus in Wales und versuchte, mit der Wendung, die ihr Leben genommen hatte, zurechtzukommen. Seren musste weg von diesen Erinnerungen, weg aus diesem Zimmer.

Griff schlief. Die starken Schmerzmittel, die man ihm nach dem Abendessen gegeben hatte, schienen Wirkung zu zeigen. Seren verließ das Zimmer und ging in den Raum, den die Krankenschwester als »Elternlounge« bezeichnet hatte. Tatsächlich standen nur ein Schrank, ein kleines Sofa und daneben ein Regal darin. Auf dem Regal fanden sich ein Wasserkocher sowie Teebeutel und Instantkaffee, und auf dem Boden lag ein bedenklich schiefer Stapel zerlesener Frauenmagazine und Sonntagsbeilagen.

Ein Fenster gab es nicht, nur ein Oberlicht. Seren blickte zu dem dunklen Viereck auf und versuchte, durch das schmutzige Glas Sterne zu erkennen. Als sie den Kopf in den Nacken legte, machte sich ihr Kater wieder bemerkbar, deshalb gab sie es auf und stellte den Wasserkocher an. Das Sofa sah nach den harten Plastikstühlen, auf denen sie den ganzen Abend verbracht hatte, wie eine willkommene Abwechslung aus, aber als sie sich hinsetzte, sackte sie so tief ein, dass sie gezwungen war, sich auf die Kante zu kauern, um nicht vollständig unterzugehen.

Wieder schaute sie auf ihr Handy. Viertel vor zehn, und immer noch keine Nachricht von Oliver. Sie las eine Liste mit Anweisungen, die Lounge sauber und ordentlich zu hinterlassen, und griff nach einer uralten Ausgabe des Magazins *Closer.*

Plötzlich stieg helle Wut in ihr auf. Sie nahm ihr Handy und tippte hastig einen Text:

Finger weg von meinem Sohn, sonst wird es Ihnen leidtun.

»Sie haben Besuch.«

Seren, die gerade auf *Senden* drückte, blickte erschrocken auf. Drei Krankenschwestern spähten zu ihr herein. Sie kicherten und rempelten sich gegenseitig an, um dem Besucher am nächsten zu sein.

»Danke.« Arlow quetschte sich durch die Tür.

»Kann ich ein Autogramm haben?«, fragte die jüngste der Schwestern. »Für meine Mum. Sie hat *Island Beat* geliebt.«

»Das haben wir alle«, warf eine andere ein. »Sie waren ganz toll in der Serie.«

»Danke«, sagte Arlow noch einmal und kritzelte seinen Namen auf den abgerissenen Deckel einer Schachtel *Quality Street*.

»Bekomme ich auch eins?« Eine der anderen Schwestern hielt ihm ein offiziell wirkendes Formular hin, das ganz sicher nicht für Autogramme gedacht war.

»Ich auch?« Diesmal war es das Deckblatt einer Broschüre über Ekzeme.

»Oh, und noch ganz schnell eins auf meinen Arm.«

Arlow kam allen Wünschen geduldig nach, während Seren mit hochgezogenen Augenbrauen zuschaute.

»Ich weiß, ich weiß«, seufzte Arlow, nachdem die Schwestern gegangen waren. »Was soll ich tun? Das gehört zum Job. Außerdem hätten sie mich nie drei Stunden nach der Besuchszeit hereingelassen, wenn sie nicht Fans von mir wären.«

»Was machst du hier?«

»Ich wollte wissen, wie es Griff geht.«

Serens Gedanken überschlugen sich. Hätte sie bloß nicht diese SMS abgeschickt! Arlow beobachtete ihr Gesicht und schien ihr anzusehen, wie schuldbewusst sie sich fühlte. Dann lächelte er.

»Tut mir leid, du siehst ziemlich angeschlagen aus. Hat dein Vater dir nicht erzählt, dass ich im Park war, als der Unfall passiert ist? Ich habe den Rettungswagen gerufen und die …« Arlow zögerte. »… die Lebensgefährtin deines Vaters ins Krankenhaus gefahren.«

»Oh!« Wieder einmal ergab nichts einen Sinn.

Der Wasserkocher ruckelte auf dem Regal hin und her und versprühte in alle Richtungen Dampf und kochendes Wasser. Seren hielt sich ihr Magazin vors Gesicht, um sich nicht zu verbrennen. Arlow stellte den Kocher ab und zeigte auf einen verblichenen gelben Post-it-Zettel an der Wand:

Wasserkocher schaltet sich nicht automatisch aus. Bitte per Hand abstellen!

Er griff nach dem Kessel. »Trinkst du deinen Kaffee immer noch schwarz mit zwei Löffeln Zucker?«

Seren nickte, obwohl es Jahre her war, seit sie ihren Kaffee ohne Milch oder mit Zucker getrunken hatte.

Arlow nahm zwei Plastikbecher, gab Nescafé und jeweils zwei Tütchen Zucker hinein, goss Wasser drauf und reichte einen der Becher Seren. Sie hielt ihn mit beiden Händen; die Wärme fühlte sich tröstlich an. Und als sie einen Schluck nahm, war auch der Zucker tröstlich.

»Darf ich mich zu dir setzen?« Arlow zeigte auf das Sofa.

»Ja, aber lieber auf die Kante, falls du von dem Ding nicht mit Haut und Haaren verschlungen werden willst.«

»Okay.« Arlow ließ sich vorsichtig neben ihr nieder.

»Kannst du mir noch einmal erklären, was du hier machst?«, fragte Seren und spähte über den Rand ihres Bechers zu ihm. »Es war ein langer Tag, und ich blicke überhaupt nicht mehr durch.«

»Also, ich war mit meiner Tochter Chez im Park«, sagte Arlow betont langsam und deutlich. »Dort sah ich deinen Dad und einen kleinen Jungen, von dem ich inzwischen weiß, dass es Griff ist, dein Sohn.«

»Okay, du kannst ein bisschen schneller machen. So verwirrt bin ich nun auch wieder nicht!«

Arlow lachte. »Na schön, dann eben die kürzere Version. Meine Tochter Chez saß gerade auf der Schaukel, als ich sah, wie Griff oben von der Rutsche fiel. Weil ich mich mit Erster Hilfe ein bisschen auskenne, lief ich sofort hin und ...«

»Halt! Du hast ihn tatsächlich fallen sehen?«

Arlow nickte. »Ja.«

»Bist du ganz sicher? Hast du ihn schon vorher beobachtet, oder hast du erst hingeschaut, nachdem er gestürzt war?«

»Ich habe gesehen, wie er oben über das Geländer kippte.

Und ich habe zu ihm geschaut, weil dein Dad ihm zurief, dass er runterkommen soll.«

»Und was hat die … äh, die Lebensgefährtin meines Vaters in der Zeit gemacht?«

»Sie stand unten neben der Rutsche.«

»Nicht oben?«

»Nein, wie gesagt, unten.«

»Dann könnte sie also unmöglich …« Seren brach ab. Sie wusste, dass es verrückt klang, aber sie musste es einfach loswerden. »Sie hätte Griff also nicht von der Rutsche schubsen können?«

»Was?« Arlow starrte sie ungläubig an. »Machst du Witze? Du glaubst, Frankie hat deinen Sohn von einer zehn Meter hohen Rutsche gestoßen?«

Seren fuhr sich durchs Haar. »Ich weiß nicht, was ich glauben soll. Aber eins weiß ich mit Sicherheit: Sie ist nicht die, die sie zu sein scheint.«

»Mir kommt sie wie eine sehr nette Frau vor.« Arlow rührte die Überreste seines Kaffees um und leerte den Becher in einem Zug. »Sie erinnert mich ein bisschen an meine Mum.«

»Oh!« Seren sah Arlow überrascht an. »Du weißt, dass Frankie nicht von Natur aus blond ist?«

»Glaubst du etwa, meine Mum war eine echte Blondine?«

Seren zuckte mit den Schultern.

»Sie wirkt so verletzlich«, fuhr Arlow fort. »Ängstlich, verloren. Wie meine Mum nach all den Jahren mit dem Schwein, das sich mein Vater nannte, ausgesehen hat.«

Seren wollte nichts davon hören. Sie hatte Jahre gebraucht, um Arlows Mum zu vergessen. »Ich habe Erkundigungen über Frankie eingezogen«, sagte sie, um das Thema zu wechseln. »Genau genommen habe ich heute mit ihrem Exmann – na ja, vor dem Gesetz ist er noch ihr Ehemann – zu Mittag gegessen, und er hat mir erzählt, dass sie labil ist und gewalttätig werden kann.«

Sie wartete auf Arlows schockierte Reaktion, aber er hob nur die Schultern. »Dasselbe hätte wahrscheinlich mein Dad über meine Mum gesagt.«

»Aber er hat gesagt, sie …«

»Hör mal, Seren«, unterbrach Arlow sie, »wir alle haben im Leben unsere Höhen und Tiefen. Deswegen sind wir noch lange nicht verrückt.«

Seren starrte in ihren Kaffeebecher und versuchte, nicht an all die dunklen Tage nach ihrem Aufenthalt in Wales zu denken. »Aber sie hat ihren Mann verlassen. Sie ist einfach verschwunden. Ihr Mann hatte keine Ahnung, wo sie ist, bis ich ihn über das Internet gefunden und mit ihm Kontakt aufgenommen habe. Er dachte sogar, sie wäre vielleicht tot. Und mein Vater wusste nicht einmal, dass sie verheiratet ist.«

Arlow schüttelte den Kopf. »Na und? Die Menschen sind kompliziert, das ganze Leben ist kompliziert. Als ich noch jünger war, gab es für mich nur schwarz und weiß.« Er lachte. »Daran erinnerst du dich bestimmt noch. Ich dachte, dein Vater wäre noch schlimmer als meiner, doch inzwischen ist mir klar, dass er nur …«

»Lass das!« Seren stand auf.

»Jetzt glaubst du mir doch, oder? Das über deinen Dad …«

»Lass das, habe ich gesagt! Das ist lange her.«

Arlow schüttelte den Kopf. »Du hast deinen Vater also immer noch nicht von seinem Podest heruntergeholt, was?«

Seren starrte ihn böse an. War er wirklich nur gekommen, um sich vor ihr aufzuspielen?

Arlow erhob sich. »Es geht ihr übrigens gut. Meiner Mum, meine ich. Sie hat einen Heizungsinstallateur geheiratet und lebt mit ihm in Dundee.«

»Freut mich.« Seren zerdrückte ihren leeren Plastikbecher in der Hand. »Ich gehe jetzt wohl lieber wieder zu Griff.«

»Die Krankenschwestern haben mir gesagt, dass er wieder in Ordnung kommt.«

Seren nickte. »Das meint der Arzt auch.«

Beide verstummten.

»Also dann ...« Arlow wandte sich im selben Moment wie Seren zur Tür, wo sie beide bei dem Versuch, dem anderen den Vortritt zu lassen, eine Art Tanz aufführten.

Endlich waren sie draußen im Flur und standen einander gegenüber. Seren war sich bewusst, dass sich die Krankenschwestern um den Tisch bei der Aufnahme drängten und sie nicht aus den Augen ließen.

Arlow steckte die Hände in die Hosentaschen. »Du trägst immer noch das Armband, das du von deinem Dad bekommen hast?« Er deutete mit einer Kopfbewegung auf das Bettelarmband. Sie legte eine Hand darum, damit es nicht klimperte. »Wie ich sehe, ist der Anhänger, den ich dir geschenkt habe, nicht dran.«

Seren schaute ihn an. »Soweit ich weiß, habe ich nie einen Anhänger von dir bekommen.«

»Das kleine Herz?«

Seren schüttelte den Kopf. »Das musst du einer anderen geschenkt haben.«

Arlow seufzte. »Ich verstehe nicht, warum du immer noch so wütend bist.«

Seren presste die Lippen zusammen und schwieg.

»Dann fahre ich jetzt mal nach Hause«, sagte Arlow, als feststand, dass er keine Antwort bekommen würde.

Seren dachte an die elfenhafte Angellica Chadwick, die jetzt vielleicht auf ihn wartete. Ob es ihr etwas ausmachte, dass er sich mit einer Exfreundin traf?

»Man sieht sich.« Arlow trat einen Schritt zurück. Seren hörte, wie die Krankenschwestern Arlows knackigen Po kommentierten. »Weißt du, du siehst immer noch genauso aus wie früher, Sez.«

Seren senkte den Blick. Es war Jahre her, seit jemand sie Sez genannt hatte.

Arlow drehte sich um, ging in Richtung Ausgang und winkte den Krankenschwestern freundlich zu. Plötzlich blieb er stehen und kam zu Seren zurück. Als er vor ihr stand, streckte er eine Hand aus, sodass er sie fast an der Schulter berührte. »Sei bitte vorsichtig, ja?«

»Was meinst du damit?«

»Deine Tätigkeit als Amateurdetektivin.«

»Amateurdetektivin?«

»Wenn du in Frankies Vergangenheit stöberst und so. Du solltest dich nicht zu sehr darauf einlassen.«

»Ich bin sicher, dass ein ehemaliger Fernsehpolizist Unmengen guter Ratschläge zu verteilen hat, was Detektivarbeit angeht.« Seren bemühte sich, ruhig zu sprechen. Der Plastikbecher, den sie immer noch in der Hand hielt, war inzwischen vollkommen zerdrückt. »Aber eigentlich finde ich, es geht dich nichts an.« Sie drehte sich um und klapperte auf ihren hohen Absätzen den Flur hinunter.

Griff murmelte etwas, als Seren durch die Vorhänge schlüpfte, die um sein Bett hingen, doch als sie sich zu ihm hinunterbeugte, stellte sie fest, dass er immer noch schlief.

Neben Griffs Bett war ein Klappbett für sie aufgestellt worden. Sie schlüpfte aus den Schuhen und legte sich hin. Ihr war viel zu warm, um die Decke zu nehmen, die ebenfalls bereitlag. Im matten Licht dachte sie an ihr Gespräch mit Arlow. Wenn er doch endlich von hier verschwinden und woanders einen Film drehen würde! Sie legte einen Arm über ihre Augen, um das Licht abzublocken. Erinnerungsfetzen schwirrten durch ihren Kopf, bis sie schließlich einschlief.

Ein schlimmer Traum ließ sie aufschrecken. Ihr Puls raste, ihr Kleid fühlte sich verschwitzt an, und das Haar klebte ihr feucht am Gesicht. Sie setzte sich auf. In ihrem Traum hatte Arlow einen großen, altmodischen Kinderwagen geschoben. Seren hatte hineingespäht, um das Baby zu bewundern, aber statt eines Säuglings hatte sie den schmächtigen, blutverschmierten Körper eines tot geborenen Lammes erblickt.

Seren rieb sich die Augen und griff nach ihrem Handy, um nachzuschauen, wie spät es war. Das Erste, was sie sah, war eine SMS von Oliver.

Alles okay?

Sie legte sich zurück, betrachtete die Deckenverkleidung aus Styropor und überlegte, was sie antworten sollte. Noch vor wenigen Stunden hätte sie Oliver mitgeteilt, was im Park geschehen war, aber jetzt zögerte sie. Arlow war sich ganz sicher gewesen, dass Frankie nicht in Griffs Nähe gekommen war. Oliver zu fragen, ob seine Frau imstande war, ein Kind zu verletzen, erschien absurd. Er sollte nicht denken, dass Seren paranoid war. Also schrieb sie nur:

Bestens, danke. Viel Spaß in Amsterdam!

FRANKIE

Frankie hatte die alten Stoffreste in einem Secondhandshop gekauft. Vermutlich hatten sie einmal jemandem gehört, der in der Nachkriegszeit viel selbst geschneidert hatte. Es gab geblümte, getupfte und gestreifte Stoffe und ein hübsches Stück Baumwolle, das mit einem skizzenhaft gezeichneten Bauernhof bedruckt war. Einige stammten aus späteren Jahrzehnten: rosa und lila Paisley-Muster, große orangerote Mohnblüten, kleine Blümchendrucke, Chintz für Möbelbezüge, Nylon und ein großes Stück senfbrauner Cord.

Frankie saß im Wohnzimmer mitten auf dem Boden, begutachtete ihre Schätze und schnitt die Stoffe in Streifen. Sie wollte sie ihrer Demenzgruppe mitbringen. Vielleicht weckten sie Erinnerungen an Kleider, die diese Menschen einmal getragen hatten, an Sofas, auf denen sie gesessen hatten. Eventuell konnten sie aus den Streifen hübsche Deckchen weben und sie »Erinnerungsmatten« nennen. Sie hatte aus Holzleisten und Schnur einfache Webrahmen angefertigt und etwas alte Spitze und Wolle und sogar Reste von Laken aus gebürsteter Baumwolle gefunden.

Frankie hob ein bedrucktes Stoffstück auf – ein chaotisches geometrisches Muster. Es rief in ihr Erinnerungen an sonnige Morgen wach, wenn sie und ihr Bruder im Zimmer ihrer Eltern die Schlafzimmervorhänge im verrückten Siebzigerjahre-Design zurückgezogen hatten und auf dem Bett herumgesprungen waren, um ihre Eltern zu wecken. Ihre Mutter und ihr Vater taten immer so, als schliefen sie, um dann auf einmal eines der Kinder zu packen und so lange zu kitzeln, bis es vor lauter Lachen keine Luft mehr bekam.

Frankie legte den Stoff beiseite. Dabei fiel ihr ein anderes Stück auf, das daruntergelegen hatte – gelbe Rosen auf weißer Baumwolle. Sofort fühlte sie sich in einen verrauchten Londoner Pub zurückversetzt, wo sie eingequetscht zwischen zwei anderen Kunststudenten saß. Die Jukebox spielte Sam Cooke, und auf ihrer Zunge haftete der Geschmack von Bier und Marlboro Lights. Sie strich ihren Rock glatt, um den altmodischen, mit Rosen bedruckten Stoff des Fünfzigerjahre-Kleides zu bewundern, das sie an diesem Tag auf dem Camden Market gekauft hatte. Sie hatte auch eine Plastikperlenkette gefunden, die sie nun dazu trug, und eine Freundin hatte ihr ein breites goldenes Band geliehen, das sie um ihre frisch gewaschenen Haare gebunden hatte.

»Hübsches Kleid, Francesca«, bemerkte der gut aussehende Bursche, der Bildhauerei studierte, als er sich zu ihr auf die Bank setzte.

Frankie konnte kaum glauben, dass er sie tatsächlich ansprach. Alle Mädchen fuhren auf ihn ab – und auch ein paar Jungs. Es überraschte sie, dass ihm ihr Kleid aufgefallen war, und noch mehr, dass er ihren Namen kannte.

»Du siehst aus wie ein Engel«, fügte er mit seinem weichen Akzent hinzu, bevor er sie fragte, ob sie etwas trinken wolle. Und so fing es an.

»Und so fing es an«, hatte Frankie vor drei Abenden zu Daniel gesagt. Sie hatte versucht, seine Fragen so wahrheitsgetreu wie möglich zu beantworten.

Nachdem sie zugegeben hatte, dass sie verheiratet war, und zwar seit fünfzehn Jahren, wollte er noch einiges mehr wissen: »Wie habt ihr euch kennengelernt? Wo habt ihr gelebt? Wie ist sein Name? Warum hast du ihn verlassen?«

Die Fragen kamen in immer größeren Abständen, als bräuchte Daniel eine Weile, um die Informationen zu verdauen. Eine Frage hatte er ihr beim Frühstück gestellt, eine andere, während er das Abendessen zubereitete, und weitere, als sie vom Metzger kamen oder Flaschen in den Altglascontainer warfen.

Am nächsten Abend kam Daniel mit der Zahnbürste in der Hand ins Schlafzimmer zurück, um zu fragen: »Warum habt ihr keine Kinder bekommen?«

Das war ein harter Brocken. Frankie konnte immer noch den Schmerz spüren, der durch ihren Leib geschossen war, als sie am Fuß der Treppe gelegen hatte. Warmes Blut rann an der Innenseite ihrer Schenkel hinab; Schritte hasteten die Treppe hinunter. »Oh, mein Gott, was ist passiert? Bist du gestolpert?«

»Wir wollten keine«, sagte Frankie.

Die Antwort schien Daniel zufriedenzustellen. Er ging ins Badezimmer zurück, um sich den Mund auszuspülen.

Als er sie nach den Gründen fragte, warum sie ihren Mann verlassen hatte, gab er sich nicht so leicht zufrieden.

»Ich war nicht glücklich. Ich konnte ihn nicht glücklich machen; er war ein schwieriger Mensch.«

Im Geist flehte sie Daniel an, nicht weiterzufragen.

»Hat er dich geschlagen?«, wollte Daniel wissen, als sie mit Dante auf dem Schoß vor dem Kaminfeuer saßen.

Frankie schüttelte den Kopf. »Nein.«

Ein leichter Stoß, ein sanftes Schubsen. Er neigte eher dazu, mit seinem Finger an ihr Ohr zu schnippen, eine Gabel an ihre Kehle zu halten, ein Messer an ihre Brust. »Nein, geschlagen hat er mich nie.«

Frankie starrte in die Flammen. Oder hatte sie sich das Schubsen, die Stöße, das Schnippen, das Messer nur eingebildet? Vielleicht hatte Oliver recht: Sie war eine Spinnerin, eine Märchentante. Die Geschichte ihrer Beziehung hatte sie sich einfach zusammenfantasiert. Sie hatte gehört, wie Oliver es dem Arzt erzählte, hatte gehört, wie die beiden darüber lachten. »Frauen haben so viel Fantasie, nicht wahr?«

Paranoid. Sie hatte das Wort auf ihrem Krankenblatt gesehen. Das war es, was der Psychiater angedeutet hatte, wenn auch in ausgesprochen netter Form. Vielleicht hatte er recht gehabt.

»Alles in Ordnung?« Daniel klang besorgt. Frankie nickte. Er legte einen Arm um ihre Schulter und zog sie an sich.

»Ich liebe dich.« Er küsste sie auf den Scheitel.

Frankie unterdrückte einen Aufschrei. *Du kannst mich nicht lieben! Du weißt nicht, was ich getan habe!*

NESTA

Papiere lagen überall auf dem Fußboden verstreut, die Schreibtischschubladen waren herausgezogen, Aktenordner immer wieder durchsucht worden.

»Wo ist mein verdammter Pass?«, sagte Nesta laut.

Sie hatte zu lange auf dem Boden gekniet, und jetzt taten ihr die Knie weh. Stundenlang hatte sie gesucht; mittlerweile war es draußen dunkel. Um die Urlaubsplanung hatte sich immer Daniel gekümmert. Nesta wollte nach dem Telefon greifen, um ihn anzurufen und zu fragen, wo ihr Pass war, überlegte es sich dann aber anders.

Komm schon, Mädchen, was ist aus deiner Selbstständigkeit geworden?

Außerdem hatte sie Daniel nicht erzählt, dass sie nach Italien wollte. Vielleicht würde er versuchen, Anspruch auf die Tickets zu erheben – schließlich war die Italienreise ein Geschenk für sie beide gewesen.

Sie hatte es nicht einmal Seren gesagt. Seren hatte die Reise nie wieder erwähnt, während Anwen sie auf ihre übliche brüske Weise gefragt hatte, was sie mit den Tickets anfangen wollte.

»Stell sie bei eBay ein, Mum! Allein Urlaub zu machen ist nicht besonders romantisch.«

Das hatte für Nesta den Ausschlag gegeben. Sie würde allein in Urlaub fliegen – und wie kam Anwen dazu, zu behaupten, es würde nicht romantisch werden?

Der einzige Mensch, dem sie es anvertraut hatte, war Ben,

der das vergangene Wochenende bei ihr verbracht hatte. Nesta war entsetzt gewesen, wie müde und verhärmt er aussah.

»Was ist denn mit dir passiert?« Nesta hatte an Bens schlotterndem T-Shirt gezupft, als er zur Tür hereingekommen war. »Bist du beim Waschen eingelaufen?«

Ben schaute auf seinen flachen Bauch hinunter, als sähe er ihn zum ersten Mal. »Suki war eine fantastische Köchin. Seit sie weg ist, habe ich beim Essen keinen großen Aufwand betrieben, fürchte ich.«

»Besteht denn wirklich keine Möglichkeit, das mit euch wieder hinzubiegen?«

Ben schüttelte den Kopf. Er hatte sich einen Bart wachsen lassen, und unter seinen Augen lagen dunkle Ringe. Nesta hätte ihn am liebsten auf den Schoß genommen, wie früher, als er noch ein Kind gewesen war. Stattdessen bot sie ihm Kaffee und Kuchen an.

Als er am Küchentisch saß und das Stück Zitronen-Baiser mit der Kuchengabel lustlos hin und her schob, versuchte Nesta es noch einmal. »Könntest du nicht nach Irland fahren und mit Suki reden?«, fragte sie vorsichtig. »Sie ist so ein nettes Mädchen.«

Ben ließ die Kuchengabel klirrend auf den Teller fallen und setzte sich auf. »Was soll's, Mum?« Er seufzte. »Suki wollte heiraten, Kinder kriegen und den ganzen Kram. Aber wozu das alles, wenn es am Ende ...« Er schien den Satz nicht beenden zu können.

»Wenn es am Ende so ausgeht wie bei deinem Vater und mir?«, fragte Nesta.

Ben zuckte mit den Schultern. »Ja, vielleicht.«

Nesta beugte sich vor und nahm seine Hand. »Du kannst im Leben nicht auf Dinge verzichten, nur weil sie letzten Endes vielleicht nicht funktionieren. Du und Suki seid nicht wie

Daniel und ich. Manche Menschen gehen den ganzen Weg gemeinsam, andere nicht. Was ist falsch daran, einen Versuch zu wagen, wenn du jemanden liebst?«

»Ich dachte, ihr liebt euch auch, du und Dad.«

»Das haben wir auch. Und wir lieben uns immer noch. Zumindest ich liebe ihn – das werde ich immer tun.«

»Ich dachte, ihr seid als Ehepaar eine absolut konstante Größe.«

»Wir haben einige bewegte Zeiten durchgemacht. Erinnerst du dich nicht mehr, wie oft wir gestritten haben, als Anwen und du noch klein wart?«

Ben schüttelte den Kopf. Nesta war insgeheim erleichtert.

»Ich will damit nur sagen, dass du davon nicht deine Zukunft abhängig machen darfst. Alles Mögliche kann passieren. Einer von euch könnte von einem Berg abstürzen wie der arme Tom, lange bevor ihr genug voneinander habt.«

»Apropos, wie geht es Seren?«

Nesta seufzte. »Sie spricht immer noch nicht wirklich mit mir. Sie müsste jeden Moment aus dem Krankenhaus zurückkommen. Heute sind bei Griff die Fäden gezogen worden, und sie haben einen Termin in der orthopädischen Klinik, um zu sehen, wie sein gebrochener Arm verheilt.«

»Armer Griffy! Ich habe ihm ein Tablet mit meinem neuen Spiel mitgebracht. Ich dachte mir, dass er es vermisst, auf Dads Handy zu spielen.«

Nesta drückte seine Hand. »Du wärst ein fantastischer Vater.«

Ben entzog ihr die Hand und wechselte das Thema. »Bleiben wir bei Seren! Hat sie sich damit abgefunden, dass das Haus hier mit allem Drum und Dran verkauft wird?«

Nesta sah ihren Sohn bekümmert an. »Was glaubst du denn?«

Der Bürostuhl drehte sich langsam im Kreis. Nesta, der ein bisschen schwindlig wurde, brachte ihn mit einem Fuß zum Stehen und musterte prüfend das Zimmer. An welchem Platz könnte sich ihr Pass versteckt haben? Vielleicht konnte sie gar nicht verreisen. Vielleicht war das ein Zeichen, dass ihr Plan lachhaft war. Sie betrachtete ihr Gesicht in der dunklen Fensterscheibe und zog eine Grimasse.

Wahrscheinlich erinnert er sich nicht mal mehr an dich.

Sie ließ den Drehstuhl noch einmal kreisen. Als ihr Blick an einem blauen Buchrücken hängen blieb, ging sie zum Regal und zog den Band heraus. Sanft fuhr sie mit einem Finger die vergoldete Inschrift auf dem Titelblatt nach: *The Heavens and Their Story* von Annie S. D. Maunder.

Am Nachmittag ihres dreißigsten Geburtstags hatte er ihr das Buch mit seinen lehmbeschmutzten Händen überreicht. Es war in braunes Packpapier eingeschlagen und mit Gartenschnur umwickelt gewesen.

»Ich habe es im Bücherantiquariat entdeckt«, sagte er. Als Nesta es auspackte, fügte er hinzu: »Da drin steht alles über die Sterne.«

Nesta hatte die schöne Erstausgabe lange Zeit angestarrt, bevor sie sich auf die Zehenspitzen stellte und ihn auf die Wange küsste. Dann war sie ins Haus zu ihren Kindern gelaufen, ohne sich noch einmal umzuschauen.

Zweiunddreißig Jahre später drückte Nesta das Buch fest an ihre Brust. Als sie es losließ, rutschte ein kleiner quadratischer Zettel aus den Seiten, flatterte zu Boden und landete vor ihren Füßen. Nesta bückte sich und hob ihn auf. Er war ein bisschen brüchig an den Kanten, weil er viele Male auf- und zugefaltet und immer wieder gelesen worden war. Aber inzwischen war es Jahre her, seit Nesta ihn zuletzt angeschaut hatte; tatsächlich hatte sie völlig vergessen, wo er war.

Sie lächelte, als sie zu lesen anfing. Der Brief war in ihrer Muttersprache geschrieben, in dieser wundervoll lyrischen Sprache, und ganz so, wie nur ein walisischer Gärtner und Sohn eines italienischen Eisverkäufers schreiben konnte:

Meine liebste Nesta,

ich muss mich für mein plötzliches Verschwinden entschuldigen. Ich wusste nicht, was ich sonst machen sollte. Wie kann ich, der ich Dir so wenig zu bieten habe, die Verantwortung dafür übernehmen, Dir so viel zu nehmen? Ich kann es nicht ertragen, Dich mit einem anderen zu teilen, und doch weiß ich, es wäre unrecht, Dich für mich zu behalten.

Ich liebe Dich. Vergiss das nie! Ich werde in Gedanken immer bei Dir sein. Denk daran, dass wir am Tage zwischen Rosen wandeln, des Nachts unter Sternen.

Leo

Als Nesta aufblickte, sah sie ihren Pass auf dem Fensterbrett liegen. Er musste schon die ganze Zeit dort gewesen sein.

SEREN

Acht Tage lang hatte Oliver sich nicht gemeldet. Seren konnte es kaum noch erwarten, wieder mit ihm zu sprechen; sie musste unbedingt mehr über Frankies Vergangenheit erfahren.

Griffs Unfall hatte verhindert, dass sie Zeit hatte, an ihren Vater und seine Geliebte zu denken. Griff hatte eine Woche lang nicht zur Schule gehen dürfen, und Seren war rund um die Uhr bei ihm gewesen. Sie hatte sogar ein Klappbett in seinem Zimmer aufgestellt, um auch nachts in seiner Nähe zu sein. Mit Argusaugen lauerte sie auf eines der Anzeichen, vor denen man sie im Krankenhaus gewarnt hatte: Schwindel, Desorientiertheit, Taubheit, Sehprobleme, Übelkeit und Erbrechen.

»Hör auf, Mum!«, rief Griff, den Mund voller Schoko-Popcorn-Kekse aus einer Schachtel mit erlesenen Köstlichkeiten, die Trevor vorbeigebracht hatte.

»Womit?«

»Mich dauernd zu fragen, wie es mir geht. Ich will den Film gucken.«

Seren war sich nicht einmal bewusst, dass sie etwas zu ihrem Sohn gesagt hatte, während sie Seite an Seite auf der Couch saßen und eine DVD anschauten. Griff zu fragen, ob alles okay war, war genauso zu einer Gewohnheit geworden, wie ihr Handy zu überprüfen.

Sie drückte ihn fest an sich. »Das mache ich doch bloß, weil ich dich so lieb habe.«

Griff schubste sie mit seinem eingegipsten Arm weg und nahm sich noch einen Keks. »Das weiß ich doch, Mum.«

Bens Besuch war eine weitere Ablenkung gewesen, obwohl Seren kaum Gelegenheit gehabt hatte, mit ihrem Bruder zu sprechen. Er und Griff verbrachten Stunden mit dem neuen Tablet, das er mitgebracht hatte, und verloren sich in Bens neuestem Fantasiereich, um Kobolde zu erschlagen und zu vermeiden, von schleimigen Menschenfressern verschlungen zu werden.

»Bist du sicher, dass das Spiel seiner Altersgruppe entspricht?«, fragte Seren ihren Bruder.

»Dein Sohn ist hin und weg«, sagte er und beugte sich über Griff, der gerade triumphierende Laute von sich gab: Soeben hatte ein Kobold sein Leben verloren, und das Blut spritzte nur so aus dem abgeschlagenen Kopf.

»Ist es für einen Neunjährigen nicht ziemlich blutrünstig?«

»Reg dich ab, Schwesterherz!«, murmelte Ben.

»Ja, reg dich ab, Mum!«, echote Griff.

Seren seufzte und lehnte sich an die Terrassentür. Es war heiß, und es wurde von Tag zu Tag wärmer. Sie beobachtete eines von Nestas Hühnern, das zu ihr herübergewandert war; es pickte Unkraut zwischen den Steinplatten und plusterte sich auf, als missbilligte es diese schändliche Vernachlässigung der Terrasse.

Serens Blick schweifte zu Nestas Blumenbeeten, die jetzt ein wahres Farbenmeer bildeten. Aber alles, was Seren wirklich wahrnahm, war das *Zu verkaufen*-Schild, das sein hässliches Haupt aus der Pflanzenpracht neben der Mühle emporreckte.

Auf was werde ich wohl im nächsten Jahr blicken?, fragte Seren sich. Wahrscheinlich auf einen hohen Zaun als Schutz vor den neuen Nachbarn. Griff und sie würden mit Ohrstöpseln schlafen, um nicht die laute Musik, das Brummen von Rasenmähern und Kettensägen und das morgendliche Aufheulen von Automotoren zu hören. Fremde Kinder würden dauernd ihre frechen Rotznasen über den Zaun stecken und versuchen hinüberzuklettern, um mit Griffs Spielzeug zu spielen. Jeden Abend würde der Geruch von frittierten Speisen und Gegrilltem zur Scheune herüberwehen. Die Partys der neuen Nachbarn würden das ganze Wochenende dauern, und wahrscheinlich richteten sie auf Nestas weitläufigem Rasen einen Wohnwagenpark ein. Seren trat mit dem Fuß nach einem Löwenzahn. Wer auch immer dort drüben einziehen mochte – die Leute würden Seren genauso unwillkommen sein wie das Unkraut in ihrem Garten, das zu vernichten sie anscheinend nicht mehr die Kraft aufbrachte.

Ihrem Vater schien es nichts auszumachen, dass Frankie ihm ihre Ehe verheimlicht hatte. Im Gegenteil, er war offenbar entschlossener denn je, die Windmühle zu verkaufen und mit Frankie ein neues Leben anzufangen. Drei potenzielle Käufer waren schon vom Makler herumgeführt worden, vielleicht auch mehr. Seren hatte den Verdacht, dass Nesta ihr gegenüber nicht alle Besichtigungen erwähnte.

Ihr fiel auf, dass sie in den letzten zehn Minuten nicht auf ihr Handy geschaut hatte. Als sie es aus der Tasche nahm, zog sie scharf den Atem ein: Auf dem Display stand Olivers Name. Endlich!

Ben und Griff drehten sich zu ihr um. »Alles in Ordnung, Schwesterchen?«, fragte Ben. »Du spielst doch nicht etwa auf deinem Handy Spiele, die nicht deiner Altersgruppe entsprechen?«

Seren lachte. »Alles bestens, danke. Ich gehe uns schnell aus der Küche was Kaltes zu trinken holen.«

»Für mich ein Bier«, rief Ben ihr nach.

»Für mich auch!«, meinte Griff.

»Okay«, erwiderte Seren gedankenlos.

In der Küche setzte sie sich auf einen Stuhl und las Olivers Nachricht.

Hi, wie geht's? Wollen wir uns Dienstag treffen? Ich habe in der Nähe von Guildford eine Besprechung wegen des Aufbaus einer Skulptur. Das liegt an eurer Bahnlinie. Ich könnte dich in Guildford vom Bahnhof abholen. 12:30?

Seren las die Nachricht sechs Mal.

Sie dachte an Griff. Montag ging er zum ersten Mal wieder zur Schule. Angenommen, er brauchte am Dienstag eine Ruhepause? Angenommen, ihm wurde übel und jemand musste ihn von der Schule abholen? Angenommen, er hatte ein Blutgerinnsel oder einen Schädelbruch, der übersehen worden war, und brach zusammen? Seren war sehr nervös gewesen, als der Arzt gemeint hatte, ein Computerscan wäre nicht nötig. Was, wenn Griff einen Hirnschlag erlitt, einen Herzanfall?

Reg dich ab, Mum!, dachte sie und tippte rasch ihre Antwort.

Klingt toll. Wir sehen uns Dienstag am Bahnhof.

FRANKIE

Frankie starrte die leere weiße Fläche an. Der Pinsel in ihrer Hand schwebte darüber, weigerte sich aber, ein Zeichen zu hinterlassen. Sie wandte sich ab und ging in die Küche, um den Kessel aufzusetzen. Wie lächerlich, sich einzureden, sie bräuchte nur ein paar Farben aus der Tube zu quetschen, um wieder malen zu können!

Sie lehnte sich ans Spülbecken und wartete darauf, dass das Wasser kochte. Daniel würde enttäuscht sein. Er war am Vorabend mit einer Auswahl von Pinseln und Ölfarben sowie einer Staffelei und Leinwänden in unterschiedlichen Größen nach Hause gekommen.

»Wäre es nicht an der Zeit, wieder damit anzufangen?«, hatte er gefragt.

Am Wochenende hatte sie ihm im Internet Bilder von früheren Ausstellungen gezeigt. Es war ein Teil ihrer Bemühungen, in Bezug auf ihre Vergangenheit ihm gegenüber ehrlicher zu sein. Außerdem hatte sie ihm bei Amazon das Kinderbuch gezeigt, das sie illustriert hatte.

»Das sind brillante Zeichnungen«, hatte er nach einem Blick auf den Bildschirm festgestellt. »Hast du kein Exemplar davon?«

Sie schüttelte den Kopf; das Buch war zu schwer gewesen. Alles, was sie mitgenommen hatte, musste in eine kleine Reisetasche passen, die sie mit einer Hand tragen konnte: ein paar Kleidungsstücke, Waschzeug, Kosmetika, ein bisschen Schmuck, den sie zu verkaufen hoffte, das eine Bild, das jetzt auf dem Kaminsims stand, und die Unterlagen zu einem kleinen Treuhandfonds, den sie nach dem Tod ihrer Eltern geerbt hatte. Sie hatte wertvolle Zeit mit der Suche nach dem Familienfoto verschwendet, es aber nirgendwo finden können. Dasselbe galt für Rossetti. Immer wieder hatte sie in die feuchte Nacht hinausgerufen, aber er ließ sich nicht blicken. Schließlich war es nur Dante, der mitkam, zusammengekauert in seinem Katzenkorb, den sie möglichst ruhig in ihrer anderen Hand hielt.

Daniel kam zur Vordertür hereingestürmt.

»Hallo!« Wie fröhlich er klang! »Ich habe mir selbst erlaubt, heute früher heimzugehen, um allmählich den Übergang zum Ruhestand einzuleiten. Das ist jedenfalls meine Ausrede.«

Frankie hatte gewusst, dass er zuerst ins Wohnzimmer gehen würde. »Na, das ist immerhin ein Anfang.« Lachend kam er zu ihr in die Küche.

»Ich dachte, du ärgerst dich, weil ich kein Meisterwerk geschaffen habe.« Frankie reichte ihm eine Tasse Tee.

»Die Leinwand steht bereit, auf der Palette sind Farben. Eins nach dem anderen, Schatz, eins nach dem anderen.« Er stellte seine Tasse ab und nahm Frankie in die Arme. Sie schmiegte sich an seine Brust und hatte zum ersten Mal seit Griffs Unfall das Gefühl, alles könnte wieder gut werden.

»Ach ja, fast hätte ich's vergessen.« Daniel ließ sie los und langte in die Brusttasche seiner Leinenjacke. »Dieser Brief ist heute im Büro gelandet. Er ist an dich adressiert und persönlich abgeliefert worden, obwohl Odette sagt, dass sie nichts davon mitbekommen hat – ein bisschen mysteriös, das Ganze.«

Frankie nahm den schmalen cremefarbenen Umschlag aus seiner Hand und betrachtete die Adresse. Sie war auf einer altmodischen Schreibmaschine getippt worden.

»Maschinengetippte Buchstaben habe ich seit einer Ewigkeit nicht mehr gesehen«, meinte Daniel.

Frankie öffnete den Briefumschlag mit dem Daumen. Zuerst dachte sie, der Umschlag wäre leer, aber dann entdeckte sie ganz unten einen schmalen Streifen Papier. Sie zog ihn heraus.

Es war nur eine einzige Zeile, klein geschriebene Buchstaben, die gleiche Schrift wie die Adresse, aber in Rot:

du solltest dich schämen

In Frankies Kehle stieg Übelkeit auf, und sie musste schlucken. Sie versuchte, den Zettel vor Daniel zu verstecken, indem sie ihn in der Faust zusammenknüllte, aber er hatte ihren Gesichtsausdruck gesehen. Sanft nahm er ihr die kleine Papierkugel aus der Hand und faltete sie auseinander.

»Wer, glaubst du, hat das geschrieben?«, fragte er, nachdem er die Worte gelesen hatte.

Sie schüttelte den Kopf. Seren, Nesta – irgendeine gemeine Klatschtante aus der Stadt? Oder ...?

Frankie konnte es nicht einmal ertragen, seinen Namen im Geist auszusprechen.

NESTA

Wärme umhüllte sie tröstlich wie eine Decke oder eine liebevolle Umarmung. Nesta hatte nie viel für Sonnenbaden übriggehabt, sondern es immer vorgezogen, im Garten zu arbeiten, statt faul herumzuliegen. Aber heute war es so heiß, dass sie nach dem Mittagessen dem Drang nachgab, sich auf einer Liege auszustrecken. Sie schob sich ein Kissen hinter den Kopf, zog ihren Rock hoch, streckte die langen Beine aus und bot ihr Gesicht der Sonne dar.

Diese für sie untypische Trägheit rechtfertigte sie vor sich selbst mit der Begründung, dass sie sich für Italien ein bisschen Bräune zulegen musste, wenn sie nicht sofort als Touristin erkannt und überall überhöhte Preise zahlen wollte.

Während sie sich geistig und körperlich entspannte, dachte Nesta daran, wie gut das weiße Leinenhemd, das sie am Vortag gekauft hatte, ihre gebräunten Arme betonen würde. Ob sie noch mehr neue Sachen brauchte? Sie hatte bereits einen Termin bei ihrem Friseur ausgemacht, um sich die Haare schneiden und tönen zu lassen, nur ein paar Strähnchen, um das Grau zu mildern. Und die Kosmetikerin an der Hauptstraße hatte ein Sommersonderangebot für Gesichtsbehandlung und Maniküre. Es wäre ein Jammer, diese günstige Gelegenheit nicht zu nutzen, auch wenn sie sich bisher weder das eine noch das andere je gegönnt hatte.

Nesta war froh, dass sie bei Daniels Abschiedsfeier nicht da sein würde. Seren und sie hatten schon vor einem halben Jahr angefangen, heimlich Pläne für den Tag zu schmieden, an dem

Daniel offiziell in den Ruhestand ging. Sie hatten daran gedacht, auf dem Rasen der Mühle ein Zelt aufzustellen und eine Jazzband zu engagieren, die sämtliche Lieblingsnummern von Daniel spielen sollte. Nesta wäre jetzt schon seit einigen Wochen damit beschäftigt, die Speisenfolge zusammenzustellen, Wein und Lampions zu bestellen und die Jungs von Tremond zu beauftragen, Macarons und Baisers zu backen. Auch Seren wäre mit Vollgas dabei, im Geist Blumenarrangements für die Tischdekoration zusammenzustellen, und würde vermutlich noch einen Kuchen beisteuern.

Nesta hatte von den Jungs von Tremond erfahren, dass die Party nach wie vor stattfinden würde – wenn auch in kleinerem Rahmen –, und zwar am Freitagabend der nächsten Woche, dem Tag, an dem Nesta abreisen wollte. Es sollte nur ein schlichtes Abendessen im Hotel für Daniels Angestellte und seine Freunde und Bekannten werden. Seren war eingeladen, hatte aber abgesagt. Ben hatte eine Einladung erhalten, sich jedoch damit entschuldigt, dass er zu viel zu tun hätte. Auch die Jungs von Tremond waren eingeladen, waren aber noch unschlüssig, ob sie sie annehmen sollten.

»Du weißt doch, wie loyal wir dir gegenüber sind, Nesta.«

»Mich stört es nicht. Warum auf die Chance verzichten, auf Daniels Kosten eine gute Mahlzeit zu bekommen? Bestellt den Hummer und denkt an mich!«

Trevor und Edmond wechselten einen Blick und zogen die Augenbrauen hoch.

»Meine Güte, sie kennt kein Erbarmen«, hauchte Edmond.

»Wie Bette Davis in Hochform«, stellte Trevor bewundernd fest.

Nesta würde weit weg sein. Wenn das Fest begann, würde sie es sich schon in ihrem Hotelzimmer in Rom gemütlich gemacht haben, Landkarten und Reiseführer studieren und sich mit der Route von Rom nach Casperia vertraut machen. Sie wusste bereits, dass sie einen Zug von Terni nehmen, dann nach Rieti umsteigen und von dort mit dem Bus weiterfahren musste. Was ihr jetzt noch Sorgen bereitete, war die Frage, ob es am Zielort ein Taxi geben würde. Sie hatte keine Lust, zu Fuß zu gehen und völlig verschwitzt und außer Atem bei Leo einzutreffen. Welchen Sinn hätten dann die Strähnchen, die Gesichtsbehandlung und die Maniküre?

Nesta fragte sich zum hundertsten Mal, ob sie ihr Kommen ankündigen sollte. Was, wenn er an diesem Tag unterwegs war oder selbst Urlaub machte? Mit einer dunkeläugigen Italienerin in der Hängematte lag? In dem alten Zeitungsartikel stand, er sei Witwer; vielleicht hatte er inzwischen wieder geheiratet.

Sie musste eingedöst sein, denn auf einmal war sie dort, in Italien, und kämpfte sich keuchend einen staubigen Weg zu einem prachtvollen Garten hinauf. Sie konnte Leo sehen, eng umschlungen mit einer jungen Sophia Loren, die eine Carmen-Bluse und eine rote Geranie im Haar trug. Sophia stand auf und starrte Nesta misstrauisch an, die Brüste wie Geschosse vorgereckt, die Hände herausfordernd in die Hüften gestemmt. Die Hitze war lähmend, und der Weg schien eine Art Fließband zu sein, das rückwärtslief, denn sosehr Nesta sich auch anstrengte, sie kam einfach nicht an Leo heran. Er lag mit dem Rücken zu ihr, und alles, was sie sehen konnte, war sein Haar, das in der Sonne wie Kupfer schimmerte. Sie rief nach ihm, doch als er sich umdrehte, war es nicht Leo, sondern Daniel, der sie anschaute.

Nesta wachte auf. Ihr Kopf fühlte sich schwer und benommen an; der Traum schien viel zu real gewesen zu sein. Fast erwartete sie, dass Sophia Loren um die Ecke bog und ein rothaariger Daniel auftauchte.

Nesta rieb sich die pochenden Schläfen. Sie hatte zu lange in der Sonne gelegen. Ein Blick auf die Uhr verriet ihr, dass es bald Zeit war, Griff von der Schule abzuholen. Wenigstens diese Pflicht hatte Seren ihr anvertraut, wenn auch mit der strengen Auflage, ihn sofort nach Hause zu bringen: keine Ausflüge in den Park, keine Treffen mit Daniel. Nesta hatte sich wie eine Achtjährige gefühlt, als Seren ihre Direktiven ausgab.

Wo mochte Seren jetzt sein? Sie hatte nur auf ihre neue beiläufige Art verkündet, dass sie sich mit jemandem treffen wollte.

Am Vortag hatte Nesta angeboten, Seren im Geschäft zu helfen, und ihre Tochter hatte widerwillig nachgegeben. Sie hatten Blumen für eine Geburtstagsfeier zusammengestellt und dafür sechzehn altmodische Teebecher mit Lavendel und Rosen gefüllt. Ein süßer Duft umgab sie bei ihrer Arbeit, und Nesta konnte spüren, wie Seren allmählich auftaute.

Sie waren gerade fertig geworden, als Seren ihre Schere hinlegte. »In der neuen Boutique ist Ausverkauf. Gehen wir hin?«

»Bis wir schließen, ist der Laden zu«, meinte Nesta, während sie die Becher behutsam in eine Plastikkiste stellte.

»Dann gehen wir eben gleich. Wir können ruhig zwanzig Minuten früher schließen. Es ist so heiß, dass kaum noch viele Leute kommen dürften.«

Nesta war überrascht gewesen, aber auch erfreut, weil Seren sie gebeten hatte, sie zu begleiten, und als sie in der Boutique das Leinenhemd zum halben Preis entdeckte, war sie begeistert. Seren schien die Absicht zu haben, alles anzuprobieren, was es gab, und erstand schließlich ein komplettes neues Outfit. Nesta wagte nicht, nach dem Grund für diesen Kaufrausch zu fragen.

An diesem Morgen hatte Nesta ihrer Tochter vom Balkon

der Mühle aus nachgeschaut, als sie gegangen war: Das Haar offen und golden schimmernd, ein hübscher geblümter Rock, eine bestickte Bluse, mit bunten Perlen verzierte Flipflops, die laut Verkäuferin wie gemalt zu dem Rock passten.

Als Serens grüner Van davonbrauste, war einen Moment lang Arlow durch Nestas Kopf gespukt, aber dann fiel ihr ein, dass er eine Ehefrau hatte. Und Seren war viel zu vernünftig, um sich mit einem verheirateten Mann einzulassen, das wusste sie.

SEREN

Die Schwäne glitten Seite an Seite an ihnen vorbei.

»Hast du gewusst, dass sie ein Leben lang zusammenbleiben?«, fragte Oliver.

Seren nickte, nahm einen Schluck von ihrer Weinschorle und beobachtete, wie die Vögel hinter der Biegung des Flusses verschwanden. Als sie die Beine ausstreckte, glitzerten ihre neuen Flipflops in der Mittagssonne.

Oliver lächelte sie an. »Sehr hübsch«, sagte er.

Seren war nervös gewesen, als sie vor einer Stunde auf dem belebten Parkplatz am Bahnhof nach Oliver Ausschau gehalten hatte. Dann hatte sie ihn entdeckt. Er winkte ihr aus einem Austin-Healey-Cabrio zu, das geradezu absurd extravagant und ausgefallen wirkte. Auch Oliver selbst, der ein weißes Hemd, eine gut geschnittene Jeans und eine Sonnenbrille trug, fiel auf, und als Seren auf ihn zuging, fragte sie sich erneut, was Frankie bewogen haben mochte, diesen Mann zu verlassen.

»Diesen Luxusschlitten stellst du in Brixton auf der Straße ab?«, fragte sie, während sie die roten Ledersitze und die blitzenden Chromteile bewunderte.

Oliver öffnete die Beifahrertür. »Nein, ein Freund von mir hat einen Autoverleih für klassische Oldtimer. Heute hatte ich die Wahl zwischen diesem hier und einem Morris Minor. Ich fand, der hier passt ein bisschen besser zu Guildford.«

Oliver fuhr aus der Stadt hinaus. Als sie über die Landstraße glitten, genoss Seren den Wind in ihrem Haar, das weiche Leder an ihren Beinen und das sanfte Brummen des Motors.

Sie setzte die Sonnenbrille auf und fühlte sich auf einmal selbst ziemlich glamourös.

Auch der Pub war perfekt, und als Seren auf der Terrasse am Flussufer saß, dachte sie bei sich, dass es an einem so herrlichen Tag wohl kaum einen schöneren Ort geben konnte.

»Wie ist dein Drink?«, erkundigte Oliver sich.

»Dünn.« Seren lächelte. »Diesmal will ich nicht zu viel trinken.«

»Mir macht es nichts aus.« Oliver grinste sie über sein Bierglas hinweg an. »Du warst auf eine beschwingte Art eine sehr angenehme Gesellschaft.«

»Danke.« Seren lachte. »Auch wenn ich mir nicht sicher bin, ob das ein Kompliment sein soll.«

»Ich habe dir etwas mitgebracht.« Oliver griff in seine Brusttasche. »Das habe ich auf einem Antiquitätenmarkt in Amsterdam gefunden.« Er zog eine kleine quadratische Schachtel hervor und schob sie über den Tisch.

Seren hob sie auf. Sie war ganz leicht. Dann öffnete sie den Deckel. Auf weißem Seidenpapier lag ein winziger silberner Anhänger. Seren hielt ihn hoch und stellte fest, dass es eine Biene mit ausgebreiteten Flügeln war.

»Eine Biene«, sagte Oliver. »Mit B wie Beatrix.«

Seren konnte ein Lächeln nicht unterdrücken. »Danke.«

»Du trägst dein Armband heute gar nicht.«

Seren schaute auf ihren nackten Arm. »Nein, irgendwie schien es dafür zu heiß zu sein.«

»Zu heiß für etwas so Schönes?«, fragte Oliver.

Seren fühlte, wie ihr unerklärlicherweise Hitze in die Wangen stieg.

»Wie war es in Amsterdam?«, erkundigte sie sich.

»Gut.«

Sie schwiegen einen Moment, wobei Seren sich fragte, ob

Oliver sein lakonisches »gut« weiter ausführen würde. Sie nahm die kleine Biene zwischen Daumen und Zeigefinger und beobachtete, wie sich das Sonnenlicht an der zarten Silberarbeit brach.

»Ich wusste, dass sie dir gefallen würde«, sagte Oliver.

Seren schloss die Hand um die Biene. »Erzähl mir von der Skulptur, für die du hier einen Auftrag bekommen hast.«

Oliver zückte sein Handy und zeigte ihr einige Fotos von einer aus Lehm modellierten aufrecht stehenden Figur, die das Gesicht nach oben gewandt und die Flügel weit ausgebreitet hatte. »Sie soll oben auf einem Hügel stehen. Eine Art Engel des Südostens.«

»Sieht fabelhaft aus.«

»Du musst sie dir zehnmal größer und in Bronze vorstellen.«

Seren riss die Augen auf.

»Ich hoffe, mir damit einen Namen zu machen«, fuhr Oliver fort.

»Ich dachte, den hast du schon.«

Oliver lehnte sich zurück und blickte in den Himmel. »Aber ich will einen größeren Namen, so groß wie Henry Moore, Jacob Epstein ...« Wie seine Lehmfigur breitete er beide Arme aus. »Auguste Rodin!«

»Wow!«, sagte Seren.

Oliver ließ die Arme sinken und lachte. »Ich mache bloß Spaß. Das sind Genies.«

»Und du bist keins?«

Oliver schüttelte den Kopf. »Leider. Verglichen mit ihnen, bin ich ein Amateur.«

»Aber ich finde deine Arbeiten fantastisch!«, erwiderte Seren. »Du hast wirklich Talent.«

Oliver lächelte sie an. »Das hat meine Mutter über die Bilder, die ich in der Grundschule aus dem Zeichenunterricht mitgebracht habe, auch immer gesagt.«

»Sie muss sehr stolz auf dich sein.«

Oliver blickte auf seine Hände. »Ich stelle mir gern vor, dass sie tatsächlich stolz auf mich wäre.«

Seren biss sich auf die Lippe. »Tut mir leid. Wie alt warst du, als sie starb?«

»Sie ist nicht gestorben. Sie ist einen Tag nach meinem elften Geburtstag verschwunden, zur selben Zeit, als unser Nachbar sich davonmachte und seine Frau und fünf Kinder sitzen ließ. Ich habe sie nie wiedergesehen.«

»Oh, Oliver, das muss furchtbar für dich gewesen sein!«

Oliver zuckte mit den Schultern. »Mein Dad hat mir nicht mal erlaubt, ihren Namen zu nennen. Ich weiß nicht, was aus ihr geworden ist. Mein Vater starb, als ich Mitte zwanzig war. Keine Ahnung, ob er wusste, wo meine Mutter sich aufhielt. Als es mit ihm zu Ende ging, konnte er es mir nicht mehr sagen, nicht einmal, wenn er es gewollt hätte. Der Krebs hat seine Kehle zerfressen, bevor er ihn umbrachte.«

»Dein armer Vater!«

Olivers Gesicht war wie versteinert. »Er war ein Schwächling. Er hätte meine Mutter daran hindern müssen, uns zu verlassen. Er hätte es kommen sehen und sich behaupten müssen. Stattdessen hat er sich von ihr zerstören lassen.«

»Es muss schlimme Erinnerungen geweckt haben, als Frankie verschwunden ist.«

Oliver wandte den Blick ab, und Seren wünschte, sie könnte den letzten Satz zurücknehmen. Nervös drehte sie den Stiel ihres Glases zwischen den Fingern. »Tut mir leid, das war ziemlich unsensibel«, murmelte sie.

Die Kellnerin brachte ihr Essen, und Oliver lächelte plötzlich wieder. Er rieb sich die Hände.

»Sandwiches! Genau das, was wir brauchen.«

Diesmal hatten sie beschlossen, jeder für sich selbst etwas von der umfangreichen Speisekarte auszuwählen, und fanden es sehr lustig, als sie beide dasselbe bestellten: ein Räucherlachs-Sandwich.

Nach dem Essen tranken sie Kaffee. Oliver erwähnte seine Eltern nicht mehr, aber sie sprachen über Trauer und Verlust und darüber, wie es war, sein Leben nicht mehr mit dem Menschen zu verbringen, mit dem man für immer hatte zusammen sein wollen.

»Die Tage kommen einem manchmal schrecklich lang vor«, seufzte Seren. »Sogar ganz alltägliche Hausarbeiten, zum Beispiel das Bett frisch zu beziehen, können Erinnerungen wecken, die mich zum Weinen bringen.«

»Ich glaube, ich habe meine Arbeit benutzt, um den Schmerz abzublocken.« Oliver starrte in seine Tasse und rührte den Inhalt geistesabwesend mit dem Löffel um. »Am Anfang konnte ich kaum schlafen. Ich habe ganze Nächte in meinem Atelier verbracht, um nicht ständig daran zu denken, wie sehr Francesca mir fehlt, und meinen Schmerz an Kalksteinblöcken ausgetobt.« Seren streckte die Hand aus und war drauf und dran, seinen Arm zu berühren. »Nicht zu wissen, wo Francesca war, war am schlimmsten. Ich hatte keine Ahnung, ob es ihr gut ging, ob sie glücklich war. Ob sie überhaupt noch am Leben war. Ich bin vor Sorge fast durchgedreht.« Oliver sah Seren an. »Jetzt weiß ich wenigstens, wo sie ist.« Dann lächelte er und richtete sich auf. »Genug von diesen traurigen Geschichten! Mal sehen, was uns aufmuntern könnte.«

Seren musste über seinen unerwarteten Stimmungswechsel lachen. »Okay.«

»Würdest du gern mal eine meiner Arbeiten an Ort und Stelle sehen?«

»Sehr gern sogar.«

Oliver griff nach seinem Handy. »Ich muss schnell den Termin nachschauen. Es geht um das Stück, das du bei mir im Atelier gesehen hast, den Engel mit den ausgestreckten Armen.«

»Für den Multimillionär mit der gewaltigen Eingangshalle?«

»Genau«, antwortete Oliver. »Der Typ gibt nächsten Mittwoch einen Empfang, um bei all seinen Bekannten aus der Branche mit seiner neuesten Errungenschaft Eindruck zu schinden. Ich bin auch eingeladen. Möchtest du vielleicht als meine Begleitung mitkommen?«

Seren zögerte. »Darüber muss ich noch nachdenken.«

»Wir könnten zusammen nach Stars Ausschau halten – angeblich kommt George Michael.«

»Sosehr ich George Michael auch liebe, ich müsste rechtzeitig zu Hause sein, um Griff Gute Nacht zu sagen.«

»Der Empfang beginnt um sechs, aber ich dachte, wir könnten hinterher essen gehen.«

Seren hatte es seit Toms Tod nicht ein einziges Mal versäumt, Griff zu Bett zu bringen.

»Keine Sorge«, sagte Oliver schnell. »Mir ist klar, dass der Junge dich braucht. Es muss schlimm sein, in seinem Alter den Vater zu verlieren.«

Seren nippte an ihrem Kaffee. »Tatsächlich hat es Griff seit unserem letzten Treffen nicht leicht gehabt. Er hatte einen Unfall.«

»Wirklich?« Oliver wirkte aufrichtig besorgt.

Seren holte tief Luft und erzählte, was im Park passiert war.

Als sie fertig war, schwieg Oliver. Er schien etwas sagen zu wollen, ließ es dann jedoch.

»Das klingt jetzt schrecklich«, fügte Seren hinzu. »Aber ich frage mich immer wieder, ob Frankie, ich meine Francesca, ihn gestoßen haben könnte. Du hast gesagt, dass sie gewalttätig sein kann, und ich dachte, vielleicht wollte sie Griff irgendwie wehtun.«

»Nein!«, rief Oliver. Ein paar Leute drehten sich um, und er senkte die Stimme. »Nein, so etwas würde Francesca nie tun – nicht bei einem Kind. Das ist einfach undenkbar.«

»Ich weiß, ich weiß.« Seren wünschte, sie hätte es nicht erwähnt. »Jemand anderes, der im Park war, hat gesehen, wie Griff fiel, und mir versichert, dass Frankie nicht einmal in seiner Nähe war. Ich habe dir ja gesagt, dass es schrecklich ist, so etwas auch nur zu denken. Aber nach allem, was du mir über Frankies seelische Verfassung erzählt hast, war ich mir nicht sicher, wozu sie imstande ist.«

»Du hättest mir sagen sollen, was passiert ist, anrufen oder eine SMS schreiben.«

Seren schüttelte den Kopf. »Ich weiß selbst nicht, warum ich das nicht gemacht habe. Jetzt habe ich ein schlechtes Gewissen, weil ich geglaubt habe, Frankie könnte ihn geschubst haben.«

Oliver beugte sich vor. »Ich hätte dir gleich sagen können, dass Francesca einem Kind niemals etwas antun würde. Sie liebt Kinder. Früher habe ich mir oft gedacht, dass sie selbst wie ein Kind ist. Sie ist sehr verletzlich und braucht jemanden, der sich um sie kümmert.«

»Aber du hast mir erzählt, dass sie gewalttätig war.«

»Ja, das war sie. Sie konnte Wutanfälle bekommen wie ein kleines Kind in der Trotzphase. Sie hat versucht, mir wehzutun, doch ich glaube nicht, dass sie einem anderen Schmerzen zufügen würde, schon gar nicht einem Kind.«

»Und einem Menschen, mit dem sie eine Beziehung hat?«

Oliver schwieg.

»Glaubst du, sie könnte meinem Vater gegenüber aggressiv werden?«

Oliver schüttelte den Kopf. »Wahrscheinlich lag es nur an der Wirkung, die ich auf sie hatte. Vielleicht waren wir keine gute Kombination. Wir standen als Künstler ganz am Anfang, hatten kaum Geld und hausten in einer kleinen Wohnung unter dem Dach. Ich glaube, sie wünschte sich ein bisschen mehr Luxus, ein Haus, Urlaube, ein schickes Auto, einen angenehmen Lebensstil. Sie hatte eine idyllische Kindheit, und was ich ihr bieten konnte, war weit davon entfernt. Sie hatte ein bisschen Geld geerbt, und wenn es ihr gut genug ging, malte sie. Ich schuftete Tag und Nacht, um mir einen Namen zu machen, Aufträge zu bekommen, meine Arbeiten zu verkaufen. Wir hatten nicht viel, aber ich war zufrieden mit unserem Leben. Sie nicht.« Sein Mund verzog sich zu einem bitteren Lächeln. »Jetzt sieht es anders aus. Ich verdiene Geld, haufenweise Geld. Doch es ist zu spät, Francesca ist weg.«

»Und sie hat einen Mann gefunden, der ihr ihrer Meinung nach die materiellen Annehmlichkeiten bieten kann, nach denen sie sich sehnt?«

Oliver nickte.

»Kein Wunder, dass mein Vater so erpicht darauf ist, die Mühle an den Mann zu bringen und Frankie ein schönes Haus zu kaufen. Bestimmt setzt sie ihm zu, das Geld aufzutreiben.«

Oliver zuckte mit den Schultern. »Kann sein.«

»Warum habt ihr keine Kinder?«, fragte Seren ruhig. »Weil ihr es euch nicht leisten konntet?«

»Nein. Wir haben es eine Weile versucht, aber als Francesca schließlich schwanger wurde, erlitt sie eine Fehlgeburt.«

»Das muss tragisch für euch gewesen sein«, sagte Seren.

»Es hat jedenfalls nicht dazu beigetragen, Francescas seelische Verfassung zu verbessern. Genau genommen hat die

Sache sie völlig aus dem Gleichgewicht gebracht. Deshalb musste sie eingewiesen werden.«

»Eingewiesen?«

»In die Psychiatrie – zu ihrer eigenen Sicherheit.« Oliver machte eine Pause. »Und zu meiner.«

Seren schnappte nach Luft. Es hatte ihr buchstäblich die Sprache verschlagen.

Oliver hielt noch immer ihre Hand. »He.« Er sah sie eindringlich an. »Ist schon gut. Das bedeutet nicht, dass sie verrückt ist. Es war einfach eine sehr schlimme Phase in ihrem Leben.«

Seren dachte an die Zeit nach ihrem Aufenthalt in Wales, als sie sich monatelang in ihrem Zimmer eingesperrt hatte. Damals hatte sie gefürchtet, den Verstand zu verlieren. Vielleicht war sie tatsächlich verrückt geworden. Ganze Tage waren in einem schwarzen Loch tiefer Verzweiflung versunken. Aber sie hatte nie einen anderen Menschen verletzt.

»Ich weiß, wie schwer es für dich ist«, fuhr Oliver fort. »Du bist aufgebracht wegen deiner Mutter, deinem Elternhaus, deinem Sohn. Doch vielleicht geht ja alles gut aus. Vielleicht gibt das Leben als Single deiner Mutter neuen Antrieb, möglicherweise bekommst du unheimlich nette neue Nachbarn, und vielleicht werden Francesca und dein Dad glücklich miteinander – ich wünsche es ihnen wirklich.«

»Du bist reichlich optimistisch«, meinte Seren. »Und großzügig, wenn du Frankie wünschst, glücklich zu werden.«

»Ich habe in Amsterdam viel nachgedacht und nun, da ich weiß, dass es ihr gut geht, meine Gefühle für Francesca analysiert. Dabei bin ich zu der Erkenntnis gekommen, dass sie nicht mehr mir gehört. Ich muss loslassen.«

»Das klingt positiv.« Seren hob den Blick und sah ihm in die Augen.

»Es ist Zeit, mich weiterzubewegen. Vielleicht wäre ich mit jemand anderem glücklicher.«

»Ja, vielleicht«, sagte Seren leise. Sie hatte das Gefühl, in einer Art Seifenblase zu sitzen; die Geräusche vom Pub und vom Fluss waren verstummt; die Hitze, die Sonne, das glitzernde Wasser, alles schien in den Hintergrund gerückt zu sein.

»Und vielleicht bist auch du bereit für eine neue Beziehung«, fügte Oliver hinzu.

Serens Mund wurde trocken. Sie griff nach ihrem Glas, aber es war leer. »Vielleicht.«

Ein Geräusch ließ sie zusammenfahren. Olivers Handy klingelte. Er nahm das Gespräch an. »Okay. Ich bin in einer halben Stunde da.« Er legte das Telefon weg. »Tut mir leid, Seren! Ich hatte einen Termin um fünf Uhr, aber er ist auf drei vorverlegt worden. Ich muss gleich los, sonst verpasse ich die Chance, alles zu besprechen, bevor mein Entwurf dem Kunstausschuss vorgelegt wird.« Oliver suchte nach seiner Brieftasche, um die Rechnung zu bezahlen. »Du musst wahrscheinlich sowieso wieder nach Hause zu Griff. Mir scheint, er braucht seine Mum zurzeit mehr denn je.«

Die Seifenblase war zerplatzt; ringsum schien alles wieder zu laut und zu grell zu sein. Drei Männer am Nebentisch lachten schallend über einen Witz, den ihnen die Kellnerin erzählte. Und Seren fiel auf, dass sich eine der bunten Perlen an ihren Flipflops gelöst hatte und jetzt an einem dünnen weißen Faden herabbaumelte.

Sie redeten nur wenig, als Oliver sie nach Guildford zurückfuhr. Er wirkte abwesend, und Seren fragte sich, ob er in Gedanken schon bei seiner Skulptur war. Oder bei Frankie? War er tatsächlich über sie hinweg?

Oliver hielt direkt vor dem Bahnhof und ließ Seren aussteigen, er schaltete nicht einmal den Motor aus.

»Danke für das Mittagessen!« Seren hievte sich aus dem Sitz.

»War mir ein Vergnügen!« Oliver lächelte, als sie ein bisschen unbeholfen aus dem Wagen kletterte. »Du bist wirklich eine angenehme Gesellschaft – auch nüchtern.«

Seren lachte, und Oliver fuhr bereits aus der Parklücke. Er winkte ihr noch einmal zu, dann war er weg.

Seren stand eine ganze Weile auf dem Bürgersteig. Den Empfang hatte er nicht mehr erwähnt. Hatte er es vergessen, oder dachte er, dass sie nicht mitkommen wollte? Hätte sie enthusiastischer sein müssen? Hätte sie es auf der Fahrt noch einmal ansprechen sollen?

Nachdenklich betrat sie den Bahnhof. Hätte sie zustimmen sollen, nach dem Empfang noch essen zu gehen? Sie überquerte den Übergang zum Bahnsteig. Sollte sie Oliver vielleicht eine SMS schicken und ihm mitteilen, dass sie liebend gern mit ihm essen gehen würde? Bestimmt machte es Griff nichts aus, wenn sie einmal nicht da war, um ihn ins Bett zu bringen.

Vor ihr blieb ein Zug stehen, und sie stieg ein. Es war reines Glück, dass es derjenige war, der sie nach Hause bringen würde.

FRANKIE

Die schweren Einkaufstüten zerrten an ihren Armen, und Frankie wünschte, sie wäre noch im kühlen Schwimmbecken statt bei dieser Hitze auf dem Weg nach Hause.

Heute war das Becken völlig leer gewesen, nur Frankie hatte ihre Bahnen gezogen und mit jedem ihrer Züge ein bisschen mehr von ihrer Nervosität verloren. Sie hatte sich auf den Rücken gedreht, die Augen geschlossen und sich einfach treiben lassen. Als sie mit ausgebreiteten Armen und Beinen wie ein Seestern auf dem Wasser lag, konnte sie selbst nicht mehr verstehen, warum sie sich in eine derartige Hysterie hineingesteigert hatte. Woher sollte er wissen, wo sie war? Und würde es ihn nach all den Jahren überhaupt noch interessieren?

Als sie aus dem Becken stieg, fühlte Frankie sich sehr viel besser, leichter und glücklicher. In diesem Moment beschloss sie, etwas Besonderes zum Essen zuzubereiten. Daniel kochte schon seit Wochen jeden Abend; heute wollte sie ihn mit etwas Leckerem überraschen.

Während sie ihr Haar föhnte, plante sie das Menü: Hühnchen und Rosmarinrisotto, dazu grüner Salat und Erdbeeren mit Eis zum Nachtisch. Dazu sollte es Weißwein geben und Musik von Miles Davis. Sie würde die Stühle in den Garten stellen. Wunderschön würde es in der warmen Abendluft sein, auch wenn sie ihre Teller auf dem Schoß balancieren mussten.

Auf dem Heimweg ging sie zum Weinhändler und erstand

eine absurd teure Flasche Sauvignon Blanc. Auf dem Bauernmarkt kaufte sie ein Freilandhuhn, Erdbeeren und in der Region hergestelltes Vanilleeis. Beim Gemüsehändler besorgte sie frische Kräuter und Blattsalat, im Käseladen ein großes Stück Parmesan.

Unterwegs fiel ihr in der Auslage von Tremond ein Berg frischer Baisers ins Auge – eine perfekte Ergänzung zu Erdbeeren und Eis. Aber als sie auf die Tür zuging, kehrten all die Ängste, die im Schwimmbecken wie weggespült gewesen waren, zurück. Trevor und Edmond waren mit Seren befreundet, und Frankie war nicht entgangen, wie prüfend die beiden sie im Krankenhaus gemustert hatten. War die anonyme Nachricht vielleicht von ihnen? Hatte Seren sie geschrieben, oder hatten sie diese Sache gemeinsam ausgeheckt?

Frankie ging mit gesenktem Kopf weiter. Plötzlich erschien ihr jeder Mensch, dem sie auf der belebten Hauptstraße begegnete, verdächtig. Mit einem Seufzer der Erleichterung bog sie in das Neubauviertel ein und verlangsamte ihre Schritte.

Im Schatten eines ausladenden Feigenbaums blieb Frankie stehen und stellte die schweren Tüten ab. Sie dachte an Daniels Abschiedsfeier – nur noch zehn Tage bis dahin. Wenn sie nur nicht dabei sein müsste! Daniel hatte einen Ausflug nach London vorgeschlagen, um ihr etwas zum Anziehen zu kaufen. »Ein tolles Kleid, in dem du die Schönheit des Abends bist.« Es gab nichts, was sie sich weniger wünschte.

Ihr graute bei der Vorstellung, mit all seinen Freunden und Kollegen plaudern zu müssen und sich dabei ständig zu fragen, was sie dachten, welchen Klatsch sie über sie gehört hatten.

Als sie aufblickte, sah sie die kleinen, runden, eben erst reifenden Feigen, gelbe Flecken vor dunkelgrünem Laub und einem tiefblauen Himmel – ein Baldachin wie eine Patchwork-Decke. Wie wäre es, das zu malen! Einen Moment lang verlor sich Frankie in den Farben und Formen und spürte, wie die Anspannung in ihrem Nacken und Rücken nachließ. Sie holte tief Luft und beschloss, das Abschiedsessen zu genießen. Daniel zuliebe.

Sie hob die Einkaufstüten wieder auf und legte forschen Schrittes die letzten paar Meter zurück. Und am Wochenende würde sie mit Daniel nach London fahren; es konnte doch nicht so schwer sein, ein passendes Kleid zu finden. Vielleicht könnten sie bei der Gelegenheit eine Ausstellung besuchen oder ins Theater gehen.

Als sie sich dem Haus näherte, entdeckte sie Daniels Auto. Am Morgen hatte er ihr gesagt, er würde etwas später heimkommen. Er musste einen Kunden wegen eines allerletzten Auftrags sehen, den Ausbau eines Hauses, das Daniel vor Jahren entworfen hatte.

Frankies Stimmung trübte sich ein wenig; aus ihrem Abendessen würde also doch keine Überraschung werden. Aber als sie das Gartentor aufstieß, wurde sie munterer. Vielleicht konnten Daniel und sie gemeinsam etwas unternehmen, zum Beispiel einen Spaziergang machen, bevor sie zu kochen anfing. Oder – sie lächelte – vielleicht miteinander schlafen?

Sie ging über den schmalen Plattenweg und stellte fest, dass die Spalierrose neben der Eingangstür in voller Pracht blühte. Dutzende tiefrote Rosen drängten sich an dem Holzgerüst, Zweige ragten in alle Richtungen. Frankie brach eine einzelne rote Blüte ab, steckte sie sich hinter das Ohr und ging ins Haus.

Daniel stand vor dem Küchentisch.

»Du bist früh zu Hause.« Frankie stellte die Einkaufstüten auf den Boden und strahlte ihn an. »Wie schön!«

Daniel sagte nichts. Frankie fiel auf, dass er erschöpft aussah und insgesamt seltsam angespannt wirkte.

»Alles in Ordnung?« Sie ging zu ihm, um ihn zu umarmen, aber er trat zurück. Erst jetzt konnte sie sehen, was auf dem Küchentisch stand. Sie erstarrte.

»Die habe ich im Schuppen gefunden.« Er wandte sich um und berührte eine Taste der altmodischen Schreibmaschine. Ein leises Klicken ertönte. »Das ›e‹ ist leicht verrutscht.«

Frankie schüttelte den Kopf. »Das verstehe ich nicht.«

Daniel drehte sich wieder zu ihr um. »Ich hatte gehofft, du könntest es mir erklären.«

Frankie fühlte sich, als füllte sich ihr Kopf mit Eiswasser. »Du glaubst doch nicht …?« Sie starrte ihn an. »Du glaubst, dass ich die Schreibmaschine in den Schuppen gestellt habe. Du glaubst, dass ich die Nachricht selbst geschrieben habe.«

Daniel rieb sich die Stirn und seufzte. »Ich verstehe bloß nicht, wie eine alte Schreibmaschine, dieselbe, auf der diese furchtbare Nachricht an dich getippt wurde, auf einmal in einem verschlossenen Schuppen auftauchen kann.«

»War das Schloss kaputt? Ist jemand eingebrochen?«

Daniel schüttelte den Kopf. »Der Schlüssel hing wie üblich in der Küche.«

»Was wolltest du im Schuppen?«

»Ich bin hergekommen, um mein Maßband zu holen. Ich dachte, ich hätte es vielleicht im Schuppen liegen lassen, nachdem ich die Katzenklappe für Dante eingebaut hatte. Als ich die Tür öffnete, wäre ich beinahe über die Schreibmaschine gestolpert. Sie stand auf dem Fußboden.«

»Aber warum hätte ich so etwas tun sollen?« Frankie versuchte, mit fester Stimme zu sprechen. »Warum hätte ich mir selbst diese Nachricht schicken sollen?«

Daniel zuckte mit den Schultern. »Warum hätte jemand anders es tun sollen?«

»Weil ich eine Affäre mit dir habe, weil du meinetwegen deine Frau verlassen hast, weil dein schönes Haus zum Verkauf steht, weil deine Familie auseinandergerissen wird – alles Gründe, warum ich mich schämen sollte.« Eine heiße Träne lief Frankies Wange hinunter.

Daniel trat zu ihr und nahm sie in die Arme. »Tut mir leid, Liebling! Es ist nur … Du bist in letzter Zeit so nervös und reizbar. Und dann die Geschichte mit der toten Maus, die Schnittwunde in deiner Hand, die Entdeckung, dass du verheiratet bist. Ich mache mir einfach Sorgen, du könntest vielleicht …«

Frankie sah ihm ins Gesicht. »Ich könnte vielleicht verrückt sein?«

»Nein.« Er streichelte ihre Wange. »Natürlich nicht.« Er drückte sie an sich. Eine Weile standen sie schweigend da, bis Daniel sagte: »Ich werde die Polizei verständigen.«

»Nein! Bitte nicht!« Frankie schüttelte den Kopf.

»Warum nicht?«

»Weil …« Frankie brach ab und überlegte verzweifelt, wie sie ihn daran hindern könnte. Sie würde es einfach nicht schaffen, mit einem Polizisten zu sprechen, nicht mit der Furcht im Nacken, in irgendeiner Polizeiakte könnte sich etwas über sie finden. Sie holte tief Luft. »Weil … weil Seren die Nachricht geschrieben hat.«

»Seren?«, wiederholte Daniel ungläubig und ließ seine Arme sinken. »Du glaubst, Seren würde so etwas tun?« Er zeigte auf die Schreibmaschine.

Frankie schwieg einen Moment. »Sie hat mir letzte Woche eine SMS geschickt. Eine Drohung.«

Daniel schüttelte den Kopf. »Nein.«

»Ich wollte es dir nicht erzählen.«

»Sie hat doch nicht mal deine Nummer.«

Frankie senkte den Blick. »Ich habe ihre Nummer in deinem Handy nachgeschaut. Nachdem du ihr gesagt hattest, dass du die Mühle verkaufen willst, wollte ich ihr nur kurz schreiben, dass ich volles Verständnis hätte, wenn sie aufgebracht wäre.«

»Du hast was?« Daniel starrte sie an. »Warum hast du mir nichts davon gesagt? Was hat sie geantwortet?«

»Nichts. Jedenfalls nicht gleich. Aber nach Griffs Unfall hat sie mir eine SMS geschickt.«

»Was hat sie geschrieben?«

»Dass ich ihren Sohn in Ruhe lassen soll, sonst würde es mir noch leidtun.«

Daniel blieb der Mund offen stehen, und ein paar Sekunden schien er außerstande zu sein, ein Wort über die Lippen zu bringen. Als er sprach, war seine Stimme sehr leise. »Seren würde nie etwas so ... so ...« Anscheinend fehlten ihm die Worte.

»Sie ist sehr aufgeregt und wütend«, sagte Frankie. »Ich glaube, sie will mir wehtun, mir Angst einjagen.«

Daniel starrte sie an. Sein Gesicht war verzerrt, seine Augen glänzten feucht. »Ich kenne meine Tochter.« Fast flüsterte er die Worte. »Sie würde niemals einem Menschen wehtun.«

»Es tut mir leid, Daniel.«

»Ich muss gehen, ich bin spät dran.« Er fegte an ihr vorbei. »Ich weiß nicht, wann ich zurückkomme.« Die Haustür wurde zugeschlagen, dann war es still.

Frankie sank auf einen Stuhl. Die Schreibmaschine schien sie vom Tisch aus anzustarren. Ein Blatt Papier war eingespannt; offensichtlich hatte Daniel nach dem verrutschten »e« gesucht und aufs Geratewohl eine wirre Abfolge von Buchstaben getippt, bei denen ihm Gott weiß was durch den Kopf gegangen sein mochte: *aaae ghjke dcvbts eeeeeeeee*. Es sah aus wie ein Code, den Frankie nicht zu entziffern vermochte. Sie wandte den Kopf. Etwas Weiches, Rotes fiel auf ihren Schoß – die Rose. Sie hatte vergessen, dass sie sich die Blüte ins Haar gesteckt hatte.

Als sie nach unten schaute, sah sie Dante zu ihren Füßen kauern. Er war damit beschäftigt, eine große weiße Pfütze aufzuschlecken, die aus einer der Einkaufstüten sickerte. Frankie ließ die Rose fallen und fragte sich, wie lange es dauern würde, bis das klebrige Eis zu den scharlachroten Blütenblättern gelaufen wäre.

NESTA

Dämmerstunde. Das Wort ging Nesta durch den Kopf, als der Garten allmählich im Abendlicht verblasste.

Sie hatte diese Tageszeit immer gemocht, diesen Übergang zwischen Tag und Nacht, bevor die Dunkelheit und der Mond und die Sterne kamen. Nesta musste an die Heuernte denken, damals auf dem Hof ihrer Eltern. Den ganzen Tag rannten ihre Mutter und sie mit Krügen Bier und belegten Broten für die Männer, die auf dem Feld arbeiteten, hin und her. Gegen Sonnenuntergang fingen die Feldarbeiter an, zu singen und immer schneller zu arbeiten, um vor Einbruch der Dunkelheit fertig zu werden. Nesta schlich sich gern aus dem Haus, um sich im Zwielicht zu ihnen zu gesellen, mit ihren kleinen Händen das frisch geschnittene Gras zu wenden und in den Gesang der Männer einzustimmen, immer in der Hoffnung, ihre Mutter möge nicht zu bald kommen und sie finden.

Nesta lächelte bei der Erinnerung und drehte den Gartenschlauch auf. Sie hatte auf die Dämmerstunde gewartet, die beste Zeit, um die Pflanzen zu gießen. Die Luft war warm und erfüllt vom Duft der Lilien und vom Schwirren der Nachtfalter und Fledermäuse.

Nesta spähte zur Scheune hinüber. Daniel war jetzt schon über eine halbe Stunde dort. Sie näherte sich dem Haus. Die Küchentür stand offen, doch die Stimmen waren kaum zu hören. Nesta stellte den Schlauch ab, konnte aber trotzdem nichts verstehen. Wahrscheinlich redeten Daniel und Seren so leise, um Griff nicht zu stören, der mittlerweile wohl schon im

Bett lag, oder vielleicht befürchteten sie, Nesta könnte draußen stehen und lauschen.

Nesta drehte den Schlauch wieder auf und betrachtete den dunkler werdenden Himmel, um nach den ersten Sternen Ausschau zu halten. Sie dachte an Leo. Er war mitten in der Nacht gekommen. »Ich bin die Milchstraße hinuntergefahren«, hatte er zu Anwen und Ben gesagt, als sie ihn mit großen Augen anschauten und wissen wollten, wo er auf einmal hergekommen war.

Nesta hatte seinen Wohnwagen gleich als Erstes gesehen, als sie morgens aus dem Küchenfenster geblickt hatte. »Was zum Teufel ist das?«, hatte sie Daniel gefragt, der wie üblich hin und her flitzte und seine Schuhe oder Brieftasche oder Aktenmappe suchte.

»Der Typ, der dir im Garten helfen soll. Reggie Patterson hat ihn empfohlen. Angeblich hat er bei ihrem Nordhang wahre Wunder gewirkt.«

»Du hast mit keinem Wort erwähnt, dass er in unserer Auffahrt campieren würde.«

»Ich habe ihm gesagt, es würde uns nichts ausmachen. Er hat im ganzen Land Aufträge und ist ständig auf Achse. Er bezeichnet sich selbst als ›fahrenden Gärtner‹.« Daniel stürzte seinen Kaffee hinunter und küsste Nesta auf den Scheitel. »Er verlangt nicht viel, und noch dazu ist er einer der Deinen.«

»Wie bitte?« Nesta musste schreien; Daniel war schon mit einem Fuß zur Tür hinaus.

»Einer von deinem Stamm. Er sagt, er kommt aus Aberystwyth.«

Die Tür knallte zu. Nesta blieb am Fenster stehen, um den Wohnwagen zu betrachten. Er war alt und mitgenommen; die Vorhänge waren zugezogen, die Tür geschlossen. Das ganze Gefährt wirkte leer und verlassen.

Die Haustür ging noch einmal auf. »Hab die Autoschlüssel vergessen.« Daniel stöberte auf der Arbeitsfläche zwischen Kinderspielzeug und schmutzigem Frühstücksgeschirr herum.

»Sagtest du Aberystwyth?« Nesta blieb am Fenster stehen.

»Ja, er spricht eure komische Sprache und so.« Daniel hielt die Schlüssel hoch wie eine Trophäe. »Was hatten die in der Küchenwaage verloren?« Noch ein Kuss auf Nestas Scheitel. »Bis dann!«

Nachdem sie die Kinder zur Schule gebracht hatte, fuhr Nesta nach Hause und wusch das Geschirr ab. Der Wohnwagen erschien ihr wie ein ungeöffnetes Paket mit unbekanntem und geheimnisvollem Inhalt. Sie backte einen Biskuitkuchen und spähte aus dem Fenster, um nach Lebenszeichen Ausschau zu halten. Als der Kuchen im Backofen war, ging sie nach draußen und hackte mit mäßigem Erfolg auf das Gestrüpp ein, das rings um die Mühle wucherte. Um elf Uhr hielt sie es nicht mehr aus. Mit einem Stück Kuchen und einer Tasse Tee bewaffnet, klopfte sie an die Tür des Wohnwagens. Die Tür ging auf, und eine völlig neue Welt schien sich zu eröffnen.

»Hallo, Nesta.«

Mittlerweile war es so dunkel geworden, dass Nesta Daniel nur an seiner Stimme erkannte. Er war wie aus dem Nichts aufgetaucht und stand nur wenige Schritte von ihr entfernt. Nesta glaubte, einen schwachen Hauch Whisky wahrzunehmen, und fragte sich, ob er in der Mühle gewesen war, um eine Kostprobe von seinen Vorräten zu nehmen.

»Alles in Ordnung?« Sie richtete den Gartenschlauch auf die verschwommenen Umrisse des Sommerflieders. Mondlicht fiel auf die Wassertropfen und ließ sie wie Diamanten funkeln.

»Nein.« Daniels Stimme klang belegt.

»Möchtest du darüber reden?« Nesta wandte sich einem Beet mit Schwertlilien zu und stellte den Schlauch auf Sprühnebel um.

Daniel schwieg einen Moment. »Glaubst du, Seren wäre fähig, jemandem einen anonymen Brief zu schreiben?«, fragte er dann.

»So etwas wie einen Drohbrief?«

»Ja, bedrohlich und verletzend.« Daniel wiederholte den Inhalt der Nachricht. »Er war an Frankie adressiert.«

Nesta lachte. »Warum fragst du nicht, ob er von mir ist?«

»Das ist nicht dein Stil.«

»Weil ich Lillian keine Drohbriefe geschickt habe?«

»Nesta, bitte!« Daniel klang verärgert. »Lass uns jetzt nicht die Vergangenheit ausgraben!«

Nesta biss sich auf die Lippe. »Was bringt dich auf die Idee, so etwas könnte Serens Stil sein?«, fragte sie.

»Nichts. Ich meine, ich hätte nicht im Traum daran gedacht, dass sie so etwas tun würde. Sie hat mir selbst gesagt, dass die Nachricht nicht von ihr kommt.«

»Na bitte. Du glaubst ihr doch?«

Daniel zuckte mit den Schultern. »Ich weiß nicht. Sie hat gerade zugegeben, dass sie Frankie in einer SMS davor gewarnt hat, noch mal in Griffs Nähe zu kommen.«

»Seren war wegen des Unfalls sehr aufgeregt.«

»Frankie konnte nichts dafür.«

Nesta antwortete nicht. Wieder herrschte Schweigen, das nur vom Zischen des Wasserstrahls untermalt wurde.

»Ich fühle mich schrecklich«, sagte Daniel nach ein paar Minuten.

Nesta konzentrierte sich auf die Blumen in den Randbeeten, den Geruch von feuchtem Blattwerk und Erde, vermischt mit dem Duft von Rosen.

»Ist es das alles wert, Nesta?«, seufzte er.

Sie stellte den Schlauch ab. »Das fragst du mich?«

»Ja«, sagte Daniel.

Nesta lachte. »Du willst von mir wissen, ob es das wert ist?«

»Ich will wissen, ob ich das Richtige tue.«

»Na, das ist doch schon mal ein Anfang! Ich dachte, du tust immer das Richtige – jedenfalls bildest du dir das gern ein.«

»Sarkasmus steht dir nicht, Nesta.«

»Na schön.« Sie sprach ganz langsam. »Du meinst, ob es richtig ist, mich wegen einer jüngeren Frau zu verlassen, die Scheidung einzureichen, unser Zuhause zu verkaufen und mich zu zwingen, meinen Garten aufzugeben, um in ein kleineres Haus zu ziehen?«

»Wenn du es so sagst, klingt es furchtbar.«

»Ganz zu schweigen von dem Schmerz, den du unseren Kindern zugefügt hast. Schau dir an, wie verstört Seren ist! Und Ben hat Suki verlassen, weil er keinen Sinn in einer festen Beziehung sieht, wenn am Ende doch alles auf eine Scheidung hinausläuft.«

»Das wusste ich nicht«, sagte Daniel kleinlaut.

»Ganz zu schweigen von Griff ...«

»Schon gut, ich hab's kapiert.«

»Und du willst von mir wissen, ob du das Richtige tust?«

»Tut mir leid ...«

»Aber ich werde dir sagen, was ich denke, Daniel.«

»Schon gut, ich hätte nicht fragen sollen.«

»Ich denke, ja, das tust du.«

»Ja?«

»Ja. Du tust das Richtige, weil mir in letzter Zeit klar geworden ist, wie viel glücklicher ich ohne dich bin.«

»Wirklich?«

»Ja.«

»Oh.«

»Und ich sage dir noch etwas. Nächste Woche fliege ich nach Italien, und ich werde es wesentlich mehr genießen, als wenn ich die Reise mit dir gemacht hätte.« Nesta ließ den Gartenschlauch ins Gras fallen und ging davon.

»Nesta, komm zurück!«

Nesta ignorierte Daniel und ging weiter zur Mühle. Das ganze Gebäude war in Mondlicht getaucht und wirkte wie ein Monument aus grauer Vorzeit oder eine Kirche im Flutlicht. Statt zur Eingangstür ging Nesta nach hinten, wo sich die Außentreppe befand. Rasch nahm sie eine Stufe nach der anderen und war ein bisschen außer Atem, als sie den Balkon erreichte. Sie lehnte sich an das Geländer und atmete mehrmals tief durch, wie ein Verdurstender, der gierig Wasser trinkt. Sie war sich nicht sicher, ob ihr Herz wegen der steilen Treppe so schnell schlug oder wegen dem, was sie zu Daniel gesagt hatte.

Ohne dich bin ich glücklicher. Die Worte hatten den Ausdruck »Dämmerstunde« verdrängt und gingen ihr fortwährend durch den Kopf. War sie glücklicher?

Sie hörte, wie der Motor eines Wagens gestartet wurde, dann das Knirschen von Reifen auf Kies. Tief unter ihr schoben sich Scheinwerfer langsam die Auffahrt hinunter. Nesta spürte plötzlich einen brennenden Schmerz in der Brust. Hatte sie sich gewünscht, dass Daniel ihr folgte? Hatte sie von ihm hören wollen, dass er wieder nach Hause kam?

Nesta lehnte sich an das Geländer, den Kopf zum Himmel gerichtet. Ein Satellit bewegte sich stetig durch das Sternenmeer. Sie dachte an ihre Ehe, ein Leben aus vertrauten Abläufen und friedlichen Emotionen, die Vergangenheit begraben, die Leidenschaft erloschen.

Hatte Daniel je Verdacht geschöpft? Gewirkt hatte er nicht so. Nie hatte er sich zu Leos plötzlicher Abreise geäußert oder zu Nestas Verhalten in jenem Herbst, als sie durch einen Dunstschleier unterdrückter Tränen zu taumeln schien.

Manchmal hatte Nesta sich danach gesehnt, ihm ihr Herz auszuschütten, ihn zu bitten, ihr über die Qualen des Verlustes hinwegzuhelfen. Aber jedes Mal unterdrückte sie den Impuls, gestand sich einen weiteren Tag zu, bis die Tage zu Wochen und Monaten wurden. Dann kam Seren, und alles wurde wieder erträglich.

Nesta hatte eine Therapeutin aufgesucht, als sie nach ihrem vierzigsten Geburtstag an Depressionen litt. »Dieses Geheimnis muss Ihnen wie etwas Verrottetes im Kern ihrer Ehe erscheinen«, hatte die ernste kleine Frau gesagt, als Nesta schließlich beichtete. Nesta war entsetzt gewesen. Nie war ihr das Geheimnis wie etwas *Verrottetes* erschienen. Im Gegenteil, es glühte und strahlte in ihr wie etwas Kostbares, Tröstliches. Ein Stern.

SEREN

Seren lehnte an der Küchentür und beobachtete ihre Mutter, deren Silhouette sich im Mondlicht abzeichnete.

Sie hätte gern nach ihr gerufen, wie sie es als Kind getan hatte, wenn sie aus einem Albtraum aufgewacht war, aber ihre Mutter schaute nicht in ihre Richtung, sondern wandte ihr Gesicht den Sternen zu.

Das Echo des Motorengeräuschs von Daniels Wagen hallte immer noch in Serens Kopf nach. Sie hatte dem Licht der Scheinwerfer nachgesehen, bis es verschwunden war, und jetzt beobachtete sie ihre Mutter hoch oben auf dem Balkon. Es war, als würden ihre Eltern in entgegengesetzte Richtungen von ihr weggesaugt, und sie schien keine Möglichkeit zu haben, sie in ihrer Umlaufbahn zu behalten.

Seren nahm einen großen Schluck Wein aus dem Becher, den sie in der Hand hielt. Sie hatte nicht die Kraft aufgebracht, ein richtiges Glas zu suchen. Tom hätte wegen ihrer Trägheit mit der Zunge geschnalzt und ihr ein langstieliges Weinglas oder einen der kleinen Kelche, die sie in der Bretagne gekauft hatten, geholt. Was hätte Tom wohl von alldem gehalten, was gerade in ihrer Familie passierte? Auf einmal verspürte Seren ein überwältigendes Verlangen, mit ihm zu sprechen; es erschien ihr unfassbarer denn je, dass er nicht mehr da war.

Tom, wisperte sie lautlos in den Abendhimmel.

Die warme Luft um sie herum vibrierte vor Stille. Sie überlegte, ob sie Ben anrufen sollte, aber der hatte mit seinen eigenen Problemen genug zu tun. Und Anwen? Das Gespräch konnte sie sich lebhaft vorstellen: *Hör auf zu schmollen, und fang an zu leben!*

Seren konnte es kaum ertragen, an die Unterhaltung zu denken, die sie gerade mit ihrem Vater geführt hatte. Er hatte ihr die Nachricht, die Frankie bekommen hatte, vor die Nase gehalten und sie gefragt, ob sie von ihr stamme. Seren hatte es natürlich bestritten, aber sie hatte den Zweifel in seinen Augen sehen können. Dann hatte er nach der SMS gefragt, und als Seren nickte, sah sie, wie der Zweifel Enttäuschung wich.

Daniel hatte sie lange angesehen, schweigend und traurig. Seren hätte ihn gern in die Arme genommen und ihm gesagt, wie leid es ihr tat, aber ihre Glieder schienen aus Blei zu sein, und sie konnte weder die Arme ausstrecken noch den einen Schritt, auf den es ankam, auf ihren Vater zugehen. Schließlich drehte Daniel sich um und verließ ohne ein weiteres Wort das Haus.

Seren betrachtete den Keramikbecher in ihrer Hand. Vorn war er mit einem kleinen Haus bemalt, daneben drei Strichmännchen, eins groß, eins mit langen Spiralen als Haaren, eins kleiner mit Locken und riesiger Brille. Alle lächelten, und unter ihnen stand in großen, wackeligen Buchstaben: *Dad, Mum, ich*. Auf der Rückseite war der Umriss einer Windmühle mit zwei weiteren grinsenden Figuren und den Worten *Granny + Grandad* darunter zu sehen. Griff hatte den Becher an seinem sechsten Geburtstag bemalt. Seren konnte sich noch erinnern, wie er sich gefreut hatte, als ihm der Becher, noch warm vom Brennofen, überreicht worden war; die Farben waren leuchtender geworden, die Glasur glatt und glänzend.

Jetzt hatte sich alles verändert. Der Becher war heil geblieben, aber ihre Familie hatte Sprünge bekommen und war zerbrochen. Seren nahm noch einen Schluck Wein.

Sie hatte sich so verzweifelt bemüht, das, was von ihrer

Familie geblieben war, wieder zusammenzufügen – ihren Vater dazu zu bringen, Frankie aufzugeben und wieder ihre Mutter zu lieben. Alles, was sie geschafft hatte, war, ihn zu enttäuschen, und genau das hatte sie ein Leben lang zu vermeiden versucht.

Seren vergrub ihr Gesicht in den Händen. Vielleicht war Daniel mit Frankie glücklicher, als er es mit Nesta je gewesen war. Vielleicht gab Frankie ihm neuen Antrieb und das Gefühl, wieder jung zu sein. Vielleicht musste sie einfach akzeptieren, dass ihr Vater Frankie wirklich liebte und nie zu Nesta zurückkehren würde.

In der Ferne krächzte eine Eule. Seren richtete sich auf und leerte den Becher. Ihr war ein bisschen schwindlig, und ihr fiel ein, dass sie seit dem Mittagessen kaum etwas zu sich genommen hatte. Daniel hatte Griff von Tremond eine Tüte Toffee-Bananen-Kuchen mitgebracht. Seren langte über den Tisch und nahm sich einen der riesigen Kekse. Zehn Minuten später war die Tüte leer.

Seren war übel, und sie hatte ein schlechtes Gewissen, doch mehr als alles andere fühlte sie sich allein.

Auf einmal glaubte sie, Toms freundliche Stimme zu hören. *Lass die anderen einfach machen!*

»Okay«, flüsterte sie in die leere Küche. »Du hast recht. Es geht mich nichts an. Ich werde die anderen einfach machen lassen.«

Hinter ihr auf der Arbeitsfläche klingelte ihr Handy, gleichzeitig fing es an, hektisch zu vibrieren und immer näher an die Kante heranzurutschen. Leicht angetrunken, wie sie war, hoffte Seren, es wäre ihr Vater.

»Hallo?«

»Hi, hier ist Oliver. Ich wollte bloß wissen, ob du immer noch zur Enthüllung meiner Skulptur mitkommen willst.«

FRANKIE

Daniels Augen waren geschlossen, aber Frankie wusste, dass er nicht schlief. Billie Holidays Stimme erfüllte das Zimmer, und Daniels Finger trommelten auf der Armlehne des Sofas den melancholischen Rhythmus mit. Um ihn herum lagen die einzelnen Teile der Sonntagszeitung verstreut, und die Nachmittagssonne sickerte durch die zugezogenen Leinenvorhänge. Gelegentlich bauschten sie sich in der warmen Brise, die durchs offene Fenster hereinwehte.

Frankie saß auf dem Boden und konzentrierte sich darauf, die Schablonen für das Modeprojekt ihrer Demenzgruppe auszuschneiden. Die Erinnerungsmatten waren ein solcher Erfolg gewesen, dass Frankie den Mitgliedern ihrer Gruppe vorgeschlagen hatte, die Kleidung zu zeichnen, die sie früher getragen hatten. Jetzt war sie gerade dabei, Ankleidepuppen aus Karton auszuschneiden, die später mit Kleidung bemalt oder beklebt werden konnten. Zusätzlich hatte sie etliche alte Zeitschriften und Schnittbögen gekauft, um dem Gedächtnis auf die Sprünge zu helfen, und aus dem Internet Modebilder aus den Vierziger-, Fünfziger- und Sechzigerjahren ausgedruckt, die sie ordentlich nach Jahrzehnten sortiert hatte.

»Deine Bilder erinnern mich daran, dass wir immer noch kein Kleid für dich gefunden haben, das du bei meiner Abschiedsfeier tragen kannst.«

Frankie schrak zusammen. Wie lange mochte Daniel sie schon beobachten?

Es war drei Tage her, dass er die Schreibmaschine gefunden

hatte, und seither wirkte er abwesend und distanziert. Sein Plan, mit Frankie nach London zu fahren, war mit keinem Wort mehr erwähnt worden.

»Wir hätten gestern nach London fahren sollen«, fuhr er fort, als hätte er ihre Gedanken gelesen. »Aber irgendwie bringe ich einfach nicht die Energie auf, an diesem Wochenende etwas zu unternehmen.«

Frankie stand auf und kuschelte sich neben ihn aufs Sofa. »Ist alles in Ordnung? Du bist doch nicht krank, oder?«

Daniel küsste sie und nahm ihre Hand in seine. »Nein, Liebling, es ist nur diese elende Hitze ... und dann noch all die Dinge, die ich im Büro erledigen muss, bevor ich aufhöre und ...« Er seufzte.

»Und?«, hakte Frankie nach.

»Und Seren.«

Frankie drückte seine Hand. »Warum fährst du nicht hin und redest noch mal mit ihr?«

Daniel schüttelte den Kopf. »Das würde nichts bringen. Ich fürchte, ich habe alles nur noch schlimmer gemacht, als ich ihr unterstellt habe, sie hätte diese Nachricht geschrieben.«

Frankie zögerte. »Aber sie hat zugegeben, die SMS geschickt zu haben.«

Daniel ließ ihre Hand los und rieb sich die Augen. »Ja. Aber sie schwört, dass der anonyme Brief nicht von ihr ist.«

Sie schwiegen eine Weile.

»Und du bist sicher, dass die Schreibmaschine nicht dir gehört?«, platzte Daniel auf einmal heraus und sah sie an.

»Ja!« Frankie hielt seinem Blick stand. »Ich habe dir doch gesagt, dass ich sie noch nie gesehen habe.«

Die Schreibmaschine stand immer noch auf dem Küchentisch. Frankie wollte sie nicht anfassen, und Daniel machte keine Anstalten, sie wegzuräumen, als hoffte er insgeheim, der Anblick könnte Frankies Erinnerungsvermögen anregen und sie würde irgendwann sagen: »Ach, stimmt ja, jetzt erinnere mich wieder an das alte Ding und auch daran, dass ich diese furchtbare Nachricht selbst geschrieben habe – was bin ich doch für ein Dummchen!«

»Vielleicht tut Nesta genau das Richtige«, meinte Daniel.

»Was denn?«

»Wegfahren.«

Frankie schnitt noch eine Figur aus dem Karton aus.

»Ich hätte sie fragen sollen, ob wir die Tickets nicht haben können«, fuhr Daniel fort. »Soweit ich mich entsinne, ist es ein sehr schönes Hotel.«

Frankie sah zu ihm und zog eine Augenbraue hoch. »Ich hoffe, du machst Scherze, Daniel!«

»Tja, und was hältst du von Marokko?«

»Schon besser.« Frankie setzte sich wieder aufs Sofa und lächelte. »Ein kleines Hotel in Marrakesch.«

Daniel legte einen Arm um sie. »Oder eine griechische Insel – weißer Sandstrand, türkisblaues Meer.«

»Nein!« Frankie löste sich von ihm und versuchte, nicht an den weißen Sandstrand, das blaue Meer und all die Anschuldigungen und Demütigungen zu denken, die während ihrer Flitterwochen begonnen hatten.

»Was spricht gegen Griechenland?«

»Ich finde einfach, Marokko klingt schöner.«

»Na gut, dann buchen wir am nächsten Wochenende etwas, gleich nach meiner Abschiedsfeier.«

Wieder herrschte Schweigen. Billie Holiday hatte aufgehört zu singen; das einzige Geräusch kam von draußen, wo ein Nachbar seine Hecke schnitt.

»Ich habe dich gar nicht gefragt, wie es heute Morgen beim

Schwimmen war.« Daniel legte seinen Arm wieder um Frankies Schulter und zog sie an sich. Sie entspannte sich.

»Herrlich. Das Becken war praktisch leer, bis Arlow Laverne mit seiner kleinen Tochter kam. Sie ist richtig süß, und mittlerweile geht sie auch gern ins Wasser. Heute ist sie sogar vom Rand hineingesprungen.«

Diesmal war es Daniel, der sich versteifte. Frankie hätte ihn gern gefragt, was er eigentlich gegen Arlow hatte, beschloss dann aber, seine Reaktion zu ignorieren, und fuhr munter fort: »Arlow hat mir erzählt, dass seine Drehzeit fast vorbei ist. Weißt du was? Während wir in luftigen Sommerklamotten herumlaufen, müssen die Schauspieler in Wollpullovern und Mützen schwitzen, weil der Film an Weihnachten spielt.«

Daniel schnaubte verärgert. »Dann verzieht er sich wohl demnächst wieder nach London, was?«

»Eigentlich war von Hollywood die Rede.«

Daniel stand auf. »Ich mache uns einen Tee.«

Frankie sah ihm nach. Ob seine Abneigung gegen Arlow etwas mit dessen Hautfarbe zu tun hatte? Hastig verdrängte sie den Gedanken. Andererseits ... wie gut kannte sie Daniel wirklich? Es gab so viele Dinge über sie selbst, die sie ihm nicht erzählt hatte; vielleicht hatte auch Daniel ihr einiges vorenthalten.

Wieder bauschte sich der Vorhang. Diesmal war es ein stärkerer Windstoß; er ließ die einzelnen Blätter der Zeitung flattern und fegte die Bilder aus den alten Illustrierten über den Boden, sodass von Frankies ordentlichen Stapeln nichts übrig blieb. Eine Fliege kam ins Zimmer geflogen und ließ sich auf der Deckenrosette nieder.

Frankie stand auf, um das Fenster zu schließen. Erst später fragte sie sich, wie sie den Umschlag entdeckt hatte. Er lag fast völlig verborgen unter den Vorhängen, und es sah so aus, als hätte ihn der Wind hereingeweht.

Sie hob ihn auf. Es war ein großes rosa Kuvert, eines, in dem man eine elegante Geburtstagskarte vermutete, und fühlte sich gepolstert und weich an, als wäre mehr als eine Karte darin. Sie fragte sich, ob es ein besonderes Geschenk war, das Daniel vor ihr versteckt hatte, eine Überraschung. Lächelnd drehte sie das Kuvert um und überlegte, ob sie Daniel etwas sagen oder es einfach zurücklegen sollte, als hätte sie es nicht gesehen. Ihr Lächeln erlosch schlagartig, als sie auf der Vorderseite ihren sorgfältig getippten Namen sah. Ihr erster Impuls war, Daniel zu rufen. Stattdessen ließ sie sich langsam auf die Lehne des Sessels sinken. Ihre Kehle war vor Übelkeit wie zugeschnürt, als ihr das leicht verrutschte »e« auffiel.

Mit bebenden Fingern riss sie den Umschlag auf. Vor lauter Nervosität entglitt er ihrer Hand, und als er auf dem Boden landete, fielen einige rote Rosenblütenblätter auf den Teppich.

Frankie hob den Umschlag auf und zwang sich hineinzuschauen. Er war voller Blütenblätter – es mussten Hunderte sein, die hineingequetscht worden waren. Der Duft war betäubend süßlich. Frankies Übelkeit verstärkte sich, als sie in den Flur lief und die Haustür aufriss.

»Möchtest du eine Tasse Earl Grey, Liebling?«, ertönte Daniels Stimme aus der Küche.

Frankie antwortete nicht. Sie lief auf den Plattenweg und drehte sich um, wobei sie inständig hoffte, alles würde noch genauso aussehen wie am Morgen, als sie vom Schwimmen zurückgekommen war. Fliegen summten um ihr Gesicht, und ein widerwärtiger Geruch schlug ihr entgegen. Sie stieß einen Schrei aus, so laut, dass Daniel aus dem Haus gestürzt kam.

»Was ist los? Ist etwas passiert?« Als er dem Blick ihrer weit aufgerissenen Augen folgte, senkte sich seine Stimme zu einem Flüstern. »Oh, mein Gott!«

Der Rosenstrauch neben der Tür war seiner Blütenpracht beraubt worden. Jede einzelne Rosenblüte war verschwunden, und stattdessen hatte jemand den schwarzen, verwesenden Kadaver einer Krähe an die kahlen Zweige gehängt.

NESTA

Griff lachte, als es Nesta zum hundertsten Mal misslang, den Tennisball über die Wäscheleine zurückzuschlagen. Der Ball segelte ins Gemüsebeet und erschreckte eine von Nestas Hennen, die gerade im staubigen Erdreich scharrte.

»Du bist ein hoffnungsloser Fall, Granny!«

»Danke für deine aufbauenden Worte.« Nesta ließ den Schläger fallen und warf sich ins Gras. »Einigen wir uns auf unentschieden?«

»Unentschieden?« Griff setzte sich neben sie. »Du hast den Ball doch fast nie getroffen. Ich habe deinen Aufschlag jedes Mal zurückgegeben, und dabei hab ich nur mit einer Hand gespielt!«

»Na schön, Andy Murray. Diesmal bist du der Sieger.«

»So wie immer, meinst du wohl.«

»Ich bin alt.«

»Ich habe Asthma und einen gebrochenen Arm.«

Diesmal war es Nesta, die lachte. Sie stützte sich auf ihre Ellbogen und betrachtete das gerötete Gesicht und das zahnlückige Grinsen ihres Enkels.

»Dein Arm scheint dir keine größeren Probleme zu bereiten, und ich habe dich den ganzen Nachmittag nicht ein einziges Mal keuchen gehört – und das trotz der strikten Anweisung deiner Mutter, dich nicht zu überanstrengen und deinen Inhalator stets in Reichweite zu haben.«

Griff seufzte. »Sie macht immer so ein Theater um mich.«

»Sie hat dich lieb.«

Griff wechselte das Thema. »Wird dieser Mann dein Haus kaufen?«

»Welcher Mann?«

»Der, von dem du Tante Anni erzählt hast. Der sich gestern die Mühle angeguckt hat.«

»Irgendjemand hier hat viel größere Lauscher, als ihm guttut. Das war ein privates Gespräch.«

»Und, kauft er das Haus oder nicht?«

Nesta legte sich wieder hin und beobachtete eine kleine, bauschige Wolke, die über den Himmel segelte. Der Mann war charmant gewesen, lebhaft, sehr attraktiv. »Meine Frau wird begeistert sein!« Das hatte er immer wieder gesagt.

»Er will noch mal wiederkommen und es mit seiner Frau anschauen.«

Griff verzog das Gesicht. »Wenn er es kauft, werde ich jeden Tag ganz gemein zu ihm sein.«

Nesta lächelte. »Wenn er wiederkommt, sage ich ihm, dass nebenan ein furchtbar schlimmer kleiner Bengel wohnt, der Gespräche belauscht und am liebsten in aller Herrgottsfrühe Trompete spielt.«

»Und nachts«, fügte Griff hinzu.

»Da fällt mir ein, wir haben deiner Mutter versprochen, dass du dein Gedicht für das Abschlusskonzert an der Schule übst. Jammerschade, dass du mit dem gebrochenen Arm nicht Trompete spielen kannst.«

»Ich hasse dieses schnulzige Gedicht, das meine Lehrerin ausgesucht hat.« Griff holte tief Luft. »Außerdem fällt mir gerade das Atmen ein bisschen schwer.«

»Für mich klingst du ganz gesund.«

»Warum musste Mum nach London fahren?« Wieder wechselte Griff das Thema.

»Ich glaube, sie will jemanden treffen«, improvisierte Nesta.

Seren hatte sich zu ihrem plötzlichen Entschluss, einen Tag zu verschwinden, eher vage geäußert.

In den letzten Tagen war sie Nesta abwesender denn je erschienen und hatte sich mehr und mehr von ihrer Umwelt zurückgezogen. Nesta hatte versucht, mit ihr zu reden, aber Seren verweigerte einfach jede Auskunft. Seit Daniels Besuch war Nesta mehrmals aufgefallen, wie Seren regungslos an ihrem Küchenfenster stand und dabei so traurig aussah, dass es Nesta das Herz zerriss. In den Monaten nach Toms Tod war sie in der Lage gewesen, Seren zu helfen, ihr Halt zu geben. Jetzt fühlte Nesta sich völlig hilflos, und ihre Tochter schien ihr zu entgleiten wie feiner Sand, der ihr durch die Finger rann.

Vielleicht würde Seren ein Tag in London guttun. Sie schien sich mit ihrer Kleidung wieder besondere Mühe gegeben zu haben und hatte sogar gelächelt, als sie ihr zum Abschied zugewinkt hatte.

Und Nesta machte es Freude, auf Griff aufzupassen. Die Zeit, die sie mit ihrem Enkel verbrachte, war eine willkommene Ablenkung von den Gedanken an die Reise, die sie am nächsten Tag antreten wollte. »Deine große römische Eskapade« hatten die Burschen von Tremond die Reise genannt, als sie bei ihnen etwas Süßes für Griff gekauft hatte.

»Vielleicht lernst du einen dunkelhäutigen italienischen Junggesellen mit George-Clooney-Augen kennen«, meinte Trevor.

»Vielleicht sogar George Clooney persönlich«, fügte Edmond wehmütig hinzu. »Er hat ein Haus in Italien – und so ein bezauberndes Kinn!«

»Sein Haus in Italien hat er verkauft, oder zumindest hat er vor, es zu verkaufen. Und er ist mittlerweile verheiratet. Mit einer Frau.« Trevor stieß Edmond mit dem Ellbogen an. »Deinen träumerischen Gesichtsausdruck kannst du dir also abschminken.«

Nesta lachte, nahm ihre Schachtel mit Brownies und wandte sich zur Tür. Auf der Schwelle blieb sie stehen und drehte sich mit einem verschmitzten Lächeln um. »Vielleicht treffe ich aber auch einen tollen Waliser mit grünem Daumen und Augen wie Sterne.« Sie nannte Leo nicht beim Namen, aber es war die erste Andeutung ihrer Pläne, und ihr Magen schlug vor Aufregung Purzelbäume.

»Oooh!«, riefen die beiden gleichzeitig.

»Was immer dein Boot auf den Wellen zum Schaukeln bringt, Signora!«, rief Trevor, als sie die Tür schloss.

»Wann kommt sie wieder?«

»Bitte?« Nesta stellte fest, dass sie mit ihren Gedanken sehr weit weg gewesen war.

»Mum«, sagte Griff. »Wann kommt sie heim?«

Wieder improvisierte Nesta. »Bald.«

»Ist sie nach London gefahren, weil sie traurig ist?«

Nesta setzte sich auf. »Wie kommst du darauf?«

»Sie ist jetzt immer so traurig.«

»Sie vermisst deinen Vater.«

»Und Grandad. Den vermisst sie auch.«

Nesta seufzte. »Du brauchst dir keine Sorgen um deine Mum zu machen.«

Griffs Kinn begann zu zittern, und sein Gesicht verzog sich, als plötzlich Tränen über seine sommersprossigen Wangen liefen. Nesta zog ihn an sich, bis er auf ihrem Schoß saß, drückte ihn fest an sich und wiegte ihn in ihren Armen, während er herzzerreißend schluchzte.

»Mae'n iawn cariad«, murmelte sie. »Alles wird gut.«

Griff schüttelte den Kopf, und die Worte purzelten mit dreifacher Geschwindigkeit aus seinem Mund. »Nein, wird es nicht. Es wird immer schlechter. Erst stirbt Dad, und jetzt ist Grandad weg, und Mum hat sich verändert, und du ziehst weg, und dieser schreckliche Mann wird in der Mühle wohnen, und ich kann das Gedicht für die Aufführung nicht, und mein Arm juckt die ganze Zeit unter dem Gips, und ich kann nicht mehr Schach spielen, und Grandad hat eine Freundin und … und …«

Nesta gab ihm einen Kuss auf den Scheitel. Seine wirren roten Locken waren feucht, und sie erkannte, dass sie selbst auch weinte.

Sollte sie ihre Reise absagen? Eine Woche war eine lange Zeit für ein Kind von neun Jahren. Oder suchte sie nur nach einem Vorwand, hierbleiben zu können? Wieder schlug ihr Magen Purzelbäume.

SEREN

Seren spürte, wie sich starke Arme um sie schlossen und Fingerspitzen sanft über ihren Rücken strichen. Sie hatte vergessen, wie schön es sein konnte, von einem anderen Menschen berührt zu werden.

»Alles in Ordnung?«, fragte Oliver leise.

Seren nickte. Sie wartete darauf, sich schuldig zu fühlen, Tom vor sich zu sehen, wie er sie aus seinen braunen Augen traurig anschaute.

Oliver küsste sie auf den Nacken, und sie hörte auf, an Tom zu denken. Schließlich hatte sie Oliver unmissverständlich klargemacht, dass sie es langsam angehen wollte, und darauf bestanden, ihre Sachen anzubehalten, auch wenn sie auf seinem Bett lagen.

»Du bist schön.« Oliver stützte sich auf einen Ellbogen, um sie zu betrachten. Sonnenlicht fiel durch das Dachfenster und verfing sich in Serens Locken, die er zwischen seinen Fingern hin und her drehte.

Sie fühlte sich schön.

»Ein echter Augenschmaus, wie man bei uns im Norden sagt«, fügte er hinzu.

Seren lachte. »Ist das ein Kompliment?«

»Absolut.« Oliver zog mit seinem Daumen die Kurve ihrer Taille nach. »Es bedeutet, dass du das hübscheste Mädchen bist, das ich seit Langem gesehen habe.«

»Danke sehr!«

»Ein ›Leckerchen‹, hätte mein Großvater gesagt, und er

hatte immer einen Blick für hübsche Mädchen.« Er betonte seinen Yorkshire-Akzent noch stärker. »Vielleicht hätte er sogar gesagt: ›'ne Pfundsbraut‹.«

Seren musste wieder lachen. »Ich glaube, du denkst dir diese Wörter alle aus.«

»'n proper ›Mädchen‹!«

Seren konnte nicht aufhören zu lachen, bis Oliver ihren Mund küsste und ihr die Bluse aus dem Rock zog, um ihre Haut mit fiebrigen Fingern zu berühren.

Diesmal protestierte Seren nicht. Stattdessen ertappte sie sich dabei, sein Hemd aufzuknöpfen und den Flaum feiner blonder Haare auf seiner Brust und die straffen Muskeln seiner Schulterpartie zu erkunden.

Und dann fiel sie ihr auf: eine wulstige Narbe direkt unter seinem Schlüsselbein, wo die Haut über einer anscheinend tiefen Wunde verheilt war und fast silbrig schimmerte. Seren strich über die Narbe, und Oliver zuckte leicht zusammen.

»Tut das weh?«, fragte sie.

»Nein. Es sind die Erinnerungen, die wehtun. Ich denke nicht gern daran.«

»Tut mir leid.« Seren sah ihm ins Gesicht. Er hatte den Blick von ihr abgewandt und starrte durch das Oberlicht in den Himmel. Auch Seren blickte auf und sah hoch über ihnen im Blau ein Flugzeug. Oliver war sehr still geworden. Sie berührte seine Hand und hoffte insgeheim, er würde sich wieder zu ihr umdrehen. Als er es nicht tat, flüsterte sie noch einmal: »Tut mir leid.« Sie wünschte, sie hätte die Narbe nicht erwähnt.

Alles war absolut perfekt gewesen: der Mittagsimbiss, den Oliver für sie in seinem kleinen Innenhof vorbereitet hatte – Käse, gefüllte Paprika, Oliven, Wein. Sie hatten sich unbefangen unterhalten und viel gelacht. Seren hatte gefühlt, wie sich all das Elend der letzten Tage in Olivers Gegenwart in Luft auflöste. Ihr Körper entspannte sich, und zum ersten Mal seit einigen Tagen stand ihr nicht mehr Daniels enttäuschtes Gesicht vor Augen.

»Ich werde dir keine Fragen mehr über Frankie stellen«, hatte Seren zu Oliver gesagt, als sie zum Nachtisch die Hälfte einer riesigen Packung Toblerone verzehrten, die Oliver auf dem Rückflug von Amsterdam im Duty-free-Shop gekauft hatte. »Ich habe beschlossen, mich nicht mehr in das Leben anderer einzumischen. Was zwischen Mum und Dad und zwischen Frankie und Dad läuft, geht nur sie selbst etwas an.« Sie leckte sich geschmolzene Schokolade vom Finger. »Es ist absolut nicht mein Bier.«

»Gute Entscheidung. Überlass das ihnen!« Olivers Worte schienen ein Echo dessen zu sein, was Serens Meinung nach auch Tom gesagt hätte. Olivers Blick begegnete ihrem, und er reichte ihr lächelnd noch ein Stück Toblerone. »Vielleicht wird es Zeit, an dein eigenes Liebesleben zu denken.«

Seren wandte den Blick ab und hoffte, dass ihm nicht auffiel, wie ihr die Röte in die Wangen stieg.

Während Oliver Kaffee kochte, fing Seren an, das Geschirr abzuwaschen, und fragte Oliver nach dem Empfang an diesem Abend aus. Würden viele Leute dort sein, die er kannte? Waren der Rock und die Bluse, die sie trug, in Ordnung? Hatte er seine Skulptur bereits in ihrer neuen Umgebung gesehen?

»Ich kümmere mich später um den Abwasch.« Plötzlich stand Oliver neben ihr, nahm ihre Hände aus dem warmen Wasser und trocknete sie sanft mit einem Geschirrtuch ab. Dann zog er Seren immer näher an sich heran, bis ihr Körper nur noch wenige Zentimeter von seinem entfernt war. Und Seren stellte sich auf die Zehenspitzen und küsste ihn, während sie ihre Hände von dem Geschirrtuch befreite und mit den Fingern durch Olivers Haar und über seinen Nacken strich.

Und nun lagen sie hier still nebeneinander. Das Ticken der Uhr machte Seren bewusst, dass der Nachmittag allmählich verrann. Bald würden sie zu dem Empfang gehen, und danach musste sie zum Bahnhof, um ihren Zug zu erwischen. Verzweifelt überlegte sie, was sie sagen könnte, um Oliver wieder zurückzuholen.

»Erzähl mir ein Geheimnis!« Olivers Stimme ließ sie zusammenfahren.

Er wandte ihr sein Gesicht zu. Seine Augen waren wie tiefblaue Teiche, viel dunkler, als sie je zuvor gewesen waren. »Erzähl mir ein Geheimnis von dir, das niemand kennt!«

Seren fing an zu lachen, brach aber abrupt ab. »Warum?«

»Wenn du mir deins erzählst, erzähle ich dir meins.«

Er nahm ihre Hand und presste ihre Handfläche an seine Narbe.

»Wie du zu der Narbe gekommen bist?«, fragte Seren.

Oliver nickte. »Aber zuerst musst du mir ein Geheimnis von dir verraten.«

Seren rollte sich auf den Rücken und starrte wieder zum Oberlicht hinauf. Es war ein perfektes, strahlend blaues Quadrat, inzwischen ohne Flugzeug. Sie schloss die Augen. Vielleicht würde es sie erleichtern, ihr Geheimnis einem anderen Menschen anzuvertrauen. Nicht einmal Tom hatte es je erfahren.

Ein sattes Plopp verkündete, dass Rossetti auf dem Bett gelandet war. Er schnurrte und schmiegte sich an Serens Arm.

Sie öffnete die Augen. »Wenn ich es dir erzähle, hört Rossetti mit.«

Oliver setzte sich auf und streichelte den Kater. »Keine Sorge, er ist sehr verschwiegen.«

Seren zögerte. War ihr Geheimnis das, was er erwartete? Oder dachte er eher an so etwas wie »Ich habe als Zwölfjährige bei Woolworth einen Labello geklaut« oder Ähnliches? War ihr Geheimnis zu furchtbar, um preisgegeben zu werden? Es war, als stünde sie auf dem schwankenden Fünf-Meter-Brett in der Schwimmhalle. Sie holte tief Luft und sprang.

»Ich habe zwei Kinder zur Welt gebracht.«

Sie schaute immer noch auf das viereckige Stück Himmel, doch sie spürte, wie Oliver den Kopf wandte und sie ansah. »Ich dachte, du hättest nur den einen Sohn.«

Wieder zögerte Seren; noch war es nicht zu spät, so zu tun, als hätte sie nur Spaß gemacht. »Ich habe ein Baby bekommen, als ich achtzehn war. Ein kleines Mädchen. Sie haben es Rhiannon genannt.«

»Sie?«

»Die Hebamme, die Ärzte.« Seren zuckte mit den Schultern. »Ich weiß es nicht, aber das war jedenfalls der Name, den sie in die Formulare eingetragen haben.«

»Wie wolltest du sie nennen?«

»In meinem Kopf hieß sie immer Sophie, aber ich habe den Namen nie laut ausgesprochen. Bis jetzt.«

»Deine Eltern haben dich also überredet, sie zur Adoption freizugeben?«

Seren stieß einen tiefen Seufzer aus. Die Worte schienen ihr in der Kehle stecken zu bleiben, wollten einfach nicht hinaus.

Nach einem Moment fragte Oliver erneut: »Deine Eltern wollten nicht, dass du sie behältst?«

Seren wandte sich zu ihm um. »So war es nicht. Sie haben nie etwas von ihr erfahren.«

Oliver sah sie teilnahmsvoll an. »Haben sie gewusst, dass du schwanger bist?«

Seren schüttelte den Kopf. »Damals bekam meine Schwester Anni in Australien gerade ihr erstes Kind. Meine Eltern flogen hin, um bei ihr zu sein, und danach sind sie noch eine Weile durch Indien und Thailand gereist. Insgesamt waren sie ein halbes Jahr unterwegs. Sie dachten, dass ich hier in London zur Uni gehe.«

»Aber so war es nicht?«

»Nein, ich war bei meiner Großmutter in Wales. Meine Eltern hatten mit ihr vereinbart, dass ich Weihnachten bei ihr verbringe. Zu dem Zeitpunkt war mein Zustand nicht mehr zu übersehen, doch ich glaube, ich habe es monatelang verdrängt.«

»Hast du es einfach ignoriert?«

»Irgendwie schon. Mein Freund und ich hatten Schluss gemacht. Ganz allein in London zu leben war ziemlich hart, und als ich merkte, dass ich schwanger war, wurde mir alles zu viel. Deshalb habe ich so getan, als wäre es einfach nicht wahr.«

»Wie hast du dir vorgestellt, dass es weitergehen sollte?«

»Keine Ahnung.« Seren machte eine Pause. »Ich hatte sogar schon einen Termin für eine Abtreibung, aber als ich in der Klinik war, konnte ich es nicht durchziehen. Und danach war es zu spät. Ich glaube, ich hatte mich auf ein Leben als alleinerziehende Mutter eingestellt. Ich war sogar ein bisschen aufgeregt.«

Oliver sagte nichts, er streichelte nur Serens Schulter. Rossetti maunzte vorwurfsvoll, als wollte er Olivers Aufmerksamkeit wieder auf sich lenken.

Nach ein paar Minuten fuhr Seren fort: »Wenn jemand meinen Bauch erwähnte, schob ich es auf zu viel Fast Food und

Bier. Aber meine Großmutter ließ sich nicht so leicht etwas vormachen. Sie wusste, dass meine weiten Pullover nicht nur dazu da waren, die walisische Kälte abzuhalten.«

»Wie hat sie reagiert?«

Serens Finger zupften am Saum ihrer Bluse. »Sie hatte ihre eigene Art, mit jungen Frauen, die in Schwierigkeiten steckten, umzugehen. Damals habe ich es nicht verstanden, aber mittlerweile bin ich mir ziemlich sicher, dass sie genau wusste, was sie tat.«

Oliver hielt inne. »Was meinst du damit?«

»Meine Großmutter hatte fünfhundert Schafe. In jenem Jahr fingen sie sehr früh an zu lammen. Ich traf an Heiligabend ein, und die ersten Lämmer kamen am Ersten Weihnachtstag zur Welt. Von da an waren wir über sechs Wochen lang mehr oder weniger ständig in der Scheune, wo die Muttertiere warfen. Wir arbeiteten in Schichten, sodass eine von uns immer bei den Schafen war, Tag und Nacht.«

»Nur du und deine Großmutter.«

Seren nickte. »Normalerweise heuerte sie einen Burschen als Hilfskraft an, aber sie meinte, in diesem Jahr müsste ich mir meinen Unterhalt verdienen.«

»Du musst völlig erledigt gewesen sein! Das kann doch weder für dich noch für das Baby gut gewesen sein!«

Seren schüttelte den Kopf. »Als ich krank wurde, dachte ich, es wäre vor Erschöpfung. Ich hatte Kopfweh und Gliederschmerzen, und mir brannte die Kehle. Ich bekam hohes Fieber; ich weiß noch, dass ich halluziniert habe: Eine ganze Galaxie von Sternen fiel von der Decke auf mein Bett, die Bettdecke stand in Flammen, die Sterne leuchteten um mich herum, bis ich auf ihnen zu schweben begann, hoch hinauf in den Himmel, sodass ich mich von da oben aus mit Schüttelfrost unter der Bettdecke liegen sah.«

»Hat deine Großmutter denn keinen Arzt geholt?«

Seren schüttelte den Kopf. »Nein, sie sagte, es sei nur eine schlimme Erkältung. Es hat Jahre gedauert, bis ich dahinterkam, was wirklich mit mir los war.«

»Und zwar?«, fragte Oliver.

»Chlamydiose.«

»Chlamydi... was?«

»Das ist eine Krankheit, mit der man sich infizieren kann, wenn man mit tot geborenen Lämmern in Kontakt kommt. Deshalb wird Schwangeren dringend geraten, während des Lammens nicht in die Nähe von Schafen zu gehen. Ich hatte täglich Lämmer aus dem Mutterleib geholt, und in diesem Jahr gab es besonders viele Totgeburten.«

»Bist du wieder gesund geworden?«

»Ich war nur ein paar Tage krank, aber die Geburtswehen setzten acht Wochen zu früh ein. Ich lag fünfzehn Stunden in den Wehen, ganz allein und total verängstigt. Meine Großmutter kam nicht in den Kreißsaal. Sie fuhr nach Hause – zu all den Lämmern, denen sie auf die Welt geholfen hatte. Bei mir wollte sie nicht bleiben, als mein Baby kam.«

»Weil sie ein uneheliches Enkelkind ablehnte?«

Seren schwieg und dachte an das, was ihre Großmutter zu ihr gesagt hatte, als sie sie auf dem Krankenhausflur zurückgelassen hatte. Seren war mitten in einer Wehe gewesen und hatte vor Schmerzen geschrien. »Glaub mir, es ist besser so – eines Tages wirst du es verstehen.« Seren hatte sie angefleht, sie nicht allein zu lassen, aber sie hatte sich nicht beirren lassen.

»Ich glaube, sie wusste, dass mein Baby schon tot war.«

»Ach, Seren.« Oliver seufzte.

»Meine Tochter war so schön! Perfekte Hände, sogar Wimpern. Ich durfte sie in den Armen halten. Ich war ganz sicher, dass sie atmete.« Seren schloss die Augen, als sie sich erinnerte, wie grob ihr die korpulente Hebamme das Baby entrissen hatte. »Das reicht jetzt«, hatte sie gesagt, und Seren hatte einen Schmerz empfunden, der schlimmer als die Qualen der Entbindung war, ein Gefühl, als würde alles in ihrem Inneren in tausend Scherben zerspringen.

Seren fühlte, wie Oliver ihre Wange berührte, und öffnete die Augen. Sie versuchte zu lächeln. »So, das war mein Geheimnis. Jetzt bist du dran.«

FRANKIE

Die massige Erscheinung des Polizisten schien nichts als Lethargie zu verströmen, als er an den feuchten Aufnähern seines Hemdes zupfte. Die drückende Hitze des frühen Abends setzte ihm sichtlich zu, und Frankie hatte den Eindruck, dass es ihm schwerfiel, sich auf das zu konzentrieren, was Daniel über die zerstörten Rosen und den toten Vogel zu sagen hatte.

Frankie hatte Daniel gebeten, nicht die Polizei zu rufen; die Vorstellung, sie hinzuzuziehen, ängstigte sie wesentlich mehr als die Rosen und der Vogel. Aber Daniel war hart geblieben, und Frankie hatte zwei Nächte keinen Schlaf gefunden.

Als schließlich der Polizist auftauchte, hielt er Daniel und Frankie eine verschwitzte Hand hin und erklärte, dass er ein Hilfspolizist sei, dessen Aufgabe hauptsächlich darin bestehe, häusliche Auseinandersetzungen und Nachbarschaftsstreitigkeiten zu regeln.

»Aber das ist keine Familienangelegenheit.« Daniel sah Frankie an, als wollte er von ihr eine Bestätigung bekommen. Sie nickte zustimmend. »Und die Nachbarn scheinen alle sehr nett zu sein.«

»Wahrscheinlich ein Dummejungenstreich.« Der Polizist kratzte sich mit dem Kugelschreiber, den er aus seiner Brusttasche gezogen hatte, am Kinn.

»Und was ist mit der Nachricht?« Daniel zeigte auf den Fußboden, wo Frankie den Umschlag gefunden hatte. »Sie ist auf der Schreibmaschine getippt worden, von der ich Ihnen erzählt habe. Sie steht seit über einer Woche in unserer Küche, und wir hätten es gemerkt, wenn jemand ins Haus gekommen wäre und sie benutzt hätte.«

Der Polizist schüttelte den Kopf. »Tja, das ist wirklich rätselhaft.« Wieder kratzte er sich mit dem Stift am Kinn, wo ein Tintenfleck zurückblieb.

Ein langes Schweigen folgte. Der Polizist sah von Frankie zu Daniel und wieder zurück. Frankies Herz pochte laut und schnell.

»Nun, Mr. und Mrs. Saunders, ich weiß nicht, was ich sagen soll.«

»Eigentlich sind wir nicht verheiratet«, warf Daniel ein.

Der Polizist schaute wieder Frankie an. »Dann bräuchte ich noch Ihren Namen, Miss.«

»Frankie Hyde«, sagte sie.

»Frankie Hyde«, wiederholte der Polizist und trug den Namen sehr langsam in sein Notizbuch ein. Dann steckte er den Kuli mit einem Seufzer in die Brusttasche zurück. »Ich gehe jetzt aufs Revier und gebe alles in den Computer ein. Vielleicht höre ich mich morgen ein bisschen bei den Nachbarn um. Sollten Sie wieder Ärger bekommen, rufen Sie mich an.« Er gab Daniel eine Visitenkarte.

Frankie fiel ein breiter weißer Hautstreifen am Ringfinger des Polizisten auf, als hätte er vor Kurzem seinen Ehering abgenommen. Sie fragte sich, ob seine Frau ihn verlassen hatte oder umgekehrt.

»Besonders viel Vertrauen habe ich in unseren örtlichen Sherlock Holmes nicht«, bemerkte Daniel, nachdem er den Polizisten zur Tür begleitet hatte und wieder ins Wohnzimmer zurückgekehrt war. Frankie saß auf der Couch und trommelte mit den Fingern auf der Lehne den Takt einer imaginären

Melodie. Daniel setzte sich neben sie. Sie wartete darauf, dass er sie berührte, aber er ließ die Hände auf den Knien liegen, wandte den Kopf und sah sie forschend an, ohne ein Wort zu sagen.

Draußen knallte eine Tür, und Frankie zuckte zusammen. »Tut mir leid.« Sie lachte. »Das macht mich alles ein bisschen schreckhaft – das mit den Rosen und der Schreibmaschine und …« Ihre Stimme erstarb, und wieder herrschte Schweigen.

Nach einer Weile stand Daniel auf. »Ich glaube, ich könnte einen Whisky vertragen.«

»Du glaubst, dass ich dahinterstecke, oder?«, fragte Frankie. Daniel blieb in der Tür stehen. »Du glaubst, dass ich all diese Dinge selbst mache. Ich weiß, dass es so ist, ich sehe es dir an.«

Er kam zurück, setzte sich wieder zu ihr und nahm ihre Hand in seine. Frankie versuchte, die Stille im Raum zu ignorieren, und betrachtete die bläulichen Adern, die sich unter seiner Haut abzeichneten.

Nach einigen Augenblicken sagte Daniel: »Ich verstehe einfach nicht, warum irgendjemand uns derart erschrecken sollte. Es ergibt keinen Sinn.«

NESTA

Unsinn … Unsinn … Das Wort ging Nesta im Rhythmus des ratternden Zuges unablässig durch den Kopf. Sie lehnte sich in ihrem Sitz zurück und wünschte, sie könnte schlafen und so die Zeit schneller vergehen lassen. Sie schloss die Augen, aber sie wollten einfach nicht geschlossen bleiben; ihre Beine schmerzten vom langen Sitzen, und sie hatte Sodbrennen. Die Fahrt nach London schien viel länger als sonst zu dauern, die Felder und Hecken zwischen den einzelnen Stationen streckten sich viel zu weit dahin, und die Zeiger ihrer Armbanduhr bewegten sich so langsam, dass Nesta überzeugt war, die Uhr müsse kaputt sein.

In zwölf Stunden würde Nesta in Rom sein. Wie viele Tage würde sie warten, bis sie nach Casperia weiterreiste? Wie viele Tage, bis sie den Mut dazu aufbrachte?

Immer wieder hatte sie versucht, Leo zu schreiben. Sie hatte seine Webseite gefunden, eine einfache Homepage, auf der eine ganz bestimmte, nach Zitronen duftende Pelargonienart, die er züchtete, beschrieben wurde. Auf der Seite waren Adresse, Telefonnummer und ein Kontaktfeld zu finden, wo man Nachrichten hinterlassen konnte. Nesta hatte dieses Feld so oft angestarrt, bis sich das weiße Rechteck in ihr Gehirn eingebrannt hatte. Einmal hatte sie mit einer Begrüßung in ihrer Muttersprache begonnen: *Annwyl Leo, sut wyt ti?*, die Nachricht aber gleich darauf gelöscht und *Hallo, hallo, die Vergangenheit lässt grüßen!* geschrieben. Auch das hatte sie schleunigst wieder entfernt.

Lieber Leo, ich weiß, es ist lange her, seit wir uns zum letzten Mal gesehen haben, aber ich wollte dich unbedingt wissen lassen, dass ich immer noch an dich denke. Sie hatte sich innerlich geschüttelt und auch diesen Versuch gelöscht.

Letzten Endes hatte sie ihm gar nicht geschrieben und sich entschieden, das Ganze nach dem Motto »Es kommt, wie es kommt« anzugehen. *Que sera, sera.* Jetzt löste der Text von Doris Days Schlager das Wort *Unsinn* als Untermalung des Zuggeratters ab.

Nesta zog das Magazin *Country Living* aus ihrer Handtasche und versuchte, einen Artikel über das Flechten von Weidenruten zu lesen. Das Foto einer jungen Frau mit rosigen Wangen, die einen Weidenkorb flocht, tanzte vor ihren Augen. Nesta dachte an Serens vor Aufregung gerötetes Gesicht, als sie am Vorabend, kurz nachdem Griff eingeschlafen war, ins Haus gestürzt kam.

»Ich habe etwas herausgefunden, Mum!«, platzte es aus ihr heraus.

Nesta legte einen Finger an die Lippen und deutete auf Griffs halb geschlossene Tür.

Seren folgte ihrer Mutter in die Küche und lehnte sich an den Herd. »Wenn Dad das hört, wird er sich gut überlegen, was er tut.«

»Wenn er was hört?« Nesta fragte sich, ob Seren getrunken hatte. Sie schien gar nicht sie selbst zu sein und hatte nicht einmal wissen wollen, ob es Griff etwas ausgemacht hatte, ohne einen Gutenachtkuss seiner Mutter ins Bett zu gehen.

»Wenn er hört, was ich inzwischen weiß.« Seren griff nach dem Kessel und füllte ihn mit Wasser. »Komm, wir trinken eine Tasse Tee, und ich erzähle dir alles!«

»Das geht leider nicht, Liebes. Ich fliege morgen nach Rom.

Ich muss den Zug um zwanzig nach sieben erwischen, und ich habe noch nicht alles gepackt.«

Seren öffnete das Fenster über der Spüle. »Mensch, ist das heute Abend heiß!« Wasser spritzte von dem Kessel in ihrer Hand auf ihre Seidenbluse, aber sie schien es nicht einmal zu bemerken. »Na ja, wahrscheinlich ist es besser, du weißt von nichts, dann kannst du unbeschwert losfahren und deinen Urlaub genießen.« Sie drehte sich um und sah ihre Mutter mit ernster Miene an. »Vermutlich wirst du feststellen, dass sich die Lage stark verändert hat, wenn du zurückkommst.«

Nesta hörte kaum hin. Sie betrachtete die rosa-lila gestreifte Pelargonie auf dem Fensterbrett. Sie hatte sie noch nie gesehen. »Wie hübsch«, sagte sie zu Seren.

Seren warf einen Blick auf die Blume. »Ach ja, die sind gestern reingekommen. Sie riechen nach Zitronen.« Sie zupfte eines der samtigen grünen Blätter ab und gab es Nesta. »Ich will nicht, dass du dir Sorgen um Dad machst. Mach dir um gar nichts Sorgen! Ich passe schon auf, dass sie Dad nichts tut. Alles wird gut.«

Nesta sog den scharfen Zitronenduft des Blattes ein. Seren wiederholte ständig, dass alles gut werden würde, doch Nestas Gedanken waren weit weg, in dem honigfarbenen Dorf auf dem Hügel und der Pelargonienzucht und Leo.

Als sie jetzt rastlos in der Zeitschrift blätterte, dachte Nesta über Serens Worte nach. »Ich passe schon auf, dass sie Dad nichts tut.« Was hatte ihre Tochter damit gemeint?

Nesta schaute aus dem Fenster und stellte fest, dass dicke graue Wolken am eben noch strahlend blauen Himmel aufzogen. Wieder sah sie auf ihre Uhr. Acht Uhr. War es zu früh, um anzurufen? Bald würde Seren Griff zur Schule bringen, und jetzt lief sie wahrscheinlich gerade hin und her, um Pausenbrote zu schmieren und seine Schuluniform und die Schulbücher zusammenzusammeln.

Nesta griff nach ihrem Handy; sie musste ihre Tochter erwischen, bevor sie das Haus verließ. Sie dachte daran, wie oft Seren am vergangenen Abend verkündet hatte, alles würde gut werden. Etwas an ihrem Gesichtsausdruck erinnerte sie an das kleine Mädchen, das sie einmal gewesen war – ernst und unerschütterlich und immer wieder auf einer Mission, um ein Unrecht wiedergutzumachen.

Das Telefon klingelte und klingelte, bis sich der Anrufbeantworter meldete. Nesta hinterließ keine Nachricht. Der Rhythmus des Zuges kehrte zu *Unsinn … Unsinn …* zurück. Die Bahn fuhr durch einen Tunnel, und eine Unruhe, die nicht das Geringste mit ihrer Reise nach Italien zu tun hatte, begann, sich in Nesta breitzumachen.

SEREN

Die Wolkenbank schien von Osten zu kommen. Seren beobachtete, wie der dunkelgraue Streifen über den Hausdächern breiter wurde, langsam den Himmel überzog und in Richtung Sonne wanderte. Die Hitze schien mit den Wolken noch drückender zu werden, und die Luft flimmerte vom Staub, der von Baggern und Presslufthämmern aufgewirbelt wurde.

Die neuen Straßenarbeiten brachten jeden Verkehr zum Erliegen. Seren trommelte ungeduldig mit den Fingern auf das Lenkrad, als die Autokolonne langsam die Hauptstraße hinaufkroch. Sie schob sich an Stems vorbei und stellte erleichtert fest, dass Rose, eine Freundin von Trevor und Edmond, daran gedacht hatte, die neuen Pelargonien draußen aufzustellen. Feuchte Flecken auf dem Bürgersteig wiesen darauf hin, dass sie die Pflanzen bereits gegossen hatte. Seren dankte Trevor und Edmond im Stillen, dass sie im letzten Moment Rose als Aushilfe vorgeschlagen hatten. Ohne Nesta war es schwer, das Geschäft zu führen und gleichzeitig das zu tun, was sie tun musste, um die Ehe ihrer Eltern zu retten. Der Verkehr floss weiter, und schließlich konnte Seren auf den Parkplatz abbiegen.

Als sie auf ihrem Handy nach der Uhrzeit schaute, stellte sie fest, dass ihre Mutter versucht hatte, sie zu erreichen. Sie steckte das Telefon in ihre Tasche und trat aus dem Wagen in die glühende Hitze hinaus. Sie hatte jetzt keine Zeit, Nesta zurückzurufen; sie musste unbedingt so schnell wie möglich zu ihrem Vater ins Büro.

»He, Sez, wohin so eilig?«

Seren wäre beinahe mit Arlow zusammengestoßen.

»Tut mir leid!« Sie lief weiter. »Ich muss ganz dringend zu meinem Dad.«

Arlow lief neben ihr her. »Ich hatte gehofft, in dich hineinzulaufen.« Er lachte. »Na ja, nicht wörtlich. Ich war in deinem Laden, aber die Verkäuferin hat mir gesagt, dass du heute nicht kommst.«

Seren warf ihm einen kurzen Blick zu und wiederholte: »Ich muss zu meinem Vater.« Geschickt wich sie einer Gruppe alter Damen aus, die am Rand des Parkplatzes aus einem Bus stiegen, während Arlow im Gedränge stecken blieb.

Seren hörte aufgeregtes Gemurmel: »Oh, das ist ja Arlow Laverne!« »Ach ja, aber Detektiv ist er nicht mehr, oder?« »Ich liebe Arlow Laverne!«

Dann war er, leicht außer Atem, wieder an ihrer Seite. »Bitte, Sez! Können wir miteinander reden?«

Seren antwortete nicht, sondern bog auf die Hauptstraße ein. Dabei hielt sie die Augen unverwandt auf das rot-schwarze Geschäftsschild von Daniels Architekturbüro auf der anderen Straßenseite gerichtet. Die rote Fußgängerampel zwang sie beide, stehen zu bleiben.

»Hast du heute Mittag Zeit für eine kleine Erfrischung oder einen Imbiss?«

Seren wandte sich zu ihm um.

Er grinste sie an. »Kaffee? Tee? Ein Glas Wein?«

»Geht nicht. Ich bin schon zum Mittagessen verabredet«, erwiderte Seren und drückte auf den Knopf der Ampel, damit sie endlich auf Grün sprang.

»Oh!« Arlows Grinsen verschwand. »Ich wollte bloß ...« Der laute Piepton der Fußgängerampel übertönte ihn.

Seren überquerte die Straße. Auf der anderen Seite drehte

sie sich um und sah, dass Arlow ihr nicht gefolgt war. Er war stehen geblieben und schaute ihr nach. Ein Lastwagen hielt zwischen ihnen auf der Straße an, und Seren erinnerte sich an das zweite Geheimnis, das sie Oliver erzählt hatte, das Geheimnis über Arlows Mutter und ihren Vater. Das Geheimnis, das Arlow vor all den Jahren entdeckt und das Seren damals vehement abgestritten hatte. Der Lastwagen fuhr wieder an, und heiße Abgase qualmten aus seinem Auspuff.

»Arlow!«, rief Seren über die Straße. Aber er war verschwunden.

Sie drehte sich um, ging weiter und versuchte, sich auf das zu konzentrieren, was sie gleich ihrem Vater mitteilen wollte, und nicht daran zu denken, dass Arlow recht gehabt haben könnte.

In Daniels Architekturbüro war es dank Klimaanlage angenehm kühl. Odette saß schick und adrett wie immer hinter dem Empfangstisch. Ihr schwarzes Leinenkleid schien genau an den richtigen Stellen zu knittern, und der knallrote Lippenstift war perfekt aufgetragen. Sie hämmerte forsch auf die Tasten ihres Computers ein.

»Ist mein Vater hier?«, fragte Seren.

Odette hielt inne, blickte auf und schüttelte den Kopf. »Nein«, antwortete sie mit ihrem leichten französischen Akzent. »Er hat angerufen und gesagt, dass seine ...« Sie senkte den Blick, als wollte sie nachschauen, was sie sich notiert hatte. »Er hat gesagt, dass Frankie Migräne hat und er sich heute um sie kümmern muss.«

»Aber es ist sein letzter Tag hier!« Seren konnte nicht fassen, dass ihr Vater seinen letzten Arbeitstag vor dem Ruhestand verpasste.

Odette zuckte mit den Schultern. »Hoffentlich geht es ihr heute Abend bei der Abschiedsfeier besser.«

Die Feier hatte Seren völlig vergessen. Ob sie es ihrem Vater lieber erst morgen erzählen sollte? Aber Oliver und sie hatten ausgiebig darüber gesprochen und entschieden, dass Daniel so bald wie möglich davon in Kenntnis gesetzt werden sollte.

»Du kommst doch?«, fragte Odette.

»Wohin?« Serens Hand lag bereits auf dem Türgriff.

»Zu der Feier.«

»Nein.« Seren stieß die Tür auf. Heiße Luft schlug ihr entgegen. »Eher nicht.«

»Solltest du aber.« Odette lachte kurz auf. »Das wird lustig, glaube ich.«

Seren blieb stehen und drehte sich um. Hatte sie Odette eigentlich schon jemals lachen hören? »Ich muss Dad etwas sagen. Ich gehe jetzt zu ihm nach Hause.«

»Und ich gehe gleich bei Tremond die Torte holen«, fuhr Odette mit einem Lächeln fort. Ihre Zähne wirkten zwischen den scharlachroten Lippen sehr weiß. »Das wird eine große Überraschung. Zartbitterschokolade und Erdbeeren, die Lieblingstorte deines Vaters.«

»Oh«, sagte Seren. »Ja, dann viel Spaß heute Abend! Ich hoffe, du amüsierst dich.«

»Das werde ich.« Odette wandte sich wieder ihrem Computer zu, während Seren in die brütende Hitze hinaustrat, im Rücken das hektische Klappern der Tastatur.

FRANKIE

Die Luft im Schlafzimmer schien sich bleischwer auf ihren schmerzenden Kopf zu legen. Die zugezogenen Vorhänge hingen schlaff vor dem offenen Fenster. Frankie sehnte sich nach einem Windhauch, um die Luft im Zimmer aufzuwirbeln und den Schweiß zu trocknen, der sich an ihrem Haaransatz sammelte und langsam über ihr Gesicht rann. Dante lag ausgestreckt neben ihr und badete in einem Streifen Sonnenlicht, der durch die Vorhänge fiel.

Frankie bemühte sich verzweifelt, nicht an das Kleid zu denken. Wieder schlug eine Woge von Übelkeit über ihr zusammen, und sie presste sich die Finger an die Stirn. Wie spät mochte es sein? Wie lange noch, bis das Festessen anfing? Sie würde es nie schaffen; die Migräne hatte sie fest im Griff. Und was sollte sie anziehen?

Am Vorabend war Daniel mit einer schwarz-goldenen Einkaufstüte in der Hand nach Hause gekommen. Der Inhalt der Tüte war in zartes Seidenpapier eingeschlagen gewesen.

»Etwas Besonderes für dich für die Abschiedsfeier morgen. Ich habe es in der Mittagspause in der schicken Boutique an der Hauptstraße gekauft.« Daniel hatte sie geküsst und sie mit einem breiten Grinsen auf den Lippen die Treppe hinauf nach oben gescheucht, um das Kleid anzuprobieren. Es war das erste Mal seit Tagen, dass sie ihn lächeln sah.

Als Frankie das Päckchen im Schlafzimmer behutsam auswickelte, kam ein sorgsam zusammengelegtes Quadrat aus blassgrüner Seide zum Vorschein, das sich als atemberaubend schönes Kleid entpuppte. Sie hielt es vor sich und malte sich aus, wie die weiche Seide ihre nackten Beine streicheln, der schräg geschnittene Stoff von ihren Schultern fallen würde. Lächelnd drehte Frankie sich zu dem hohen Schrankspiegel um, aber im nächsten Moment ließ sie das Kleid fallen, als hätte sie sich die Finger daran verbrannt. Langsam hob sie es wieder auf und hielt es eine Armlänge von sich weg, in der Hoffnung, sie hätte sich nur eingebildet, was sie gesehen hatte.

SCHLAMPE

Das Wort war mit dickem schwarzem Filzstift quer über das Oberteil gemalt.

»Darf ich raufkommen und mir anschauen, wie es an dir aussieht?«, rief Daniel ihr von unten zu.

»Moment!« Frankie stürzte ins Badezimmer. »Ich komme sofort!« Verzweifelt schrubbte sie an den Buchstaben herum, aber ihre Bemühungen bewirkten lediglich, dass die Farbe zerfloss und sich auf dem teuren Stoff verteilte.

»Fertig? So lange kann es doch nicht dauern, in ein Kleid zu schlüpfen.« Daniel kam lachend die Treppe herauf.

Frankie schrubbte immer panischer, die Ränder der Buchstaben zerliefen noch mehr, das Grün der Seide wurde zu einem hässlichen Grau, aber die Schrift war immer noch da, fett und schwarz und gemein. Sie hörte, wie die Badezimmertür geöffnet wurde, fühlte, wie ihr das Kleid aus der Hand gerissen wurde, so heftig, dass ihr Wassertropfen ins Gesicht spritzten. Sie starrte das schmutzige Wasser im Waschbecken an, bis es gurgelnd im Abfluss verschwand, und wagte nicht, Daniel anzuschauen.

Eine Minute verging, vielleicht waren es auch mehrere.

»Was? Wie?« Daniels Stimme war nicht mehr als ein Flüstern.

Frankie hob den Blick und sah, dass sein Gesicht so grau war wie die Flecken auf dem Kleid. »Ich weiß es nicht«, sagte sie.

Daniel räusperte sich. Seine Augen bohrten sich in ihre. »Ich muss dich das jetzt fragen, Frankie.« Er machte eine Pause. »Warst du das?«

Frankie brachte kein Wort heraus. Das dumpfe Hämmern in ihren Schläfen setzte ein, und sie erbrach sich ins Waschbecken.

Stunden waren vergangen, ein Abend, eine Nacht, ein halber Morgen. Daniel war gekommen und gegangen, um Tabletten zu bringen, trockenen Toast, einen kalten Waschlappen für ihre Stirn. Das Kleid wurde nicht erwähnt. Daniel hatte unten auf der Couch geschlafen.

Frankie hörte die Türklingel schrillen, lange und eindringlich. Sie vernahm leise Schritte, als Daniel in die Diele ging, die Post aufhob und auf den Tisch legte, dann wieder die Türglocke, den Riegel, der zurückgeschoben wurde.

»Seren!«

Frankie drückte ihr Gesicht ins Kissen und versuchte, zu schlafen.

Nach einer Weile hörte sie Serens Stimme, anfänglich noch ruhig, einzelne Worte, die durch das offene Fenster zu ihr drangen.

»Offensichtlich ... Psychiatrie ... paranoid.«

Frankie hob den Kopf und lauschte angestrengt.

»Sie ist mit dem Messer auf ihn losgegangen, Dad. Sie hat ihm ein Küchenmesser in den Rücken gerammt, direkt unter der Schulter. Die Klinge trat an seiner Brust wieder aus. Ein paar Zentimeter weiter unten, und sie hätte sein Herz erwischt.«

Frankie setzte sich auf. Sie konnte kaum atmen.

»Nein. Ich kann nicht glauben, dass Frankie so etwas tun würde.«

»Es ist wahr, Dad. Oliver hat es mir erzählt. Ich habe die Narbe gesehen.«

Oliver. Als sie seinen Namen hörte, schwang Frankie ihre Beine über die Bettkante.

»Sie ist schon einmal eingewiesen worden.«

»Eingewiesen? Warum?«

»Weil sie psychotisch war. So hat Oliver es jedenfalls ausgedrückt. Sie hatte jeden Bezug zur Wirklichkeit verloren. Dachte, dass andere es auf sie abgesehen hatten, dass alles Mögliche passierte, anonyme Briefe, Drohungen. Sie bildete sich Sachen ein, zum Beispiel, dass Oliver ihr etwas antun wollte. Sie stürzte sich selbst die Treppe hinunter, als sie im fünften Monat schwanger war. Das Baby starb, und Oliver sagt, dass die Zwangseinweisung die einzige Möglichkeit war, sie daran zu hindern, sich selbst etwas anzutun.«

Nein! Frankie schnappte laut nach Luft. *Nein, so war es nicht gewesen, überhaupt nicht! Nie hatte sie sich etwas antun oder ihrem ungeborenen Kind schaden wollen.* Sie stand auf. Ihre Beine waren so weich wie geschmolzene Schokolade.

»Ich möchte, dass du ihn kennenlernst, Dad. Er hat angeboten herzukommen. Heute Nachmittag.«

Frankie klammerte sich an die Kommode und fing an, nach Kleidungsstücken zu suchen. Alles drehte sich vor ihren Augen, aber irgendwie schaffte sie es, T-Shirts, Jacken und Jeans herauszuziehen.

»Er ist ein toller Mann, Dad, und wirklich nett. Wie er

ihr Verhalten so lange ertragen konnte, ist mir unbegreiflich.«

»Ich verstehe das nicht, Seren. Behauptest du wirklich, dass sie auf ihren Mann eingestochen hat?«

»Ja, und dann hat sie gedacht, er wäre tot, und ist weggelaufen. Er konnte sie nicht finden, nicht einmal die Polizei konnte sie finden.«

»Sie wird polizeilich gesucht?«

»Nein, Oliver wollte keine Anzeige erstatten. Er hat es allein ins Krankenhaus geschafft und angegeben, es wäre ein Arbeitsunfall gewesen. Er wollte sie nur finden, um ihr zu helfen. So sehr hat er sie geliebt. Er sagt, er hätte ihr alles verziehen.«

Nein, nein, nein! Frankie zerrte ihren Koffer unter dem Bett hervor. *Nein. Das war keine Liebe. Er hatte sie nie geliebt. Er hatte sie gequält, sie auf unzählige Arten verletzt und gedemütigt. Die physischen Schmerzen waren nur ein Teilaspekt gewesen. Manchmal hatte er ihre Bilder beschädigt: ein Kratzer, ein Farbspritzer, kaum zu sehen. Oder er verschmierte im Vorbeigehen die feuchte Farbe. Einmal hatte er eine Tube Ölfarbe in ihr Haar gedrückt, zum Spaß, wie er behauptete. Ein anderes Mal war sie morgens davon aufgewacht, dass er ihr ins Gesicht urinierte.*

Frankie wuchtete den Koffer aufs Bett und warf ihre Sachen hinein.

»Bist du wirklich sicher, dass Frankie und die Ehefrau dieses Mannes ein und dieselbe Person sind?« Daniel klang verwirrt.

Frankie hielt inne. *Ja, sie hatte ihn mit dem Messer niedergestochen.*

»Ja, ich habe Fotos gesehen, die sie beide zusammen zeigen. Dad, ich mache mir echt Sorgen. Du musst es mir sagen: Hat

Frankie je paranoid auf dich gewirkt oder irgendetwas Seltsames gemacht?«

Eine Pause. Frankie konnte die Bienen summen hören, in der Ferne ein tiefes Grollen, das Schlagen der Kirchturmuhr.

»Na ja, ehrlich gesagt, sind in letzter Zeit ziemlich merkwürdige Dinge passiert. Ich wollte nicht glauben, dass Frankie dahintersteckt, aber jetzt...« Daniel verstummte.

»Aber jetzt ist dir klar geworden, wie sie wirklich ist?« Seren sprach so leise, dass Frankie sie kaum verstehen konnte.

»Ich weiß nicht.« Frankie konnte sich Daniels Gesichtsausdruck gut vorstellen. »Ich weiß nicht, was ich denken soll.«

»Sie hat ihn niedergestochen, Dad! Sie hat ihn niedergestochen und ihn einfach liegen lassen, weil sie dachte, er wäre tot.«

Er hatte ihre Bilder für die Ausstellung mit einem Messer aufgeschlitzt.

Frankie rieb sich bei der Erinnerung an die grauenhafte Szene die Augen. Aber es war wahr. Sie hatte Oliver niedergestochen, ihn für tot gehalten und das Weite gesucht. Hektisch schlüpfte sie in ein paar Klamotten, packte den Rest in den Koffer und ging ins Badezimmer, um ihre Zahnbürste zu holen.

Zurück im Schlafzimmer, zog sie ihre Schuhe an. Dante lag immer noch der Länge nach auf dem Bett. Jetzt öffnete er ein Auge und blinzelte sie an. Der Katzenkorb war im Schuppen, sie konnte ihn unmöglich holen. Dante würde zurückbleiben müssen. Frankie warf sich die Handtasche über die Schulter, hob den Koffer auf und schlich auf Zehenspitzen die Treppe hinunter. Am Fuß der Treppe drehte sie sich um. Dante war ihr gefolgt. Er presste sich an ihre Beine und schnurrte. Sie hob ihn mit einem Arm hoch und verließ so leise wie möglich das Haus.

NESTA

London roch nach Teer und Abgasen. Die vielen Menschen und der Verkehr und die schwüle Luft hatten Nesta dazu bewogen, sich in ein Café in der Nähe des Bahnhofs zu flüchten. Sie versuchte immer noch, sich einen Reim auf den Anruf zu machen.

Ihr Handy hatte in dem Moment geklingelt, als sie aus dem Zug gestiegen war. Der Immobilienmakler hatte sehr aufgeregt geklungen.

»Gute Neuigkeiten! Wir haben ein Angebot, und zwar für den geforderten Preis.«

Nesta, die gerade ihren Koffer durch den Lärm und das Gedränge auf dem Bahnsteig bugsierte, hatte Mühe, die Worte des Mannes zu erfassen. »Ein Angebot? Von wem?«

»Von dem Mann, der das Haus Anfang der Woche besichtigt hat. Er will heute noch einmal mit seiner Frau kommen, aber weil er ganz sicher ist, dass sie begeistert sein wird, wollte er auf jeden Fall sein Angebot abgeben, bevor ihm jemand das Haus vor der Nase wegschnappt.« Der Immobilienmakler lachte vergnügt. »Ich konnte Ihren Mann nicht erreichen, aber ich habe eine Nachricht auf seiner Mailbox hinterlassen.«

Nesta sank der Mut. Das ging zu schnell, viel zu schnell. Sie konnte nicht klar denken.

»Ich führe ihn und seine Frau heute Nachmittag herum, aber der Herr ist sich hundertprozentig sicher, dass die Windmühle das Haus ihrer Träume ist.«

Im Café bestellte Nesta bei einem Mädchen mit halb rasiertem Schädel und einem Totenkopf-Tattoo auf dem Unterarm einen Caffè Latte und setzte sich an einen Fenstertisch. Sie nahm einen Schluck von dem kochend heißen Kaffee und dachte an ihren Garten und ihre Hühner und ihre Tochter und ihren Enkelsohn. Was in aller Welt sollte aus ihnen allen werden?

Wie war sie bloß auf den Gedanken gekommen, sie könnte einfach nach Rom fliegen, ganz zu schweigen davon, nach all den Jahren Leo zu suchen? *Unsinn ... Unsinn ...* Wieder ging ihr das Wort durch den Kopf.

Nesta nahm ihr Handy aus der Tasche und wählte Serens Nummer. Es klingelte und klingelte, bis sich erneut der Anrufbeantworter meldete. Sie versuchte es im Geschäft, aber Rose, die an den Apparat ging, hatte keine Ahnung, wo sich Seren aufhielt. Sie wusste nur, dass irgendetwas Unerwartetes passiert war. Wieder musste Nesta an den entschlossenen Gesichtsausdruck ihrer Tochter denken.

Über der Theke hing eine überdimensionale Uhr. Die Züge gingen jede Stunde; Nesta blieb eine Dreiviertelstunde, ehe sie zurückfahren konnte. Sie versuchte noch einmal, Seren zu erreichen, um ihr zu sagen, dass sie nach Hause kommen würde. Nesta war schon einmal nicht da gewesen, um ihrer Tochter zu helfen. Diesen Fehler wollte sie kein zweites Mal machen.

SEREN

Serens Puls raste, als sie viel zu schnell über die Landstraße fuhr. Der Himmel war mittlerweile bedeckt, aber die Hitze war unerträglich. Seren kurbelte das Fenster hoch und schaltete die Klimaanlage ein. Hoffentlich fing es nicht an zu regnen und sie konnten in dem Pub am Fluss draußen sitzen!

Sie hatte mit Oliver verabredet, sich am Bahnhof mit ihm zu treffen, aber ihr Gespräch mit Daniel hatte länger gedauert als erwartet. Als sie am Bahnhof ankam, war der Zug bereits abgefahren, und sie musste das Auto nehmen – ein Jammer, denn Oliver hatte versprochen, sich wieder einen ganz besonderen Wagen zu leihen. Vielleicht konnten sie nachher damit zu Daniel fahren. Zeit hatte sie genug; Griff ging nach der Schule zu einer Geburtstagsparty.

Sie dachte an das Gespräch mit ihrem Vater. Eigentlich hatte sie nicht damit gerechnet, dass er so skeptisch sein würde und Antworten auf so viele Fragen wollte. Wie hatte Seren Oliver kennengelernt? Woher wusste sie, dass sie ihm trauen konnte? Seren war sicher, wenn Daniel ihn traf, würde er selbst sehen, dass Oliver ein wundervoller Mensch war, den Frankie wirklich schlecht behandelt hatte.

Plötzlich tauchte hinter einer Kurve ein Traktor auf, auf dessen Anhänger sich meterhoch Heuballen türmten. Seren wäre beinahe mit ihm zusammengestoßen. Die hohe Hecke kratzte über ihre Fensterscheiben, als sie zurücksetzte, um den Traktor vorbeizulassen.

Seren versuchte, sich auf die Straße zu konzentrieren, nicht an Oliver zu denken, nicht daran, wie sich seine Finger auf ihrer Haut, seine Lippen auf ihren angefühlt hatten oder wie er ihr Gesicht in seine Hände genommen hatte, bevor sie gegangen war. »Ich glaube, ich bin dabei, mich in dich zu verlieben.« Seren sehnte sich fast schmerzhaft danach, ihn wiederzusehen.

Daniel würde ihn mögen, das wusste sie, und sie war sicher, dass Oliver Daniel begreiflich machen konnte, was mit Frankie los war, mit was für einer Frau er es hier zu tun hatte – labil und gewalttätig. Sie war es nicht wert, ihretwegen eine Ehe aufzugeben. Wenn ihre Mutter aus Rom zurückkam, würde ihr Vater bestimmt schon wieder in der Mühle wohnen, Nesta bitten, ihm zu verzeihen, und sein Leben mit ihr wiederaufnehmen.

Die SMS erreichte sie auf halbem Weg zum Pub. Sie blieb in der Einfahrt zu einem Feld stehen, in der Hoffnung, Oliver hätte geschrieben, dass er ihre Nachricht bekommen hatte und sich statt am Bahnhof mit ihr im Pub treffen würde.

Ihr Herz machte einen Satz, als sie sah, dass die SMS von Griffs Schule kam.

Griff hatte beim Turnen einen Asthmaanfall. Keine Sorge, er hat sich schon wieder erholt, aber um auf Nummer sicher zu gehen, sollten Sie ihn vielleicht lieber abholen.

Seren dachte kurz daran, Nesta zu bitten, Griff abzuholen, erinnerte sich aber im selben Moment daran, dass das unmöglich war. Sollte sie Daniel fragen? Nein.

Der Himmel war jetzt sehr dunkel, und einzelne dicke Regentropfen prasselten auf die Windschutzscheibe, als sie wendete. Ein plötzlicher Donnerschlag ließ Seren zusammenzucken, und gleich darauf öffnete der Himmel seine Schleusen.

Sie war schrecklich enttäuscht, aber sie dachte an Griff, der in seinem Klassenzimmer auf sie wartete. Er hasste es, einen Asthmaanfall in der Schule zu bekommen, wo all die anderen Kinder ihn anstarrten und die Erwachsenen viel Aufhebens um ihn machten. Er würde sich wünschen, möglichst schnell bei ihr zu Hause zu sein. Sie seufzte; sie würde Oliver leider mitteilen müssen, dass ihre Verabredung geplatzt war.

FRANKIE

Regentropfen liefen wie Tränen über die Windschutzscheibe, als das Auto langsam die verstopfte Hauptstraße hinaufkroch. In der Ferne leuchteten die Baustellenampeln, immer wieder zuckten Blitze über den Himmel. Menschen hasteten auf der Suche nach einem Unterschlupf über die Bürgersteige. Niemand achtete auf die Frau im Wagen.

Das Geräusch der Scheibenwischer wirkte geradezu hypnotisch auf Frankie, machte sie benommen und beraubte sie der Fähigkeit, klar zu denken. Zum x-ten Mal löste sie ihren Sicherheitsgurt und langte nach dem Türgriff, obwohl sie wusste, dass sie die Beifahrertür nicht öffnen konnte.

Seine Hand zog sanft den Gurt über ihren Bauch und schnallte sie wieder an.

Frankie konnte ihn nicht ansehen. Sie konnte nicht sprechen. Ihre Migräne hatte nachgelassen, aber ihr Schwindelgefühl nicht, und sie befürchtete, jeden Moment zusammenzubrechen, wobei der Gedanke, in ein tiefes schwarzes Loch zu fallen, ihr fast verlockend erschien. Sie schloss die Augen und versuchte, alles zu rekapitulieren, was passiert war, seit sie vor einer Stunde ihr Haus verlassen hatte.

Sie war kaum durch das Gartentor getreten, als sie auch schon den Polizeiwagen gesehen hatte. Er schob sich langsam die Straße hinauf und parkte vor Daniels Jaguar. Frankie zog den Kopf ein und eilte davon. Am Ende der Straße drehte sie sich um und sah den breiten Rücken des Polizisten im Haus verschwinden. Sie bog um die Ecke und nahm eine Abkürzung über eine enge, gepflasterte Seitengasse, die es ihr ermöglichte, die Hauptstraße zu umgehen.

Der Koffer war schwer, Dante zappelte auf ihrem Arm, und dann fing es auch noch an zu regnen.

Verzweifelt versuchte sie zu ergründen, wann Daniel die Polizei angerufen haben könnte. Hatte er das Revier verständigt, als Seren von ihren Entdeckungen berichtet hatte? Hatte Seren vor ihrem Besuch dort angerufen und gebeten, einen Beamten vorbeizuschicken? Was würde geschehen? Würde man sie verhaften? Sie wieder in die Psychiatrie einweisen lassen?

Das könnte sie nicht ertragen, sie konnte nicht wieder in diese schreckliche Klinik – die Medikamente, der Psychiater, die anderen Patienten ... Oliver hatte sie drei Monate dort gelassen, nachdem sie ihr Baby verloren hatte. Es war ein einziger Albtraum gewesen; niemand hatte ihr zugehört, niemand hatte ihr geglaubt.

»Warum haben Sie das getan, Francesca?« Sie konnte die leise Stimme des Psychiaters immer noch hören. »Warum haben Sie versucht, sich selbst und ihr Kind zu töten?«

Als Oliver sie endlich abholte, wäre Frankie überall mit ihm hingegangen, nur um aus der Klinik zu entkommen.

Der Regen war stärker geworden. Dante hatte sich zweimal aus ihrem Griff gewunden, doch die Gasse war schmal, und die Mauern auf beiden Seiten waren sehr hoch. Frankie hatte es geschafft, den Kater wieder einzufangen und weiterzugehen. Am Ende der Gasse konnte sie das lange Flachdach des Schwimmbads sehen. Dahinter lag die Straße zum Bahnhof.

Frankie schaute hinter sich und beschleunigte ihre Schritte. Obwohl die Gasse menschenleer war, hatte sie das Gefühl, beobachtet zu werden. Über ihr grollte der Donner. Dante fing wieder an zu zappeln; er sprang von ihrem Arm und schlüpfte durch den Spalt einer morschen Tür. Frankie rief immer wieder nach ihm, doch er kam nicht zurück. Sie spähte unter der Tür hindurch, aber alles, was sie sah, war ein Hinterhof voller Unkraut und kaputter Spielsachen. Von Dante keine Spur.

Mittlerweile war ihre Kleidung völlig durchnässt, und Wasser tropfte von ihren Haaren in ihre Augen und erschwerte ihr die Sicht. Frankie lehnte sich an die Mauer. Sie wollte nach Hause gehen und nachschauen, ob Dante dort war. Sie wollte zu Daniel. Welchen Sinn hatte es, vor dem Mann wegzulaufen, der sie glücklich machte und ihr das Gefühl gab, sicher und geborgen zu sein?

Heiße Tränen vermischten sich mit dem Regen, als sie sich vorstellte, Daniel nie wiederzusehen. Vielleicht war es an der Zeit, ehrlich zu sein. Wenn sie ihm alles erzählte, würde er sicher Verständnis haben. Sie wischte die Tränen weg und holte tief Luft. Sie konnte ihn nicht verlassen. Irgendwie würde sie ihm begreiflich machen, dass sie nicht verrückt war. Sie hob den Koffer auf und ging den Weg zurück, den sie gekommen war, wobei sie zwischen einzelnen Donnerschlägen immer wieder nach Dante rief.

Als der Regen noch stärker wurde, senkte Frankie den Kopf und ging schneller. Das Auto sah sie erst, als sie das Ende der Gasse erreicht hatte. Ihr Herz machte einen Satz, als sie Daniels Jaguar erkannte. Er war gekommen, um sie zu suchen! Alles würde wieder gut werden. Die letzten paar Schritte rannte sie, und als die Beifahrertür aufging, ließ sie sich auf den Sitz fallen und wandte sich zu Daniel um, um sich dafür zu entschuldigen, dass sie einfach weggelaufen war.

»Schön, dich zu sehen, Francesca!«

Frankie griff hastig nach dem Türgriff, um die Tür aufzustoßen und zu fliehen.

Er beugte sich vor und nahm ihre Hand in seine. »Kindersicherungen sind eine wunderbare Erfindung. Mein Freund, der diese Oldtimer vermietet, hat sie in alle seine Modelle einbauen lassen.«

»Lass mich bitte gehen!«, flüsterte Frankie.

Der Wagen fuhr los.

»Das kann ich nicht, Francesca. Nicht, nachdem ich eine so schöne Überraschung für dich vorbereitet habe.«

NESTA

Ein Blitz erhellte den Horizont. Nesta spähte durch die regennassen Fenster des Zuges. Das Unwetter musste direkt über der Stadt wüten. Die Hühner würden in Panik geraten, aber wenigstens bekam der Garten eine kräftige Dusche ab.

Hatte sie die richtige Entscheidung getroffen? Vielleicht sollte sie doch nach Italien fliegen. Es blieb immer noch Zeit genug, um das Flugzeug zu erwischen. Nesta zog die Zeitschrift mit dem Artikel über Leo aus ihrer Handtasche und ließ sie ungeöffnet auf ihrem Schoß liegen. Sie schloss die Augen und dachte an das neue Haus, das sie finden musste, und an all die Formulare, die bei der Scheidung zu unterzeichnen waren. Aber vor allem dachte sie an Seren. Nesta steckte die Zeitschrift wieder ein. Nein, sie musste nach Hause, das stand fest. Sie konnte nicht den ganzen Tag damit verbringen, mit der Bahn hin und her zu gondeln.

Der Lautsprecher verkündete, dass sie bald in den Bahnhof einfahren würden. Nesta griff nach ihrem Handy. Sie wollte noch einmal versuchen, Seren zu erreichen. Sie hielt es gerade in der Hand, als es zu klingeln anfing. Ihr fiel ein Stein vom Herzen – endlich reagierte Seren auf ihre Nachrichten! Aber als sie das Gespräch annahm, meldete sich am anderen Ende der Leitung nicht Seren, sondern Daniel.

»Tut mir leid, dass ich dich störe.« Seine Stimme zitterte. »Ich weiß einfach nicht, was ich machen soll.«

»Was ist los?«, fragte Nesta. »Ich nehme an, du freust dich, dass die Mühle so schnell verkauft wird.«

»Was?« Daniel klang verwirrt. »Wovon redest du, Nesta?«

»Hat der Makler dich denn nicht angerufen?«

»Ich habe gesehen, dass er es versucht hat, aber ihn zurückzurufen ist so ziemlich das Letzte, was mich im Moment interessiert.«

Nesta erschrak. »Geht es um Seren? Ist ihr etwas zugestoßen? Oder Griff?«

»Nein. Es geht um Frankie. Ich kann sie nicht finden.«

»Was soll das heißen?«

»Sie ist weg. Sie hat ihre Sachen gepackt und ist verschwunden. Ich habe überall nach ihr gesucht, aber sie scheint sich in Luft aufgelöst zu haben.« Seine Stimme brach. »Ach, Nesta, ich weiß einfach nicht, was ich tun soll!«

»Und warum rufst du mich an? Glaubst du, ich habe sie kaltgemacht und unter dem Azaleenbusch vergraben?« Nesta lachte. »Oder dachtest du, wir brennen gemeinsam nach Italien durch?«

»Das ist nicht komisch, Nesta! Heute Abend ist meine Abschiedsfeier, und Frankie sollte mitkommen.«

»Und stattdessen soll ich dich jetzt begleiten?« Nesta lächelte immer noch. »Da muss ich erst mal in meinem Terminkalender nachschauen und kurz überlegen, was ich anziehen soll.«

»Nesta, hör bitte mit den albernen Witzen auf, die Sache ist ernst!«

Der Zug verlangsamte sein Tempo, und Nesta stand auf und nahm ihre Handtasche. »Na schön, dann erzähl mir, was passiert ist, und ich versuche, es mir zu verkneifen, all die Gründe aufzuzählen, warum es mich absolut nichts angeht, wenn dir deine Freundin wegläuft.«

»Hör bitte einfach zu, Nesta! Ich bin mit meinem Latein am Ende, und ich brauche jemanden, mit dem ich reden kann.«

Nesta stellte sich in den Mittelgang und versuchte, ihren

Koffer von der Gepäckablage zu hieven. Eine junge Frau war ihr behilflich, und Nesta bedankte sich bei ihr, bevor sie fortfuhr: »Gut, Daniel, dann erzähl mir alles von Anfang an!«

»Heute Vormittag lag Frankie mit einer schlimmen Migräne im Bett; es ging ihr schon seit gestern Abend sehr schlecht. Dann tauchte vor ein paar Stunden Seren hier auf und erzählte mir Dinge, die sie von Frankies Exmann erfahren hatte, schreckliche Dinge über Frankie.«

»Was für Dinge?«

»Dass sie Probleme hatte, psychisch gestört war – gewalttätig, paranoid und an Wahnvorstellungen litt.«

»Glaubst du, das stimmt?«

»In letzter Zeit sind tatsächlich merkwürdige Dinge vorgefallen: die Nachricht an Frankie, von der ich dir erzählt habe, eine tote Krähe vor der Haustür, der Rosenstrauch wurde zerstört, mein Wagen zerkratzt, ein Kleid, das ich für Frankie gekauft habe, ruiniert. Nach allem, was Seren mir erzählt hat, schien es, als könnte Frankie all das selbst getan haben.«

»Du meine Güte! Das klingt, als ob sie professionelle Hilfe braucht.« Nesta hielt sich fest, als der Zug plötzlich kurz vor dem Bahnhof mit einem Ruck stehen blieb.

»Nein. Nein, braucht sie nicht.« Daniel holte tief Luft. »Sie war es nicht. Ich habe herausgefunden, wer dahintersteckt. Vorhin war ein Polizist hier. Er hatte sich bei unseren Nachbarn umgehört, ob einer von ihnen vielleicht jemanden gesehen hat, der in der Nähe des Hauses war und sich merkwürdig verhalten hat. Die Frau von nebenan hat ausgesagt, sie hätte gesehen, wie jemand sämtliche Rosen von dem Strauch abgeschnitten hat.«

»Und wer war es?«

Daniel machte eine Pause, bevor er leise sagte: »Es war Odette.«

»Odette? Warum sollte sie so etwas tun?«

Eine noch längere Pause folgte. Dann begriff Nesta. »Oh, Daniel, wie konntest du? Ich habe dich schon vor Jahren gefragt, ob du eine Affäre mit ihr hast, und du hast es so vehement abgestritten, dass es mir peinlich war, überhaupt gefragt zu haben. Wenn ich mich recht entsinne, hast du gesagt, sie wäre verklemmt und schwierig und jeder Mann, der sich mit ihr einließe, könnte dir nur leidtun.« Die Frau, die vor Nesta stand, drehte sich um und starrte sie an. Nesta senkte die Stimme. »Du bist wirklich unmöglich! Ich verstehe selbst nicht, warum ich überhaupt noch mit dir rede.«

»Tut mir leid, Nesta! Es war keine große Sache, eher ein Moment der Schwäche, ein One-Night-Stand ... na ja, vielleicht waren es auch zwei, drei Nächte. Aber es ist Jahre her! Ich hatte keine Ahnung, dass sie immer noch etwas für mich empfindet oder auf Frankie eifersüchtig ist.«

»Also wirklich! Meine Mutter hatte völlig recht, als sie behauptete, du würdest dich als unverbesserlicher Schürzenjäger entpuppen.« Wieder drehte sich die Frau vor ihr um. Nesta wandte den Kopf in die andere Richtung. »Warum ich dich nicht schon vor Jahren verlassen habe, ist mir ein Rätsel. Und warum Frankie etwas mit dir zu tun haben will, verstehe ich genauso wenig. Vielleicht ist ihr ja ein Licht aufgegangen, und ihr ist klar geworden, dass sie einen Mann verdient, der treu sein kann.«

»Bitte, Nesta! Ich weiß, dass ich dich manchmal schlecht behandelt habe, und es tut mir wirklich leid, aber jetzt muss ich unbedingt Frankie finden. Ich liebe sie so sehr, Nesta.«

Der Zug setzte sich ruckelnd wieder in Bewegung und fuhr langsam in den Bahnhof ein.

»Okay«, seufzte Nesta. »Ich bin sowieso auf dem Heimweg. Komm vorbei, dann werde ich dir helfen, so gut ich kann.«

SEREN

Die Lichter in der Küche flackerten, als ein weiterer Donnerschlag das Prasseln des Regens übertönte.

»Darf ich bitte zu Oscars Geburtstagsparty gehen?« Griff sah Seren, die gerade Käse rieb, flehend an.

»Mal sehen, wie du dich heute Nachmittag fühlst.« Seren streute den Käse auf eine Scheibe Brot. »Mrs. Williams hat mir gesagt, dass es ein ziemlich schlimmer Asthmaanfall war.«

»Jetzt geht's mir wieder viel besser.« Griff holte tief Luft. »Siehst du, ich keuche kein bisschen!«

»Iss dein Sandwich, ruh dich ein wenig aus, und warte ab, wie du dich gegen vier Uhr fühlst.« Seren klappte das Sandwich zu und schnitt es in vier Dreiecke.

»Bitte, Mum! Mir geht's gut, es war bloß dieser blöde Staffellauf, den wir immer und immer wieder geübt haben. Ich habe Mrs. Williams gesagt, dass mir das Laufen wehtut, aber sie hat gemeint, dass ich mir den Arm gebrochen habe, nicht die Beine.«

Ein greller Blitz erhellte den Raum. Seren schaute aus dem Fenster und sah den Wagen ihres Vaters langsam durch den strömenden Regen die Auffahrt hinauffahren. Vor der Mühle blieb er stehen.

Sie wischte sich die Hände an einem Geschirrtuch ab. »Dein Großvater ist da.«

Griffs Miene erhellte sich. »Meinst du, er spielt mit mir Schach?«

»Vielleicht. Du hockst dich jetzt hin und isst dein Sandwich, und ich setze Wasser auf. Er möchte bestimmt eine Tasse Tee.«

Seren hörte erst die Autotür, dann eine weitere Tür zuschlagen. Anscheinend hatte er Gepäck mitgebracht. Sie wollte ihre Hoffnungen nicht zu hoch schrauben, aber als sie den Kessel füllte, wurde ihr warm ums Herz. War ihr Vater nach Hause zurückgekommen?

Zwanzig Minuten später hatte Griff sein Sandwich aufgegessen und saß vor einer Schüssel Erdbeeren. Seren leerte die Teekanne aus und setzte den Kessel auf, um frischen Tee zu kochen.

»Wann kommt Grandad?«, wollte Griff wissen.

»Bald, schätze ich. Vielleicht wartet er lieber, bis der Regen ein bisschen nachlässt.« Wieder spähte Seren durchs Fenster. In der Mühle ging ein Licht nach dem anderen an, bis das ganze Gebäude erleuchtet war. Plötzlich erloschen nach einem besonders grellen Blitz und einem heftigen Donnerschlag sämtliche Lichter. Auch in Serens Küche wurde es dunkel, und der Wasserkessel hörte auf zu blubbern.

»Och nee«, stöhnte Griff. »Was soll ich denn jetzt machen? Ich wollte fernsehen.«

Seren fuhr ihm durchs Haar. »Es gibt eine Menge schöner Beschäftigungen, für die man keinen Strom braucht.«

Weitere zehn Minuten vergingen. Seren und Griff saßen am Tisch und spielten »Ich sehe was, was du nicht siehst«. Es gab immer noch keinen Strom, und Daniel ließ sich auch nicht blicken.

Seren schaute sich schon eine ganze Weile nach etwas Grauem um. »Ich gebe auf«, sagte sie schließlich.

»Die Überschwemmung.« Griff grinste. »Guck mal raus!«

Seren blickte auf und sah, dass mittlerweile der halbe Rasen unter Wasser stand. Auch um Daniels Wagen in der Auffahrt bildete sich eine immer größere Lache.

»Ich glaube, ich schaue mal eben nach, ob bei Grandad alles in Ordnung ist.« Sie stand auf und nahm Toms alte Jacke vom Haken.

»Aber ich bin noch mal dran, weil du es nicht erraten hast«, wandte Griff ein.

»Ich denke, du bist eindeutig der Tagessieger.« Seren schlüpfte in die Jacke, die ihr viel zu groß war. »Ruh dich ein bisschen aus! Nimm deine Taschenlampe, und lies dein Buch weiter!« Sie beugte sich vor und gab Griff einen Kuss auf die Wange.

»Die Jacke riecht nach Dad«, sagte der Junge.

Seren schlang die Wachsjacke lächelnd um sich und trat in den Regen hinaus.

FRANKIE

Im Zwielicht des Zimmers wirkte Olivers Gesicht wie aus Granit gemeißelt. Frankie presste sich an die Rückenlehne des Stuhls, um den Druck der Messerspitze an ihrer Brust zu vermindern. Ohne das Messer zu bewegen, kauerte sich Oliver vor sie.

Frankie schloss die Augen und wartete auf die Schmerzen. Sie konnte fühlen, wie sein Atem über ihre Wange strich. Sie versuchte, ihre Handgelenke frei zu bekommen, aber er hatte sie so stramm mit Klebeband an den Lehnen von Nestas hölzernem Schlafzimmerstuhl fixiert, dass Frankie sich nicht rühren konnte. Als sie die Augen wieder öffnete, sah sie sich selbst im Frisierspiegel. Sie versuchte, Ruhe zu bewahren.

Oliver erhöhte den Druck des Messers. Frankie konnte das laute Pochen ihres Herzens hören.

»Ich könnte genau das tun, was du mir angetan hast, Francesca. Ich könnte dir das Messer in den Leib stoßen. Ich könnte dich deinen Qualen überlassen, hier in diesem Zimmer, mich nicht darum scheren, ob du am Leben bleibst oder stirbst.«

Der Druck des Messers verstärkte sich weiter.

»Lass mich bitte frei!«, flüsterte Frankie.

Oliver beugte sich vor und streifte mit seinen Lippen flüchtig ihre Stirn. »Ich hätte dich nicht an den Stuhl fesseln müssen, wenn du nicht immer wieder versucht hättest wegzulaufen.«

»Ich verspreche dir, nicht wegzulaufen, wenn du das Klebeband abnimmst.«

Oliver schüttelte langsam den Kopf. »Ich weiß, dass ich dir nicht vertrauen kann, Francesca, so gern ich es auch täte.« Einen Moment lang schwieg er. Unverwandt starrte er ihr in die Augen. »Erinnerst du dich an all das Blut? Der ganze Boden war voller Blut. Und wir auch.«

»Ich hatte Angst«, sagte Frankie.

Oliver nahm das Messer von ihrer Brust und streichelte ihre Wange. »Pst.«

»Du wolltest mir wehtun. Du hast den Hammer über meinen Kopf gehalten. Ich dachte, du wolltest ...«

»Pst«, wiederholte Oliver und legte die Finger an ihre Lippen. »Ich hätte dir nie wehgetan.« Er beugte sich vor und küsste sie auf den Mund.

Frankie wollte den Kopf abwenden, aber Oliver hielt ihr Gesicht mit beiden Händen fest. »Du wirst lernen, mich wieder zu lieben. Das musstest du immer wieder lernen. Ich war der Einzige, der dir helfen konnte, wenn die Dinge außer Kontrolle gerieten. Ich liebe dich immer noch. Ich kann dir immer noch helfen.«

»Ich ... ich habe doch nichts getan, ich habe doch nichts falsch gemacht ...«, stammelte Frankie.

Sofort lag das Messer an ihrer Kehle. »Nichts falsch gemacht? Erinnerst du dich nicht an all die Männer, Francesca? Die Männer, denen du schöne Augen gemacht hast, mit denen du geflirtet hast? Jetzt weiß ich, dass du wahrscheinlich mit ihnen allen geschlafen hast.«

»Das ist nicht wahr, das habe ich dir doch immer wieder gesagt. Es hat keine anderen Männer gegeben, ich habe nie einen anderen angeschaut.«

Die Spitze des Messers bohrte sich fester in ihr Fleisch. »Weißt du nicht mehr, warum ich zum Hammer greifen musste?« Olivers Augen wurden schmal. Frankie versuchte noch einmal, ihre Arme zu bewegen. »Klingelt es bei dem Namen Samuel Brookes etwa nicht?«

Frankie antwortete nicht.

Oliver stand auf, stellte sich hinter sie und starrte ihr Spiegelbild an, während er mit der Klinge ihren Nacken auf und ab fuhr. »Samuel Brookes«, wiederholte er. »Der Galerist. Der Mann, den ich bei dir im Atelier angetroffen habe. Der Mann, mit dem du dich verabredet hast, als du dachtest, ich hätte außerhalb zu tun.«

»Nein.« Frankie schüttelte den Kopf. »Er ist nur gekommen, um sich die Bilder für die Ausstellung anzuschauen, und er war einen Tag zu früh dran, sonst hätte ich dir gesagt, dass er kommt. Du hättest meine Bilder nicht aufschlitzen müssen, du hättest mir nicht wehtun müssen.«

Oliver schnalzte ungläubig mit der Zunge. »Es war genauso wie all die anderen Male, wie bei all den anderen Männern. Wie bei dem Mann, der dein Kind gezeugt hat.«

Frankie starrte sein Gesicht im Spiegel an. »Hast du mich deshalb die Treppe hinuntergestoßen? Weil du gedacht hast, das Kind wäre nicht von dir?«

»Dich die Treppe hinuntergestoßen?« Oliver nahm das Messer wieder weg. »Das hätte ich nie getan. Du warst so überwältigt von Schuldgefühlen, dass du dich selbst hinuntergestürzt hast. Danach habe ich geglaubt, du würdest dich ändern. Ich habe gedacht, die Ärzte könnten dir helfen.« Er strich über ihr Haar. »So kurz. Wir hätten sie viel früher abschneiden sollen. Mit diesen langen Haaren hast du ausgesehen wie eine Nutte. Wir hätten sie schon vor Jahren abschneiden sollen, vielleicht hätten die Männer dann aufgehört, dich anzugaffen.« Er strich noch einmal über ihren Kopf, packte dann plötzlich ein Büschel Haare und zog so fest daran, dass Frankie sich krümmte. »Aber sie haben nicht damit aufgehört, stimmt's?« Er zwang sie, den

Kopf zur Seite zu drehen. »Ja, Francesca, obwohl dein Haar so kurz ist, bist du *Daniel* aufgefallen. *Daniel* wollte dich.«

»Warum hast du mich hierhergebracht?«

Oliver schien sich zu entspannen. Er ließ ihr Haar los, nahm das Messer von ihrem Hals und sah sich in dem runden Zimmer um. »In die Windmühle?« Er lächelte, und als sie ihn im Spiegel ansah, erinnerte Frankie sich daran, wie er ausgesehen hatte, als sie einander zum ersten Mal begegnet waren, an das Lächeln, bei dem ihr innerlich warm geworden war, das Lächeln, das sie geliebt hatte. »Weil das hier unser neues Zuhause ist. Ich habe es mit all dem Geld gekauft, das ich in deiner Abwesenheit verdient habe.« Sein Lächeln verzerrte sich zu einer Grimasse, an die sich Frankie ebenfalls nur allzu gut erinnern konnte. »Du hast dir doch immer ein schönes Haus gewünscht, Francesca, und das hier ist schön, oder?«

»Aber es ist Daniels Haus«, flüsterte Frankie.

»Er braucht es nicht mehr. Jetzt kann er es uns überlassen.«

»Bitte nicht, Oliver!«

»Was? Willst du etwa nicht hier wohnen?« Seine Augen verengten sich. »Ach, verstehe. Du willst nicht an die Familie erinnert werden, die du auseinandergerissen hast. In Wahrheit hast du nicht nur mein Leben ruiniert, Francesca, sondern auch das Leben von Daniels armer Frau, seiner armen Tochter, seines unschuldigen kleinen Enkelsohns.«

Plötzlich riss Oliver ihren Kopf nach hinten, sodass sie zu ihm aufblickte. »Genau das tust du, Francesca: Du zerstörst Leben. Angefangen bei deinen Eltern und deinem Bruder. Sie hätten diesen Autounfall nie gehabt, wenn du nicht so ein bockiger Teenager gewesen wärst. Das gemeinsame Abendessen abzulehnen, einen Wutanfall zu bekommen, ihnen an den Kopf zu werfen, wie sehr du sie hasst – das alles hat sie so verstört, dass sich dein Vater nicht aufs Fahren konzentrieren konnte.« Oliver machte ein bekümmertes Gesicht und hob erneut das Messer. »Erinnerst du dich noch, wie du mir bei unserer ersten Begegnung erzählt hast, wie schuldig du dich fühlst? Du hattest ständig Albträume.« Er fuhr mit der Klinge leicht über ihre Wange. »Du tust Menschen weh, das hast du schon immer getan. Und jetzt läufst du vor Daniel weg, nur weil er alles über dich erfahren hat. Du hättest bleiben können, um wie eine erwachsene Frau darüber zu reden, Erklärungen oder Entschuldigungen zu finden. Aber nein, du bleibst deinem Stil treu und haust einfach ab. Armer Daniel, bestimmt leidet er jetzt genauso, wie ich damals gelitten habe!« Er drückte die Spitze der Klinge direkt unter ihr Auge. »Doch da wir nun wieder zusammen sind, wirst du schnell lernen, dass du nie mehr vor mir weglaufen kannst. Ich werde dich immer finden, Frankie Hyde. Ich liebe dich viel zu sehr, um dich gehen zu lassen.«

Plötzlich verstärkte Oliver den Druck seiner Hand, und das Messer schnitt in Frankies Haut. Sie schnappte nach Luft, als sie im Spiegel Blut über ihre Wange laufen sah.

»Ach herrje!« Oliver nahm einen Schal, der an Nestas Kommode hing, und tupfte behutsam Frankies Gesicht ab. »Du musst dich geschnitten haben.«

Draußen donnerte es. Oliver trat ans Fenster und schaute hinaus. »Was für eine tolle Aussicht! Sogar bei Unwetter sieht es fantastisch aus. Wir werden hier lange Zeit sehr, sehr glücklich sein.«

Oliver kam zu Frankie zurück und hob sanft ihr Kinn an, um ihre Verletzung zu betrachten. Wieder tupfte er mit dem Schal das Blut ab. »Du brauchst ein Pflaster. Soll ich mal schauen, ob ich irgendwo Verbandzeug finde?«

Er ging auf die Zimmertür zu. Plötzlich erhellte ein Blitz den Raum, und Frankie konnte im Spiegel sehen, wie die Tür geöffnet wurde und eine Gestalt erschien, eine Frau mit langen, nassen Haaren und übergroßer Jacke. Den Bruchteil einer Sekunde glaubte Frankie, Seren wäre gekommen, weil sie mit Oliver gemeinsame Sache machte. Doch dann zuckte wieder ein Blitz über den Himmel, und im gleißend hellen Licht konnte Frankie das Entsetzen auf Serens Gesicht erkennen.

»Was zum Teufel machst du denn hier?« Oliver klang zornig.

Seren antwortete nicht; sie war wie erstarrt. Frankie hatte Angst, Oliver würde sie die Treppe hinunterschubsen, aber stattdessen packte er sie an der weiten Jacke und zerrte sie ins Zimmer, stieß sie grob aufs Bett und schwenkte das Messer vor ihrem Gesicht. »Ich dachte, du wolltest deine Nase nicht mehr in anderer Leute Angelegenheiten stecken?«

Nach einem Moment der Benommenheit schien Seren ihre Stimme wiederzufinden. »Du bist wahnsinnig! Ich habe dich durch die Tür gehört, Oliver, jedes Wort. Du bist absolut wahnsinnig! Du hast mich benutzt, um an Frankie heranzukommen. Jetzt ist mir klar, wie dumm ich war. Ich hätte mich nie mit dir in Verbindung setzen dürfen.«

Oliver grinste. »Und ich dachte, es macht dir Spaß. Ich dachte, du magst mich.« Sanft schob er mit der Messerspitze eine feuchte Locke aus ihrem Gesicht. »Ich mochte dich jedenfalls. Aber nachdem ich Francesca endlich gefunden hatte, konnte ich sie nicht wieder entwischen lassen. Verstehst du, Francesca ist mein Engel, meine Muse. Meine Skulpturen ... sie alle sind Francesca.«

»Es tut mir leid, Frankie!«, sagte Seren. Frankie konnte ihr Gesicht im Spiegel sehen. »Ich hatte keine Ahnung, was du durchgemacht hast. Mir war nicht klar, was für ein Mensch Oliver ist.«

»Halt die Klappe!«, fuhr Oliver sie an. Er zog das Klebeband aus seiner Jackentasche, packte Serens Handgelenke und versuchte, sie zusammenzubinden.

Seren trat mit dem Fuß nach ihm und erwischte ihn zwischen den Beinen. Oliver ließ sie los und stieß einen Wutschrei aus. Seren war im Handumdrehen bei der Tür und versuchte, die Klinke herunterzudrücken, aber die Ärmel der Jacke waren so lang, dass sie über ihre Finger fielen und sie behinderten. Oliver zog sie aufs Bett zurück und hielt sie fest, diesmal mit dem Messer an ihrer Kehle.

»Lass sie los!«, schrie Frankie und versuchte erneut, ihre Hände frei zu bekommen, indem sie auf dem Stuhl hin und her wippte und sich dabei mit den Füßen vom Frisiertisch abstieß. Der Stuhl kippte nach hinten um, und Frankie verdrehte ihren Oberkörper, um das Klebeband an ihren Handgelenken durchzubeißen. Doch sie kam nicht heran.

»Oh nein, das lässt du schön bleiben!« Oliver war mit einem Satz bei ihr, stellte den Stuhl wieder hin und stieß ihn so fest auf den Frisiertisch zu, dass sich die Kante in Frankies Magen bohrte. Dann hielt er das Messer an ihren Nacken. Im Spiegel sah Frankie, wie Seren wieder zur Tür lief.

»Wenn du dieses Zimmer verlässt, steche ich zu.« Olivers Stimme war ganz ruhig.

Seren griff nach der Türklinke. Oliver zog das Messer über Frankies Haut. Sie schrie auf, als ein jäher Schmerz durch ihren Nacken schoss und etwas Feuchtes, Warmes ihren Rücken hinunterlief.

Oliver drehte sich wieder zu Seren um. »Setz dich aufs Bett, sonst schneide ich sie noch einmal!«

Seren zögerte, und Oliver fuhr mit dem Messer über Frankies Rücken. Er schlitzte ihr T-Shirt auf und hielt die Spitze der Klinge direkt unter ihr Schulterblatt.

Frankie sah im Spiegel, wie Seren sich setzte.

NESTA

Der Wolkenbruch war zu einem stetigen Nieselregen abgeflaut, und der bleierne Himmel hatte sich zu einem fahlen Grau aufgehellt. Der Taxifahrer ließ Nesta am Tor aussteigen, und sie ging mit ihrem Koffer in der Hand die Auffahrt hinauf. Der Koffer schien viel schwerer zu sein als am Morgen.

Als sie Daniels Wagen in einer großen Pfütze vor dem Haus stehen sah, wurde Nesta noch schwerer ums Herz. Würde es immer so sein? Würde Daniel jedes Mal, wenn es in seinem Leben eine Krise gab, zu ihr gelaufen kommen? Von der Ehefrau zur Kummerkastentante degradiert, dachte Nesta. Leiser Zorn regte sich in ihr, der sich verstärkte, als ihr klar wurde, dass sie durch die Pfütze waten musste, um zur Haustür zu gelangen. Sie zog die Schuhe aus. Sie waren ganz neu; sie hatte sie extra für Italien gekauft, und sie jetzt auszuziehen schien das Ende ihrer Reise zu besiegeln. Der feine Kies der Auffahrt scheuerte unter ihren Fußsohlen.

In der Küche knipste Nesta das Licht an. Doch es blieb dunkel. Sie seufzte und rief nach Daniel. Er antwortete nicht. Nesta tappte barfuß ins Wohnzimmer und spähte über den durchnässten Rasen zur Scheune hinüber. Das Haus sah dunkel und verlassen aus, aber sie konnte Serens kleinen grünen Van neben dem Haus stehen sehen. Wahrscheinlich ist Daniel bei ihr, dachte Nesta und fragte sich, wie viel er ihr von Odettes Rachefeldzug erzählen würde. Würde er Seren die kurze Affäre mit seiner Sekretärin beichten?

»Affäre!« Nesta sprach das Wort laut aus, während sie im

Wohnzimmer nach dem Lichtschalter tastete. *Affäre, Affäre, Affäre,* dachte sie erbost. *Ist dir nie der Gedanke gekommen, dass deine verdammten Affären irgendwann einmal unerfreuliche Folgen haben könnten, Daniel Saunders?*

Sie sollte jetzt bei den beiden sein, das wusste sie. Vor allem bei Seren. Bestimmt würde Daniel ihr von dem Angebot für das Haus erzählen. Nesta griff nach ihren Gummistiefeln; die würde sie brauchen, um durch das patschnasse Gras zu gehen. Plötzlich schien der Versuch, ihre feuchten Füße in die Stiefel zu zwängen, zu anstrengend. Es war alles zu spät; zu spät, um Seren und Griff zu beschützen, zu spät, um Daniel zu helfen, zu spät, um Leo zu finden. Die Gummistiefel in der Hand, blieb sie mitten im Zimmer stehen. Leo war reine Fantasie gewesen, ein Wunschtraum, ein Mittel, um über ihr gebrochenes Herz hinwegzukommen.

Ihr Herz tat weh, ihr ganzer Körper schmerzte. Sie ließ die Stiefel fallen, warf sich in einen Sessel und schloss die Augen. Nesta gab sich einem Tagtraum hin. Sie lag in einem heißen, wohlriechenden Bad, in der Hand eine Tasse Tee, im Hintergrund Musik, die aus einem altmodischen Trichtergrammofon kam. Sie ließ sich in den duftenden Schaum sinken; sie war wieder neunzehn Jahre alt und sehr verliebt in Daniel.

Ein Geräusch riss sie schlagartig in die Realität zurück. Nesta setzte sich auf. Das Geräusch war von oben gekommen. Da war es schon wieder – ein dumpfer Laut, dann Stille. Sie schloss wieder die Augen. Vielleicht hatte sie es sich nur eingebildet. Ihre Füße waren kalt geworden. Ihr Traum fiel ihr wieder ein.

»Ein schönes, heißes Bad ist genau das, was du brauchst, Mädchen.« Sie wiederholte das, was ihre Mutter nach einer langen Nacht bei den lammenden Schafen zu sagen pflegte, auch wenn die rostige Gusseisenwanne mit dem spärlichen, lauwarmen Wasser auf dem Hof ihrer Eltern weit von dem entfernt war, was Nesta vorschwebte.

Sie stand auf. Draußen fuhr ein Wagen vor, und als Nesta die Haustür öffnete, sah sie zu ihrer Überraschung direkt hinter Daniels Wagen einen identischen blauen Jaguar stehen. Sie beobachtete, wie Daniel aus dem zweiten Jaguar stieg und um den anderen herumging.

»Was ist denn hier los?«, rief Nesta ihm zu. »Ich dachte, das ist deiner.«

Daniel zuckte mit den Schultern und kam zu ihr. »Wahrscheinlich gehört er dem Mann, der die Mühle kaufen will. Der Immobilienmakler hat mich vorhin angerufen und gefragt, ob er und seine Frau etwas früher als vereinbart kommen könnten, um das Haus zu besichtigen. Der Typ muss heute Nachmittag noch nach London zurück, und der Makler hatte ein Meeting und konnte ihn deshalb nicht begleiten. Ich habe ihm gesagt, es wäre okay, er könnte ihm ruhig die Schlüssel geben.« Daniel lachte gezwungen. »Komisch, dass er auch einen blauen E-Type fährt!«

Nesta verschränkte die Arme. »Du hättest mir mitteilen können, dass jemand im Haus ist. Ich habe oben Geräusche gehört und hatte keine Ahnung, dass diese Leute da sind. Ich wollte gerade ein Bad nehmen.«

»Tut mir leid«, murmelte Daniel.

Nesta fiel auf, wie erledigt er aussah. »Komm lieber erst mal rein!«

Daniel trat ins Haus. »Zu einer Tasse Tee würde ich nicht Nein sagen.«

»Pech gehabt, das Gewitter hat uns einen Stromausfall beschert.«

»Dann genehmige ich mir einen Whisky.« Daniel ging zu dem Wandschrank unter der Treppe, in dem seine Whisky-

Sammlung immer noch fein säuberlich aufgereiht in den Regalen lag. »Ich weiß einfach nicht, was ich wegen Frankie unternehmen soll. Sie ist nirgends zu finden und geht nicht ans Telefon. Meinst du, Odette hat ihr vor ihrer Verhaftung noch irgendwie eine Falle gestellt? Soll ich die Polizei anrufen?« Er öffnete die Schranktür und nahm eine Flasche Scotch heraus.

»Also wirklich, Daniel.« Nesta hatte sich ein Glas geholt und öffnete jetzt eine Flasche Wein. »Ich sehe nicht ganz ein, wie du nach allem, was passiert ist, ausgerechnet von mir Hilfe erwarten kannst. Du hast mich nicht mal gefragt, warum ich nicht unterwegs nach Italien bin.«

»Ich weiß, ich weiß. Ich bin ehrlich dankbar, dass du für mich da bist.« Daniel nahm sich ein Glas. »Warum bist du nicht auf dem Weg nach Italien?«

Nesta seufzte. »Das zu erklären ist mir jetzt echt zu umständlich.«

Daniel setzte sich hin und stützte den Kopf in die Hände. »Ich bin einfach krank vor Sorge um Frankie. Ich muss ihr das mit Odette erklären. Bestimmt denkt sie, dass ich glaube, sie hätte all diese Dinge selbst gemacht.«

Wieder war von oben ein lautes Rumpeln zu hören. Daniel richtete sich auf und sah Nesta an. »Was zum Teufel treiben die da oben? Werfen sie die Möbel durch die Gegend?«

Nesta spähte die Wendeltreppe hinauf. »Vielleicht sollten wir mal nachschauen, ob alles in Ordnung ist.«

Daniel stand auf. »Na, dann los! Ich gehe als Erster.«

SEREN

Ihr Gesicht schmerzte. Sie versuchte, die Lippen zu bewegen, schaffte es aber nicht; das Klebeband auf ihrem Mund saß zu stramm. Ihre Augen durchforsteten den runden Raum nach einem Fluchtweg. Sie dachte an Griff, der ganz allein in der Scheune saß. Hoffentlich dachte er daran, dass sein Inhalator in der Kommodenschublade lag! Und hoffentlich kam er nicht auf die Idee, herüberzukommen und nachzuschauen, wo sie blieb!

Seren schloss die Augen. *Bitte hilf mir, Tom!* Die Worte gingen ihr unablässig durch den Kopf. Sie konnte Toms Geruch an seiner Jacke wahrnehmen, und mit geschlossenen Augen konnte sie sich fast einbilden, dass er hier bei ihr war und versuchte, ihre Handgelenke von dem verschnörkelten Kopfstück des Bettes zu befreien. *Tom, Tom, Tom.* Sosehr sie sich auch bemühte, ihre Gedanken konnten Olivers Stimme nicht überdecken.

»Ich muss dir leider eine Lektion erteilen, Frankie. Nur eine kleine Lektion, damit du nie mehr auf die Idee kommst, mich zu verlassen.«

Auch Frankies Mund war inzwischen zugeklebt. Oliver hatte ihn mit dem Klebeband verschlossen, als Seren geglaubt hatte, einen Wagen in der Auffahrt zu hören, und zu schreien angefangen hatte. Frankie hatte sofort in ihre Hilferufe miteingestimmt.

Nachdem beide Frauen gefesselt und geknebelt waren, ging Oliver nach draußen auf den Balkon und schaute durch das

Teleskop zur Auffahrt. Gleich darauf kam er wieder herein. »Deine Mutter ist zu Hause, Seren. Sieht so aus, als wäre ihr kleiner Urlaub geplatzt.«

Seren versuchte verzweifelt freizukommen.

Oliver setzte sich zu ihr aufs Bett und strich ihr zärtlich über das Gesicht. »Bleib schön still liegen wie ein braves Mädchen, während ich mir einen Plan zurechtlege.« Dann ging er zu Frankie. »Blutest du immer noch, Francesca?« Er fuhr mit den Fingern über den Schnitt an ihrem Nacken und verrieb das Blut wie Rouge auf ihren Wangen. »Hure«, flüsterte er und beugte sich vor, um eine blutige Wange zu küssen.

Frankie zuckte zurück. Oliver lachte. »Ich liebe dich.« Er ging wieder auf den Balkon.

Seren und Frankie schauten einander im Spiegel an. Diesmal blieb Oliver länger draußen. Frankie fing wieder an, mit dem Stuhl hin und her zu wippen. Seren behielt die Balkontür im Auge. Vereinzelte Sonnenstrahlen drangen durch die graue Wolkendecke und blitzten wie Morsezeichen auf dem Messing des Teleskops. Von Oliver war nichts zu sehen. Frankie suchte wieder Serens Blick, und sie nickte. Frankie wippte stärker, bis der Stuhl laut krachend auf die Seite fiel.

Oliver war sofort da. Er hob den Stuhl auf und knallte ihn so heftig auf den Boden, dass Frankie bei der Erschütterung zusammenzuckte. Oliver drehte den Stuhl um, sodass sie Seren gegenübersaß, und hob drohend das Messer.

»Ihr Weiber müsst lernen, euch zu benehmen!« Jetzt war seine Stimme nicht mehr ruhig. »Ihr macht mich rasend.« Mit einer raschen Bewegung schlitzte er Frankies T-Shirt auch vorne auf. Es klaffte auseinander und gab den Blick auf ihren BH frei.

»Und du bringst mich dazu, schreckliche Dinge zu tun, Francesca.« Olivers Stimme wurde lauter, bis er schrie. »Ich bin kein böser Mensch, das bin ich nicht, ich nicht! Du machst mich böse, wenn du nicht tust, was ich sage. Wenn du versuchst, mich zu verlassen.« Er brach ab, und als er wieder sprach, war es kaum mehr als ein Flüstern. »Lass mich nicht allein!« Seine Stimme bebte, und er zitterte am ganzen Körper. Er sank aufs Bett. »Verlass mich nicht! Bring mich nicht wieder dazu, schlimme Dinge zu tun!«

Seren, der auffiel, wie es um seine Mundwinkel zuckte, glaubte, er würde anfangen zu weinen, und versuchte, durch das Klebeband auf ihrem Mund begütigende Laute von sich zu geben. Mit einem plötzlichen Aufschrei fuhr Oliver herum und stieß das Messer in Toms Jacke. Es verfehlte Seren und drang durch den gewachsten Stoff in die Matratze ein. Oliver ließ es stecken und ging nach draußen zurück. Seren konnte sehen, wie er wieder durch das Teleskop schaute.

Frankie weinte. Tränen verschmierten das Blut auf ihrem Gesicht; stumme Schluchzer schüttelten ihren Körper.

Tom, bitte hilf mir! Seren schloss die Augen.

Als die Türklinke sich bewegte, riss sie die Augen auf und starrte beschwörend zur Tür, als könnte sie ihre Mutter auf diese Weise dazu bringen, sie nicht zu öffnen.

Die Tür flog auf, und ihr Vater stürzte ins Zimmer. Seine Augen schossen von Seren zu Frankie. Hinter ihm tauchte ihre Mutter auf.

»Mein Gott! Was ist passiert?« Daniel wusste anscheinend nicht, um welche der Frauen er sich zuerst kümmern sollte.

Nesta lief zu Seren und versuchte vergeblich, ihre Hände frei zu bekommen. »Durchhalten, Liebes! Ich rufe die Polizei.«

Im nächsten Moment war Oliver im Zimmer. Daniel und Nesta wichen an die Wand zurück, als er das Messer so schwungvoll aus der Matratze riss, dass Federn aus der Bettdecke stoben. Immer wieder stach er vor Daniel und Nesta in die Luft und verfehlte dabei nur knapp ihre Gesichter. »Setzen!«, brüllte er.

Nesta sank auf den Boden, doch Daniel machte einen Satz auf Oliver zu und versuchte, ihn am Arm zu packen. Das Messer bohrte sich blitzschnell in Daniels Schulter, und Seren sah, wie sich ihr Vater vor Schmerzen krümmte und zusammenbrach. Im selben Moment bemerkte sie Griff. Er stand in der Balkontür, das Gesicht weiß vor Entsetzen, eine Hand auf den Mund gepresst. Er musste die Außentreppe hinaufgestiegen sein. Mit weit aufgerissenen Augen schüttelte sie den Kopf, und er verschwand. Was für ein Glück, dass Oliver den Jungen nicht gesehen hatte!

Daniel sank stöhnend neben Nesta auf den Boden. Ein dunkler Fleck breitete sich auf seinem Ärmel aus.

Oliver legte einen Arm um Frankie und drückte sie an sich. Er lächelte. »Schön, Sie zu sehen, Mr. und Mrs. Saunders. Das ist meine Frau Francesca. Ich glaube, man hat Ihnen mitgeteilt, dass wir ein Angebot für Ihr wunderschönes Haus abgegeben haben.«

FRANKIE

Ein Streifen Sonnenlicht fiel auf Daniel und Nesta und ließ den dunkelroten Fleck, der sich auf Daniels neuem Leinenhemd ausbreitete, grell aufleuchten. Daniel, der die Augen eine Weile geschlossen hatte, öffnete sie wieder und sah Frankie an. Sie war sich eindringlich des Blutes auf ihrem Gesicht und ihrem Nacken bewusst, ihrer festgebundenen Arme, des klaffenden T-Shirts und des entblößten BHs. Sie versuchte, Daniel mit Blicken zu verstehen zu geben, wie sehr sie ihn liebte, wie sehr er sich bemühen musste durchzuhalten.

Oliver stand neben ihr, ließ das Messer von einer Hand in die andere gleiten und ritzte gelegentlich Striche in das Furnier der Frisierkommode. Er schien unschlüssig zu sein, wie es weitergehen sollte. Sein Blick schoss unstet im Zimmer hin und her. Seine Augen hatten einen irren Ausdruck, die Pupillen schienen erweitert zu sein, und er blinzelte nicht ein einziges Mal. Seine Kiefermuskeln zuckten, und alle paar Sekunden stieß er einen zischenden Laut zwischen den Zähnen hervor.

»Seren und ich kennen einen netten Zeitvertreib«, sagte er plötzlich. »Wir haben einander unsere Geheimnisse anvertraut, tiefe, dunkle Geheimnisse, von denen niemand etwas ahnt. Hat Spaß gemacht, stimmt's, Seren? Dabei sind viele interessante Dinge ans Licht gekommen.« Er trat von Frankie weg und machte einen Schritt aufs Bett zu.

Frankie nutzte die Gelegenheit, mit ihrem Fuß auszuholen und auf Olivers Knöchel zu zielen, in der Hoffnung, ihn lange genug außer Gefecht zu setzen, um Nesta eine Chance zum

Entkommen zu geben. Aber Oliver wich ihrem Tritt geschickt aus und drehte den Stuhl wieder zum Frisiertisch um, wobei er ihn so dicht an die Kante schob, dass ihre Beine eingeklemmt waren.

Er wandte sich zu Daniel um. »Ich muss mich für meine Frau entschuldigen.« Oliver bückte sich und küsste Frankies Scheitel. »Sie ist sehr temperamentvoll.« Er zeigte auf Seren. »Nicht wie Ihre Tochter. Sie gibt sich große Mühe, es immer allen recht zu machen.« Er lachte. »Aber im Grunde ist sie genauso eine Hure wie Francesca. Und wie meine Mutter. Verlogen und hinterhältig. Verheimlicht Dinge vor den Menschen, die sie am meisten lieben.«

»Nein«, stöhnte Daniel.

»Was passt Ihnen nicht?«, fragte Oliver ruhig. »Die Art, wie ich über Ihre Tochter gesprochen habe, über meine Frau oder über meine Mutter?«

»Sie sind krank!« Daniels Stimme klang etwas kräftiger. »Die Polizei wird bald hier sein und Sie einsperren.«

Oliver zuckte mit den Schultern. »Da haben Sie vermutlich recht. Mir ist klar, dass ich notgedrungen ein bisschen zu weit gegangen bin und möglicherweise einiges zu erklären habe, aber bis es so weit ist, möchte Ihre Tochter Ihnen vielleicht ihr Geheimnis erzählen, Daniel.« Er sah Seren an, deren Augen sich weiteten. »Da sie die Worte im Moment anscheinend nicht über die Lippen bringt, werde ich für sie sprechen müssen. Könnte es sein, dass Seren genauso viele Geheimnisse hat wie Sie, Daniel?« Oliver schüttelte langsam den Kopf und lächelte. »Irgendwie bezweifle ich das.«

Frankie schaute zu Daniels Tochter hinüber. Alle Farbe war aus Serens Gesicht gewichen. Sie starrte zu einem Riss in der Decke empor, als wollte sie versuchen, durch ihn zu entkommen.

»Nun, wo fangen wir an? Mit Arlow, nicht wahr?« Oliver richtete die Frage an Seren. Als sie nicht antwortete, brüllte er so laut »Arlow Laverne«, dass Frankie zusammenzuckte, während Seren Oliver flehend ansah. Er senkte die Stimme. »Richtig, Arlow. Er war der Vater deines Babys, oder, Seren? Des Babys, von dem du deinen Eltern nie etwas erzählt hast.«

Nesta schnappte nach Luft.

Oliver verzog den Mund zu einem gespielt mitleidigen Lächeln. »Arme Seren! Bringt mitten in der Wildnis von Wales in einer kalten Winternacht ein Kind zur Welt. Ihr Freund hat sie sitzen lassen, ihre Eltern sind Tausende Kilometer entfernt. Nur ihre gottesfürchtige Großmutter ist für sie da, eine Frau, die genau weiß, was zu tun ist, damit das Kind tot geboren wird.« Oliver machte eine Pause, um seine Worte wirken zu lassen, und fuhr fort: »Rhiannon hat man die Kleine im Krankenhaus genannt, aber du hast dir eine Sophie gewünscht, nicht wahr, Seren? Sophie, wie hübsch! Aber niemand hat dir zugehört, niemand hat sich für das junge Mädchen interessiert, das in Schwierigkeiten geraten war. Noch dazu ein halb schwarzes Baby. Ts, ts. Wen hat es schon geschert, welcher Name auf dem Grab stehen sollte?«

Frankie beobachtete, wie Mutter und Tochter einander ansahen, wie sich tiefer Schmerz auf Nestas Gesicht ausbreitete.

»Ach, *cariad*«, flüsterte Nesta. »Mein armer Liebling. Jetzt verstehe ich ...«

NESTA

Auf einmal ergab alles einen Sinn.

»Hätte ich das nur gewusst!«

Nesta sehnte sich danach, Seren in die Arme zu nehmen und festzuhalten, ihrer Tochter den Trost zu schenken, den sie ihr vor so langer Zeit vorenthalten hatte. Aber Daniels Gewicht lastete immer schwerer auf ihr; er schien sehr schnell Blut zu verlieren. Sie veränderte ihre Position ein wenig, und Daniels Kopf sank an ihre Brust. Er stöhnte, und sie strich über sein Haar. Das Blut lief an seinem Arm hinunter, floss über seine Uhr und seine Hand und tropfte von seinen Fingern auf den Boden. Nesta sah sich verzweifelt um und überlegte fieberhaft, was sie tun könnte. Von draußen war ein Geräusch zu hören, ein Scharren, ein Rascheln. Ein Schatten erschien in der Balkontür und war gleich darauf wieder verschwunden.

Oliver schien nichts bemerkt zu haben. Nesta fragte sich, ob es nicht das Beste wäre, ihn dazu zu bringen, weiterzureden, ihn abzulenken, damit er nicht nach draußen ging.

Sie hob den Kopf und sah Oliver an. »Ich hätte etwas tun können, um Seren zu helfen«, sagte sie.

Er kauerte sich vor Nesta und kratzte sich mit der Messerspitze am Kopf. »Und was hätten Sie getan, Mrs. Saunders?«

»Zuerst einmal hätte ich mir große Mühe gegeben, Arlow zu finden.« Nesta blickte zu Seren, während sie Oliver antwortete. »Er hätte seinen Teil der Verantwortung übernehmen müssen.«

»Und glauben Sie, Daniel hätte Ihnen bei der Suche geholfen?« Oliver verzog die Lippen zu einem höhnischen Lächeln. »Hätte er die beiden Turteltauben ermutigt, wieder zueinanderzufinden?« Oliver beugte sich ein wenig vor. Nesta konnte seinen Atem auf ihrem Gesicht spüren, als er langsam fortfuhr: »Um *alles* zu klären?«

Nesta versuchte, ihr Gesicht von Oliver abzuwenden. »Natürlich. Was auch immer die Ursache für den Bruch zwischen Seren und Arlow gewesen sein mag, so schlimm kann es nicht gewesen sein. Sie waren doch noch so jung.«

Oliver hockte sich auf alle viere und schob sein Gesicht vor das Daniels, das mittlerweile auf Nestas Schoß gesunken war. »Aber so jung war Arlow nun auch wieder nicht, dass er gewisse Dinge nicht verstanden hätte, die sich direkt vor seiner Nase abspielten, nicht wahr?« Olivers Gesicht berührte Daniels fast.

Seren warf sich auf dem Bett so abrupt herum, dass das Kopfstück gegen die Wand krachte.

Oliver lächelte. »Ach du meine Güte, Seren ist ganz aufgeregt, Daniel! Ich fürchte, sie will die Wahrheit nicht hören. Sie hat mir erzählt, was Arlow Ihnen vor all diesen Jahren vorgeworfen hat. Damals hat sie es nicht geglaubt, und sie will es auch heute nicht glauben.«

»Hören Sie bitte auf!« Daniels Stimme war sehr schwach.

Oliver stand abrupt auf. »Aufhören? Womit? Ich dachte, Sie hätten es geleugnet. Sie haben Seren doch erzählt, dass Arlow das Ganze erfunden hätte, und Ihrerseits behauptet, der Junge würde Drogen nehmen, Autos klauen, Seren mit anderen Mädchen betrügen – kurz, er wäre ein Taugenichts, ein verlogener Mistkerl und quasi Abschaum.«

»Hast du das wirklich über Arlow gesagt?« Nesta blickte auf ihren Mann hinunter und hörte auf, sein Haar zu streicheln. »Warum? Ihr habt euch doch so gut verstanden! Wie oft hast du ihn nach Hause gefahren und draußen vor seinem Haus noch ewig mit ihm geredet.«

Oliver ließ das Messer in seiner Hand durch die Luft kreisen. »Ja, Daniel war bestimmt ganz erpicht darauf, Arlow nach Hause zu bringen, darauf wette ich.« Er schüttelte den Kopf. »Aber nicht, um vor dem Haus im Auto zu sitzen und mit dem Jungen zu plaudern. Er war scharf darauf, ins Haus zu gehen, scharf darauf, einen Blick auf Arlows Mutter zu werfen. Eine hübsche, alleinerziehende Mutter in ihrem bescheidenen Häuschen vom sozialen Wohnungsbau, ganz allein und verletzlich. Ich kann mir gut vorstellen, wie verlockend das für Sie gewesen sein muss, Daniel. Ich kann mir die inneren Kämpfe vorstellen, die Sie ausgefochten haben: die Mutter des Freundes ihrer Tochter – was für ein Risiko!«

Daniel stöhnte.

»Aber Sie konnten nicht widerstehen, stimmt's, Daniel?« Oliver lachte. »Ich sehe wilde, hemmungslose Nachmittage im Bett vor mir, während Arlow in der Schule war. Bestimmt hatten Sie nie die Absicht, Nesta zu verlassen, auch wenn Sie es vermutlich behauptet haben. Ich nehme an, Sie haben in Ihrem Leben immer wieder Versprechen gegeben, die Sie nicht halten konnten.«

Nesta spürte, wie Daniel sich bewegte. Sie nahm ihre Hand von seiner Stirn und dachte an Arlows hübsche, junge Mutter und daran, wie leid sie ihr immer getan hatte.

»Aber dann die Katastrophe!« Oliver setzte sich neben Seren aufs Bett und sah sie an. »Arlow erwischt deinen Vater im Bett seiner Mutter.« Er schlug sich seine Hand vor den Mund. »Lieber Himmel, was für ein Schock! Er rennt sofort zu dir. Was er wohl will? Trost, Mitgefühl, Verständnis? Wer weiß?« Oliver zuckte mit den Schultern. »Und was bekommt er? Wahrscheinlich Ungläubigkeit, Wut, Hysterie. Du kannst nicht glauben, dass dein Vater, dieses Muster an Vollkommenheit, so etwas tun würde, oder? Arlow muss etwas missverstanden haben, er hat es einfach erfunden, er ist verrückt. Mann, muss das ein Streit gewesen sein!«

Oliver stand auf und marschierte theatralisch zur Zimmertür. »Arlow stürmt hinaus.« Oliver knallte die Tür zu. »Du fängst vermutlich an zu heulen.« Oliver tat, als müsste er weinen. »Aber schon nach ein paar Stunden regen sich Zweifel in dir. Könnte es doch wahr sein?« Oliver ging zur Balkontür und spähte zur Auffahrt hinaus. »Du wartest, bis Daddy nach Hause kommt.« Er drehte sich wieder zu den anderen um. »Du bittest ihn um ein Gespräch in seinem Arbeitszimmer. Du erzählst ihm, was Arlow gesagt hat. Er bestreitet alles, aber nicht nur das; er erzählt dir all die schlimmen Dinge, die er angeblich über Arlow herausgefunden hat – die Drogen, die unzähligen anderen Mädchen in seinem Leben. Er will sogar dahintergekommen sein, dass Arlow Autos klaut. Du hättest nie mit ihm zusammen sein dürfen. Was für einen schrecklichen Fehler hat sein kleines Mädchen da bloß gemacht!« Oliver setzte sich wieder aufs Bett und strich über Serens Haar. »Aber es ist nicht weiter schlimm, weil du bald in London zur Universität gehst und Daniel zu seinem Enkelkind nach Australien fliegt. Zum Teufel mit Arlow und seiner Mutter!«

Nesta war übel. Sie erinnerte sich, wie Daniel sie überredet hatte, die Reise zu verlängern, wie er sie mit romantischen Broschüren über Singapur und Indien und die Fidschi-Inseln in Versuchung geführt hatte. »Machen wir den Urlaub unseres Lebens daraus!«, hatte er gesagt. »So etwas wie unsere zweiten Flitterwochen.« Noch jetzt schwoll ihr die Brust vor Zorn über seine Verlogenheit.

Sie schaute hinunter und stellte fest, dass Blut auf ihren

Rock tropfte. Daniels Kopf war jetzt sehr schwer, und er hatte das Bewusstsein verloren. Ob es irgendeine Möglichkeit gab, auf den Balkon zu gelangen und um Hilfe zu rufen? Sie warf einen Blick zur Tür. Der Schatten war wieder da. Nun bewegte er sich, und Nesta war sicher, dass jemand sich da draußen an die Hausmauer drückte.

SEREN

Bitte stirb nicht, bitte stirb nicht! Seren dachte nicht darüber nach, was er getan hatte; sie wollte einfach nicht, dass ihr Vater starb. *Lass ihn bitte am Leben bleiben, Tom!*

Vielleicht würden sie alle sterben. Vielleicht würde Oliver sie einen nach dem anderen töten. Noch vor vierundzwanzig Stunden hatte sie in seinen Armen gelegen. Er hatte so nett gewirkt, so liebevoll. Sie hatte ihm vertraut. Wie hatte sie sich so in ihm täuschen können? *Es tut mir leid, Tom, es tut mir so leid!*

Sie dachte an Griffs entsetztes Gesicht, das vorhin kurz in der Balkontür aufgetaucht war. Wo war er jetzt? Was machte er? *Hilf ihm, Tom!*

Sie sah zu ihrer Mutter. Nestas Gesicht war blass und angespannt. Sie schien unverwandt auf den Balkon zu starren, als beobachtete sie etwas, doch als Seren in dieselbe Richtung schaute, sah sie nur den Himmel, das Geländer und die Bäume. Der Himmel war jetzt wieder so blau, als hätte es nie ein Gewitter gegeben. Die Farbe wirkte absurd – ein strahlendes Blau wie aus einem Walt-Disney-Film, das Blau der Ruhe und Freude, das einem das Gefühl vermittelte, dass in dieser Welt keinem je etwas Schlimmes zustoßen konnte.

Vor der Schlafzimmertür war ein Geräusch zu hören. Im selben Moment zerschnitt Oliver mit dem Messer das Klebeband um Frankies Arme. Er sah Nesta an.

»Tut mir leid, Mrs. Saunders, aber meine Frau und ich ziehen unser Angebot zurück. Diese runden Zimmer sagen uns nicht zu – viel zu schwierig zum Einrichten.« Er zog Frankie hoch und stieß sie, mit dem Messer an ihrem Rücken, vor sich her.

Seren beobachtete, wie sie versuchte, ihr zerrissenes T-Shirt zusammenzuhalten, als wäre das jetzt noch von Belang.

»Ich denke, wir nehmen die Außentreppe.« Oliver schubste Frankie gerade in Richtung Balkon, als die Zimmertür krachend aufflog.

»Stehen bleiben! Polizei!«

Seren erhaschte einen flüchtigen Blick auf eine Polizeimarke und den Lauf einer Pistole. »Legen Sie das Messer weg, oder ich schieße!«

Oliver drehte sich um. Sein Gesicht verzerrte sich vor Überraschung, gefolgt von Schock und schließlich Furcht. Er packte Frankie am Arm und zerrte sie zur Balkontür, wobei er wild das Messer schwenkte.

Der Polizeibeamte machte einen Schritt ins Zimmer, die Waffe auf Oliver gerichtet. »Lassen Sie sie los, oder ich schieße!«

Frankie klammerte sich mit beiden Händen an den Türrahmen. Oliver zerrte fester an ihrem Arm.

»Loslassen!«, rief der Polizeibeamte.

Oliver ließ Frankies Arm los und rannte auf den Balkon. Der Polizist fegte an Frankie vorbei und war schon im nächsten Moment draußen.

Oliver war jetzt beim Teleskop. Er packte es und schwang es herum, sodass es mit Wucht gegen die Brust des Polizeibeamten prallte und ihn rücklings zu Boden warf. Oliver lief zur Treppe und verschwand aus Serens Blickfeld.

Der Polizist rappelte sich mühsam hoch, fasste sich an die Rippen und versuchte, seine Waffe aufzuheben, die über den Boden geschlittert war. Seren konnte zum ersten Mal sein Gesicht sehen. Es war Arlow!

In der Ferne hörte Seren eine Sirene, dann einen Schrei, laut und lang anhaltend, bis er abrupt abbrach. Auch ohne etwas gesehen zu haben, wusste sie, dass Oliver die Treppe hinuntergestürzt war.

FRANKIE

Daniel schlug die Augen auf. Eine Krankenschwester stand neben ihm und blickte auf ihn hinunter. Er versuchte, sich aufzurichten.

»Aber, aber, Mr. Saunders, Sie bleiben schön liegen und ruhen sich aus.« Sie sah zu der Kanüle an seinem Handrücken. »Sie haben sehr viel Blut verloren, aber wir bringen Sie schon wieder auf die Beine.«

»Frankie?«, murmelte Daniel.

»Ich bin hier.« Frankie nahm seine andere Hand. »Direkt neben dir.«

»Ich lasse Sie jetzt allein.« Die Schwester zog den Vorhang um das Bett zu und eilte davon.

»Was ist passiert? Wo bin ich?« Daniels Stimme war schwach.

»Alles ist gut, du bist im Krankenhaus. Die Schnittwunde wurde versorgt, und bald bist du völlig wiederhergestellt.« Frankie strich ihm das Haar aus der Stirn. Ihr Nacken schmerzte, als sie den Arm bewegte, und die Nähte, die der junge Arzt gesetzt hatte, spannten.

»Alles in Ordnung?« Daniel sah ihr in die Augen.

Frankie nickte. Sofort tat ihr wieder der Nacken weh.

»Die Nachricht, die Rosen, der Vogel, das Kleid. Es tut mir so leid, dass ich dir nicht geglaubt habe. Es war Odette. Sie und ich …«

»Pst. Ich weiß. Nesta hat es mir erzählt. Schon gut.«

»Und Oliver?«

»Ist die Treppe hinuntergefallen. Er hat sich beide Beine gebrochen und ist jetzt in Polizeigewahrsam.«

Daniel schloss die Augen. »Gott sei Dank«, flüsterte er. Dann öffnete er die Augen wieder und sah Frankie an, als hätte er sich plötzlich an all die Dinge erinnert, die in Nestas Schlafzimmer zur Sprache gekommen waren. Er nahm ihre Hand und hielt sie fest. »Ich habe furchtbare Dinge getan, Frankie. Ich habe meine Tochter verletzt, meine Frau, meine Familie. All die anderen Frauen.« Er warf den Kopf auf dem Kissen hin und her. »Ich weiß nicht, warum ich das gemacht habe. Ich war egoistisch, dumm ... Ich wollte ...« Er rang nach Worten. »Ich wollte ... Ich weiß selbst nicht, was ich wollte.«

Frankie versuchte, ihn zu beruhigen. »Das ist jetzt nicht mehr wichtig.«

»Du weißt, dass ich dir nie wehtun würde, Frankie.« Der Druck seiner Hand verstärkte sich. »Sag mir bitte, dass du das weißt!«

»Ja, das weiß ich.«

Daniel ließ ihre Hand los und schloss wieder die Augen. Frankie beobachtete, wie sein Atem langsamer und gleichmäßiger ging, bis er schließlich eingeschlafen war.

Sie betrachtete die schönen langen Finger, die ihr gleich beim ersten Mal, als sie ihn im Zug gesehen hatte, aufgefallen waren, sein silbergraues Haar, das immer eine Art Eigenleben zu führen schien. Sanft nahm sie seine Hand wieder in ihre und dachte an Odette und Arlows Mutter und Nesta und Seren und all die Lügen, die er erzählt hatte.

Vertrauen. Das Wort schoss ihr durch den Kopf und mit ihm das Bild ihrer Geschichtslehrerin, einer ruhigen Schottin, die es immer geschafft hatte, von ihren Schülern respektiert zu werden. »Vertrauen ist der Leim, der uns zusammenhält«, hatte sie zu ihrer Klasse gesagt. »Wenn dieser Leim zerbröckelt, kann alles ganz schnell auseinanderbrechen.«

Plötzlich waren Daniels Augen wieder geöffnet. »Ich liebe dich, Frankie«, sagte er.

Sie hob seine Hand an ihre Lippen und küsste sie, und dann schlief Daniel wieder ein. Frankie hatte einen Kloß in der Kehle; sie schluckte und spürte erneut den stechenden Schmerz in ihrem Nacken. Sanft entzog sie Daniel die Hand und fragte sich, was sie selbst wirklich wollte.

Zwanzig Jahre hatte sie sich vor Oliver gefürchtet, als sie mit ihm gelebt hatte, aber auch, nachdem sie davongelaufen war. Fast ihr ganzes Dasein als Erwachsene war von einem einzigen Mann geprägt gewesen. Frankie stieß einen tiefen Seufzer aus.

Als sie vorhin in der Notaufnahme gewartet hatte, hatte eine Polizistin ihre Aussage aufgenommen. Frankies Halswunde hatte unter dem Verband, den die Sanitäter im Krankenwagen angelegt hatten, unangenehm gepocht. Frankie hatte auf einer harten Liege gelegen und war unruhig darauf herumgerutscht.

Die Polizistin stellte ihr schrecklich viele Fragen: »Wie lange kennen Sie Oliver Williams schon? Ist er früher schon einmal wegen Gewalttätigkeit aktenkundig geworden? Haben Sie ihn bei der Polizei angezeigt?«

Frankie versuchte zu antworten; sie hatte so viele Jahre damit verbracht, all das zu verdrängen, dass sie jetzt kaum die Worte über die Lippen brachte.

»Eines müssen Sie mir noch erklären«, sagte die Polizistin, als der Arzt schon neben der Liege wartete und die Krankenschwester auf einem Tablett die Instrumente bereitlegte.

Frankie bereitete sich auf das unvermeidliche »Warum sind Sie bei ihm geblieben?« vor. Die junge Polizistin würde nie verstehen, mit welcher Hoffnung jeder neue Tag begonnen hatte. Der Hoffnung, dass die Misshandlungen aufhören würden. Der Hoffnung, dass der witzige, nette und liebevolle Mann, den Frankie liebte, lernen würde, die Dämonen zu vertreiben, die ihn in ein Monster verwandelten. Der Hoffnung, dass sie lernen könnte, wie mit ihm umzugehen war. Und dazu natürlich die überwältigende, lähmende Angst ...

Stattdessen fragte die Polizistin: »Wissen Sie, warum Oliver Williams im Lauf Ihrer Ehe so gewalttätig geworden ist? Er wird ein psychiatrisches Gutachten brauchen, bevor er vor Gericht gestellt wird, und es könnte hilfreich sein, ein paar Hintergrundinformationen zu bekommen.«

Frankie hatte die surrende Neonröhre an der Decke angestarrt und an Olivers Vater gedacht, einen vom Leben geschlagenen Mann, der versucht hatte, seinen einzigen Sohn in einem heruntergekommenen Wohnblock in Leeds großzuziehen; seine Frau war damals längst verschwunden, sein Herz längst gebrochen. Hatte Oliver dort gelernt, Frauen zu hassen, hoch oben in dieser Wohnung, die nach ranzigem Fett, Zigarettenrauch und Enttäuschung roch? Frankie hatte Olivers Vater nur einmal getroffen, wenige Tage, bevor er sich eine Überdosis des Morphins spritzte, das man ihm wegen seiner rasch fortschreitenden Krebserkrankung verschrieben hatte. Seit dem Tod seines Vaters hatte sich Olivers Verhalten deutlich verschlimmert.

Frankie sah in die gütigen Augen der Polizistin. »Ich habe jahrelang versucht, Oliver zu verstehen, ihn zu bemitleiden, Entschuldigungen für ihn zu finden. Ich habe es nie geschafft.« Sie zuckte mit den Schultern. »Was bringt einen Menschen dazu, sich so oder so zu verhalten? Was hat mich dazu gebracht, so lange bei ihm zu bleiben? Wie bin ich auf den Gedanken gekommen, ich müsste mich verstecken?«

Die Polizistin legte kurz die Hand auf Frankies Arm

und lächelte sie an. »Jetzt müssen Sie sich nicht mehr verstecken.«

Jetzt, an Daniels Bett, dachte Frankie an die Worte der Polizistin. Sie stand auf und trat ans Fenster. Der Himmel war immer noch blau, aber ein verwischter rosa Streifen am Horizont kündigte den Sonnenuntergang an. Sie erinnerte sich an all die Dinge, die sie als Jugendliche hatte unternehmen wollen, sobald sie alt genug wäre, an all die Orte, die sie hatte kennenlernen wollen: Afrika, Mexiko, Thailand, Japan. Sie hatte geplant, vor dem Studium ein Jahr nach Indien zu gehen und dort durchs ganze Land zu fahren und zu malen. Damals war sie noch furchtlos gewesen und hatte von den schlimmen Dingen, die im Leben passieren und einen Menschen völlig aus der Bahn werfen können, nichts geahnt.

Frankie sah wieder zu Daniel und beobachtete, wie sich seine Brust unter der Bettdecke hob und senkte. Er sah zerbrechlich aus, aber seine Atemzüge waren kräftig, und in seine Wangen kam allmählich wieder Farbe. Eine einzelne salzige Träne lief ihr übers Gesicht und brannte in der Schnittwunde direkt unter ihrem Auge.

»Ich muss mich nicht verstecken«, sagte sie leise. »Ich muss mich ins Leben hinauswagen und herausfinden, wer ich wirklich bin.«

NESTA

Der Koffer lag dort, wo sie ihn liegen gelassen hatte, neben der Tür, und die geöffnete Weinflasche stand immer noch unangetastet auf der Arbeitsfläche.

Nesta goss sich ein Glas ein und warf einen Blick auf die Wanduhr. Neun Uhr. Um diese Zeit hätte sie schon in Italien sein sollen.

Sie hob ihr Glas in Richtung Uhr. *Auf das Leben – und auf das, was passiert, wenn du dabei bist, andere Pläne zu schmieden!* Nesta versuchte, sich zu erinnern, von wem der Ausspruch stammte – von einem der Beatles vielleicht? Als »Satansbrut« hatte ihre Mutter die Band bezeichnet. »Ich bezweifle, dass die in ihrem Leben je ein Kirchenlied gesungen haben.«

Nesta trank einen großen Schluck Wein und versuchte, nicht an ihre seit Langem verstorbene Mutter zu denken, zu groß war der Groll, den sie gegen sie hegte. Der Gedanke an Seren auf diesem düsteren, einsamen Gehöft, schwanger, verängstigt und dann außer sich vor Trauer um ihr Baby, war Nesta unerträglich. Wieder stieg Zorn in ihr auf; diesmal richtete er sich gegen Daniel. Sie trank einen noch größeren Schluck. Der Wein war lauwarm, und seine Farbe passte zu dem dunklen Fleck, den Daniels Blut auf ihrem Rock hinterlassen hatte. Sie dachte an das Bad, das sie noch immer nicht genommen hatte, und füllte ihr Glas nach.

Vorhin war so viel Wirbel gewesen, als die Polizeiwagen mit heulenden Sirenen die Einfahrt hinaufgejagt und die Krankenwagen mit quietschenden Bremsen über den Kies geschlittert waren. Polizisten und Sanitäter waren wie Ameisen ausgeschwärmt, Funkgeräte knisterten und knackten, Anweisungen wurden hierhin und dorthin gerufen. Jetzt waren sie alle wieder fort, und abgesehen vom Ticken der Uhr herrschte Stille im Haus. Nesta hatte sich in ihrem ganzen Leben noch nie so allein gefühlt.

Wenigstens war Ben unterwegs zu ihr. Er hatte gemeint, er würde gegen halb elf da sein. »Ich werde mit Vollgas über die Autobahn preschen.«

Nesta hatte gelächelt. »Bitte nicht zu schnell, wir haben heute schon genug Aufregung gehabt, da können wir nicht auch noch einen Autounfall brauchen.«

»Heb dir das alles für später auf, Mum, du kannst es uns erzählen, wenn wir da sind! Und mach dir bloß keine Sorgen!«

Nesta fragte sich, wen Ben mit »uns« und »wir« meinte, als sie sich an den Computer setzte, um mit ihrer ältesten Tochter in Australien zu skypen. Anni war gerade beim Frühstück, als Nesta sie erreichte. Gelegentliches Gebrüll und hüpfende Kinder erschienen auf dem Bildschirm hinter Annis glänzendem Gesicht.

»Oh Gott, Mum, jetzt ist es gerade nicht sehr günstig. Die Windeln der Kleinen sind randvoll, Mike muss für zwei Tage auf eine Konferenz in Darwin, die Katze hat in seine Reisetasche gekotzt, und die Jungs streiten sich, wer von ihnen auf meinem Handy *Angry Birds* spielen darf.« Anni drehte sich um und schrie: »Legt sofort das Telefon hin, bevor ihr es kaputt macht, verdammt!« Sie wandte sich wieder zu Nesta um. »Kannst du vielleicht noch mal anrufen, so um acht Uhr morgens bei euch?«

»Nein, Liebes, es ist wichtig. Dein Vater liegt im Krankenhaus.«

»Oh Gott!« Annis Hand flog zu ihrem Mund. »War es sein Herz? Das kommt bei Männern oft vor, wenn sie in Rente gehen. Sie fallen einfach um und sind tot, ruck, zuck geht das. Ich habe letzte Woche bei einem Kinderfest diese Frau kennengelernt, deren Schwiegervater ...«

»Nein, Anni, es ist kein Herzanfall. Er ist niedergestochen worden.«

»Oh nein! Niedergestochen? Ist er überfallen worden? Heutzutage ist man in England nirgendwo mehr seines Lebens sicher. Letzte Woche habe ich im Radio eine Sendung über den Anstieg von Straßenkriminalität gehört, und Großbritannien war ...«

»Er ist nicht auf der Straße niedergestochen worden. Es war in der Mühle, genau genommen in unserem Schlafzimmer.«

»Oh mein Gott, Einbrecher! Du brauchst dringend eine Alarmanlage, Mum. Ohne unsere würde ich mich nachts zu Tode fürchten. Sag mal, warum war Dad in deinem Schlafzimmer? Erzähl mir nicht, ihr seid wieder zusammen – warum hast du mir nichts davon gesagt?«

Nesta war auf einmal sehr müde. Alles erschien viel zu kompliziert, um es zu erklären. »Entschuldige, Anni, ich glaube, jemand ist an der Tür. Ich mache jetzt lieber Schluss. Und ich rufe dich, wie du vorgeschlagen hast, morgen früh um acht an. Mach dir um deinen Vater keine Sorgen! Ich habe vor einer halben Stunde mit dem Krankenhaus telefoniert; er wird bald wieder auf den Beinen sein. Und, nein, wir sind nicht wieder zusammen. Frankie ist bei ihm im Krankenhaus, und Seren und Ben werden ihn morgen besuchen, denke ich.«

»Du weißt ja, dass ich gern kommen würde, aber wie gesagt, Mike hat eine Konferenz, und selbst wenn er keine hätte, müsste ich die Kinder mitnehmen, weil Mike allein einfach nicht mit ihnen fertigwird. Seine Mutter hängt mal wieder an der Flasche, sie kann also auch nicht helfen, und der Flug für uns alle würde ein Vermögen kosten. Und wenn es Dad tatsächlich halbwegs gut geht …«

»Keine Sorge, Liebes, ich bin sicher, wir überleben es auch ohne dich.«

Nesta leerte ihr Glas und schaute aus dem Fenster zur Scheune. Worüber Seren und Arlow wohl redeten? Sie saßen jetzt schon über eine Stunde zusammen.

Nachdem die Polizei ihre Aussage aufgenommen hatte, zog Nesta sich um und ging zu Seren, um ihr bei Griffs Abendbrot zu helfen. Erstaunlicherweise wirkte der Junge keineswegs erschüttert von den Geschehnissen des Tages, sondern nur aufgeregt über die Rolle, die er in diesem Abenteuer gespielt hatte.

»Als ich gesehen habe, wie der Verrückte mit dem Messer auf Grandad eingestochen hat und dass Mum und Grandads Freundin gefesselt sind, hab ich gewusst, dass ich die Polizei anrufen muss. Ich bin die Treppe wieder runtergelaufen und über den Rasen gerannt, so schnell ich konnte. Und dann wollte ich den Notruf wählen, aber wegen dem Gewitter hat das Telefon nicht funktioniert. Also hab ich mir Mums Handy geholt und rausgekriegt, dass der Code ihr Geburtsdatum ist. Dann hab ich wieder den Notruf gewählt und der Dame, die ranging, erzählt, was passiert ist. Und dann war auf einmal dieser Mann an der Tür, der Polizist, und ich hab ihm von dem Kerl mit dem Messer erzählt. Und der Polizist ist auf den Balkon rauf, um reinzugucken, und dann ist er zurückgekommen und hat seine Polizeimarke und seine Pistole aus dem Auto geholt und ist ins Haus gelaufen. Und dann hab ich all die Streifenwagen gehört und wie der Mann mit dem Messer geschrien hat, als er die Treppe runtergefallen ist.« Griff hüpfte vor Aufregung förmlich auf seinem Stuhl auf und ab, als er seiner Mutter und seiner Großmutter die Geschichte erzählte. Die Rühreier, die Nesta für ihn zubereitet hatte, wurden kalt. »Wird Grandad auch ganz bestimmt wieder gesund?«, fragte er plötzlich.

Nesta und Seren beruhigten ihn, und schon war er dabei, zu berichten, wie er der Dame am Telefon gesagt hatte, dass ganz viele Polizisten und auch Krankenwagen kommen müssten.

Griff war gerade in seinen Schlafanzug geschlüpft und trank am Küchentisch heiße Schokolade, als Arlow den Kopf zum Fenster hereinsteckte.

Er grinste. »Ich glaube, die Polizei hat sich endlich dazu durchgerungen, auf eine Anklage gegen mich wegen Amtsanmaßung zu verzichten.«

Griff machte große Augen. »Ich dachte, du bist ein Polizist!«

Arlow lachte. »Tja, irgendwie schon, doch man könnte sagen, ich bin vorzeitig in den Ruhestand gegangen.«

»Dann bist du so was wie ein Superheld? Wie Batman?«

Seren zerzauste Griffs Haar. »Los, mein Schatz, trink deine heiße Schokolade aus! Es ist Zeit fürs Bett.«

»Ist für mich noch etwas Kakao übrig?«, fragte Arlow und zwinkerte Griff zu. »Die verleiht uns Superhelden Superkräfte.«

»Natürlich, komm rein!« Nesta öffnete die Küchentür.

Arlow trat ein und sah Seren an. »Alles okay?«

»Ich muss Griff ins Bett bringen«, sagte Seren, ohne Arlow anzuschauen. »Und dann lege ich mich wohl auch hin. Es war ein sehr langer Tag.«

»Können wir reden?« Arlow trat unbehaglich von einem Bein aufs andere. »Als ich draußen auf dem Balkon stand und scharf nachdachte, was DCI Zac Jones bei einer Geiselnahme machen würde, habe ich gehört, wie Oliver über das gesprochen hat, was dir passiert ist … Was uns passiert ist.«

An diesem Punkt hatte Nesta Griff an der Hand genommen und ihn ins Bett gebracht. Als sie in die Küche zurückkam, saßen Seren und Arlow einander schweigend am Tisch gegenüber.

Nesta schenkte beiden einen Becher heiße Schokolade ein und dachte dabei an die Zeit zurück, als sie noch unbeschwerte Teenager gewesen waren, die nach der Schule gern bei ihr in der Küche gesessen und sich auf Kakao und selbst gebackene Plätzchen gestürzt hatten. Jetzt sahen sie aus, als würden alle Sorgen der Welt auf ihren Schultern lasten.

Sie fragte Arlow, wie es seinen Rippen ging, die Oliver mit dem Teleskop erwischt hatte. Er holte tief Luft und krümmte sich dramatisch zusammen. Dann grinste er.

»Ist nicht so schlimm, ein bisschen empfindlich vielleicht, aber ich werd's überleben. Einer der Sanitäter hat einen Blick darauf geworfen und gemeint, es wäre bloß eine leichte Prellung.«

»Ich habe Arnika.« Seren stand auf und ging zur Kommode. »Das hilft bei Prellungen sehr gut. Möchtest du es mal probieren?«

»Danke«, sagte Arlow. »Das wäre toll.«

Nesta, der auffiel, wie die beiden einander anlächelten, zog sich diskret zurück und ging nach Hause.

Jetzt wünschte sie, sie wäre in der Scheune geblieben, wenigstens so lange, bis Ben da war. Das Haus fing an, zu ächzen und zu knarren. Nesta konnte Olivers Gegenwart innerhalb der dicken Mauern immer noch spüren. Heute Nacht würde sie bestimmt nicht in ihrem Zimmer schlafen, vielleicht nie wieder.

Nestas Herz machte einen Satz, als es laut an der Tür klopfte. Im nächsten Moment flog sie auf.

Trevor und Edmond stürzten Schulter an Schulter herein. Edmond schwenkte einen Turm Erdbeer-Baisers, Trevor hielt Nesta eine Platte mit Schoko-Eclairs und Brownies hin.

»Internationaler Kuchen-Rettungsdienst!«, rief Edmond dramatisch.

»In Zeiten der Not stets zu Diensten, Madam.« Trevor machte eine schwungvolle Verbeugung.

»Weniger Wein, mehr Kuchen«, meinte Edmond und schob Nestas Glas beiseite, um Platz für die Teller zu schaffen.

Nesta lachte, und Trevor setzte sich neben sie. »Wir haben gehört, was passiert ist.«

»Die ganze Stadt weiß Bescheid.« Edmond setzte den Kessel auf.

»Was für ein Schock!« Trevor nahm Nestas Hand. »Wer hätte gedacht, dass Frankie einen Psycho als Exmann haben könnte? Und dann noch Odette – oh mein Gott!«

»Ich hab ihr nie getraut.« Edmund rümpfte die Nase. »Dieses straff zusammengezurrte Haar und dazu ein Mund wie ein Katzenhintern.«

»Und sie war furchtbar überheblich wegen unserer Kuchen«, sagte Trevor. Mit übertriebenem französischen Akzent fügte er hinzu: »Bei uns in Frankreich sind die Macarons doppelt so groß.«

»Angeblich wollte sie den Kuchen vergiften, den wir für Daniels Abschiedsparty gebacken hatten«, sagte Edmond. »Die Polizei hat in ihrer Handtasche eine Flasche Unkrautvernichter gefunden!«

»Wahrscheinlich eine unverzichtbare Zutat bei ihnen in Frankreich«, bemerkte Trevor spöttisch. »Was hat Daniel je an ihr gefunden?«

»Nicht auszudenken, dass sie die ganze Zeit Rache nehmen wollte – wie in *Eine geheimnisvolle Affäre!*«

»Verhängnisvolle Affäre«, verbesserte Trevor.

»Egal. Wir fanden die Neuigkeit über Odette schon aufregend genug für einen Tag – wer hätte gedacht, dass sich hier im Haus ein Drama à la Inspector Barnaby abspielte?« Edmond holte drei Becher aus dem Schrank. »Wir waren gerade im Hotel angekommen, um zu Daniels Abschiedsessen zu gehen, als wir die Streifenwagen vorbeibrausen sahen.«

»Und die Krankenwagen«, fügte Trevor hinzu.

»Er wollte unbedingt hinterher«, sagte Edmond missbilligend. »Jungs in Uniform und so.«

»Hör doch auf, Schatz!« Trevor funkelte ihn an. »Wie auch immer, sieht so aus, als hat der schöne Arlow den Retter gespielt.«

»Er durfte seine Polizeimarke und die Pistole behalten, als *Island Beat* eingestellt wurde«, sagte Nesta mit vollem Mund. »Zum Glück hat er sie in seinem Handschuhfach aufbewahrt, und Oliver ist darauf hereingefallen.«

»Was für ein Held!«, seufzten die beiden einträchtig.

Nesta lachte und leckte sich Schokoladencreme von den Fingern. »Also, ihr zwei seid jetzt jedenfalls meine Helden.« Sie biss erneut in ihr Eclair. »Genau das, was ich gebraucht habe!«

Wieder wurde die Tür geöffnet, und Ben kam hereinspaziert.

»Du bist zu schnell gefahren!«, schimpfte Nesta. Dann fiel ihr auf, dass hinter ihrem Sohn noch jemand stand. »Suki!«, rief sie. »Das ist aber eine schöne Überraschung!«

»Hallo, Nesta.« Suki strahlte vor Glück.

Ben legte einen Arm um sie. »Suki war gerade da, um ihre letzten Sachen aus der Wohnung abzuholen.«

»Als Ben deinen Anruf bekam, musste ich einfach mitfahren, um mich davon zu überzeugen, dass alles in Ordnung ist.« Suki grinste. »Und auf der Fahrt hatten wir ein langes Gespräch.«

Auch Ben grinste. »Wir wollen es noch einmal miteinander versuchen.«

»Also, das ist das Beste, was in unserer Familie seit Langem passiert ist«, sagte Nesta und stand auf, um die beiden zu umarmen.

SEREN

Sie hatten die heiße Schokolade kaum angerührt. Die Becher standen zwischen ihnen und kühlten allmählich ab. Seren stand auf und schaltete das Licht an.

»Es tut mir so leid, dass du das alles ganz allein durchstehen musstest, Seren.« Arlow sah sie an, als sie sich wieder hinsetzte. »Wenn ich nur gewusst hätte, dass du schwanger bist!«

Seren seufzte. »Was hätten wir schon tun können? Wir waren nicht bereit für ein Baby. Wir waren doch selbst noch Kinder.«

»Vielleicht wäre es irgendwie gegangen – wenn alles anders gekommen wäre, wenn dein Vater und meine Mutter es geschafft hätten, die Hände voneinander zu lassen, wenn ich sie nicht erwischt hätte, wenn ich nicht so wütend gewesen wäre ...« Er verstummte. Ein Nachtfalter flatterte um die Lampe über ihnen.

»Wenn ich dir geglaubt hätte«, fügte Seren hinzu.

»Du hättest dich melden können, oder?«, fragte Arlow leise. »Ich hätte dir geholfen. Wir hätten das zusammen bewältigen können.«

Seren hob abrupt den Kopf. »Ich wusste ja nicht mal, wo du warst. Ihr seid ziemlich plötzlich verschwunden, du und deine Mum.«

»Und der Brief, den ich dir geschrieben habe? Mit unserer neuen Adresse und Telefonnummer und dem Anhänger für dein Bettelarmband?«

»Welcher Brief? Welcher Anhänger?«

»Das Herz?«

Seren schüttelte den Kopf. »Habe ich nie bekommen.«

Beide seufzten.

»Daniel«, sagte Arlow.

»Dad«, bestätigte Seren.

Sie verfielen wieder in Schweigen. Der Falter flatterte nicht mehr herum, und alles war sehr still.

Seren hob ihren Becher. Auf der heißen Schokolade hatte sich eine runzlige Haut gebildet. »Tut mir leid, dass ich jedes Mal, wenn du mit mir reden wolltest, so ...«

»So unhöflich warst?«, beendete Arlow den Satz.

Seren sah ihn verstimmt an. »Abweisend, wollte ich eigentlich sagen.«

»Keine Sorge.« Arlow lächelte sie über den Tisch hinweg an. »Schön, dass du jetzt ein bisschen umgänglicher bist.«

Seren starrte auf ihren Becher, um ihr eigenes Lächeln zu verbergen. »Wird sich deine Frau nicht wundern, wo du bleibst?«

»Meine Exfrau, meinst du.«

Seren blickte auf. »Ich dachte, ihr seid noch verheiratet.«

»Hast du es nicht gelesen? Es ist seinerzeit durch sämtliche Zeitungen gegangen: *Frau von TV-Detektiv hat Affäre mit seinem Kollegen Bannock*.«

Seren schüttelte den Kopf.

»Tja, hättest du im letzten Jahr die Boulevardpresse verfolgt, hättest du mitbekommen, dass meine Ehe nach einer sehr öffentlichen Auseinandersetzung zwischen Bannock und mir in einer Bar auf Harris – noch dazu vor etlichen Paparazzi – in die Brüche gegangen ist. Ich glaube, damals hat die BBC beschlossen, *Island Beat* einzustellen.« Arlow trommelte mit den Fingern auf den Rand seines Bechers, und Seren fiel ein, dass er diese Angewohnheit schon früher gehabt hatte, wenn er nervös war. Er seufzte. »Jetzt ist ein Spin-off von *Island Beat* mit dem Titel *Bannock's Beat* im Gespräch, und meine Exfrau und besagter Sergeant heiraten nächsten Monat in einem Schloss auf der Insel Lewis. Kleine Ironie des Schicksals: Genau dort sind Angellica und ich einander zum ersten Mal begegnet.«

»Autsch!« Seren wand sich.

»Zumindest Chez ist selig. Sie ist furchtbar aufgeregt, weil sie eine der Brautjungfern ist.«

»Chez?«

»Meine Tochter. Wäre schön, wenn du sie mal kennenlernst. Ich bin sicher, Griff und sie würden gut miteinander auskommen. Er ist ein toller Junge.«

Seren lächelte. »Danke.« Sie drehte ihren Becher in den Händen hin und her. »Das mit deiner Ehe tut mir leid. Es muss schlimm gewesen sein.«

»Eigentlich haben wir nie richtig zusammengepasst. Angellica spielte in den ersten Episoden von *Island Beat* meine Angebetete, und wir haben uns quasi von unseren Rollen mitreißen lassen. Aber du hast recht, es war ein schwieriges Jahr. Ich habe meine Frau verloren, meinen Job, mein Zuhause, und ich sehe Chez bei Weitem nicht oft genug.«

»Hast du schon neue Angebote?«

Arlow starrte in seinen Becher, als wollte er im Kaffeesatz die Zukunft lesen. »Nicht viele. Eine Rolle in einem Krimi, der in einem entlegenen Küstenort in Cornwall spielt.« Er verzog das Gesicht. »Und die Produzenten einer Fernsehserie strecken angeblich wegen der Rolle eines Polizeibeamten mit Eheproblemen die Fühler nach mir aus.« Arlow verdrehte die Augen, und Seren lachte. »Mein Agent drängt mich, mein Glück in Hollywood zu versuchen. Angeblich sind Engländer dort im Moment sehr gefragt, doch ich will einfach nicht so lange von Chez getrennt sein.«

»Und was machst du nun?«

Arlow zuckte mit den Schultern. »Ich dachte, ich bleibe eine Weile hier, miete das Cottage noch ein paar Monate länger, treffe alte Freunde und so.«

»Davon gibt es nicht mehr allzu viele. Die meisten Leute, die wir früher kannten, sind weggezogen.«

Arlow grinste. »Du aber nicht.«

Seren senkte den Kopf und ließ ihre Haare vor ihr Gesicht fallen, damit Arlow die Tränen nicht sah, die sie schon den ganzen Abend verzweifelt zurückhielt und die sich nun Bahn zu brechen drohten.

»Kein Wunder, wenn du mit den Nerven fertig bist«, sagte Arlow. »Du musst eine Todesangst ausgestanden haben. Ich hatte selbst ganz schön Angst.«

»Ich kann einfach nicht fassen, wie ich mich so sehr in Oliver täuschen konnte. Er wirkte völlig normal und sehr nett. Ich habe alles geglaubt, was er mir über Frankie erzählt hat. Ich habe ihm sogar abgenommen, dass ihm etwas an mir liegt.« Seren zitterte, und Tränen liefen über ihr Gesicht. »Ich war so unglaublich dumm! Ich wollte unbedingt beweisen, dass Frankie schlecht ist und Dad verhext hatte. Ich hatte keine Ahnung, dass Dad schon früher Affären hatte. Und was du mir damals über ihn und deine Mum erzählt hast, war für mich absolut undenkbar. Ich dachte, meine Eltern wären das perfekte Ehepaar, mit einem perfekten Leben.«

»Ich erinnere mich«, sagte Arlow ruhig. »Du hast sie beide auf ein Podest gestellt, vor allem deinen Dad.«

»Als ich schwanger war, fühlte ich mich, als hätte ich sie enttäuscht. Sie hatten mir alles gegeben, und ich hatte Mist gebaut. Als ich dann aus Wales zurückkam, konnte ich es nicht über mich bringen, von zu Hause wegzugehen.« Serens Stimme senkte sich zu einem Flüstern. »Ich wollte einfach nur noch hierbleiben, mich sicher und geborgen fühlen. Ich wollte nicht schon wieder Mist bauen.«

Arlow nahm ihre Hand. »Du hast keinen Mist gebaut«, sagte er.

Seren strich sich die Haare aus dem Gesicht und rieb sich die Augen trocken. »Ich glaube, ich habe Tom geheiratet, weil Dad ihn so gernhatte; er hat uns praktisch verkuppelt. Aber ich habe Tom geliebt. Er war ein guter Mensch; ich konnte mich immer auf ihn verlassen. Ich wusste, er würde mir nie wehtun oder mich betrügen.« Ihre Augen huschten kurz über Arlows Gesicht. »Ich wusste, dass er mir treu sein würde.«

»Ich war dir auch treu, Sez. Egal, was dein Vater behauptet hat.« Arlow lachte, doch es klang nicht wirklich fröhlich. »Und ich habe noch nie in meinem Leben ein Auto geklaut.«

»Und Drogen?«, fragte Seren.

Arlow zuckte mit den Schultern. »Na ja, vielleicht habe ich mal Gras geraucht – aber ich habe nie inhaliert!«

Die beiden lachten, dann herrschte wieder Schweigen.

Seren schaute durch das Fenster zu den Lichtern der Windmühle hinüber. Sie konnte sehen, wie zwei Personen die Küche betraten, ihre Mutter aufstand und jemanden umarmte, bei dem es sich wohl um Ben handelte. Hinter ihm stand eine kleinere Gestalt, die Seren nicht erkennen konnte.

»Sieht so aus, als würde Mum da drüben eine Party geben«, stellte sie fest.

»Willst du hingehen?«, fragte Arlow.

»Nein, mir ist heute Abend nicht wirklich nach Gesellschaft.« Wieder senkte sie den Kopf. »Warum hat mich mein Dad belogen?«

»Weil er Angst hatte, er könnte dich verlieren, wenn er die Wahrheit zugibt.«

Seren sah Arlow an. »Aber solche Lügen über dich zu erzählen, nur um seine schäbige Affäre mit deiner Mutter zu verheimlichen …?«

»Für meine Mum war es weit mehr als eine Affäre. Sie glaubte, die Liebe ihres Lebens gefunden zu haben. Sie hat Daniel angebetet, und er hat ihr das Herz gebrochen. Deshalb sind wir auch so überstürzt weggezogen. Nachdem ich die beiden im Bett erwischt hatte, hat dein Dad die Beziehung abrupt beendet und Mum abserviert. Sie war am Boden zerstört.«

Seren schüttelte den Kopf. »Ich habe das Gefühl, meinen Vater überhaupt nicht zu kennen. Ich habe ihn immer für einen guten, anständigen Menschen gehalten, und jetzt wird mir klar, dass es ihn kein bisschen interessiert, wem er wehtut, wenn er nur kriegt, was er will.« Sie stützte den Kopf in die Hände. »Ich weiß nicht, wie ich ihm morgen ins Gesicht sehen soll.«

»Ich könnte dich ins Krankenhaus begleiten«, schlug Arlow vor. »Vielleicht nicht bis ins Krankenzimmer, sonst bekommt er noch einen Herzinfarkt, wenn er mich sieht, aber ich bringe dich hin und warte, bis du wieder rauskommst.«

Seren lächelte ihn an. »Das musst du nicht tun.«

»Ich möchte es aber«, sagte er ruhig.

Seren blickte auf Arlows schlanke braune Finger hinunter, die jetzt mit ihren verschlungen waren, als wären ihre Hände ihren Gefühlen zwanzig Schritte voraus.

»Was machst du jetzt?«, fragte Arlow.

»Was meinst du?«

»Hast du Pläne?«

»Für jetzt?«

»Für immer.«

Seren seufzte. »Na ja, jedenfalls werde ich mich nie wieder in das Leben anderer Leute einmischen. Schon gar nicht in das meines Vaters.«

»Sonst noch was?«

»Ich weiß nicht recht.« Wieder schaute Seren durchs Fenster. Über der Mühle hing die Mondsichel wie ein Fragezeichen zwischen den Sternen. Seren wandte sich schulterzuckend wieder zu Arlow um.

Er grinste sie an. »Vielleicht bist du endlich bereit.«

Seren sah ihn an. »Bereit wofür?«

»Dein Zuhause zu verlassen.«

EIN JAHR SPÄTER

FRANKIE

Stundenlang war der Zug durch einen Urwald aus Palmen und gigantischen Schlingpflanzen gekrochen. Frankie konzentrierte sich auf die Bleistiftskizze des runzeligen alten Mannes, der ihr gegenübersaß, bis sich das Licht veränderte und sie feststellte, dass das üppig wuchernde Grün in weite Grasflächen übergegangen war, die hier und da mit Dörfern – bonbonfarbene Häuschen und Wellblechkirchen – durchsetzt waren. Das Aroma frisch gekochter Mahlzeiten wehte durch die offenen Türen und Fenster des Waggons herein – eine Mischung aus Kräutern und Gewürzen und Öl, die Frankie daran erinnerte, dass sie seit dem Mittag nichts mehr gegessen hatte. Sie nahm ein kleines Päckchen aus ihrem Rucksack und wickelte fünf Scheiben Papaya aus, die sie sich vom Frühstück in dem winzigen Hotel in Madurai aufgehoben hatte. Süßer Fruchtsaft lief ihr Kinn hinunter, und der alte Mann schenkte ihr ein zahnloses Lächeln, als sie versuchte, ihn mit dem Unterarm abzuwischen.

Später beugte sie sich aus dem Fenster, ließ sich den warmen Wind durchs Haar wehen und wartete darauf, einen ersten Blick auf den Ozean zu erhaschen. Auf einmal war er da, erst nur als kurzes Aufblitzen von Türkis zwischen Bäumen und Hütten, aber schon bald verliefen die Bahngleise entlang eines langen weißen Strandes, wo riesige Wellen auf den glitzernden Sand schlugen.

Frankie winkte einer Schar Kinder zu, die im Wasser tollten, während ihre Mütter Wäsche wuschen. Die Kinder winkten zurück und versuchten, neben dem Zug herzulaufen. Bald gaben sie es auf, winkten aber weiter, bis sie nur noch winzige Punkte im Sand waren.

Frankie lehnte sich in ihrem Sitz zurück. Das war es. Das war das Ende der Reise; der südlichste Punkt Indiens war nur noch wenige Stunden entfernt. Sie blätterte in ihrem Skizzenbuch. Es war prall gefüllt mit Aquarellskizzen, Zeichnungen, Ansichtskarten, Etiketten, Stoffstückchen; sogar ein winziges Stück abgeblätterter Farbe eines Bürgersteigs, das ihr in Varanasi ins Auge gestochen war. Das Buch war ein Reisebericht in Bildern, und in ihrem Rucksack steckten vier weitere solcher Bücher, viertausend Kilometer Erinnerungen an eine Reise, die in Kaschmir begonnen hatte und sich ihrem Ende in Kerala näherte. Frankie war per Bahn, Auto, Boot und manchmal zu Fuß kreuz und quer durch das Land gereist. Die Erfahrung war ein berauschendes Kaleidoskop aus Gerüchen und Farben, Klängen und Menschen gewesen.

Frankie war von Fremden herzlich willkommen geheißen worden, hatte mit Frauen gescherzt, die ihre Sprache nicht beherrschten, und von ihren barfüßigen Kindern Kricket gelernt, war in Häusern aufgenommen und wie eine Königin behandelt worden. Sie hatte sich auf Bahnsteigen durch unvorstellbare Menschenmassen gezwängt und junge Männer beobachtet, die sich mit flatternden, weiten Hemden draußen eisern an die Zugfenster klammerten. Sie hatte Leichen neben den Gleisen liegen sehen. Sie hatte hohe Glasbauten und mit Torbogen geschmückte Auffahrten gesehen, und sie hatte ihre Schuhe vor baufälligen Tempeln stehen lassen und in ihrem Inneren goldene Statuen bewundert. Sie hatte in Bretterbuden, Hotels und Herbergen geschlafen. Einmal hatte sie mit einer Gruppe Rucksacktouristen aus Australien, die Joints geraucht und Jalebi gefuttert hatten, die Nacht unter freiem Himmel verbracht.

Frankie wusste, dass sie nie wieder dieselbe sein würde. Sogar äußerlich hatte sie sich verändert. Ihr Haar war mehr als schulterlang, dick und kastanienbraun, nur an den Spitzen war noch ein wenig Blond zu sehen. Ihr Körper war goldbraun gebrannt und hatte vom guten Essen Kurven bekommen. Sie hatte nicht ein einziges Mal Kopfschmerzen gehabt, seit sie in Indien war.

»*Chai, garam Chai.*« Der Teeverkäufer schob seinen Wagen den Gang hinunter. Frankie schüttelte den Kopf, als er vorbeikam, und dachte daran, wie sehr sie eine Tasse ganz gewöhnlichen englischen Tee vermisste.

Als sich der Zug langsam durch ein Dorf schob, schaute sie wieder aus dem Fenster. Ein paar Männer kauerten im Kreis auf dem staubigen Boden, rauchten Zigaretten und spielten Karten. Sie blickten auf, als eine Gruppe Mädchen an ihnen vorbeiging, deren bunte Saris im Wind wie Schmetterlingsflügel flatterten. Frankie hielt die Szene rasch in einer Skizze fest; daraus würde ein gutes Bild werden.

In Heathrow war sie zufällig in einen Galeriebesitzer hineingelaufen, der vor etlichen Jahren ihre Arbeiten ausgestellt hatte. Als sie ihm erklärte, wohin ihre Reise ging, hatte er gefragt, ob nach ihrer Rückkehr nicht eine Ausstellung mit Bildern von ihrem Indienaufenthalt denkbar wäre. Damals hatte Frankie gezögert, doch jetzt sah sie die leuchtenden Bilder, die Eindrücke des farbenfrohen Lebens und Treibens wiedergaben, förmlich vor sich.

Als sie sich das letzte Mal in einem Internetcafé bei Daniel gemeldet hatte, hatte er berichtet, dass das Haus fast fertig sei. »Dante und Rossetti lieben es«, hatte er ihr über die etwas verwackelte Skype-Verbindung mitgeteilt. »Durch die Fenster kommt viel Sonne herein, in der sie sich liebend gern aalen.«

Später hatte er ihr per E-Mail ein Foto geschickt, auf dem die beiden friedlich aneinandergekuschelt lagen, als wären sie nie getrennt gewesen. Frankie fragte sich, ob das bei Daniel und ihr auch möglich wäre. Konnten sie zu dem zurückfinden, was sie einmal gehabt hatten?

»Warte nicht auf mich!«, hatte sie am Flughafen zu ihm gesagt.

»Was soll ich sonst machen?«, hatte er zurückgegeben. »Ich liebe dich.«

Frankie hatte ihn lange angesehen. »Dir ist doch klar, dass ich nicht weiß, wann ich zurückkomme?«

Als der Zug vor dem Bahnhof sein Tempo verlangsamte, sah Frankie aus dem Fenster und stellte fest, dass die Sonne gerade unterging und wie eine leuchtend rote Scheibe im Ozean versank. Der Himmel war mit rosa und lila Streifen überzogen, und der erste Stern funkelte im Dämmerlicht. Ein weiterer Tag in Indien neigte sich dem Ende zu.

Bald galt es, einige Entscheidungen zu treffen.

Der Zug fuhr in den kleinen Bahnhof ein. Frankie stand auf. Den Bruchteil einer Sekunde machte ihr Herz einen Satz, als sie den hochgewachsenen blonden Mann auf dem Bahnsteig zu erkennen glaubte. Dann wurde ihr klar, dass es nur irgendein europäischer Tourist war, und sie entspannte sich. Es gab keinen Grund mehr, sich zu verstecken.

Als sie von ihren Mitreisenden aus dem Zug gedrängt wurde, sah sie den Strand, der sich in seiner ganzen Weite vor ihr erstreckte. Hier waren die Wellen sanfter, und das Wasser plätscherte friedlich ans Ufer. Fischer, die ihren Fang hereinbrachten, vertäuten ihre Boote an einem kleinen hölzernen Anlegesteg. Frankie beobachtete, wie sie zwischen den bunten Fischkuttern hin- und hersprangen, ihre Netze hochzogen und die großen weißen Segel einholten. Sie beschloss, am nächsten Morgen zu zeichnen, wie die Fischer wieder aufs Meer hinausfuhren, und danach wollte sie ins Wasser springen und schwimmen.

SEREN

Die Rosen dufteten nach England. Seren stellte eine nach der anderen zu den Eukalyptusblättern in die Porzellankanne und drehte dann die Kanne um, um sich zu vergewissern, dass Blumen und Zweige gleichmäßig verteilt waren.

»Ich glaube, du sollst die ganze Zeit reden«, sagte Griff.

»Und in die Kamera schauen«, fügte Chez hinzu.

Seren sah zu den beiden Kindern, die von ihren Milchshakes Schokoladenbärte hatten. »Das schaffe ich nie bis morgen«, seufzte sie. »Vielleicht eigne ich mich einfach nicht zur Fernsehmoderatorin.«

»Versuch's noch mal, Mum!«, sagte Griff aufmunternd. »Am Anfang warst du richtig gut.«

Seren nahm die Rosen und die Eukalyptusblätter aus der Teekanne und fing von vorn an. »Hallo.«

»Lächeln!«, erinnerte Griff sie.

Seren lächelte ihr Publikum strahlend an. »Mein Name ist Seren, und ich möchte Ihnen heute einen schönen und ausgefallenen Tischschmuck für Ihre Teetafel zeigen.« Mit einer Hand hob sie die leere Teekanne hoch. »Was könnte urenglischer sein als eine alte Teekanne?« Sie nahm mit der anderen Hand eine Rose. »Und altmodische Rosen?« Die Blütenblätter fielen von der Rose auf die Frühstückstheke. »Verdammt!«, rief sie.

Griff schüttelte den Kopf. »Mum! Im Nachmittagsprogramm darf man nicht fluchen.«

Chez kicherte.

»Ich geb's auf«, sagte Seren. »Ich werde die Produzentin

von *Heart of the Home* anrufen und ihr mitteilen, dass meine Sendung über Blumenarrangements eine bescheuerte Idee war.«

»Nicht gleich die Flinte ins Korn werfen, Sez! Du bist ein Naturtalent.« Seren hatte nicht gemerkt, dass Arlow in der Tür stand. Er durchquerte die mehr als geräumige Küche und legte die Arme um sie.

Seren reckte sich und küsste ihn auf die Wange. »Wie war dein Tag im Krankenhaus, Dr. Amery?«

»Anstrengend. Es gab eine gewaltige Explosion in einem Einkaufszentrum. Jede Menge Verletzte, die Notaufnahme war ein einziges Blutbad. Ich wollte gerade das Leben eines Jungen retten, der unter einem Automaten eingeklemmt war, als der Regisseur ›Schnitt!‹ brüllte. Man hatte beschlossen, die Szene umzuschreiben, und jetzt gibt es statt einer Explosion im Einkaufszentrum einen Großbrand in einem Basketballstadion.«

Seren lächelte. »Brauchst du ein Glas Wein zur Stärkung?«

Arlow nickte. »Ein großes, bitte. Ich ziehe mich nur schnell um, dann können wir uns noch ein bisschen an den Pool setzen.« Er ging um die Frühstückstheke herum und legte einen Arm um die beiden Kinder. »Wie war's in der Schule?«

»Schön«, riefen beide unisono.

»Hausaufgaben?«

Beide zuckten mit den Schultern.

»Die werden gemacht, und zwar sofort!« Arlow setzte eine gespielt strenge Miene auf. »Wenn ihr fertig seid, dürft ihr schwimmen gehen.«

»Ich will ein Cookie«, rief Chez.

»Ich will ein Jelly-Sandwich«, sagte Griff.

»Cookie! Jelly!« Arlow lachte. »Ihr lebt gerade mal ein paar Monate hier und klingt schon wie kleine Amerikaner. Holt eure Bücher, damit wir uns anschauen können, was ihr zu erledigen habt, und dann bekommt ihr etwas zu essen.«

Er lotste die Kinder aus der Küche und warf Seren über die Schulter ein Lächeln zu. »Wir sehen uns in zehn Minuten.«

Seren fegte die zartrosa Blütenblätter der Rose von der Theke in ihre Hand und roch an ihnen. Sofort fühlte sie sich in den Garten der Windmühle zurückversetzt. Unglaublich, dass sie jetzt so weit von dem Zuhause entfernt war, von dem sie geglaubt hatte, es nie verlassen zu können.

Beverly Hills war wie ein anderer Planet – alles war so groß und neu und blitzblank, obwohl ihre Immobilienmaklerin gemeint hatte, ihr Haus gehöre eher zu den älteren und kleineren Exemplaren. Seren fühlte sich immer noch wie erschlagen von den Ausmaßen der Küche und der drei Badezimmer ihrer Villa im spanischen Stil, die am Ende einer ruhigen Sackgasse lag. Sämtliche Anwohner arbeiteten für Film oder Fernsehen.

Angellica wohnte natürlich in einem der neueren, größeren Anwesen in Beverly Hills, das über zwei Swimmingpools, eine Sauna und einen Whirlpool verfügte. Das Haus hatte früher einmal Brad Pitt gehört, eine Tatsache, die Angellica gern voller Stolz erwähnte, wenn Seren und Arlow Chez zu Hause ablieferten. Genauso gern brachte sie die lange Liste von Berühmtheiten ins Gespräch, die sie im Restaurant *The Ivy* getroffen hatte, oder die Premieren, die sie mit ihrem Freund Jake besucht hatte. Jake war Model für einen Top-Designer, zehn Jahre jünger als Angellica und, soweit Seren es beurteilen konnte, mehr als einsilbig.

Angellicas Ehe mit Sergeant Bannock hatte mit Ach und Krach die Trauungszeremonie überdauert. Die Hochzeit fand am selben Tag statt, an dem die katastrophalen Einschaltquoten für *Bannock's Beat* publik wurden. Nur Tage nach ihrer Heimkehr aus den Flitterwochen gab Angellica bekannt, dass sie ihren zum Ex-Sergeant Bannock gewordenen Mann verlassen wolle und in einer amerikanischen Sitcom über ein Modejournal eine Rolle als englische Journalistin angenommen habe. Arlow hatte über Twitter erfahren, dass sie Chez mit in die USA nehmen wollte.

Die Zeit danach war Seren als einziger Wirbelwind im Gedächtnis geblieben. Im einen Moment bereiteten Arlow und sie sich noch auf ein Weihnachtsfest mit den Kindern im kalten, verregneten England vor, und wenige Wochen später wurden sie alle dem Heimatboden entrissen und in die Hitze und den Sonnenschein von Los Angeles verpflanzt, wo Arlow in einer beliebten Krankenhausserie die Rolle des Dr. Amery angeboten worden war.

Seren schaute durch die Terrassentüren auf den türkisblauen Pool, der in der Nachmittagssonne glitzerte, und den Garten mit seinen üppig wuchernden Pflanzen und Blumen. Es sah wie eine Oase aus.

Mit einem Seufzer drehte sie sich um, um die Blütenblätter in den Mülleimer zu werfen, und fragte sich zum hundertsten Mal, wie sie sich je darauf hatte einlassen können, bei *Heart of the Home* einen wöchentlichen Fünf-Minuten-Clip über Blumenarrangements zu präsentieren. Sie hatte Carmen Carvella, die Produzentin der Sendung, ganz zufällig bei einem Baseballturnier an Griffs Schule kennengelernt. Zwischen nervösem Zusammenzucken, wenn Griff es wieder einmal nicht schaffte, den Ball zu erwischen, und stummem Staunen über die makellos weißen Zähne und üppigen Brüste in ihrem Umfeld war sie irgendwie mit Carmen ins Gespräch gekommen.

Jetzt wünschte sie, sie hätte dieser Frau weder von ihrem Geschick beim Arrangieren von Blumen noch von Stems erzählt, ihrem »schnuckeligen, kleinen Blumenladen in England«, wie Carmen gern sagte.

Seren wandte sich wieder der idyllischen Szenerie draußen zu und dachte an die Monate, die vor ihnen lagen. Was spielte es schon für eine Rolle, wenn sie sich in einer Nachmittagssendung im Fernsehen blamierte? Vielleicht würde es ja auch Spaß machen, und auf jeden Fall hatte sie Nesta etwas zu erzählen, wenn sie das nächste Mal telefonierten.

Arlow, der jetzt nur noch mit seiner Badehose bekleidet war, tauchte auf und stellte sich hinter Seren. »He, Schluss mit der Träumerei!«, sagte er mit übertriebenem amerikanischen Akzent. »Wo bleibt mein Wein?«

Seren spürte, wie er die Arme um sie legte. »Tut mir leid. Ich war so sehr damit beschäftigt, glücklich zu sein, dass ich den Wein ganz vergessen habe.«

»Kein Problem«, murmelte Arlow an ihrem Nacken. »Du bist weiter glücklich, und ich hole ihn. Was möchtest du trinken? Orangensaft?«

Seren nickte.

Arlow hielt sie weiter in den Armen und streichelte sanft ihre Taille. »Ich dachte, wir gehen heute mit den Kindern essen. Hast du Lust?«

Seren nickte erneut.

»Gehen wir ins *Spago* und schauen, ob wir irgendwelche Stars entdecken.«

Seren lachte. »Dann können wir Chez mit ein paar illustren Namen zu Angellica zurückschicken, um ein bisschen Eindruck zu schinden.«

Auch Arlow lachte, und eine Weile schwiegen sie. Arlow hielt Seren immer noch in den Armen und wiegte sie liebevoll hin und her. Er küsste sie auf die Wange. »Wollen wir es den Kindern nicht heute Abend sagen?«

Seren wandte sich zu ihm um. »Meinst du nicht, dass es noch zu früh ist?«

Arlow lächelte sie an. »Ich glaube, es ist genau der richtige Zeitpunkt.«

»Denkst du, sie freuen sich?«

»Bestimmt.«

»Ich erzähle es meiner Mum, wenn ich das nächste Mal mit ihr spreche.«

»Was ist mit deinem Vater?«

Seren schmiegte ihr Gesicht an die Wärme von Arlows nackter Brust. »Was wäre dir lieber, ein Junge oder ein Mädchen?«

»Versuch jetzt nicht, das Thema zu wechseln, Sez!« Arlow hob ihr Kinn und sah sie ernst an. »Dieser Brief liegt jetzt schon seit über einer Woche ungeöffnet auf dem Tisch in der Diele.«

»Ich kann nicht.« Seren drehte sich wieder um, sodass sie mit dem Rücken an ihm lehnte. »Ich kann im Moment einfach nicht lesen, was er zu sagen hat. Aber ich werde es noch tun.«

»Schon gut.« Arlow schloss sie wieder in die Arme, und einige Minuten standen sie schweigend da.

»He!«, rief Arlow plötzlich. »Ich habe eine tolle Idee, wo wir mit deiner Mutter hingehen, wenn sie uns besuchen kommt!«

»Disneyland? Hollywood Boulevard? Santa Monica Pier?«

»Ins Griffith Observatorium.«

»Das Planetarium? Das ist eine fantastische Idee! Sie schaut sich so gern die Sterne an. Und im Gegensatz zu Angellica richtige Sterne, keine Stars und Sternchen.«

Arlow lachte. »Von da oben hat sie sicher eine unglaubliche Aussicht. Sie wird staunen, wie hell die Himmelskörper durch dieses riesige Teleskop aussehen.«

»Das wird der Höhepunkt ihrer Reise. Und Griff und Chez gefällt es bestimmt auch. Sie werden sich gar nicht vorstellen können, wie weit diese Sterne entfernt sind.«

Arlow hielt sie fester und küsste ihre Wange. »Weißt du was?«

»Was?«

»Ich glaube, der hellste Stern ist gar nicht so weit entfernt.«

»Was meinst du damit?«

Arlow blickte auf sie herunter und legte seine Hand auf Serens Bauch. »Ich glaube, für uns ist der hellste Stern von allen genau hier.«

NESTA

Eine Eidechse huschte aus Angst vor der Überschwemmung über die warmen Steinplatten, als sich Wasser über die Blumenbeete ergoss, die in der untergehenden Sonne wie Amethyste funkelten. Nesta richtete den Gartenschlauch auf die Kübel mit Blumen und Kräutern, die die Terrasse säumten, und wurde sofort von Rosmarinduft eingehüllt. Die Pelargonien wippten unter den Wassertropfen auf und ab und verströmten ihren zarten Zitrusduft. Auf der anderen Seite des Tals gingen eines nach dem anderen die Lichter der kleinen Bar und der Häuser an und verwandelten den Ort auf dem Hügel in ein Märchenreich.

»Ich werde nie müde, diese Aussicht zu bewundern.«

Nesta drehte sich zu dem Mann um, der zu ihr getreten war, und lächelte. »Ich kann mir vorstellen, dass man sich daran nie sattsieht; sie ist zu jeder Tageszeit schön, besonders aber in der Abenddämmerung.«

»Ich dachte, das käme dir gelegen.« Er reichte ihr ein Glas Wein.

»Danke, Leo.« Nesta beugte sich vor und küsste ihn auf die Wange.

Er nahm ihr den Gartenschlauch aus der Hand und legte ihn neben den Stamm einer Kletterrose; leise zischelnd rann das Wasser in die Erde.

Leo schlang seine Arme um Nesta. »Hast du dich schon entschieden?«

»Können wir nicht beim Abendessen darüber reden?«

»Was gibt es da zu reden? In meinen Augen ist es ganz einfach.«

Nesta betrachtete sein warmes Lächeln, seine hellen Augen, die in ihre blickten. Vielleicht war es einfach, aber sie spürte, wie sich ihr Magen nervös zusammenzog. Es sollte einfach sein, doch sie konnte ihm nichts zur Zukunft sagen, wenn die Vergangenheit immer noch zwischen ihnen stand.

Morgen, nahm Nesta sich jeden Tag vor. *Wir reden morgen darüber.* Aber mittlerweile waren sechs Monate vergangen, seit Leo wie durch ein Wunder wieder in Nestas Leben getreten war, und »morgen« war immer noch nicht gekommen.

Nesta war gerade dabei gewesen, die Eingangstür der Mühle zum letzten Mal zu schließen. Der Möbelwagen hatte die wenigen Möbelstücke mitgenommen; die Hühner waren wohlbehalten im Garten des kleinen Cottage aus Naturstein gelandet, das sie am Stadtrand gekauft hatte.

Sie war als Letzte gegangen. Ihre Kinder waren auf dem ganzen Erdball verstreut: Seren in Amerika, Anwen in Australien und Ben in Irland bei Suki. Selbst Daniel war schon vor Monaten in eine kleine Küstenstadt gezogen, um dort mit dem Bau des Hauses auf den Klippen anzufangen, mit dem er Frankie aus Indien zurücklocken wollte.

Nesta hatte mit den Schlüsseln in der Hand in der offenen Tür gestanden und den kahlen winterlichen Garten betrachtet. Es hatte den ganzen Tag über nicht getaut, alles war vereist und sehr still. Die Scheune starrte sie leer und ausdruckslos an, und sie stellte sich vor, Griff käme durch den Garten gelaufen, um sie zu begrüßen. Wie sehnte sie sich danach, ihn in die Arme zu schließen!

Auf einmal wurde die Stille durch das Knirschen von Schritten auf der Kieseinfahrt unterbrochen. Ein Mann, der in einen warmen Mantel gehüllt war, kam näher. Die Hände hatte er in den Taschen vergraben, den Rücken leicht vor der bitteren Kälte gebeugt. Sein Atem bildete kleine Wolken in der eisigen Luft. Ob er ein Freund von Cath und Claire war, dem lesbischen Pärchen, das die Mühle gekauft hatte, einer der Väter vielleicht oder ein Onkel? Nesta verkrampfte sich innerlich, als Bilder von Oliver durch ihren Kopf huschten, obwohl er im Gefängnis saß, wie sie wusste.

Der Mann kam näher. Irgendetwas an seinem Gang, an der Art, wie sich sein helles Haar über dem Kragen ringelte, an der wettergegerbten Haut und dem Lächeln erschien ihr vertraut. Nesta stockte der Atem.

Er blieb vor ihr stehen. »Hallo, Nesta.«

Sie fühlte, wie der Boden unter ihren Füßen schwankte. Als sie wieder zur Besinnung kam, saß sie auf den Stufen vor der Haustür.

»Tut mir leid, ich hatte nicht vor, dir einen solchen Schreck einzujagen«, sagte Leo.

Etwas später, als Nesta sich wieder erholt hatte, schloss sie die Tür der Mühle ab und ging zusammen mit Leo weg, zu vertieft in ihr Gespräch, um noch einmal zurückzublicken.

Sie brachte ihn in ihr neues Haus, und inmitten all der Umzugskisten, aufgestapelten Gartenbücher und Schachteln voller Familienfotos und anderer Erinnerungsstücke tranken sie eine Flasche Wein, während Leo erzählte, dass er in der Zeitung einen Artikel über Arlow Laverne gelesen hatte.

»*Island Beat* war in Italien sehr beliebt, meine verstorbene Frau und ich haben keine Folge versäumt. In dem Artikel wurde über Arlows tollkühnen Einsatz bei einem Geiseldrama berichtet und auch erwähnt, dass sich das Ganze in einer ehemaligen Windmühle hier in der Gegend abgespielt hatte. Einem Impuls folgend, schaute ich im Internet nach; ich hatte einfach so ein Gefühl, dass es deine Mühle gewesen sein könnte, dass du in die Sache verwickelt warst.« Er schüttelte den Kopf. »Doch dann war es trotzdem ein Schock, deinen Namen zu sehen.«

Nesta schaute ihn an. »Aber das ist Monate her!«

Leo zuckte mit den Schultern. »Ich habe eben Monate gebraucht, um den Mut aufzubringen. Ich habe nie aufgehört, an dich zu denken, Nesta, doch ich fürchtete, dass du mich vielleicht längst vergessen hast. Ich war nervös.« Er langte über den Umzugskarton, der ihnen als Tisch diente, und nahm ihre Hand in seine. »Auch wenn es nun, da ich bei dir bin, lächerlich erscheint.«

Nesta lächelte. »Ich weiß.«

Innerhalb einer Woche hatte Nesta ihr Cottage an ein frisch verheiratetes Ehepaar vermietet, das gern bereit war, auch ihre Hühnerschar zu übernehmen, und war nach Italien gezogen.

Anwen war der Meinung, dass ihre Mutter den Verstand verloren hatte. »Du kennst den Mann doch kaum, Mum!«

»Tu es!«, hatte Ben gesagt.

Seren hatte lediglich gemeint, die Entscheidung liege allein bei Nesta.

Als Leo zum ersten Mal mit ihr den holprigen Weg hinauffuhr, der zu seinem gelben Bauernhaus in den Hügeln führte, wusste Nesta, dass sie das Paradies gefunden hatte. Nur eine einzige Sorge überschattete ihr Glück.

Sie nahmen ihr Abendessen auf der Terrasse ein. Leo hatte Kerzen angezündet und auf dem Tisch und der niedrigen Steinmauer, die den Teich einfasste, verteilt. Die Flammen flackerten in der lauen Abendbrise, und Glühwürmchen flitzten zwischen Büschen und Sträuchern hin und her. Die Sterne waren winzige Stecknadelköpfe am weiten, dunklen Himmel.

Leo stellte vor jeden einen Teller Risotto und gab Nesta Salat aus einer Keramikschüssel.

»Na schön, erlöse mich von meinem Elend!«, sagte er, während er ihr ein Glas Soave reichte. »Lautet deine Antwort Ja oder Nein?«

Nesta nippte an ihrem Wein. »Ich finde, unser Leben ist sehr gut, so wie es jetzt ist.«

»Mehr willst du nicht?«

Sie berührte seine Hand. »Es ist perfekt. Verderben wir es nicht mit Formalitäten.« Sie machte eine Pause. »Ich muss mit dir über etwas anderes sprechen. Es ...«

»Aber wenn du Ja sagst«, unterbrach er sie, »könnten wir uns binnen kürzester Zeit im Rathaus trauen lassen.« Er deutete auf das glitzernde Dorf auf dem Hügel. »Gleich da drüben, gar nicht weit entfernt. Was hältst du davon, wenn wir es richtig traditionell machen und uns in Angelos alter Kutsche hinfahren lassen? Seine Frau schmückt den Wagen immer mit wirklich schönen Blumengirlanden. Hinterher könnten wir hier eine Party geben und eine Band spielen lassen.«

»Und die Kinder? Sie hätten doch gar keine Zeit, zur Hochzeit zu kommen.« Nesta führte eine Gabel voll Risotto an ihren Mund, ließ sie aber gleich wieder sinken. »Und ich finde, wir sollten ...«

Leo nahm ihre Hand in seine. »Dafür werden sie bestimmt Verständnis haben. Wenigstens habe ich keine Kinder, auf die ich Rücksicht nehmen müsste.«

»Also, genau darüber wollte ich mit dir reden.«

Die nächsten Worte sträubten sich, über Nestas Lippen zu kommen. Konnte sie es denn mit Sicherheit sagen? Schließlich hatte Daniels Mutter rote Haare gehabt und auch eine seiner Cousinen. Wie so oft in den vergangenen Monaten forschte sie auch jetzt in Leos Gesicht. Die grünen Augen waren ihr vertraut, ebenso das energische Kinn, das unbefangene Lächeln, das warmherzige Wesen.

»Wir könnten nächsten Winter eine Weltreise unternehmen«, fuhr Leo fort und schenkte Wein nach. »Wenn die Gartensaison vorbei ist. Ich würde deine Kinder gern kennenlernen. Anwen und Ben waren noch klein, als ich sie zum letzten Mal gesehen habe, und Seren war noch nicht auf der Welt.«

Nesta fragte sich, ob er je nachgerechnet hatte. »Eine Weltreise«, sagte sie schließlich. »Das ist eine gute Idee.«

»Bis dahin wird das Baby von Ben und Suki geboren sein«, meinte Leo, den Mund voller Risotto.

Und vielleicht noch ein Baby. Nesta hatte das untrügliche Gefühl, dass Seren ihr etwas mitzuteilen hatte.

»Wäre es nicht schön, wenn wir dein neues Enkelkind als Mann und Frau kennenlernten?«

Nesta seufzte. »Du bist ganz schön hartnäckig.«

»Ich könnte Stief-Großvater sein.«

Sie lächelte. »Leo, du machst mich fertig!«

Er lächelte sie an. »Gut.«

Sie schwiegen eine Weile. Ringsum zirpten Zikaden, und aus der Bar im Dorf wehten Gitarrenklänge herüber.

Nesta trank noch einen Schluck Wein. »Es gibt da noch etwas Wichtiges zu besprechen.«

»Schau mal!« Leo zeigte plötzlich auf den dunklen Horizont. »Die Venus geht gerade auf. Sie ist heute Abend sehr hell. Das ist ein Zeichen! Du musst mich einfach heiraten.«

»Du alter walisischer Narr!«, sagte Nesta lachend.

»Ein alter walisischer Narr, der dich liebt, Nesta. Früher war ich ein junger walisischer Narr, der dich geliebt hat und dich hat gehen lassen. Diesen Fehler mache ich ganz sicher nicht noch einmal.«

Nesta beugte sich über den Tisch und küsste ihn. »Ich liebe dich auch«, wisperte sie. Ihre Unterredung konnte bis morgen warten.

Leo blickte wieder in den dunklen Himmel hinauf und grinste. Nesta folgte seinem Blick. Sternschnuppen jagten über den Himmel, eine nach der anderen.

»Hab ich extra für dich arrangiert«, behauptete Leo. »Das war ganz schön kompliziert, kann ich dir sagen.«

Sie beobachteten, wie immer wieder helle Meteore durch die Dunkelheit zischten.

»Wünschst du dir etwas?«, fragte Leo.

»Ja«, antwortete Nesta leise.

Als der Meteorschauer vorbei war, ergriff Leo wieder ihre Hand. »Ich weiß, worüber du reden willst.«

»Wirklich?«

Leo nickte. »Aber du liegst falsch.«

Nesta schaute ihm in die Augen. »Falsch?«

Wieder nickte er. »Sie ist Daniels Tochter, Nesta.«

»Aber die Daten. Ich denke, es besteht durchaus die Möglichkeit, dass Seren deine Tochter ist.«

Leo seufzte. »Ich habe dir erzählt, dass meine Frau und ich keine Kinder bekommen konnten.«

»Ich dachte, deine Frau … Ich dachte, sie wäre …« Nestas Stimme verebbte.

»Nein. Wir haben viele Tests machen lassen, und die Ärzte haben uns gesagt, dass es an mir liegt. Ich bin zeugungsunfähig.«

»Oh.« Nesta schluckte, als ihr bewusst wurde, wie sehr sie immer hatte glauben wollen, Leo wäre Serens Vater.

Er lächelte schwach. »Es vereinfacht einiges, findest du nicht?«

Nesta wandte den Blick ab. Sie konnte Leo nicht anschauen. »Ich glaube, ich habe mir immer gewünscht, dass sie …« Nesta blinzelte die Tränen weg, die ihr plötzlich in die Augen stiegen.

»He.« Leo beugte sich vor und streichelte ihre Wange. »Es ist bestimmt besser, dass sie Daniels Tochter ist. Nach allem, was du mir erzählt hast, stehen sich die beiden sehr nahe.«

Nesta sah Leo an und schüttelte den Kopf. »Jetzt nicht mehr.«

»Hoffen wir, dass sie wieder zueinanderfinden!« Er lächelte sie an. »Denk doch bloß an die Unsummen, die irgendein Psychiater in Beverly Hills verdienen würde, wenn Seren damit fertigwerden müsste, dass nicht Daniel ihr Vater ist, sondern der Mann, den ihre Mutter gerade geheiratet hat.«

Nesta holte tief Luft. Leo hatte recht. Es vereinfachte einiges. Sie brauchte ihn nicht als Serens Vater, und Seren brauchte es auf gar keinen Fall, dass ihr Leben schon wieder auf den Kopf gestellt wurde.

»Der Mann, den ihre Mutter gerade geheiratet hat?«, fragte sie. »Ich erinnere mich gar nicht, Ja gesagt zu haben.«

»Soll ich dich noch einmal fragen?« Leo stand auf, ging um den Tisch herum und nahm sie in die Arme. »Nesta. Meine wunderschöne Königin des Nachthimmels. Meine keltische Geliebte. Meine Gartengöttin.«

Nesta versuchte, ihn wegzuschubsen. »Sei nicht so rührselig!«

Leo musste lachen, hielt sie aber weiterhin fest. »Willst du mich zum glücklichsten Mann im Universum machen und mich heiraten?«

Vor ihnen flitzte erneut eine Sternschnuppe über den Himmel.

Nesta wand sich aus Leos Armen und nahm sein Gesicht in ihre Hände. »Na schön, du alter walisischer Narr. Ich will.«